【陽明文庫】古籍整理系列

鄒子願學集

〔明〕鄒元標 著　陸永勝 編

孔學堂書局

本書獲二〇二一年貴州省出版傳媒事業發展專項資金資助
本書獲貴州省孔學堂發展基金會資助
本書據國家圖書館藏明萬曆四十七年龍遇奇、郭一鶚刻本影印

圖書在版編目（CIP）數據

鄒子願學集 / (明) 鄒元標著 ; 陸永勝編. — 貴陽:
孔學堂書局, 2023.4
（陽明文庫. 古籍整理系列）
ISBN 978-7-80770-417-1

Ⅰ. ①鄒… Ⅱ. ①鄒… ②陸… Ⅲ. ①古典詩歌–詩集–中國–明代②古典散文–散文集–中國–明代 Ⅳ. ①I214.81

中國國家版本館CIP數據核字(2023)第020004號

陽明文庫（古籍整理系列）
鄒子願學集　〔明〕鄒元標　著　　陸永勝　編
ZOUZIYUANXUEJI

項目執行：蘇　樺
責任編輯：陳　真　禹曉妍
書籍設計：曹瓊德
責任印制：張　瑩

出　　品：貴州日報當代融媒體集團
出版發行：孔學堂書局
地　　址：貴陽市烏當區大坡路26號
印　　刷：雅昌文化（集團）有限公司
開　　本：889mm × 1194mm 1/16
印　　張：22.75
版　　次：2023年4月第1版
印　　次：2023年4月第1次
書　　號：ISBN 978-7-80770-417-1
定　　價：188.00元

陽明文庫

鄒元標其人其書其學

一、鄒元標其人

鄒元標（一五五一至一六二四年），字爾瞻，號南皋，江西吉水人。元標初從歐陽德、羅洪先的弟子胡直游，閱名山大川，訪書院諸家。後又師事王門弟子羅近溪、鄧以讚，爲第三代王學弟子。黄宗羲認爲元標之學『以識心體爲入手，以行恕於人倫事物之間，與愚夫愚婦同體爲功夫，以不起意、空空爲極致』[一]。《四庫全書總目提要》亦云：『其學亦陽明支派，而規矩準繩持之甚嚴，不墮二王流弊。』[二]可見，元標之學深得陽明心學之精髓，而無陽明後學之流弊。

萬曆五年（一五七七年），元標中進士，觀政刑部。初入仕途的鄒元標不以位卑忘國憂，針砭時弊，忠言直諫，意圖改革朝政。同年十月，針對張居正居喪不丁憂，『以奔喪爲常事而不屑爲』，鄒元標三次上疏反對『奪情』，並以此爲大不敬事提出彈劾，結果被廷杖八十，謫戍貴州都匀衛。都匀六年，鄒元標與黔中心學名士，被稱爲貴州『理學三先生』的馬廷錫、孫應鰲和李渭相與講學論道，甚爲相得，並爲李渭《先行録》作序，其中有云：『古之學者，學之爲君臣焉，學之爲父子焉，學之爲昆弟夫婦朋友焉，言理便是實理，言事便是實事。……子知先生之學，則予昔之未以子躬行爲是，今以先生躬行爲正。』[三]由此可知，鄒元標之學也是真切之實學。鄒元標在都匀『張公讀書堂』大講陽明良知之學，開黔南一時講學之風，並培養了陳尚象、吴鋋、余顯鳳等大批都匀王學弟子。鄒元標離黔幾十年後，仍不忘獎掖貴州後進，如他在《答陸鍾陽孝廉》中説：『貴地孫淮海、李同野當時在人争易之，今爲貴州人品，吾弟輩有一人向此路行，吾志遂矣。』[四]其黔中弟子爲紀念他，遂在其講學之地建南皋書院。郭子章《黔記》記載：『爾瞻謫都匀，至則修張公讀書堂，日與匀士

[一] 黄宗羲：《忠介鄒南皋先生元標》，《明儒學案》卷二十三，沈芝盈點校，中華書局二〇〇八年版，第五三四頁。

[二] 永瑢等：《四庫全書總目》卷一百七十二，中華書局一九六五年版，第一五一四頁。

[三] 郭子章：《藝文志下》，《黔記》卷十五，萬曆三十六年刻本。

[四] 鄒元標：《答陸鍾陽孝廉》，《願學集》卷三，萬曆四十七年龍遇奇、郭一鶚刻本。

講業，謳吟自適。所著詩文，門人刻之，名曰《雲中存稿》。都勻，昔名都雲也。』[一]余顯鳳曾以詩高度評價鄒元標在黔南的講學活動對當地士風的影響：『鄒先西江來，清風被吾里。竟挽劍河流，换却西江水。』[二]清代貴州巡撫田雯在《黔書》中説：『蓋自王文成、鄒爾瞻講學明道，人知向學，故黔之士能望的而趨，握瑾以售，正不乏人。』[三]應柱史朝卿爲其《雲中稿》序曰：『雲中者，夫非公之龍場乎？讀公之製，感慨入靈均之思而不忘其樂；豪舉似淵明之達，而不廢其憂；格言名理，繼文成之響而壹稟於忠懇。彼其了悟心性，鋭意聖賢，即名節二字，且目爲障。奚知順逆險易，又豈以動庸加損。迺天下想望丰采，則方以公之隱顯卜世道盛衰。是稿也，固宜與《龍岡集》並傳不朽也與？』[四]可見，後人對鄒元標都勻講學及其著作均與王陽明同等視之，給予很高的評價。在《明儒學案》中，黄宗羲基於地緣關係將鄒元標劃定爲江右王學，但由以上所論及史料可以看出鄒元標對都勻王學的巨大開創和推動作用，故從地域學派建構角度看，鄒元標是當之無愧的都勻王學之先師，亦是黔中王學的重要一員。

萬曆十一年（一五八三年），張居正去世後，鄒元標受召回京，擢升吏科給事中。鄒元標起用後即上書請求恢復全國書院，並多次上疏改革吏治，醫治民瘼，直諫『培君德、親臣工、肅憲紀、崇儒術、飭撫臣』[五]五事，並假慈寧宮火災，諷諫明神宗節欲，觸犯了皇帝，被皇帝視爲『訕君賣直』。此間，鄒元標還彈劾罷免了首輔申時行的姻親禮部尚書徐學謨以及南京户部尚書張士佩，遭到申時行的不滿。適遇黨争，遂再次遭到貶謫爲南京刑部照磨，後調任南京兵部主事，再徵召改任吏部。先後歷任吏部員外郎、刑部郎中，至因病免職。後起用候補驗封，便陳述吏治十事，百姓疾苦八事，奏疏接近萬言。鄒元標居南京三載，便辭病歸里。後雖起爲吏部郎中，不赴。後母歿，遂居家講學，未涉仕途。從萬曆十八年（一五九〇年）至萬曆四十八年（一六二〇年），鄒元標居家講學三十載。期間，鄒元標主持吉水仁文書院，並講學於吉安青原會館、白鷺洲書院、白鹿洞書院等，從游者甚衆。同時，鄒元標與顧憲成、趙南星成爲『東林黨三君』。明

［一］郭子章：《藝文志下》，《黔記》卷十五，萬曆三十六年刻本。
［二］莫友芝等：《南皋書院落成呈陳給諫尚象吴解元鋌》，《黔詩紀略》卷十一，關賢柱點校，貴州人民出版社一九九三年版，第四一九頁。
［三］田雯：《設科》，《黔書》，羅書勤點校，《黔書·續黔書·黔記·黔語》，貴州人民出版社一九九二年版，第一二頁。
［四］郭子章：《藝文志下》，《黔記》卷十五，萬曆三十六年刻本。
［五］黄宗羲：《忠介鄒南皋先生元標》，《明儒學案》卷二十三，沈芝盈點校，第五三二頁。

光宗即位後起用爲大理寺卿。尚未到任，被提拔爲刑部右侍郎。

天啓元年（一六二一年），任刑部右侍郎，不久改任吏部左侍郎，轉左都御史。針對當時朝廷内激烈的黨争，鄒元標進諫『和衷』之議，憂國之心，溢於辭表。在舉薦人才方面，鄒元標舉薦重用涂宗濬、李邦華等十八人，並請求徵召録用葉茂才、趙南星、高攀龍、劉宗周、丁元薦，以及撫恤、起用羅大紘、雒于仁等十五人，明熹宗均贊同接納。鄒元標不計前嫌，進言協助平反張居正，『江陵功在社稷，過在身家，國家之議，死而後已，謂之社稷之臣，奚愧焉』，最後使其復官復蔭。在治軍理政方面，鄒元標疏陳開發荒地，積集財賦，加强軍備等數事，並提出保證安寧的四項規條，得到朝廷的認可。在書院講學方面，鄒元標與左副都御史馮從吾建首善書院，集合志同道合者講學其中，不意受到給事中朱童蒙、郭允厚、郭興治等的彈劾，於是上疏請辭，被賜乘驛車回家。後進呈《老臣去國情深疏》，陳述軍國大計，不忘國憂。

天啓四年（一六二四年），鄒元標病卒於家中，享年七十四歲。天啓五年（一六二五年），御史張訥疏請毁天下書院，詆毁鄒元標，魏忠賢矯旨剥其官籍。崇禎元年（一六二八年），追贈爲太子太保、吏部尚書，謚忠介。

總之，鄒元標一生清正廉直，潛心治學，憂國憂民，名譽頗高，堪稱一代名賢。

二、鄒元標其書

鄒元標一生著書不輟，著作等身，從現有文獻資料來看，其著作主要有《願學集》《存真集》《南皋鄒先生會語講義合編》《鄒忠介公奏疏》《岳武穆精忠傳》《雲中存稿》《太平山居疏稿》《日新編》《仁文會語》《奏疏補遺》等十餘種。然鄒元標生於明末亂世，不少著作散佚不見，目前可查者主要有五種，多爲後世整理刊刻本。

一、《願學集》八卷，這是鄒元標著述中流傳最爲普遍的一種，主要有四個版本，其一爲明萬曆四十七年（一六一九年）龍遇奇、郭一鶚刻本，另三種均爲清代本：清乾隆十年（一七四五年）特恩堂刻本、清乾隆十二年（一七四七年）吉水鄒氏刻本和清《文淵閣四庫全書》補配清《文津閣四庫全書》本。從時間和清代四庫全書『選書』的角度出發，明刻本的價值不言而喻。

二、《存真集》六卷。《存真集》主要有兩個版本，其一爲明李生文、張瑀等刻本；其二爲清乾隆十年（一七四五年）特恩堂刻本。

這兩種刻本都很少流傳，形如『孤本』。其中特恩堂刻本現存於南京圖書館，與《願學集》合編爲《鄒忠介公合集》十六卷。

三、《南臯鄒先生會語講義合編》四卷，學界慣稱爲『語義合編』，其重要版本爲明萬曆四十七年龍遇奇刻本。該版影印收入《四庫全書存目叢書》，由齊魯書社於一九九七年出版。

四、《鄒忠介公奏疏》五卷，目前可查者爲明崇禎十四年林銓刻本，爲孤本。

五、《岳武穆精忠傳》六卷六十八回，由鄒元標編訂，其現存刻本兩種皆爲清代本，一爲清一枝山房刻本，一爲清乾隆三十六年（一七七一年）寶仁堂刻本。《岳武穆精忠傳》爲傳記體文學作品，且是編著，因此在鄒元標哲學思想方面價值較小。

除了以上著述，目前文獻可查，鄒元標還有一些散佚之作，如《鄒南臯先生集》一卷（清康熙洪洞范鄗鼎五經堂本）；《集句叢鈔》四卷［清嘉慶十五年（一八一〇年）林茂堃刻本］和《古詩十九首》［明天啓四年（一六二四年）行書拓本］等。

鄒元標的著作目前還没有得到全面的整理和出版，部分著述在一些大型刻本影印叢書中已得到出版。但就目前所見，多爲清代四庫本，故在版本價值方面遜於明刻本，且因爲多爲大型紙質圖書，對於研究者而言，查閲甚爲不便。主要涉及以下幾部叢書：四庫全書存目叢書編纂委員會編：《四庫全書存目叢書·子部一四》，濟南：齊魯書社，一九九五年；顧廷龍主編、《續修四庫全書》編纂委員會編：《續修四庫全書》（第四八一、四八二、九四二册），上海：上海古籍出版社，二〇〇二年；商務印書館四庫全書出版工作委員會編：《文津閣四庫全書》（第四三二册），北京：商務印書館，二〇〇五年；王鍾翰主編、四庫禁毀書叢刊編纂委員會編：《四庫禁毀書叢刊補編》（第二三册），北京：北京出版社，二〇〇五年；紀昀、永瑢等編纂：《景印文淵閣四庫全書》（第一二九四册），臺灣商務印書館，二〇〇八年；徐永明、樂怡主編：《美國哈佛大學哈佛燕京圖書館藏明代善本別集叢刊》（第二三册），桂林：廣西師範大學出版社，二〇一七年等。

三、鄒元標其學

鄒元標生活在明代晚期，其所面對的社會狀况更是千瘡百孔，社會弊病層出不窮，朱明王朝江河日下。正如《明史·吕坤傳》所載：『自萬曆十年以來，無歲不災，催科如故。臣久爲外吏，見陛下赤子凍骨無兼衣，饑腸不再食，垣舍弗蔽，苫藁未完；流移日衆，棄地猥多；留者輸去者之糧，生者承死者之役。』[一]天下疾苦無以復之，內憂必有外患，時值遼軍進犯，並在數月內攻克撫順、清河等地，大明王朝岌岌可危。然而此時的萬曆皇帝依舊奢侈無度，『數年以來，御用不給。今日取之光禄，明日取之太僕，浮梁之磁，南海之珠，玩好之奇，器用之巧，日新月異。……以至覃恩錫賚，小大畢霑；謁陵犒賜，耗費鉅萬。錙銖取之，泥沙用之』[二]。特別是在張居正死後，作爲國之棟梁的大臣們不但束手無策，反而清言自高，危言聳人，黨同伐異，『帝怠於政事，章奏一概不省，廷臣益務爲危言激論，以自標異。於是部黨角立，另成一門户攻擊之局』[三]。仕風如此，國事休矣。伴之而隨的是民風刁詭，棄善揚惡，『世間與人爲善者少，忌善者多；明善之脉絡者少，不明乎善者多』[四]。學風亦是不知務實踐履，清高搏譽，『吾鄉學問極能纏縛英豪，三尺豎兒口能談陽明，問其所以爲陽明，白頭不知也，言及此令人厭甚』[五]。此學之弊，對於胸懷儒家内聖外王理想、以天下蒼生爲念，行濟世化民之道的鄒元標而言自然是厭惡至極。這種社會生態同時也構成了鄒元標經世思想的社會文化背景，成爲其經世之學批判和建構的語境。

鄒元標的經世思想突出特點在於更注重思想理論及實踐方法的針對性，因此，不但當時他本人身體力行之，而且從現在的個人治理、民間治理、政治治理等角度看也依然具有實踐性和啓發性。作爲心學的代表人物之一，鄒元標的經世思想仍然是在心學的體系内展開的，心、性、仁是其經世之學本體論的核心範疇，作爲致思維度的知行合一貫穿其整個心學功夫理論，在本體和功夫的基礎上建構的實踐論顯然更具有深刻性、針對性和實用價值。作爲時代與學術發展衍變的印迹，鄒元標的經世之學思想與陽明及其一代、二代弟子相比，其對朱學和佛教思想有了更多的包容。這種包容不是學者一般意義上的『陰攝』，而是表現在其言行之上的。但毋庸諱言，在當時的學術生態下，這種包容是有局限性的，有别於晚明的逃禪思潮。總體而言，鄒元標的經世之學體現爲三個方面：

[一] 張廷玉等：《呂坤傳》，《明史》卷二百二十六，中華書局一九七四年版，第五九三八頁。
[二] 張廷玉等：《孟一脈傳》，《明史》卷二百三十五，第六一二六頁。
[三] 趙翼：《明言路習氣先後不同》，《廿二史劄記》卷三十五，中華書局一九六三年版，第七三八至七三九頁。
[四] 鄒元標：《答粤中友》，《願學集》卷三，萬曆四十七年龍遇奇、郭一鶚刻本。
[五] 鄒元標：《柬友人》，《願學集》卷二，萬曆四十七年龍遇奇、郭一鶚刻本。

（一）實心

鄒元標經世之學的本體即是仁、性合一的實心，作爲實體的心是功夫論、實踐論的基礎。龍遇奇曾評價鄒氏的學術思想風貌道：『先生之學以透性爲宗，以宗爲教，故無教非宗，即體即用，即下學即上達，其實修實證，無一不歸之日用倫常，而其活活潑潑，元元本本，無問談神化，抉性命即隱若奧深微爲謦。』[一]可謂中肯！其指點出了鄒氏之學『透性』『體用合一』『實修實證』『不離日用倫常』的特點。從鄒氏經世之學本體論的角度言，在『透性』之外，鄒元標仍有對心體之仁、心體之實的論述，從而構建起其心性合一的實存實有的實心本體論。

鄒元標認爲仁是人的本質和自然本性，而且是體現儒家最高價值原則的本體範疇。鄒氏主張仁，在很大程度上是爲了避免日益玄虛的良知、心等提法，具有針砭時弊的責任意識。當然，鄒元標的仁學思想亦有其突出之處——强調識仁、行仁及將作爲善惡標準的仁轉化爲是非標準，這一方面突出了仁的行動性，另一方面建構起一套嚴格的道德標準，對道德之惡進行嚴厲的擯除。鄒元標仁學思想的這些特質在某種意義上是爲了對治當時的空疏之風及政治層面、民間層面、士大夫層面存在的道德弊病，從而建構起以道德爲内核的務實踐履的實學思想，因此具有突出的時代價值和意義。

鄒元標曾説，『予最佩服《識仁》一書，直入聖域』，並提出了其『識仁説』。鄒元標依循《易傳》的『生生之謂易』的理論模式，認爲仁具有生生的性質，仁之體即心，仁生生不已，心亦生生不已。生生即是體也是用，内存於人的心，既具有天地生生之根本的本體意味，又被賦予了强烈的倫理情懷，其超越人倫日常，又不離人倫日常，所以依鄒氏之言，仁是行動的。仁的倫理内涵爲其在倫理道德實踐領域中的展開提供了必要的理論依據。鄒元標肯定先聖的識仁之教，要求學者先做識仁的功夫，識仁是爲仁的前提，爲仁只在復禮，即按照仁的要求而行。鄒元標從兩個方面談到識仁的問題：一方面，從心即仁出發，强調識仁要做自訟和日減的功夫。另一方面，從體用關係出發，强調在日用事爲中歸仁。在鄒元標看來，仁體自足，體用合一，心體本無體，以萬事萬物爲體，所以盡心就要盡物，求心就要在人倫日用中求，不可外物求心。可見，鄒元標的識仁説是立足於現實生活的，這也爲其經世思想的展開提供了理論基礎。

鄒元標認爲仁在本質上是行動性的，而且這種行動性是内在自發的，因此，人行仁應該是一種自覺自爲的行爲。鄒元標肯定由仁義

[一] 龍遇奇：《刻鄒南皋先生語義合編序》，鄒元標：《南皋鄒先生會語合編》，萬曆四十七年龍遇奇刻本。

行，而否定行仁義，他認爲由仁義行即是順性而動，不染人爲；行仁義則作而致其情，滿足一種爲仁的情感。前者體現了仁的自發動、自驅動、自主宰的本體地位，後者則以仁義爲目的，不免有自私用智之嫌。鄒元標同時也認爲，由仁義行要建立在心體自信基礎上，人如果不能自信其心，自信其仁，那麼就是無主宰，不免虚生浪死。鄒元標的行仁思想並不僅僅停留在意識的層面，而是落實於日常生活和道德實踐中的，因此具有現實的意義和價值。在儒家倫理中，仁與惡相對，其本是道德評價標準，但鄒元標將其强化爲是非標準。如他説：『學在識仁，識仁則無之非是，不識仁則無之而是。』[一]識仁則是，不識仁則非，鄒元標的這種轉化在明晚期良知學日益空疏，脱離本體，追逐於情志的環境下具有對治時弊的實際價值，通過這種嚴格的標準，對社會中不符合仁義道德的行爲進行嚴厲的擯除。

鄒元標的『實心』説另一重要維度即是對『性』的關注。鄒元標對朱熹、王陽明等理學家關於性的思想都有所繼承，並有發展，其最大創新之處在於强調了『透性』的教化作用，這即是對其心學思想的豐富，也是對性的學説的發展。鄒元標認爲性通天地民物，外人物而無性。盡性，惟盡人物之性而已。在心學中，心爲本體，心即性，即是强調性的本體地位。性即理，理發之於萬物，則性亦發於萬物。鄒元標認爲，無性，則無古今天地萬物，盡性，則天地萬物一體。人之七情五倫亦是性的發用，所以情盡而性盡。因此，在某種意義上可以説，性無體，以萬物爲體，性無真亦無妄，性存在於物性之中，求性之真，性之妄，都是執着、病痛。只有悟得性之真、妄是不可求，方見性。可見，鄒元標將性與仁、義統一，將七情歸爲性之發用，具有一定的倫理實踐意義。鄒元標認爲人做得盡性功夫，那麼就可以達到内外合一、萬物一體的樂的境界。從内外、體用的角度言，『學者果透本性，則知克塞宇宙皆此理也。何内外之可言。内外者，體用之謂也，體用不二』[二]。性貫通天地萬物，因此，學者透性，則天地萬物皆此性也，無有内外，體用不二。同時性包含五倫七情，盡人之性，則盡人倫之情，盡物之性，則盡萬物生生之意，這是一種人倫和美，無不自得，萬物和生，無有缺失的境界。

鄒元標的透性説並没有僅僅停留在義理論析的層面，而是落實於現實的道德踐履之中，心與性的合一使其本體論和透性功夫具有更爲切實的現實價值和意義，成爲鄒氏經世之學的重要組成部分。

如果説鄒元標通過對『識仁説』和『透性説』的哲學分析建構並豐富了心體的内涵，是對其實心本體論的正向建構，那麼，其通過

[一] 鄒元標：《龍華會紀》，《南皋鄒先生會語合編》上卷，萬曆四十七年龍遇奇刻本。

[二] 鄒元標：《鷺洲會紀》，《南皋鄒先生會語合編》下卷，萬曆四十七年龍遇奇刻本。

『以心釋空』論證心體的實存性，則是一種反向建構。實存性的本體是儒家哲學的理論基石，是其功夫、發用、體用、境界、踐行等的依據。鄒元標在儒佛之辨的視域內，以『心』釋『空』，間接地論證了心的實體性存在，爲其經世思想奠定了實心的本體論，體現出其詮釋價值之一面。另外，鄒元標的詮釋立場在明末儒非佛的語境中凸顯出鮮明的心學立場，表現出其儒家本色。可以説，鄒元標對空的詮釋，一方面體現出其時儒佛交融的學術語境，另一方面體現出鄒氏的心本論立場和對心體『實有』的持守。鄒氏的這種詮釋立場和視角同時也賦予了其心學本體『空』爲表徵、『實』爲本質的特點，使其顯得空靈而富有詮釋能力，這主要體現在對『體空』『性空』『空空』的詮釋上。

在鄒元標看來，空之體並不是體之空，空本身也是一個實體性的存在。正是在此意義上，鄒元標否定空是佛教的斷滅，認爲浮雲蒼狗，變幻無常，從『相』的角度言，是相空。而相之體則不爲變幻所轉，所以能够把握空空之體，就能以天地在手，萬化生身。關於『性空』的詮釋主要是圍繞『煩惱即菩提』展開的。世之學者爲學功夫未精，未能悟得性體，便曰性本空，煩惱即菩提，這是執着於煩惱或表像，而否定『性』的存在，以致流爲無忌憚。從佛學的『緣起論』而言，煩惱因緣而起，因緣而滅，性本爲空。真正的菩提路是因緣而悟，而不是罪性空。因爲，罪性空的邏輯前提即是以性空爲實體，這是不符合佛學義理的。鄒元標認爲煩惱即菩提，不是要人執着於煩惱，而是要在煩惱上體悟性體，用儒家的話來講，就是要在日用常行中磨練功夫，體悟本體。在此意義上，人如果能悟得性空，那麼作爲表像的煩惱即以性空爲體。所以，從體用的角度講，煩惱即菩提。作爲本體的性空具體指什麼？鄒元標認爲，真性作爲本體是超越外在形骸的，因此從本體與功夫的角度言，不悟本體，功夫便執着於外物，遂有犯手處；悟得本體，功夫便未致絲毫氣力。但未致氣力，並不是不做功夫，而是以無功夫爲功夫，在本體上做必有事焉的功夫。

鄒元標在《南都會紀》中與學生討論《論語·子罕》『吾有知乎哉？無知也，有鄙夫問於我，空空如也，我叩其兩端而竭焉』時提出了『空空』的觀點。鄒元標認爲，一般人常常執着於兩個對立的事物中，不能釋懷，不能做到廓然大公。而聖人則能超越對立面，而歸於空空。那麼，空空指什麼？它與兩端的關係如何？鄒元標認爲，聖人致知於無知，格物則不聞不見，無知之知和不聞不見都是空，但二者又是不同的。不聞不見之空指不執着於物，以外物爲空。無知之知之空則指事物的本質爲空。由此可見，鄒元標所謂的本體之空即是外於對立兩端的中和心體。因此，在根本上，空空之本體乃是實體之心。鄒元標的實心思想正是建基於此。

總之，鄒元標通過對仁、性、空的論述，建構起其心學經世思想的實心本體論，爲其實學功夫論和仁治觀奠定了理論基礎。從中我們可以窺視到鄒氏之學的精嚴細密和在心學傳承中的重要地位，而其實功的功夫論和實行的仁治觀亦在其中矣。

（二）實功

鄒元標在其思想體系中對心學功夫的論述始終體現出一種時代的緊迫感與使命感，這既有時代社會、文化、政治生態的外因作用，也和其實心本體論及心學自身發展演變相關聯，正是在内外因的雙重作用之下，鄒元標的功夫論體現出鮮明的實學特色，其針對時弊建構了以心爲體，以知行合一爲内在維度的實悟、實修相結合的功夫論，具有突出的實踐價值。

鄒元標對作爲功夫内在維度的知行合一的論證有着實踐與義理的雙重考慮。鄒元標的時代，爲學之風日益弊陋。心學自陽明光大之後，大有功於明初僵化理學所導致的知行不一學風的改善，然而到了明末，王門後學的一些重要弟子片面追求心性，清談務虚，崇尚高明一路，不事踐履，再次重蹈了知行不一的覆轍。歷史的吊詭在於，王陽明當年爲了對治『病革臨絶』的社會弊病而提出的良知學説和知行合一功夫，後來在其王學内部分别成爲攻擊的目標和武器。但深究之，我們發現，明末所攻擊的良知學已經不是王陽明所宣導的真良知學，而是一種假道學，作爲武器的知行合一是不變的真理，但假道學的知行合一仍然不是陽明的真知行合一。

首先，鄒元標强調了知行合一的功夫維度。明末出現的種種學弊歸其要即是知行不一，因此强調知行合一在功夫各個層面的展開也是鄒元標心學思想的主要内容之一。鄒元標從先立其大的思想出發，認爲形上與形下、道與器本是一，因此不能僅在口頭上説是一是二：『在人信得及，豈口頭説得是一是二，信得者説二是一，信不得者説一即二。』[一]信得者是從本體上説，信不得者是從形氣上説，二者，即是有對待、有執着，便不是真學問，『道無對待，有對待者，非道也。學無等待，有等待者，非學也』[二]。所以，鄒元標對是一是二問題的解決最終還是要從本體回到功夫上，只有在功夫上體悟知行合一，才是真知行合一。

其次，鄒元標在知行合一的功夫維度下，强調心、功夫與物事的合一。鄒元標曾在《偶占七首》中説：『初學苦支離，閑心自得師。

[一] 鄒元標：《問仁會録》，《南皋鄒先生會語合編》上卷，萬曆四十七年龍遇奇刻本。

[二] 鄒元標：《龍華密證》，《南皋鄒先生會語合編》上卷，萬曆四十七年龍遇奇刻本。

纖毫皆帝力，無語付天倪。』[一]其中表現出了功夫在心、物之間無入而不自得的境界。在鄒元標看來，實學功夫要從悟得心體做起，收拾頭顱，明心見性，才能事無不妥。否則，一味强求心與事合，便是多了個心，未免湊泊。在功夫與物事之間，鄒元標認爲功夫要在事事爲爲中展開，二者不可分離，故人倫日常皆是功夫之地，明心見性，修身成聖，齊家治國平天下皆可於此窺見一斑。

最後，在知行合一的維度下，鄒元標特別强調了修悟合一的功夫方法，其在《仁文會語》中提出了『先悟』『重修』『貴證』三種方法。『悟』是爲學的入門方法，鄒元標將悟分爲省悟、奮悟和透悟三種，省悟、奮悟所悟者，事爲而已，而透悟者何？吾之心也。悟得心體靈靈明明，則周流無滯，臻入自得之境。所以，在鄒元標看來，只有透悟才是聖道之正宗，是最切於己者。『修』是一種以身行之的實踐功夫，且具有現實的針對性。修的內涵包括惇倫、崇禮、慎辭受取三個方面。惇倫者，在於盡五倫而不使有失；崇禮者，在於循於禮而不使有越；慎辭受取即在於合於節。三者合一即是實有諸己的修身功夫，所修者，亦吾之心也。所以，從功夫目標來講，悟和修是一致的。悟者，即悟其所謂修者，修者，修其所謂悟者。而『證』並不是一個具體的功夫方法，它是悟和修之間的辯證邏輯所在，體現了二者的互證關係，保證所悟者與所修者的一致性。以悟證修，則修不會誤入歧途，以修證悟，則悟不會落入元虛之弊。所以，悟與修在根本上是內外合一、雙融的。因此，在鄒元標的功夫論體系中，悟和修都是實有的功夫，實有於本體，實有於修身，是實悟、實修的功夫，具有明顯的實學色彩和實踐價值。

可見，鄒元標的功夫中包含着實悟、實修與實證的辯證統一，實證作爲論證邏輯方法，體現了實悟與實修的互證關係，悟有修證，修有悟證，從而使得鄒元標的功夫論體系更爲嚴密和圓融，呈現出『實功』的實學特色。鄒元標的經世實學思想對於人的實踐活動具有多方面的指導意義，而其功夫則是貫穿此實踐活動的內在維度。

（三）實行

鄒元標的功夫論以心性合一爲本體基礎，以修悟合一爲外在功夫特徵，以知行合一爲內在功夫維度，將本體與功夫、心與意、心與物結合起來，建構起體用合一、內外合一，富有實學特色的功夫論體系，其『實』不僅表現爲明道方面的實有於心、修德方面的實有於身、

[一] 鄒元標：《偶占七首》，《願學集》卷一，萬曆四十七年龍遇奇、郭一鶚刻本。

通經方面的實有於學，還包括致用方面的實有於世。這四個方面圓融於同一個思想體系内，最大程度地體現了鄒元標心學思想中以仁爲核心的治理觀。鄒元標不僅是一個思想家，而且是一個行動的思想家，是心學知行合一思想的踐履者，他的仁治觀集中反映了其治理實踐中思想、方法與踐行的合一。

一方面鄒元標生活的明代晚期，社會風氣每况愈下。而鄒元標作爲一個秉承儒家内聖外王信仰與理想的士大夫，則奮起救世，力圖挽明朝於頹敗之勢。然而，由於時代的局限性，鄒元標可資以爲用的救世方法僅有講學覺民，並以爲政和奏疏格君以治世。鄒元標曾感嘆道：『天下治亂，係於人心；人心邪正，係於學術；法度風俗，刑清罰省，進賢退不肖，舍明學則其道無繇，無偏無黨，王道蕩蕩，無黨無偏，王道平平。』[一]鄒元標把學術提高到關係人心邪正、吏治清平、天下治亂的高度，這和王陽明有相同的認識，陽明也説：『今夫天下之不治，由於士風之衰薄；而士風之衰薄，由於學術之不明；學術之不明，由於無豪傑之士者爲之倡焉耳。』[二]可見，重視學術的教化作用已經成爲明代中後期士人的共識，體現出士大夫憂樂天下的責任感。故鄒元標創辦書院，講學不輟，並表彰『耿定向洞徹道源，力維名教，以成就人才，爲真修而質行式端乎表率，以康濟民生爲實學』[三]，『羅汝芳性資超脱，行誼高貞，惟道是慕，富貴功名不入其心，逢人必誨，貴賤賢否，不知其類』[四]。從中我們可以體會出鄒氏明道覺民的思想，正如祁承㸁在《讀鄒南皋先生語義合編》中所説：『尹亦有言，予將以斯道覺斯民也，夫豈取諸尹之所有者而覺之哉！明之乎斯道實斯民之道，而尹之覺即民之覺也，然則先生之立教意在斯乎？讀是編者淂其覺民之意則可矣！』[五]可見，鄒元標講學覺民爲政思想中包含着道德責任和情懷。

另一方面，鄒元標汲汲於奏疏以格君心，希望能够鼓舞士心，以肅吏治。他在《直抒膚見疏》中以堯舜相期於君的理想相期於政，『夫談天下國家之事，在握其要，得其要，則衆政畢舉，不得其要，興一政釐一弊，亦徒竭精神已爾。史稱堯舜之知在急先務，矧知不若

[一] 鄒元標：《陳共學之原以定衆志疏》，《鄒忠介公奏疏》卷五，崇禎十四年林銓刻本。
[二] 王陽明：《送别省吾林都憲序》，《王陽明全集（新編本）》，吴光等編校，浙江古籍出版社二〇一二年版，第九二六頁。
[三] 鄒元標：《敬采輿論共推士品懇乞查明録用昭雪疏》，《鄒忠介公奏疏》卷一，崇禎十四年林銓刻本。
[四] 鄒元標：《敬采輿論共推士品懇乞查明録用昭雪疏》，《鄒忠介公奏疏》卷一，崇禎十四年林銓刻本。
[五] 祁承㸁：《讀鄒南皋先生語義合編》，鄒元標：《南皋鄒先生會語合編》，萬曆四十七年龍遇奇刻本。

堯舜者，能役役爲天下用哉』[一]，並嚴厲指斥在危難之際，不願爲君盡忠、爲國出力的朝臣（侍郎熊廷弼、張鶴鳴、王在晉、祁伯裕），國家危難，召而不至，有負於君，『英雄之氣安在』？[二]『知父莫若子，知君莫若臣，臣子不知君父，是處光天化日之下，而不知天之高、日之朗，惡所稱子臣也者』[三]。同時，鄒元標還在奏疏中條陳了種種具體的治理方法，如在《敷陳吏治民瘼事宜疏》中，他列舉了『定等則』『洗佞習』『便升轉』『議久任』『重京考』『褒名德』『慎撫臣』『搜遺逸』『審邊臣』『恤遠臣』等吏治方法，並列舉了時民之苦，『秤頭之苦』『虛糧之苦』『谿票之苦』『積荒之苦』『科場之苦』『積疫之苦』『清軍之苦』『驛遞之苦』等。正如鄒元標在爲其弟子陳尚象等編寫的《萬曆貴州通志》所作的序中所說：『讀茲者，感甲兵强弱則思振，熟土苗馴梗則思馭，會錢穀多寡則思裕，稽盜賊出没則思靖，察士習民風淳漓則思正。』[四]在鄒元標的奏疏中，我們亦可以深切感受到他的這種振世善俗覺民的士人理想和責任意識。可見，在鄒元標奏疏格君以治世的思想中亦有者顯明的道德至上意識和憂世情懷。故李邦華在《鄒先生語義合編序》中表彰鄒元標曰：『先生振世覺民之心之無窮也。』[五]此言可謂恰切。

總之，鄒元標的經世思想在諸多方面繼承和發展了陽明的心學實學思想，是對明末心學末流學風的反對，其實心本體論、實功功夫論、實行仁治觀都體現出踏實的實踐作風。

陸永勝

二〇二三年二月一日於南京

[一] 鄒元標：《直抒膚見疏》，《鄒忠介公奏疏》卷一，崇禎十四年林銓刻本。

[二] 原文见鄒元標：《乞嚴明振作以救臨危疏》，《鄒忠介公奏疏》卷三，崇禎十四年林銓刻本。

[三] 鄒元標：《救郭中翰疏》，《鄒忠介公奏疏》卷五，崇禎十四年林銓刻本。

[四] 鄒元標：《貴州萬曆通志序》，郭子章：《藝文志上》，《黔記》卷十四，萬曆三十六年刻本。

[五] 李邦華：《鄒先生語義合編序》，鄒元標：《南皋鄒先生會語合編》，萬曆四十七年龍遇奇刻本。

《鄒子願學集》序

《鄒子願學集》是鄒元標『以真人品發而爲真氣節，由真氣節溢而爲真文章』的『詮道』之作，歷來受到學人的推崇，『莫不欲争睹之爲快。』（焦竑語）明萬曆四十七年，龍遇奇、郭一鶚主持刊刻，共七册八卷。焦竑、周汝登、蕭雲舉、吴達可、黄鳳翔、蔡國珍、余懋衡、湯顯祖、劉日升、李日宣、龍遇奇等爲之序。

《鄒子願學集》的體例共有十一種，其中卷一爲『詩』，内容包懷古、别友、記游、贈勉、祝壽、題記、吊唁、自警等主題，是鄒元標真性情的直觀體現，也是鄒氏日常風貌的自畫像。其中《自警二首》曰：『收斂精神入太虚，終朝兀兀總如愚。老來不識原頭路，只恐青山也笑予。』『今朝不知明朝事，肯效人間壽者痴？若要了時即便了，乾坤伶俐幾男兒。』此中體現了鄒氏朝聞夕死的豁達的生死觀和依道而立天地間的偉岸形象，這和其疏諫江陵而遭貶都匀六年，後又不計前嫌，進言協助平反張居正，以及講學明道於東林書院和首善書院，傲立朝堂以仁治勸諫天子的形象正相符合。

卷二和卷三爲『書』，共收録鄒元標與當時學人往來論學書信二百多封，這也是此『集』中内容量最大，學術價值最高的部分，其中涉及諸多晚明思想家，如心學家羅近溪、馮從吾、王塘南、周海門、顧涇陽、郭青螺等等，論學内容涉及仁、心、性、理、誠等範疇和獨知、慎獨、寡欲、事上磨煉、萬物一體等命題，貫穿其中的主綫則是鄒氏『以學救世』的思想，展現出一個處危世而不懼，針砭時弊，汲汲於道德救世的士大夫形象。『世綱淪廢極矣！匪有至人難語至學，匪有至學亦難與至道。』（《啓鄧定宇》），『吾儕樹立乾坤全在此學，學術既明，如滄溟之無所不容。』（《復羊嵩原侍御》）於此可管窺鄒元標重振聖學之心。鄒元標之學的總體特質即是一個『實』字，表現在四個面向：明道方面的實有於心、修德方面的實有於身、通經方面的實有於學、致用方面的實有於世，此亦是中晚明心學實學的基本特徵。讀鄒氏《願學集》，也許會讓我們對那些不加區别地批評晚明心學空疏清談之論進行深刻的反思。

卷四爲『序』，凡七十七篇，多爲前人著述或時人文集之序。前者如《四書大全纂序》《孝經序》《學庸或問選序》《聖學宗傳序》等，集中表達了鄒元標的經學思想。在某種意義上，此類序文可謂是鄒氏的『釋經』之學，以藉經（序）明道。後者如《羅念庵先生文要序》《李同野先生先行録序》《孟我疆先生集序》等，既有對其人爲學的點睛之論，亦有對時代學術思想的總體評價，抑或説，此類序文是鄒氏的學術評論集，對於我們把握明代學術思想具有重要參考價值。

卷五有『記』四十九篇，主要爲各府、州、縣的官辦『儒學』（學校）記、書院記、學人祠記等。鄒元標於此不吝筆墨紹述儒學道統，表彰聖學名儒，其匡扶正學之心天地可鑒。此與其以學爲政，積極於道德教化和地方秩序建構的思想一脉相承。

另，卷五還有『碑』二篇；卷六有『行狀』一篇，『墓誌銘』十七篇，『墓表』六篇，『傳』六篇；卷七有『祭文』十三篇；卷八有『雜著』二十二篇。鄒元標於此表彰人物，標舉道德，可謂是儒學世俗化、民間化、生活化的生動體現方式之一。

《鄒子願學集》於今而看，體例規模頗大，然於鄒元標而言，在其學而不在其文，此正是其『以學命集』的原因，『循其名，讀其文而究其微，是可以溯陽明而達鄒魯矣』（周汝登語）。鄒子之苦心，於此集可見矣！相信廣大讀者亦可於此開卷有益！

陸永勝

二〇二三年二月一日於南京

目録

六言古風

六言绝句

七言古風

七言律詩

七言絶句

卷二

書上

卷三

書下

卷四

序

卷五

記

碑

卷六

行狀

誌銘

墓表

傳

卷七

祭文

卷八

雜著

題鄒子願學集序

余與鄒爾瞻先生志相合道相許數十年于茲矣爾瞻以真人品發而爲真氣節由真氣節溢而爲真文章人見其詩文醇深踔絕動中軌度莫不欲爭覩之

爲快而爾瞻初無意也惟知詮道而已蓋欲以詮道故不容于無言惟不容于無言斯言出而道之明晦因之非苟而已也世之眯于道而因以眯于言即巧托人僞以爭須臾之譽而揣篇

捫燭去之愈遠也余謂爾瞻非能爲之爲工以不能不爲之爲工也爾瞻統翼聖真振起絕學堅挺於嶔崎歷落之場而洞豁於身心性命之故余别之垂三十年詣益深而養益邃

解黏去縛觸處靈通直指横發妙投機鋒余近以老病方欲刻除枝葉獨證本根而爾瞻乃能於語言文字之中宣無上義則敏與鈍之别也侍御龍公覃精理學闡發弘深裒白纂

聖學啓關一書嘉惠後學頃視
醝之暇復刻爾瞻願學集以行
于世蓋深憫學道者之迷津
而樹此以為司南為意甚盛讀
是編者誠能神而明之因其言
以會其所為道始知爾瞻之千

言萬語總屬無言斯無負爾
瞻之心侍御公之心也已
萬曆己未季春吉瑯琊友弟
焦竑拜譔

題鄒子願學集序

南皋鄒子舊有太平山房集刻
業多家珍户誦矣頃其學益邃
而撰著日益富海内無繇窺其
大全也侍御紫海龍公視醝淮
海以理學道其士類既以自所

製啓關審旨昭布之又謂其鄉
達鄒子理學所宗請其素所撰
述篇什梓行以惠一方而及天
下鄒子慨然以願學一集授之
夫不曰文而曰學其意甚微乃
侍御公之請梓其心良苦哉夫

其所以命名者何也文與學不得分為二旨要本之六經論孟六經無文法而道之所載天地為昭論語尋常答問講學而已精求之則在茲之文即是而寓淺求之則雖謂志學篇為自壽

之章侍坐篇為敘事之記可也孟子與列國諸侯及門弟子談仁義稱孝弟自吐胷中所學何嘗有意為文而蘇老泉氏於其章法句法井而乙之奉為文軌即學即文即文即學聖賢所以

為文者如此後世學不傳而文亦遂喪是故起敝興衰以文師百世者莫如昌黎而或者譏之曰紛紛易盡百年身舉世何人識道真力去陳言誇末俗可憐無補費精神傷文與學之離也

昌黎且然他可知矣有宋星聚聖典重昭四篇文字是其最著者遠至我

朝斯道益昌陽明子以萬死一生之力從事問學既徹千聖之心遂開千聖之口宏篇積語具

足貽垂一時門士作述相承文與學始合為一耳繼陽明而起今則又有南皋鄒子鄒子由困衡而喻其脉正其眼明平生所學學者在學而不在文然而感遇瞻遺時為宣洩法度湛容旨

趨深遠或明言道理如開門見山滿前洋溢或不涉道理如水中鹽味咀吸自存其文也即其所為學也故以學命集而且曰願學所願何人所學何事穆然可思豈不甚微矣乎余惟自古

聖賢皆為覺悟羣蒙故文稱有補絕學之餘乃有陽明然其時文與學分可明辨也今不數十年弊殆轉甚為講學語者若合學于文然而意見强持門庭妄設似是惑真多指亂視不徒無

補而且將有害於斯時也必有人主持而旋轉之侍御公蓋已屬之鄒子是以表章其語言若曰循其名讀其文而究其微是可以遡陽明而達鄒魯矣衛道之念何切吾所謂苦心者以此

嗟乎侍御公身竆道奥而又以斯取斯何魯國之多賢而一時之偶值也吾道永賴寧不稱隆興之盛事也哉梓事告成侍御公以序見屬謂予與鄒子莫逆也鄒子之文豈待人言者哉吾

聞陽明子論學人初未肯惟仰其勁節殊勳遂不敢置喙枝葉亦本根之藉也鄒子濂濂之氣節慥慥之修精肫肫之心地海內方且接識而一信無所不信其所自爲藉良多也人言何有

哉顧惟侍御公之命不可屑而予且樂附於應求之誼故強爲之言而論次如左云

萬曆己未春仲之吉東越年弟

周汝登頓首拜撰

南臯鄒先生願學集序

學貴明宗宗安在在識仁仁無體以天地萬物為其體孔聖曰克己復禮為仁夫己克則見一見一則知體矣一者何也仁也仁于天地為生物心于人為立命根其體一其用弘其道合而靡貳而最害仁為知有己夫蝨

生於禾蠹禾者蝨也火生於木燔木者火也仁逆人生亦以人滅多諸戒見長與安窮蓋執而難破惟己闕而難通亦惟己其役於己也動則紛紛靜則憧憧掃之忽積撤之旋蒙夫如是雖日夕營厥體焉而一膜之外遂成胡越仁於何有孔氏罕言仁而直

以立達與俱之謂仁天下同歸家邦無怨之謂仁至於見賓承祭造次顛沛即終食而不違仁也何兢兢也它日曰仁吾豈敢第為無厭誨無倦云爾誦思之所為所誨者何事不厭不倦者何心誠于斯識取仁舍聖安歸于顏曾以後獨軻氏承宗而直揭之

曰仁人心也以尊爵名以安宅名而謂求其放心盡學問之道夫學至存其心則情不離性物不離則安所弗仁乎哉

明興自新會姚江直尋本際二溪盧山共明斯旨爾瞻鄒先生宗而大之其意曰天生蒸民有物有則匪仁奚

則匪學奚仁不卽且爲曠爲邪可憂孰大焉故講必貴衆衆必有會會必有所歲集士紳於青原山或白鷺洲有田有舍爲規爲約所檢飭身心甚勤章闡名理甚晰其間大言小言瀍言巽言橥之以聖爲鵠以仁爲根獨露真常全彰至體曾無纖毫剩瀍與

人爲知爲解者而又因緣吐棻隨機引導世猶之老農言稼皆嘉種也老圃言蔬皆嘉茹也卽未嘗以意湊泊用識摶量而勃窣於名理中者決若棻塘令人卽之也意消而聽之者溟涬心析若乃驪玄闔蹈實域粲錄真粲悟繇真悟先生所爲鍊性治身者塵

掃而賦郤其闇脩穆行可質神明學仁至此庶幾哉有指歸矣余恒謂功業之士易浮文章之士易蕩氣節之士易滋何者心未仁也三者類從仁出則爲無爲事無事若行空之月處處分肄過樹之風塵塵絕跡邊驅際廓渾成一體其爲仁也如水之必寒

火之必熱其不爲不仁也如騶虞之不殺竊脂之不穀斯豈依稀彷彿倖易臻此古人信道篤見理明操心審立志遠始焉顧學聖人而究也一念萬年至於無顧無學無聖亦無凡總形喪我莫可蹤跡若是而後仁體徹也先生道見其大學稟於宗厥行不

為嵬崖嶄巘以示異厥言不為要渺
浮濶以明髙所著義語合編太平山
房等集無不覩孔武孟而又脱畧見
聞要以自性自靈之所出恬如澹如
即眉睫之間帶袵之上躍躍乎杏壇
宗旨其頓學之心不在子輿下矣世
謂先生出若懸曜處若收雲風節矯

然日道日上烏知其道廣心恢達不
愉遯無悶帶緣弁騏以鎮流俗而解
嶷杜機以全聖真由由夷夷出六虛
而含九有歸乎大學也哉夫士也戴
圜履方不識仁不成其為人不學聖
不成其為大有能收攝精神併歸一
路讀先生之書不患無省又何必尚

二氏之虛寂騖百家之綢繆悠悠逐
逐視仁體芒如也嗟乎宇宙萬世任
重途康五十無聞聖人弗畏矧余又
倍焉者乎故過時而耕雖種不粟老
至而懈靡哲不愚物之先得日者梅
常侵臈後淂日者桃逦失春時乎時
乎盍觀于遷喬之鳥在陰之鶴而信

求友之亟也廿年前余曾啓蒙於新
建喚醒於盱江久之濩侶漸稀各雲
散烟消以去歸來深懼大事未明良
朋鮮獲時一猛發佗可小休俟河之
清老冉冉至矣里有仁賢如先生者
而又以川途間之無從縮地蒹葭白
露余甚思之語曰君子蘭芳無之而

非好也則以懿德在也雖然甘辛異味而同和黼黻異采而同章東西異海而同性緬惟天壤此事何物堪偶要以明明自地密密歸根象罔玄珠無煩多索若因有言而悟所以無言祛假已而尋所為真已是謂不負本靈不沒先德洙泗可以接濂閩洛可

以聯裾上聖之宗風千古之仁脈藉斯以隆然而先生已肩之矣即吾儕願學儻在斯乎儻在斯乎山人握筆覶縷未免重下註脚願于異日把臂入林相視嗒然而笑先生以為何如

旹

萬曆己未歲仲春朔旦西昌春侍弟

蕭雲舉頓首拜撰

題鄒南臯先生願學集序

毋所稱文士家言類鉤棘其詞軋茁其句以為藝林之藻繢不復求之理窟間有譚及理道者往往拾支離之餘唾借影響之陣言而心體性真渺無省悟亦何貴于立言哉余年友鄒爾瞻氏少稟奇姿負偉氣甫登籍佩

佩封事扶翼綱常觸忌冒諱竄謫遐荒余筮仕稽陽寓書相訊大畧謂陽明先生昔貶官龍場羣猴狸侶豺狼不惟富貴侶慮不入於衷而節義高標亦無處倚着後來勛業道德悉從一竅靈明發之兄今所立之志不媿先喆所居之地是即龍場弟將拭目

大成等語公欣然會心以余年為有契也居夷困頓者且七載嘿悟本心洞見道體擄所自得發之篇章形之歌咏不出儒者矩矱之中而亦不着儒者事理之障不脫烈士英傑之氣而亦不畜烈士憤激之腸蓋節義文章道德性命渾融合一真足維風而

立教者予余觀風江右待從安城避公於一小艇晤語文江舟次楚蘭臭味種種愜衷亟索公所為撰著頗有吝色束懇數四而後出笥中藏藁示余余展誦賞心携之行篋晨夕玩味究如坐春風飲醇醴也京國晤余少原侍御譚公意氣間學蓋昔令永新

時莫逆於心者謂茲集不可以無傳慨然捐貲付匠手余即不文何得無言以寫胸臆彰懿美耶夫以言傳世終不若以學經世公身雖退譽望益
崇
聖天子念忠藎舊臣不宜久寘嵓穴且晚

綸音左右密勿論道宣猷維綱立極撤揭事業東越先生不得擅昭代之美稱斯不孤余先年貴竹一函之期待耶併書此為它季左券又不獨以文鳴已也

年弟吳達可頓首拜撰

鄒南臯先生願學集序

是集也吉水鄒君爾瞻所譔著而待
御婺源余君為梓以傳者也君自登仕版輙論糾權相之戀位奪情者是時氣壅蔽日被重譴謫戍夜郎居七年
天日開霽

賜環易秩矣先後掄諫省改銓曹皆弗獲安厥位非
明主初意也君優游留署尋退棲南臯之野而道日尊名日重海內士無論識與不識咸稱之曰南臯先生云余曩與留雍時嘗晤君于講席比君赴銓司之

命甫詣闕而余釋春曹歸君就行色中一晤語焉蓋自是而余跧伏荆扉者凡十七載魚筒雁足好音屢屢頃得君集讀之如炙手容聆譚吐奚啻講席旅邸時景象也夫古昔才士多好自誇詡又常嘆知己之難逢陳孔璋善書檄不閑詞賦而自附於司馬

長卿丁敬禮鐵中錚錚耳乃其自譽曰文之佳麗吾自得之後世誰相知定吾文者曹子建一彈一許遂欲定千古月旦顧敬禮之文今安在哉蓋以信談著之難如是君潛心性學遠則周程朱陸近則河東餘姚遡索論難於宗傳一脉卓有實契不屑以詞

章鳴者惟是陶寫性靈興懷成詠謫然若春冷然若秋而世之鄉慕君者咸覬得片言爲重君特用聲氣之同應之無飾語亦無避忌豈與夫騷人墨客競麗爭奇又豈規規然爲之較量曰待後世相知而吾文始定也大都君心事如青天白日出處如行雲

止水所爲詩章亦似之由今誦其集處遐荒無賈生賦鵩之感還清朝無韓子慶雲之頌諸所酬答談述無李賀嘔心之苦詞贍而逸氣雄而典有道之言信是傳也余老且衰學殖落矣宜擲筆裂研以畢餘生特以一念景企私衷僭弁君集端如此

萬曆丁未仲秋朔日晉江侍生黃鳳
翔拜手譔

黃氏鳳翔

鄒南皐先生願學集序

余往與胡盧山先生同釋褐盧兄一見以遠器目之引之使學余謂學非講說爲也必由悟入人性各有悟因悟而修修而悟修悟相尋不已庶幾自得而學在是矣能學則無道德政事節氣之名而兼有之况於文哉况文以載道道則文非道則不文而徒以雕琢藻繪相高是則技而已雖工何補盧兄不以爲不可南皐鄒公志真氣鋭唯務自得不隨人口吻不狥人脚跟不以顯晦置意中觀集中所載謝蕭兊隅東友人荅近溪見羅東周山泉徐魯源馮望山荅李養愚諸

作其得正學之宗可少槩見矣至於文奏議得體不必論已他詩文皆無意於文而自文辟之言詩者宗盛唐以其先神韻而不先格律故也公得其先矣况有不可以徒文言者在又奚論工不工哉吁使廬山兒尚在必首相印可矣然其進猶未可量也二

侍御共授之梓誠有益於道與世也余雖學未有得然覩此集義不可無一言故書之簡端

萬曆庚戌歲春仲礿吉通家侍教生

蔡國珍頓首撰

鄒南皋先生願學集序

昔人以立德立言岐之為兩余謂不然孔子曰有德者必有言而韓愈亦曰仁義之人其言藹如則言為心聲猶山川之出雲氣草木之吐華實不可禦亦不容假也世人妄作名字自相刻畫而烏知其非有葢有二焉詞

人墨客雕龍繡虎懸河倒峡非不謂足藏名山顧以象為楮葉莖柯豪芒鋒澤亂之楮葉而莫别而于真體何居否則借竺乾柱下之餘瀝汎恣洸洋非不諫聞而動衆顧于大道則茫如捕風而終蹈于荒唐謬悠之弊二者不同亡羊均也南皋鄒公髮未燥

已負奇骨比釋褐抗疏斥柄臣扶倫紀流離夜郎蓋夷狄患難之鄉也七年困楚不慍不沮其學日益邃而性體日益徹後

詔起掖垣補銓司出入承明陳誼侃侃故或一歲歸或二歲歸而大要山林迴翔之日爲多公于世故人才無所不凝注尤刻意于聖賢之學其爲文章英風傑氣時露毫端而盡絕叫號亢厲之習與人談性命不求爲同亦不求爲異要以抒所自得不者即金屑亦翳也其作詩歌無煩繩削而自合矩矱羈臣逐客全不掛口而時吟風弄月有康節空曠之致若其跌

宕豪邁則幾與青蓮相上下夫詩文如金玉自有定價覽者當自得之余令禾川又得從公遊不淺每訪公廬但見山窗水濚老屋數椽比鄰學宮問奇者屨恒滿則不待見公而已游于廣莫之鄉及聆公言則冷然清風解我燥暍後得公集數卷藏之奚囊以資展玩則塵滌而竅開猶未及覩集選侍御吳安節公夙與公爲金蘭好自按江表還朝手出集選示余余受而卒業種種皆天機流動性靈融液非務華而絕根任達而課虛者也付之梓以公同志而吳公爲之序序核矣余之爲此贅也以吳公頻促姑

漫衍而置諸末簡

侍教弟余懋衡頓首拜撰

太平山房願學集序

通人之言曰善觀人者不觀其人而觀其人之天相千里馬者取其精遺其粗見其內而忘其外以此謂之天機子言之矣富貴貧賤不以其道得之君子有所不去不處以成名于其仁盖造次必於是而顛沛必於是是不有天機存焉者乎不然而曰必於是是固有不可得而必者何也其外而粗焉者耳故曰言語者仁之文也行事者仁之施也行莫大乎節行而言莫大乎文章二者皆所以顯仁而藏其用於世固非以成名也而名不厭成　國朝制天下常以此厲臣子

忠孝之節吉之羅公彛正倫大臣起復非是後百餘年爾瞻鄒公繼之羅公止于賤貧公顛沛殆甚前後公而必於是者固亦有人焉而公之名以成何也天下國家可均也爵祿可辭而白刃可蹈中庸不可能中庸者天機也仁也去仁則其智不清知不清

則天機不神乃至有顛沛可必造次不可必貧賤富貴之際終其身有可以爲名不可得而成名者公於其際固屢矣仁存其心如將造次而弗離然則公其天機勝與何以知之以其文知之公所爲奏議傳贊書論詩歌無慮若干卷大抵皆言均天下國家

蹈白刃辭爵祿之事而未嘗不出乎道中庸之意正而不覊旁而不離發憤譏切大臣之事詘然而止餘多以大雅寬然之思感動

主上所傳記悲美多以表發道術感慨烈行幽憂所不能平與學道人酬荅常治其偏至言修曰必有以悟言

悟曰必有以修言悟修曰必其中有真而後可盖學道人言多出乎是獨公言之如氷玉之淸以明如芝蘭之馨如英英乎其出雲而昭昭乎其發春也令人挹而愛之不可忘受而禮之不可易緒爲詩歌漻然以和公其天機勝者與盖予童子時從明德夫

子遊或穆然而咨嗟或熏然而與言或歌詩或鼓琴予天機泠如也後乃畔去爲激發推蕩歌舞誦數自娛積數十年中庸絕而大機焱盖晚而得見公文乃始憬然嘆曰是何仁者之心而智者之言如相馬者吾今猶未能定其色知其人之天而已公固爲予曰非子莫爲序吾文者因爲欣言之如此固將有事乎此而就正焉非如世所云以托公千秋之名而已也

友人臨川湯顯祖撰

太平山房顚學集敘

蓋余讀鄒爾瞻先生太平山房續集而三嘆立言之難也夫言非難也使人思得其言而誦之則難又使人得其言繹其所繇言不能釋去則難思得其言而誦之必其人脩身淑世光明俊偉矯然拔於流俗其高風佚韻直可厲世自教天下事慕快睹顚爲執鞭未是以人人思得其言得其言繹其所繇言不能釋去必其言本於閱歷之熟留於討論之深於古今賢聖微詞隱諱窺其要眇明其根宗不啣有文而文自勃發淺求之而厚風俗深惟之而見性命夫是以人人喜

得其言如是而後言重言不亦難乎
爾瞻先生舊有太平山房集傳於世
該其續著爲好事者梓行集有古近
體詩有赤牘叙記傳誌表有穰著凡
如干卷先生少舉進士時
主上沖年執政驕恣道路以目先生
不難出萬死一生抗言

廷爭以爲綱常天下聞而壯之曰是
何偉男子而忠讜若此尋起爲諫官
爲天官郎秉直如初後爲當事所忌
先生遂力謝蕭然田間天下愚智無
問識不識望以大用爲時中砥延頸
相屬山公之啓歲不下數十上先生
揆耳不欲聞曰偕諸同社及四方從

學之士相與講業太平山房口不譚
當時之務喩二十年一日也天下聞
而益壯之曰是非少年忠讜抗旹宰
者乎第謂是磊砢英多或不屑於聞
道而發憤彊學老而彌堅又若此是
以先生用則爲
廟堂楨榦不用則爲斯道金湯宗學

者奉其面命耳提信於蓍蔡聞風者
獲其單詞隻語寶於球琳先生雖欲
無以文章爲重於天下不得也是編
諸體詩不蹈襲鑊亘標性靈問穠倡
語以示鞭影諸叙記崇論竑議獨造
深心偉然作者傳誌表不爲溢美舉
然信牒裨於

國史諸赤牘則與友人商學爲多郎
娓〻言之皆宗門見性而狂解決防
之憲飭躬維教之指每爲諄復先生
毅然以斯道自任班〻可考頗善讀
者謂何耳夫學道之有關於文章家
非淺尠也不學則溺於才情而蕩不
善學亦局於封識而錮藉非六通四

闢闡所不闡繪所獨諭上之無羽翼
之功下之無匡扶之效耶殫平生之
力極詞人之致其究卒歸於楊子所
謂雕蟲小技壯夫不爲者而已曩余
諸生時與先生讀書青原山中先生
故不屑攻若制舉家言意所獨到銛
筆伸楮淋漓滿目初不經意詰〻笑

余輩澄涵眈意以爲自室靈機鄉弟
媿謂是才不才之不相及繇今觀先
生所爲詩若文而後知子墨客卿之
言獨擅以餘力收之乃所深探而力
爲之者固淵源於鄒魯而證於宗儒
非淺學可造次語也夫舞劍得書山
林杳冥海水洞涌而得水僊之操彼

故超然自悟於點畫之外絲桐之表
默運不存言象俱適事故有進於技
也者先生之於詩若文夫亦若此矣
余不量固陋書之簡端令世之尊慕
先生者知循其本肆力於學圖所爲
不朽大業云

萬曆甲寅季春朔旦眷弟盧陵劉

日升頓首跋

太平山房願學集序

夫文章性道一致也乃端木賜氏可聞不可聞一似岐而二之或者謂其顓悟終隔顏曾一塵見地性有差殊而不知此政端木悟到語意當在聞天何言哉以後光景夫子文章何往非性道其不可聞即可聞中妙境賜始益矣文章不根性道如夢裡散花雖極艶麗覺來蘧然何在不知性道妄語文章亦如以盲繪天以蛙測海儘其侈口風雲月露抵掌汪洋澎湃即恍然如親見之竟是扣槃捫燭以語于日愈近愈遠故嘗怪今之作者動敝帚宋儒文字曰語錄訓詁爾爾

嗟乎語録訓詁何非至文哉宋當五季濁亂正學榛蕪非諸君子廓然以性學振三百年如綫之緒滔滔汪流莫知所止今諸君子制作具在誰非發抒性靈根極理要洋洋灑灑直升周孔之堂而造顔思之室安在性道之非文章耶吾師鄒先生之學人但

知其從千折萬磨困心衡慮來而不知先生帶來原自烱烱照徹萬古乃其所歷諸艱復隨時變易以通于易以自參考則凡先生逆境一皆順境是以其文思入玄冥吐出崚嶒而又絕無斧痕舉手應心自成佳妙政先儒所謂真積力久而豁然貫通者故

人有千萬想不得徹千萬語不能了先生常以片言破之令人解不解都胸次開霽不肯每造先生先生無不以近作見示如睇群玉峯坐萬花叢眼花不定神色欲飛弟子日孳孳求師于語言文字間政恐時行物生覿面錯過日墮不言何迷障則聞與不

聞都成夢幻顧猶記髫年時一日家大人携去見先生先生取手中扇題之曰人能通性命人欲卽是天理不能明性命天理亦是人欲吾子留此疑團胸中二三十年參之未晚尋示一尺素曰世間有一件事有世間極聰明男子讀盡萬卷書下筆滚滚萬

餘言却被人䟽過噫先生之授弟子也早已露其大端而憒憒者今二十年一日猶芒然若是也蟯蝇觸窓不知何由窺見一隙夫不明于先生性命之旨將并其文而失之寧惟弟子不習是懼千古而下未易任耳矣日宣過太平山房讀諸生所梓先生續

集先生命弟子可能贊一詞弟子圭臣忘其固陋爰攄草昧以識請事云

萬曆甲寅歲中秋春門生李日宣頓首拜撰

刻鄒南皐先生願學集序

明興道化翔洽人文蔚起海內歸然員物望與脩古文詞以自表樹者固不乏人碩合口膾炙而盡人尊信者指亦不多屈獨我南皐鄒先生寔內人士無問識不識望之咸若威鳳祥麟目為希有之瑞而誦其片言只

牘又不啻若靈蛇珠夜光璧何以故毋亦以先生抗史淑之直負由夷之潔為其品彌重其言凜其氣節故珍其文章爾乃先生純脩極詣粹然理學真儒為斯世斯道倚重者則或未之悉也即有悉先生直承正學牛耳斯文者第亦曰及其登壇降帳闡道

淑人則信為傳宗明道之書而從常集文疑止於因人賦象隨事班形不必皆與道合真爾乃先生立德立言蓄極而流無言非道即文即學之完養又或未之悉也夫先生淵源正學之鄉稟負超穎之資自燥髮便以性命為依歸以孔孟為家法惜分

局戶體迥獨至困衡拂鬱磨鍊益精居常集六先生要語以自勗悟門日闢惟其洞徹性體卓有欛柄故夷險一致無之非是龍鱗可批權奸可忤貶斥三黜可聽流謫夜即可赴清風一榻蕭然環堵可安而不磷不淄一念則千古一息萬死一生必不可

磨滅先生之淵懿與諸未可窺而筆業先生集梗槩亦自可覩其論學以闡道也不隨前人口吻不落俗學窠臼獨抒心得自印道妙直截透露一性獨詣聽之者不啻披霧見天震霆破睡開左藏以貸貧也其論人以證道也如臨大方銅鏡寫我形骸皮

髮毛孔秋毫畢照即有器局偏至瑕瑜不掩者咸為箴砭誘掖偕之大道無忌避諛飾之嫌也其論事以詮道也鬱無舒勢無理即有雜顯雜狀者而引經質典揮灑道之爍然星漢流湍然江河決誦之者靡不饜飫自得心曠而神怡也蘇子云行

乎其所不得不行止乎其所不得不止
先生詩而蘭芬皆迫於真性之盎溢
故其言如乎其心其明白洞達輸寫
肝與顯乎其人而謂無言非道即
文即學者非耶慨自三代以還性術
不明理學事功氣節文章分曹而議
遂至人品亦因之大成之學闕缺如

矣乃如先生以透性為宗以心行俱真
鵠鵠慥慥為實際以即體即用默
識貫通為自然以萬物一體俱立俱
達為究竟言既支離行渾名相如
太和元氣周盎無端任時行物生
機趣自暢故有繼往開來之真事功
而無朱陸同異之徑有鳳鳴朝陽之
真氣節而無龍門標榜之號有吐
詞為經之真文章而無風雲月露之
名要以統翼聖真振起絕學則庶
幾集此學大成無間即邁明道陽明
亦先生一堂即濂直接魯尼之傳而
班思孟之科誰曰不宜繇此窺先生
之文而濂文章即性道稱在茲之文

者即此而是讀先生集者宜詳覽
洙泗宮墻毋徒慕昌黎山斗則善
矣洗若濂先生道全德備獨擅於
賜環致井渫雖壽久鬱不食為先
生憾不知通來
聖明以靜攝致登鸞即使先生徽
丕應弓旌非無至誠格心之忠難接

納牖遇巷之會先生無徒舍所學狗之則何如待價而沽擁臯青原白鷺之壇與天下萬世人同歸於善之為大也雲龍風虎都俞吁咈取必於行義達道者自古難之此孔子所以轍環徧天下未嘗終三年淹委吏乘田可仕際可公養可仕而接淅不脫

冕之行終難自禁先賢有言曰窮則獨善其身達則兼善天下此賢人分也達則兼善天下窮則兼善萬世此聖人分也孟心齋亦曰仲尼之為不厭誨不倦即仲尼之位天地育萬物達乎此先生頤學之意可以深長思矣學者以先生之頤學頤學先生可乎

詩曰高山仰止又曰維桑與梓必恭敬止余也鄙吝於闡揚先生獨距先生居甚邇荷先生教甚深習先生學之大風之廣甚親切姑以刻先生集次紀歲月期與四方人士共識高山之仰云爾

己未春仲月眷晚生龍遇奇頓首書

鄒子願學集目錄

卷之一

詩

三言古

簡會中同志

四言古

別友　仁文書院四首

題萊圖十首　家訓

黙菴和尚　書劉生卷

示昆弟　勗從子

五言古

題許給諫廣易通　別曾舜徵儀部二首

復眞書院覩雪蓬舊隱處

涉沅湘歌

有儒生思南胡精邵堯夫數學持李同野大

叅書謁予贈之以詩

叅知棠山陳先生八十　示鄭天台山人

獨對亭書懷次王陽明先生韻

雪中偶唫四首　雜興簡同志十首

閒居雜興三首

舟中寄懷張明成學士鄧以德太史涂汝高

侍御三先生二首

紀慈訓

出都門宿大覺菴遇二僧時偕曾職方徐尚

寶

贈但友孟臯

安節吳公之還朝也情不能已再爲詩十章

楊如石孝廉二首　過楊椒山墓碑

五言絕句

遊石蓮洞十首　柬王夢峰

觀瀾軒次謝虛亭韻二首

題覺今堂二首　朋來亭

聞泉亭　大意亭

舍身巖　贈郭生善篆圖書者

偶占七首　別楊如石四首

龍華寺坐　漫唫二首

七言絕句

卷之二
書

卷之三

書

荅余鏡源中丞　荅吳徹如光祿
荅于景素儀部　荅薛欽宇方伯
荅馬冲六二首　荅文別駕
荅劉學博　荅曾先醒

卷之四

序

四書大全纂序　學庸或問選序
孝經序　聖學宗傳序
聖學象教圖序　聖學啟關臆說序

易彖序　像象管見序
宗儒語略序　月川錄粹序
讀書全錄序　康齋先生語略序
文簡先生語略序　仁孝訓全書序
胡敬齋先生粹言序　羅一峯先生集序
李谷平先生粹言序　羅東川先生語錄序
王門宗旨序　石蓮洞全集序
羅念菴先生文要序　歐陽文莊公年譜序
胡廬山先生全歸稿序

何善山先生文錄序　黃洛村先生集序
鄧文潔先生集序　識仁編序
東越證學序　王塘南先生全集序
友慶堂稿序　王夢峰先生語錄序
紀善新編序　同野先生先行錄序
王塘南先生語錄序　張陽和先生文選序
處惺堂集序　日省編序
亦定軒稿序　四山先生全集序
廣易通序　孟我疆先生集序

貧當館集序　荊南稿序
四書證義序　四書五經疑問序
易原序　師模錄序
東遊草序　少墟馮先生集序
聞湖誌序　龍泉文明會約序
仁文會記簿序　仁里斯文會簿序
仁文會約序　湛源集序
侍御鑑翁朱老師還朝序
大僕少卿王洪陽先生之滁州序

卷之五

記

墓表

傳

刑部尚書鑑塘朱公傳
嘉議大夫吏部左侍郎兼翰林院侍讀學士
貞復楊公傳
大理寺左少卿徤齋曾公傳
文臺陳公傳
盧貞父傳
卷之七
祭文
告諸儒文　盧溪祭濂溪先生文

奠朱鑑翁師文　奠定宇鄧先生文
祭張陽和文　祭胡廬山師文
祭萬思默先生文　祭袁玉蟠宮允文
祭曾徤齋大理文
承德郎雙崖府君入鄉賢祠文
承德郎雙崖府君入鄉賢祠昭告
顯妣羅太安人焚黃昭告
先妻江安人焚黃昭告
卷之八

雜著
書明道先生語略後　書陽明先生語略後
書象山先生語略後　書慈湖先生語略後
書白沙先生語略後　書心齋先生語略後
書王夢峰先生贊　書天下善士卷
書無涯公卷　書太和卷
書胡黃溪扇　書上國勝遊卷
逍遥樓銘有序　瀧江講義題辭
仁文會約語

仁文瀧江兩書院增定藍田吕氏鄉約題辭
書同心之言別劉抑之使君
白鷺會荅問復
書白鷺會語後
乾城紀遊引
圓塘錢氏興文會條件
書刻汪子手持孝經贊

鄒子願學集卷之一

吉州鄒元標爾瞻父著
東越年弟周汝登編訂
同郡後學郭一鶚
龍遇奇校梓

三言古

簡會中同志

急開眼謹貼身乾坤內做箇人學不疑功不真疑不問氣不振際嘉會乘青春魚有水德有鄰宜黽

勉莫因循年年會日日新

四言古

別友

迢迢覓道與道背馳歸而求之自有餘師朋友切切兄弟怡怡大心體物敬以自持實有諸已信予匪欺

仁文書院

父母生我耳聰目明能思能索手持足行至道難聞寧虛此生秉時勉學敢告同盟

其二

先立其大在識本心時時默識海裏尋針把柄在手點鐵爲金有鶴在林遺我好音

其三

大明中天千載一時無忝意見無涉支離卓彼先覺示我良規上帝臨汝心實嚴師

其四

英賢濟濟聚首一堂商確疑義剖晰毫芒鳳毛麟趾規圓矩方日新月盛篤實輝光

客有惠予菜圖者予懸之齋頭日夕愛之書俚言自勗

咬得菜根百事可成不負天子不愧蒼生 其一

咬得菜根可以躬耕無忝庭訓貽親令名 其二

咬得菜根進退惟輕舍我斯退用我斯行 其三

咬得菜根物不能攖如霆斯震我心不驚 其四

咬得菜根與世無爭所至虛舟坦坦平平 其五

咬得菜根高臥柴荆何必崇膴布衣也榮 其六

咬得菜根義利嚴明爲世之瑞爲國之禎 其七

咬得菜根萬善皆誠塞于天地心跡雙清 其八

咬得菜根扶危定傾首陽人遠匪弟伊兄 其九

咬得菜根順事無情味雖澹薄其中有精 其十

家訓

詩詠多福易言餘慶積善之家罔不繁盛耿予小子厠名士紳愧無實德裨補君民未能治國願教吾家敷誠布衷寂聽無譁凡我宗人無忽予言洗心滌慮培根達源敬奉天地孝養雙親與其濁富寧守清貧勿利貨賄囑託上官小民吽冤爾心何安輸賦無訟跡絕公室尊憲守約終鮮差失里閈姻黨情誼無涯富貴輪流轉眼虛花出入以度惟公惟平夜半叩門爾心不驚永言孝思世德作求我語諄諄我心悠悠毫釐不差神明臨汝良心不昧三復斯語

默菴和尚

莽莽譚禪誰否誰得有喙三尺横恣胸臆真學道者先須一默甘苦自嘗無徒耳食

書劉生卷

手開斯卷剖晰玄微芝蘭並馥珠玉聯輝愧我不學啓口知非寘心寘心尚杜德機聖遠言湮渾澆淳漓意真詞繁道德背馳問予痛癢予必自知曰孝曰弟歸有餘師

示昆弟

告我諸弟予獵浮名憶昔負遺萬死一生聖主恩深歸臥溪衡蕭蕭華髮絕知屏營人間毀譽羽毛斯輕惟此簧鼓世比蛙鳴水田之麓可以躬耕豈無好我示我周行

勗從子

勗哉諸子無汨爾真詵詵輪輪難得者身脩身維何蹈道履淳彼佻者子自墮沉淪躭于酒色比于匪人時移運失受此艱辛光陰駒隙黽勉青春縱爾不思當念爾親

五言古

題許給諫廣易通

歸善楊少宰卓哉百世賢一從觀化後南望幾嗚咽挺然賴夫君研易續新編易道通三才誰能得

其全明珠並瓦礫隨地有真詮達者須識取一勺
卽深泉矯揉非大道神聖以天然寄語會心人素
琴本無絃

復真書院覩雪蓬舊隱處

不見雪蓬久今見雪蓬屋圖書留四壁白駒賁空
谷高風人去遠遺響振林木

別曾舜徵儀部

結髮爲兄弟恩愛永不離羽翮既差池幾度長相
思一見一回老悲喜不自持所嗟津途遠問道何

多岐前驅日巳暮策足可遲遲

君處衡之南我處湖之西悠悠一水間遼闊淵與
泥言咲方術術征馬苦長嘶一間苦未達猶墮千
刼迷莫年戒在得聖訓豈無稽

涉沅湘歌

浩浩湘江水終朝不斷流天地有窮處水流無時
休東没千頃田西蕩百沙洲桑田曾幾換歷盡幾
春秋青青紅顏子忽忽盡白頭問之何能爾光陰
不蹔留試看臂鷹手力能取公侯一朝忽傾否白
骨委荒丘俛仰天地間身世如蜉蝣堪憐昏昏者
拘拘如楚囚所以洙泗叟恥爲寢食謀逝者嘆如
斯川上坐相求所以碧玉老一生陽春樓背汗雖
未收木綿被重褻先哲開我蒙惟有濂溪儔漢唐
不知此思之仍含羞學術苦未力終夜猶多愁萬
物皆備我汲汲當猛修典籍如汗海役役如倒牛
吐辭卽爲經莫把六經抱白雲滿嗣戸歸袂風颼
颼順理爲窮達無心羨勳猷撒手玄崖坐海岱一
腔收可生亦可死身外復何憂

有儒生恩南胡精卲堯夫數學持李同野大
參書謁予贈之以詩

聖學本無言言者卽不知大道本無思有思屬外
馳榮華尋常耳今古更共之貧賤信所遭富貴亦
有時鵾鵬元萬里鷦鷯自一枝萬里元非遠一枝
亦非卑嗟嗟寰中士擾擾竟何爲跼蹐一生耳徒
令達者嗤置身五行外庶不負男兒君更勿念我
久矣玩庖羲

忝知蒙山陳先生八十

金玉爲公資松栢爲公質少年謁金門端笏扶天
日未老先懸車半榻齋金粟道容穆以睟洗心藏
於密忘道復忘名世味悉蕩滌士林瞻北斗泰山
何崒嵂望雲空遥祝疇能入公室

示鄭天台山人

身在三才中學超象數先有相終爲幻無爲本自
然問予何所事饑餐與倦眠流雲閒出岫棲鳥倦
飛還萬物皆如此誰能悟眞詮我欲杜吾口忘言
玄更玄

獨對亭書懷次王陽明先生韻

幾從江上過危峰坐中見淸秋披蒙茸始得陟崇
巘諸賢聚一堂圖書已識面憶昔迷岐路困衡不
善變博文弃格物留情經與傳於今兩寘之深荷
聖衷眷古人棄糟粕用爲來者勸素琴本無絃了
心何足辯

雪中偶唫四首

人皆笑拙宦我獨樂有餘浮氣日以斂性天日以
舒名者不祥器況復竊高譽洗心力澄汰庶不負
居諸

其二

業業白雲司乃在玄武濱湖中有佳果四時常鮮
新昔年產明珠灼爍光四隣今乃伏泥滓一望常
悲辛隄上松愈好日暮隱龍鱗

其三

予性本剛方予度甚汪洋片言切名理服膺詎敢
忘泰華難尺度滄溟豈斗量嗟彼誇毘子咄咄徒
剛腸

其四

我欽鄧宗伯高齋絕輪鞅貧難供菽水潛身臥草
莽一朝膺
特命賢關振韶響造跡夔龍間游心羲皇上學問
窺天人玄珠得象罔念予性孤貞高軒時來往擬
臥西山曲疑義共欣賞予本澹蕩者一見心惝怳

襍興簡同志

予性本跌宕投閒性所宜濟濟靑衿士設禮強爲
師憶昔文中子抗顏年少時予學本蹇淺模範無

足儀古有青藍語辭讓亦何爲教學元相長矢心
共提撕

其二

大道茫茫爾孝友是根荄利欲戕賊之正路成蒿萊濯足滄浪水軒舉泰山隈高卑皆自取孺子得予懷人生多陷溺平旦艮心開艮心雖幾希達之貫三才

其三

洙泗微言絕濂洛揚其徽我明諸大儒魯陽戈正

揮世儒紛口耳中心柴是非泰山千仞岡予其欲振衣鳶魚察上下至理無顯微冥心復冥心誰其杜德機

其四

大鏞列東序橫擊乃有聲彼物爲妖者不叩而斯鳴孔門稱善問竟以大儒名有疑斯有問有問斯乃成教然後知困予任艮匪輕

其五

昔謁廬山師一見相提攜嗜利薮天性師告予云喜予澹泊予見好利者如下地獄不得出頭斯言予誦之父母同天地因利失孝慈兄弟本同氣因利失和怡貪乃士之常顏憲有艮規願言二三子冰霜慎自持

其六

彼美池中魚隊隊何活潑彼美林間鹿一草相呼掇宇宙原同胞八荒皆我闥矧我同心人忍自相秦越迢迢千里道得侶斯不甦爲語同心人斯道相濡沫長唫伐木詩慰我中情豁

其七

澗水何瑩澈仁峰何寵嵸紘誦比鄒魯先輩多淳風處則躬孝友出則懋清忠史書揚其烈高風激予衷年來古道喪隨俗而圓通我資稟庸愚耐可守顓蒙藩籬須自固一德以初終

其八

諸生事呫嗶朝夕聖賢書六經何浩瀚汗牛與充車古人骨已朽言語皆土苴吾能得其得經史糟粕餘斲輪解我意請觀無極初年華如流水勿自負居諸

其九

文章千古事壯夫比彫蟲彫蟲雖小技斯文豈易
工今人競詞藻古人性靈通性靈旣以通源泉滋
不窮六經文章伯無語不鴻濛筆可參造化誰與
領春風

其十

聖賢亦有過此心在自知但能洗心改便是得師
時昔爲屠沽子撒手證菩提昔日蒙不潔沐浴帝
監茲仲由喜聞過卒爲百世師人心良炯炯無爲

蹈自欺

閒居襍興

塵途爭捧檄皇皇曰爲親苟遂犬馬事而墜百年
身曾子能養志顏生重歸仁豈無負米者揚親億
萬春家有聖善母七十共艱辛容我衡門老朝夕
共鱸蓴

其二

萬乘原非重一芥不爲輕茅茨卽廣厦溝瀆亦滄
溟翩翩復翩翩振衣我何營至理巳躍如豈必證

無生

其三

逖觀塵途士黨與紛懽呼世無師曠耳亦獲珪璋
譽轉盻骨巳朽人與年俱徂廓落乾坤内萬古皆
吾徒

舟中寄懷張明成學士鄧以德太史涂汝高
侍御三先生二首

維舟章江上江門多故知念我成遠別朝夕數追
隨雜佩各持贈伐木有餘悲憖余雖駑馬敢復背

良規長風催彩鷁悵悵不能移招手成南北永夜
徒相思

其二

學士富經綸四海擬伊周太史性寂莫雅志躭玄
修侍御温如玉澄清志巳酬我本淡蕩者干時誠
足羞我性非干時我志在千秋所志如未偶長揖
謝王侯爲語冥寥士異派終同流

紀慈訓

爾上金陵去何事淚浪浪阿耶聽吾訓朝夕愼莫

忘爾心雖慈善爾性何太剛半生瀕九死天度幸汪洋古人佩韋弦國手審温涼良玉比君子何事不易方罔發他人隱罔恃自已長揚善不揚惡齒頰有餘芳循循身有德汪汪度難量和氣蒸閭閻子嗣自繁昌勉哉崇令德古語戒垂堂阿兒聽我訓朝夕慎莫忘

出都門宿大覺菴遇二僧時偕曾職方徐尚賓

我志在烟霞肝腸常皎皎言辭鴛鷺班振衣尋窈

窕偶逢識面僧高臥白雲杪譚宗振空谷羽翼還二妙我本素心人久絕塵寰擾不藉金篦力一晤能百了

贈但友孟皐

父母生我身聖賢覺我仁毫釐如有差愛敬皆非眞彼美名家子意氣凌蒼旻浩瀚破千卷揮毫若有神明月千古珍灼爍光四隣用之彈鳥雀嘆息道旁人顏生尊四勿張也敬書紳美玉藉山石盤銘在日新

安節吳公之還朝也情不能已再爲詩十章

有客揚青驄銜　命報

君王撫枕不能寐起坐意徬徨徬徨意何許美人天一方

其二

老去空山裡同心覺漸稀江河方滔滔世故日以非脉脉不能語淚落沾我衣

其三

四海論交日結髮稱弟兄出處雖殊致相期良匪

輕送君從此別歸臥掩柴荆

其四

會面知何時望君崇明德明德旨惟微不大聲以色純一以不已無爲見天則

其五

會心人已遠世儒苦支離葛藤還自縛蒼蒼以管窺不如兩忘之日星自昭垂

其六

寒灰應六律萬卉自春風堪咲夸毗子人力奪天

工玄珠得象罔忘言意自融

其七

莫謂人身小巍巍可配天廓落復廓落匠心誰與傳庭前有奇樹莫負此因緣

其八

百年瞬息耳至難得者人我心非一掬我性豈識神二曜昭昭在各各自天真

其九

勺水卽深泉我心萬古心一唯卽一貫不用苦搜

尋試看望影者長嘯振空林

其十

少年不省事憶昔徒奔波金屑還翳目知音豈在多休心復休心爾我勿虛過

楊如石孝廉計偕

相見溫如玉相交情斷金君登青雲去何處寄吾琴泰山千仞高龍門百尺深高深會有極莫負百年心玄珠藏草澤誰識象罔尋

大道惟率性至人無飾說聖門貴皜皜行誼常高潔世綱久淪亡邈矣媿前哲回首長安道朔風苦栗烈慇懃欲有贈酹杯氣已結

過楊椒山墓碑 其碑爲孫玄亭開府題曰明忠臣楊某之墓

高碑揷穹窿瞻拜心震驚今日泰華重當年一羽輕勉哉岩廊士勿願有斯名

宿墓多青草黃雲莽莽垂欲别不忍别令人有遺思毒死忠良士奚獨一分宜

五言絶句

遊石蓮洞

洞是何年闢尋幽我乍來擬雲餐石髓朶朶蓮花開 其一

下榻萬緣空泠然欲御風眞人不可作誰與論參同 其二

束髮誦遺篇生遲五十年焚香端不媿心跡可靑天 其三

前輩風流在後來漸不如江河無討挽深媿彥方居 其四

經宵卽出洞密偈付藤蘿時有松風至爲僧發浩

歌其五
是誰爲洞主非我亦非伊承前須直領不用轉頭
思其六
豈是鬼神鑿幻出瓊花奇月照黃金屋雪留白玉
枝其七
迸指巖頭桂先生親手栽蒲團趺坐穩時有蜡香
來其八
開士叩禪關朗公已出山題詩巖竇裏未許落人
間其九
直上懷濂閣愁深虎豹關九重天浩蕩贏得老僧

閒其十

東王夢峰

掀飜塵見解推倒舊河山謝絕寰中擾親身見孔
顏

觀瀾軒次謝虛亭韻

消磨豪氣盡蹤跡任浮沉有地堪逃暑無人可會
心
芙蓉我獨宿君自恩江來爲結同心友禪關日日
開

題覺今堂

大道元無定如何說覺今須知覺了後不滅原初
心
借問覺者誰未許落言思向日華堂下寒温祇自
知

朋來亭

聖賢久寂莫六籍總荒蕪夜夜庭前月相看自不
孤

聞泉亭

瀝瀝泉聲響因風襍澗篁仲尼觀逝水孺子咏滄
浪

大意亭

突兀羣峰聳憑欄多大意道人何所見心境還俱
棄

舍身巖

萬法皆應舍何論泡影身豈因禪定力久已度迷
津

贈郭生善篆圖書者

平生無所好所好在圖書藉此傳心印千秋意不虛

偶占 七首

賦性本顓蒙崎嶇一線通萬緣隨分了撒手大從容 其一

初學苦支離閒心自得師纖毫皆帝力無語付天倪 其二

人笑我癡愚胸藏明月珠萬方都照徹隨處得真

如 其三

聖學失其真由人認識神識神生死本仇怨結交親 其四

生涯惟白業心事只青山花落雲深處牧童自往還 其五

少日冐虛名蹉跎百不成無成真我學倍覺去來輕 其六

手種千桃樹扶疎向日紅須教時雨露歲歲領春風 其七

別楊如石孝廉

我漱江邊石君棹渡頭船船去幾千里問君何日還 其一

問君何日還衷情賴汝宣極目天邊鴈頻將尺素傳 其二

秋江有芙蓉朵朵贈夫君朵之不盈把聊以慰亭雲 其三

聊以慰亭雲跂足聽芳聞怪殺江邊水流影照離羣 其四

龍華寺坐

華堂聞鳥語隔林送雞聲悟證無生理空門掉臂行

漫唫

多病宜逃世浮名合斂蹤杜門安偃蹇自性本愚慵

千句竟成閒片言如泰山欲知語與默意在合離間

感事

慷慨當官易蹉跎林下難齋心期白首敢負
主恩寬
傳家惟食力筆扎當躬耕酌水漱殘齒優游度此
生
鉛華會久謝老去能依人脉脉繩床坐情偏水石
親

同賀汝定偕諸宋曾二文學登韓相嶺

何年韓相嶺此日共攀躋爾我投閒意相看路不
迷

石如獅子吼山作石頭城剩有蓮花座雲深可結
盟

五言排律

太常王塘南先生八十

白首盟心日祗園獨坐時鵬摶三萬里椿壽八千
期海宇儀公望吾邦頌魯尼游神本淡漠賦性自
希夷常灌門前李深編戶外籬春風拂客座時雨
潤枯枝東海爲仙醴廬山作壽巵獨憐多病客無
路一探奇

五言律詩

禾川別母

問歸情更切駐馬復遲遲淚盡長川逝心懸寸草
知乖離終是恨重慶豈難期會有金雞詔遐方爵
酒時

夜坐

跏趺聊獨坐高枕憶王孫雨滴堦前樹雞鳴塞外
村真空憐我獨妙用向誰論四大都零落還餘一
息存

觀音寺雜興

予僦居湫隘僅能容膝都匀觀音古刹余
每日同二三子往焉靜坐中偶興到不覺
成咏題爲寺中雜興云

病骨淹旬久乏裁還爾思殘經談去遠香積到來
稀默識同尼叟忘言憶惠施未須嫌寂莫吾學貴
心期

偶成

家徒四壁在短鬢坐黃昏微月臨周幌清風拂杜

軒間來忘業障靜極見天根俛仰乾坤裡誰人知我尊

諸生天壇歌咏盈野

撥草天壇坐翛然似習忘雨餘千嶂靜春老百花香玄論驚潭渚狂歌鬧夕陽依稀童冠樂不讓舞雩鄉

寫照口占

暫寄鏡中影誰知物外身本來無色相何處着纖塵事業從飄泊生涯付隱淪千秋誰隻眼彷彿見

吾真

東羅公廓給諫

老去交情重懷君意轉深廿年青瑣客同賦白頭吟突兀千秋意蹉跎萬古心嚶嚶聞好鳥相喚出幽林

別朱鑑塘老師郊外口占二律情見于辭

停車郊外寺重會是何年數仞宮牆峻千秋情義偏聆音今几席判袂各風烟出處真無計回思亦愴然師惓惓教予出處事故云

三吳雄鎮地斧鉞下青霄簡命先臣牧綸音切帝堯戈船雲裏集樓閣鏡中飄籌策多公暇坐看海氣消

太平山房

鑿石臨青嶂開門俯碧流生涯聊自適世網復何求睥睨千峰曉藤蘿萬木秋牛羊三徑裏樵唱好賡酬

其二

出郭才半里小構兩三間禾黍平高下牛羊任往

還穿林尋窈窕移步弄潺湲架上書千卷閒居取次刪

其三

鄰曲兩三家晨昏共歲華春來烹細笋雨後試新茶嵎虎成朝市林蜂散午衙居然寂莫意靜景得無譁

其四

一榻掛樓居八牕映碧虛觀空騰埜馬縱目數遊魚懶慢身堪寄登臨眼獨舒門前花鳥亂疑任故

人事

章衡陽省丈赴謫羅定州道文江宿小齋

十載知名久初看是夢中坐來人似玉譚去氣成虹百粤風烟壯千山道路窮願言頻愛護朝論倚山公

其二

英雄俱失路聚首倍堪憐把臂風塵絕停杯意氣偏驅車君似隱面壁我疑禪細雨分離處無言亦黯然

文昌書院柬諸秀才是日校文

運當明盛際芸館傍江開濟濟名家彥泠泠白雪才賦堪雲漢麗劒拂斗牛回百里賢人聚精光絢草萊

清明登先江安人壠有感

艱危曾共爾舍我竟仙遊雲珮飄何處鸞臺黯不收乾坤難寄恨日月此堪愁却憶鼓盆者何心得自由

萬里方伊始修途遠失君百年悲短髮四望莽愁雲月落驚鴛夢風高急鴈羣重泉應念否無語對斜曛

冬至展先母羅太安人漕坪壠有感

違遠慈容久新冬始一過有身成病楚無淚不滂沱草木蒙茸濕雲山變幻多重冥眞隔世心折此烟蘿

其二

矗矗雲山壯陰陰草木稠昔年曾瑞鶴此地見眠牛地勝疑天意人和豈力謀先慈多隱德王氣正千秋

其三

狂愚南竄地我母淚千行寸草方承日萱親竟萎霜斷機聲在耳尊足戒垂堂多少君花意無言倍黯傷

藍豫陽國學赴選兼柬孟我疆尚寶

臥病衡門下愁聞一葉飛霜添征士鋏淚濕故人衣燈火憐吾黨交游憶帝畿除書如已下早爲報庭闈

北海孟夫子風流逈不羣經綸齊董賈著述擬河
汾玉樹曾頻夢尺書久未聞翩翩南鴈至何日慰
停雲

别依仁山館

爲厭城西地郊墟別業開山光臨戸牖水色浸樓
臺座有譚經侶庭懸問字杯秋深芳桂吐帶月我
重來

寧陽別孟我疆尚寶有懷

燕市論交日空門共被時見來何大喜別去黯成

悲月迥雲階草風迴鳥樹枝郵亭客店晚銀燭兩
相思

劉調父國子應召

幾年龍臥穩此日上征軺官以橫經重名因射策
饒言辭猿鶴侶重聽鳳凰韶吾道須公等愁聞叢
桂招

與汝光太史聯舟投贈 目復真抵安成

青雲附驥年形影共相憐世態烟雲變交情金石
堅憂時頻擊楫弔古更譚天應律春長在吾家事
可傳

廿子明雪中過山居

爾我故窮交相過藉白茅慚非楊子宅聊比野人
巢地僻天疑逈情深俗可抛濁醪長日共寂莫任
君嘲

學道共年深俄驚莫境臨青山原不厭白雪故相
侵聽鳥便幽意看雲協素心但期肝膽在那復問
知音

春日赴白鷺洲

春水引行舟桃花夾岸流沙明羣鷺白雨過萬峰
幽濁酒澆孤興青山送晚愁萋萋芳草綠無語對
江洲

六言古風

題徐柳川樹德堂

終歲謀生樹穀百年之計惟德種穀時有豐歉樹
德性無通嗇俯仰不愧不怍今古可法可則知者
休心忘念宇宙山河一息直下仁爲巳任千聖俟
之不惑

六言絶句

偶興

是處亭臺有月誰家院落無春直下勸君薦取東山滿目嶙峋

聚衆譚來即有退後閒居說無動分有無二見斯人永墮迷塗

饑餐渴飲倦牀春煖夏熱秋涼若是英雄男子平常儘可承當

峩冠博帶名流擧目揚眉可羞處處人人本分兄弟弟眞脩

少小浸浸譚道老來一竅難通自詑邊知半見可憐萬紫千紅

嗟爾藏名隱姓休哉忘世忘年布履依然平地危冠高戴青天

問我何由杜口雙眸炯炯逼人萬劫良緣難遇千秋骨骼誰眞

人憐滿腹危機彼負一生入微病在膏肓難洗誰哉伯玉知非

隱隱層巒鬼魅恢恢千仞鸞凰試看八窗洞達始知虛室生涼

生來眉秀口横一任手持足行自咲田夫不異難逢詩禮先生

百尺竿頭進步千層浪裏安身慣向虛空跳斗翻然直脫迷津

不忮不求不怨何思何慮何營欲界誰人滿願脩然與物無爭

七言古風

歸禾川酬諸同志歌

六載之前禾川去六載之後禾川歸記得扁舟江上來士民相聚牽征衣長沙一去何時返相顧不禁淚自揮贈之驪歌飲我酒如斯高誼古今稀恭際 聖時得歸期故人道旁迎嬉嬉咲我不殊麋鹿性依然還怡丘壑姿去時正値桃花放歸來亦在初春時重指桃花囘堪喜憶昔艱危益可悲擬共山中結歲盟只因新命自 丹墀篋中短劍難分贈聊寫長歌慰相知借問何以慰相知重此江

門千古身重此堂堂千古人廓廟江湖俱有事神
交切莫負青春
題南皐小隱處
昔云大隱隱城市我今小隱隱招提招提半在山
之曲水之涯識破萬事等浮漚殘生從此托一枝
憶昔射策黃金榜英風凜凜逼斗維誓策功勳報
天子笑殺管晏何畢畢于今老去巖壑裏日月不
居雙鬢絲床頭一劒蒯侯盡聞雞起問夜何其壯
心只今已銷磨側足空門有所思半榻時柱明月

照短衣不禁松風吹野僧終日問姓字笑指白雲
莽莽垂我生無姓亦無字跡遍名山號無爲有時
散髮解天弢有時放歌和天倪有時醉酌花間酒
有時閒題壁上詩無修無證亦無持但教名姓不
出山那管世人知不知
登九華山歌
扁舟昨日過匡廬沐浴焚香謁五老今朝乘興上
青陽九華蒼蒼色更好歷歷星辰皆可捫迢迢直
上青天道青蓮居士何太奇江上看山便題詩胸
蟠珠璣何磊落於今巖壑光陸離新建生平直好
遊獻俘重來十八秋心印只今誰直領乾坤俯仰
空悠悠空悠悠淚雙流識得一萬事休悟來只在
刹那間山僧含笑虎溪頭石火光陰轉瞬過文章
道德莫蹉跎古今不少奇遊者幾人山色共嵯峨
荆谿吳節母貞裕輓詩
結褵自昔期偕老琴瑟驩娛百年好詎知莫莫斂
所天稱未亡人何太早欲將此身殉夜臺誰爲宗
祏薦蘋藻矢節昌胙肩一心冰雪稜稜日杲杲簣

鼓可耐帷牆口操刀刈髮盟穹昊季公有子猶之
子煦嫗晨夕躬文藻機聲軋軋霜始凝烏啼慘慘
天未皓百折不迴百酸嘗兒能擲管長虹擩鵬摶
九萬程如只節母頓破憂心擣帝旌節義綸俞下
六珈錫來恩波浩女貞樹自向冬榮雨露栽培真
宰造真宰造福福無垠世德繩繩懷遠抱一門三
葉式詒穀始信善慶自有種榮名不在玉爲寶
其二
堪憐黃鵠歌早寡身外榮華付土苴獨抱一片金

石心羞彼淇泌何爲者惸惸嫠室對孤燈形影相
弔呼不膺轂得仙兒能咲語俔壓羣音度迦陵丸
熊畫荻不辭倦囍貞百倍誰爲援天憫節烈篤世
胙公侯復始眞才見綽楔遥臨玉女潭龍綍輝煌
煥斗南母德君恩兩不朽節孝門第瑞氣酬君不
見杞婦殉夫宗祊殄魏妻鞠子孫乃顯何如節母
殖慶長朝陽鳴處鳳毛腆慧龍驤首邑宗伯忠犯
逆鱗稱蹇蹇詵詵曾孫世濟美文章秀發一時選
殘膏賸馥覆後昆千秋不媿貞裕匾

乙巳秋會青原有懷

憶昔少年來問道恭逢名碩聚一堂空林歌聲裂
金石德音孔昭奏宫商轉眼韶光三十載可堪耆
舊半消亡巖頭只見白雲飛巍巍古道成榛荒今
年天氣倍清明虛堂秋色來蕭爽賴有濟濟諸年
少開將疑義共欣賞一木豈能支大厦媿我無端
成獨往但使耳根聲不斷不嫌孤峰獨拍掌君不
見老僧鑿石寄巖阿朝朝苾蒭念彌陀吾儕空負
纓冠志竟將歲月苦蹉跎夜來檢點平生事俛仰
先賢媿已多寄語同心齊努力莫將古洞挂薜蘿

七言律詩

禾川別大哥

驅馳萬里旅䰟驚爲別相看淚滿纓去國謾懷鄉
土念臨岐更愴弟兄情書傳絶域秋鴻遠夢入荒
山夜月明歸到文江春色好逢人莫説二難名

草堂襍興

寂寂寥寥揚子居悟來那用五車書春凝池畔蓮
將茂綠滿牕前草不除得意舉杯邀去鳥會心東

手伴遊魚惺惺正屬吾家事未忍無成歲月虛

書室初成

不禁歲月苦相侵細雨開窗祗樹林趺坐高隨山
石並投蹤潛擬海雲深魚龢萍沼傳眞印鷥過楊
園送好音謝客豈緣求靜果從茲欲了百年心

讀書

紅塵玉案休相侵爲愛名山卽道林殘卷開題珠
影遍空齋長掩白雲深眼看大易原非畫彈到朱
絃別有音何處更尋糟粕句斲輪先已得吾心

寄大哥

長擬求歸竟未歸幾逢佳節戀春暉爭傳荆樹庭前秀忍看鶺鴒江上飛季子古來遭墮落元方應不羨輕肥太丘曾頌難兄教好向江門娛彩衣

禾川把袂二年期鄉報長聞歌白眉緼袚幾悲同睡處殘經却記舊題時但觀明道識仁句勝賦惠連春草詩離别不須多悵望夢樓旋擬奏塤篪

奉簡朱侍御座師 時巡吉安未敢躬謁

天王簡命重南巡繡斧遥臨法象新荒郡何緣重

拜覲菲才有賴再陶甄一封慷慨憂民計十載間關報主身章貢水澌流欲盡共言驄馬早行春

聖主恩深賈誼才風流又上豫章臺莪冠掩映雲霄迥彩筆憑陵日月開鈴響堂空疑乍至烏棲鶴唳喜重來人傳郡閣梅花瘦夜夜精光燭斗台

曾持三尺駐江城野烏山花識姓名白鷺應同貞節白青螺能及使君清塹寬郊甸埋輪意須記郵亭臥轍情寂寞矦葩難載酒殷勤想見舊諸生

北望齊東眼欲穿相傳擊壤獨歸田河山揺動牵帷色父老懽騰攬轡年棣棣威儀今不減稜稜手骨尚依然桃花未識朝天急隔岸深深綰畫船

訪朱鑑翁座師

不辭躡屩遠尋師廿載襟懷始一披幾向南中贍海岱今從座上挹瓊芝謾言瀟灑塋風日願學屏營立雪時濫厠門墻成底事樞趨惟有淚雙垂

玄潭次羅文恭韻

玄都風境尚依然陳跡回看已十年漁唱淺深來渡口桃花爛熳放溪邊魚龍隱見澄潭窟松栢高

恭古殿前勝地清光容易得同遊切莫負良緣

玄潭觀

扁舟古渡正清秋寶閣凌空翠欲流騎鶴仙人詩可在焚魚學士榻空留長松乍吼蒼虬動疊浪初飜白雪浮霜劍磨崖千古色振衣還上最高頭

謁周元公祠

水漫平田綠樹滋野塘孤浦敞遺祠春融砌草年年長雲擁圖書片片垂未拜匡盧猶仰止坐聽彭渚亦流澌乾坤負荷者誰子獨立庭堦有所思

玄潭觀次曾司空韻是日祀二劉文學

俎豆堂開繫所思丹楓露冷正秋時昔年立雪人如在此日吟風客自知渺渺長川迷古渡悠悠世路共心期庭皆不盡遲回意千載真傳爲語誰

王塘南少卿會講龍華

記得髫年此舊遊重來説法使人愁天留故老傳宗教人向空門悟實脩野鳥有情憑檻語碧雲無恙傍簷流諸君不用多惆悵試看青山自點頭

同仁書院柬諸同盟

同仁麗館枕山隈有客翩翩暮雨來我里衣冠原不忝此鄉文物更多才虛窗晝裊桐雲色曲檻斜通玉澗迴最是傳心難寄語春風習習到江梅

次汪靜峰使君見懷韻

獨向牕前抱膝吟春來偏覺 主恩深懸崖忽墮仙人露碧水遥聞隱子琴斷去葛藤時杜口坐穿木榻解忘心青青栢樹緣非偶請聽流鶯送好音（公來詩有此時欲説無生話何事良朋空好音之句）

同諸友集講太雲寺

倦鳥投林意已閑何期招我入雲山新硎自媿無全技寸管敢云窺一斑風送泉聲侵佛幌日將樹色擁禪關詠歸儘有沂雩意春在巖前指顧間

少原余明府集通邑士紳會講坐上有懷

一别禾川二十年歸來此日共譚天鹿鳴似解懷人思（時有歌鹿鳴者）鶯韻如聞出谷篇浪跡不堪追往事虛名猶自媿前賢春風滿座還誰領庭草交加意已傳

昔年赴戍道出禾川承龍袍溪帶湖賀巽東修吾昆仲及龍生作霖高雅感念今昔悵然有懷

細雨泥塗行戍時多君高誼共相期危樓尊酒看雄劍野渡扁舟聽子規往路蹉跎羞短鬢林皋懶慢負深知悠悠禾水潭千尺照我肝腸有所思

陽明祠有感

元化曾將赤手扶名賢高廟映寰區先朝勳業誰能並此地宫牆半欲蕪簷際閒雲蛛掛網松梢明月鶴呼雛巖前空對蘋蘩色幾向庭階薦束芻

青原偶感

少年曾此問迷津荏苒韶光及此晨大藥不救頑石變春風難遣鬢毛新還憑麋鹿山中性來結烟霞物外身丘壑盟心吾敢負翠屏千古自嶙峋

贈劉逑亭郎中

劉向傳經事已違歸來仍掩白柴扉空門似待幽人往蓮社龝令靜者依澹蕩久便麋鹿性疎狂新製芰荷衣相看不盡泠然意彼我何時杜德機

同鄧博羅登雞鳴山時汝德司成同登

雞鳴樓閣倚層霄我輩同登未寂寥曾向羅浮專五嶺今從白下憶諸朝鍾山雲氣當窗裊冊府鶯聲傷柳嬌不禁鄉思春爛熳紫荊花下聽鳴韶

理舊稿偶成

少年奇氣頗崢嶸中歲蹉跎短鬢生著述漫言窺二酉譚玄空自守長庚雕蟲篆刻非吾事覆瓿藏山亦世情從宅欲巢衡霍頂春來驅犢帶雲畊

謝親知見存

詔許巢由作遠臣衡門吾亦愛吾真極知城市逢

迎苦肯受親朋禮數嗔野鶴青霄承沆瀣冥鴻天末遠風塵不妨裘仲時相顧容我山中自在身

寄陳光庭効堯夫體

濟濟衣冠聚一堂須憐道脉類亡羊綱常萬古天難泯師友千秋誼不忘弱草紛紛隨逝水寒松鬱鬱自嚴霜振衣直上高臺望駘蕩春風遍八荒

看月懷陳光庭

皓魄凌霄夜匪遲科頭松下漫支頤光涵天地堪誰說影動魚龍祗自知露下風高看手轉庭空木落聽蛩悲會心人遠空陳跡千載嗒然憶惠施

別少原余明府

春風澹蕩送行舟花滿禾陽得勝遊閭邑桑麻沾雨露鄰封童叟起歌謳家傳安道源流遠政類中牟惠澤稠下榻不禁明發去壯心欲折大江頭

鷺洲勝會以病阻赴漫占二首

懶慢山中學耦耕丁丁伐木憶同聲天開章貢千年會人臥衡廬百感生未許春風分半席獨將明月擁孤城從來鷺水澄澄綠好向江門共濯纓

東風吹動萬回青夜送花香撲滿庭野鳥間關還解語青山突兀對傳經少年碣石高譚麈老去江湖是客星獨往獨來無一事大夫不是醉爲醒

訪劉靜之光祿

怪來何事不相容久別那堪意氣慵春到鶯聲求友切㬅懸榻影帶雲封蕭蕭華髮還同社渺渺蒼波任去蹤松竹歲寒吾敢負不妨時醉酒家壚

桐江晤徐獻和廉訪使

三十餘年老弟兄相思幾度夢魂驚忽聞青雀雲

間至不覺幽懷座上傾世味嘗來偏磊磈人情閱處大縱横匡廬乞得閒身地歲晚相期共耦耕

少白先生歸三吳

原是清朝執戟臣翛然孤艇度迷津作看紫氣神偏王久聽玄譚意自眞筆底青山堪寄老腰間寶劍未爲貧懸知別後遥相憶江草江花入夢頻

寄謝李廉訪題仁文書院

西山凝望聳岧嶤憲府中開爽氣揺歷亂鶯羣隨綵筆蹁躚鳳翥下青霄河濱豈合當題品院宇眞看動手杓千載訏謨從此始况堪棠蔭見文饒（李文饒唐代名臣有文饒集行于世）

七言絶句

題陽明先生像六首

登壇濟濟説良知不着絲毫更數誰拋却語言諸伎倆日星千古自昭垂

羣賢列聖無它語惟一惟精只此中臘底雪消山盡處柴門夜夜領春風

辛苦平生幾問津迷回岐路倍傷神于今識得先

生面野草閒花一樣春

吾心宇宙有同然却道金谿是學禪不是先生勤指點誰令吾道日中天

吾鄉先輩盛流傳疑信相參苦未堅踏破草鞋無覓處始知吾道有真詮

人疑此道大圓通規矩方圓妙不窮效地法天無兩事員神方知總吾宗

仁文席上有破甕者

斯道天開萬象陳根荄枝葉總吾真諸君欲問傳

心者請聽街前擊甕人
自警二首
收斂精神入太虛終朝兀兀總如愚老來不識原
頭路只恐青山也咲予
今朝不知明朝事肯效人間壽者癡若要了時即
便了乾坤伶俐幾男兒
送龍紫海侍御之秦二首
秦川自古帝王州此日乘驄亦壯遊莫道匈奴今
遠避黃沙莽莽使人愁

三月鶯花江上行胡兒萬馬自逢迎驪歌不唱陽
關曲鷺水悠悠萬里情
龍華寺舊講道處也歸來不覺慨然輒成四
絕情見予辭時自都勻環歸
十年不到龍華寺歸臥山僧舊草亭笑予漂泊西
南久消得楞嚴幾卷經
眼前事業豈爲眞世上浮名幾誤人寄語芸總年
少者莫將章句送青春
當年碣石譚天友白雪泠泠一代才長望青霄人

去遠孤身獨遶法王臺
擬向山中學耦畊歸來猶自急王程莫將猿鶴移
文誚須鑒當年報主情
范民部持冊索別仁卿予於仁卿非燕游之
好故其行也以規仁卿其有意乎
贈唐仁卿仁卿以彈王陽明先生祀事被謫
知君試政數年前把臂金陵豈偶然此別應須各
努力莫將閒語負前賢
千聖相傳只此心夫君何事外頭尋雷風露雨無

非教休向沙頭只漫吟
誰道文編是學陳陳王學脉定誰眞停軺如過江
門里碧玉樓前春草新君有白沙文編故云
贈謝磐谷山人山人係蒲州人年八十餘疋馬入都門講學其祖父四世受業於諸君子
稜稜丰骨自天成老向長安覓友生座上不須彈
法指庭前蒙竹已同聲
堪憐四世老箕裘白髮蕭蕭亦壯遊塵世相看成
獨往幾人端不爲身謀

馬上吟

時逢閒處練元神過眼浮榮未是真雨散雲消渾不礙山河大地露全身

忘思忘慮意閒閒莫道風塵老客顏獨往獨來無一事垂鞭馬首看西山

出都門謾吟

蕭蕭行李去匆匆人擬前身是晦翁還少當年十二考氷壺秋月此心同

平生蹤跡使人疑一片丹心祗自知雪攪長空人

語少且攜妻子共流離

自咲逢迎百不能人閒好漢亦相憎萍踪到處曾飄泊遊宦恰如行脚僧

謾吟六首

浮雲抉破青天開撒手玄崖萬丈臺悟後渾然無一事無修原自有修來

廿年踪跡遍窮途到處人閒費淚呼今日猛然無可道不妨人笑是癡愚

無古無今無顯微千年賢聖竟同歸庭前草色青青長未許人閒說是非

腰閒三尺龍泉劒付與人閒斬葛藤未斷葛藤終淚語須知斯道在人弘

紛紛譚道何多岐道聽途聞也自欺縱說良知無覔處誰知吾道在希夷

有意搜尋終道遠安排著意亦成魔魚龍高臥澄潭徹莫以無風更起波

薛欽宇督學楚中

翩翩文彩邁時流擁傳俄看出帝州大別山前春

色滿還誰同眺岳陽樓

濂溪溪上草綢繆月色巖光迥不侔寂莫河東風詠後沅蘭湘芷憶前修

俞定所同年赴大名道

久別相看慰所思送君惟有淚臨岐黃沙莽莽無窮意不爲尊前感別離

赤水玄珠何處尋覺來大地悉黃金金陵紫塞迢迢道碧海青天夜夜心

楊如石任仁堂

巨海浮漚浪得身還誰一竅見天真東風吹動江門樹一夜寒花遍地新

蕭條陋巷可希顏今古何人解訂頑爲語故人楊伯子工夫只在舞雩間

示宇初同年

浮雲不礙水中天翠竹亭亭大士禪江上漁翁高臥穩隨風吹去渡頭船

天池寺次陽明先生韻

嵯峨峭壁有高臺太乙誰將混沌開見說遠公曾

說法空中紛墮雨花來

問道山僧誰是主山僧指點空中取空中無相亦無色龍過山頭行暮雨

是處青山能作主年來無住亦無取瓊漿一掬正泠泠飜手爲雲覆手雨

趺坐凌空並鳥宿雷聲隱隱來東麓須臾雨散銀河淨月滿巖頭雲滿屋

友有以居間事謁者作此示之

四壁蕭然未是貧淸齋聊寄水雲身請君試看巖前鶴刷羽千峰有半塵

嶺外桃花深幾許庭前松竹自青青江頭幾遇紉蘭者也向漁翁詠獨醒

和周吏部海門公韻

記得瀕行倒玉巵春風繫纜已多時別來幾度增惆悵只向人前說項斯

文水潆回遶故城幾呼漁父盞同傾醉來搔首忘機事獨上岡頭看月明

壁間時掛不絃琴風度泠泠萬古心我欲一彈山

水調卻嫌人擬大高深

閑眠飽食只尋常不用人間費忖量欲向虛空彈一指卻疑傀儡似登場

紛紛異說總縱橫春到園林萬木生簷角風傳天籟處有聲誰聽到無聲

每臨秋水情偏淡興攬千山跡不孤欲贈夫君難寄取臨風倍覺一言無

江門漁父老漁磯筍蕨山中生事微莫道小臣忘報主春風時舞芰荷衣

丁酉元旦口占

春色光臨映太玄梅花吾意共相傳年來心事渾
如水也共兒童逐世緣

沈慎菴父母雪中赴瀧岡書院投贈

春風堂下集諸生一日能開萬古盟莫道壺漿迎
父老千山飛雪迓行旌是日大雪

文昌諸友共集投贈

爾鄉先輩著千秋勳帛名高第一流俎豆堂開如
在日願將忠孝答前修

偶懷簡瀧岡同社

瀧水瀧岡天下奇擧微深處竟誰知我來欲傍漁
翁宿鷗鷺閒隨釣艇移

題焚香圖

先生檢點已多年不待焚香始告虔却笑紛紛欺
暗室猶將底事瀆蒼天

題枯木圖

鐵幹銅柯聳碧霄凌霜傲雪過前朝生來不是牆
頭柳聦向東風舞細腰

偶吟

塵埋寶鏡已多年一旦光輝徹萬千不是主人勤
拂拭淤泥那得吐青蓮

當年我愛薛夫子日日焚香可告天復性功深濂
洛秘誰云書錄是言詮

流水何曾與物爭只緣造物忌高名閒觀世態心
如水幾爲浮名誤此生

避世無難涉世難人情反覆幾波瀾從今卷却絲
綸手不着羊裘不釣竿

信斯軒偶似曾文螺

鏗然舍瑟春風裡弄月吟歸得我情千載眞傳誰
會得好將一唯振家聲

紫極觀夢先太安人

夜闌紫極雲深處夢裡分明見母顏起聽簷雞催
曙色兩行血淚對青山

偶占與廖紹松

蹔借禪林一夜眠悠悠細雨到牕前空門即在人
間世泥吐蓮花色更鮮

予獨宿太平山房果清上人遠顧云欲復歸宗寺予再三難之渠心甚堅予熟察其願力學力必有合也漫書三絕贈之

踏破匡廬百萬重不知何處是歸宗堂開可結東林社來聽闍黎半夜鐘

我向青山學懶慵君還古寺振高蹤他年法雨諸天集驚起潭中久臥龍

實地久無獅子吼野狐時復出蒿萊回看佛骨青霄上照徹寒山萬劫灰

同虞汝薇遊太雲寺

僧依水竹情偏寂客到空庭念亦休爾我相看無片語心隨明月大江流

再游靈谷寺時鄧定宇少宰孟蓮渚通參楊止菴符卿同游

題詩曾記昔年游一别俄看已十秋松檜參天人境靜會心無語萬緣休

寺在鍾陵最僻處千年香火誌公開無心更覔空王法何日吟詩此再來

題無學卷兼柬三懷上人時同寓匡廬

見說棲霞曾辭世忽聞飛錫在匡廬非生非死應須識莫向巖頭又著書

持經爲母到西臺五兩風輕一葦開月照蒲團猿鶴靜好騎白鹿再歸來

乞歸久作青山主飽食閑眠學懶慵春來準擬巖前臥瀑布還當第幾峰

柳渠翁與先大夫雙崖公爲儒連蹇世皆笑之而二老自喜令後人猶世儒業不廢誰謂儒可笑哉惟賢世兄過我感令追昔口占奉勗

與君數世是通家仁厚詩書澤未涯天意茲茲那可問相逢且自惜年華

藍生擴之常慮予召毀故作此解之

一入雲山百念輕蒲團坐破覔無生碧潭深處藏名好縱是孤寒夢亦清

看來萬事羽毛輕氷玉泠泠出世情不逐衆生留口業祇將心事托神明

怪得叔孫毀仲尼憂心悄悄亦何爲死生進退
忘却無恙青天祗自知

人間毀譽尋常耳定脚江門我最真千古真人千
古眼堯仁跖暴總纖塵

黃儀部庭翠

江頭繫艇苦旬餘無柰前旌望竟虚春鳥嚶嚶春
水綠與君相見更何如

君依珠斗侍明君我傍巖頭領白雲心境纖毫原
不二年年風月自平分

懶慵高卧釣臺深白鶴飛鳴遍好音無限心情難
寄語獨將長嘯振空林

年來自業事如何駒隙光陰荏苒過莫道心齋無
箇事懸崖險峻誤人多

贈梁紹東畫士

問君能不繪予心只在青天月下尋莫怪病骸還
偃蹇試看野鶴在松林

蓮花綽約淤泥裡肯逐東風逞豔姿外直中通元
不染漫將彩筆寄予思

觀音岩

觀音妙相原非相洞裏觀音不是真若向此中叅
得透觀音處處現全身

文江八景

墨潭澄鏡

潭水澄澄清且沚心源不動湛如水一波才動萬
波隨觀象吾今悟至理

巽峰卓筆

峰頭有筆大如椽一掃東南半壁天縱倒銀河題
不盡時噓顥氣欲凌烟

仁山擁翠

仁山萬仞插芙蓉中有高人伴赤松我欲從之不
可得乞年結屋最高峰

宇水拖藍

風行水上宇如雲秀擷千山韻不羣豈是地靈呈
象數故開寶篆兆人文

金灘春漲

春來江上鵓鳩鳴夜雨蕭蕭卷浪聲無限中流頻

擊楫和風相送片帆輕

劒石晴雲

當年劈石自天成秀削芙蓉夾岸明雲護風雷時
作吼中宵隱隱似龍鳴

白沙晚照

水碧沙明兩岸分斜陽摊照麗江濆山頭倍有松
楸慕風送漁歌不忍聞

桐江夜月

桐江江上水悠悠一泒青山天際浮最是無情深

夜月相看不盡古今愁

胡瑞之廉憲過訪

十年抱病臥柴門過我頻煩使者軒道在不須論
出處坐穿木榻久忘言

別無念禪師

廿年白下憶相逢爾自西兮我自東神劒元來終
會合夜看斗氣貫長虹
穩把漁竿坐釣磯嗒然不辯是和非問予消息尋
常事且向山中飽蕨薇

半生皮骨走紅塵回首楊朱倍愴神老去垂韁今
已晚出門有路卽通津
歸來兀兀坐空山耦斷絲連意未閒夜半天風吹
鐵甕千門萬戶破重關

客有繪無念禪師像者戲贈二絕

誰寫雲烟枯木容觀來箇箇呼無念我知無念元
無相想是靈光常現見
金陵過我嘴巴巴于今老去寂無譁持珠合口銜
頭坐柏手兒童呼佛爺

勉明卿

明卿始以孝旌既而以忌者抑不知抑所
以旌也

古來操行畏人知丘壑藏蹤正所宜男兒無限平
生事炯炯良心敢自欺

遊青原翠屏

翠屏千古自嶙峋此日來游意獨親忽聽歌聲林
木起始知天地屬閒身

譚文山先生事有懷

宋室不少冠裳輩落日中原獨見公千古首陽人
易得不禁淸淚灑蒼穹

從來忠孝苦勞生慷慨艱虞意不平恠得風雷時
作吼知公深意屬　皇明

先生靈氣竟何之湛湛青天星斗垂瞻拜無窮千
古思幾人端不愧鬚眉

宋室諸儒隆盛日紛持門戶競譚天斯文元氣非
公在縱是淸譚亦惘然

別吳自觀

高懸明月照迷塗老去悠悠豈丈夫此日揮戈猶
未晚相期莫負舊頭顱

別江汝修

學道之人莫厭貧懸崖峭壁可藏身當年洙泗傳
心者竟屬簞瓢陋巷人

別新安友人幷柬徐魯源太常

處處梅花放早春十分春色倍宜人歸聽馬上鶯
聲好莫向江頭再問津

扁舟何日度蘭陰兩地悠悠共此心欲採瑤華難
寄語高山流水幾知音

鄒子願學集卷之一終

鄒子願學集卷之二

吉州鄒元標爾瞻父著
東越年弟周汝登編訂
同郡後學郭一鶚
龍遇奇校梓

書上

上朱金翁

竊常論相天下者事業不在既拜之後而在未拜之先何者其道貴先自重也自重而後人重之近

時不無因依於人而始進勢不無所因依則雖有炳煌之業其誰與我吾師身雖未進而得自重之道今雖不相又何憾焉且近時風俗愈下而議論横滋太阿倒置而機漸内移無論其尤者即一美事而甲可乙否以小人之心揣君子之腹道旁之議何事無之即一端士而朝夷暮跖以忌妒之心肆不根之謗萋菲之口何人無之此最今所當寒心者人心至此極矣握世道者譬之撑巨筏洪濤中亦戛戛乎難哉遲之風恬浪息利涉大川天其有意我師乎惟自重以待不肖又聞士君子齊三才靈萬物匪董董以爵位自表見也陳剩夫胡敬齋彼一布衣也而千秋不磨師以正學示我弟子則師之所貽與弟子之所企期者又奚論相不相也友道相知不爲貌言矧不肖於師何如惟師督誨之

謝蕭兌嵎

大都不肖之學務在自信自得夫依人譚說非中藏之珍也隨人脚跟非堅貞之守也元標寧甘遯

世不敢附會以自欺寧守固窮不敢波流以逐世此則不肖仕與學者如此

啓鄧定宇

世綱淪廢極矣匪有至人難語至學匪有至學亦難與至道歸根以靜太史公養邃矣至道非公凝而誰

其二

白雲居士金帶懸腰我本無心富貴怎奈富貴催人莊定山老翰家棲三十年赴部補官李西崖閣

老曰定山衙門出色人物當優之丘仲深曰我不知所謂定山也仍補南郎中丘又曰引天下士叛君父者此人倪文毅復討之先朝號稱隆盛時如此羅文恭晚年私與門人曰官家以國師禮處我我當一出乃嚴分宜徒每得文恭書把翰回環曰達夫達夫老夫不曾用得你巳又曰名高了嘉靖時如此章文懿數起不赴國師必赴文懿官雖尊然平生國學稍有施爲餘不過大官中夜思量君父之義文懿必有怛然不自安者毛義亦是不聞

道的人細想他色喜眞是不慮而知的眞性不肖先年以出處之義商之諸老及先生與念兄僉云當出弟亦以老慈年高七十餘乘時得沾一命人子心稍慰遂無復留滯即播弄不悔今亦甚喜曰雲萩水聁昔戍時所得良多太君年八十餘晝觔相將江魚竹笋進則振鐸歸則戲綵何所不得惟先生圖之熟計之清靜之士特優於躁進者若能德正中大人則有間不加不損知性者出處視之一也惟有以教我是祝

柬友人

吾鄉學問極能纏縛英豪三尺豎兒口能談陽明問其所以爲陽明白頭不知也言及此令人厭甚吾兄宜當擺脫諸陳言舊見宜求自得苟能自得芻蕘可采矧先正乎未能自得孔孟且不信矧陽明乎眞正大英雄決不隨人口吻決不隨人脚跟至於學問中一段機權詭譎之術先賢決無此家法弟初年墮入術中不覺近始識破未得其學先得其術如入千層囹圄永無卬首之期此古今學

術所繇分也吾兄以弟言爲然乎吾輩千態萬狀有過失不妨使人看破惟是遮護不可有耳

復羊嵩原侍御

吾儕樹立乾坤全在此學學術既明如滄溟之無所不容不然溝澮皆盈縱有微長亦如鴉烏頭毒終有時發也丈在案牘中無非學術拋却壽春之說則似學有方所矣烏臺之職在振風紀邇年政尚操切民其若焦存寬大弘博之意是即所以振風紀也且丈丰稜整峻一望巳儼然可畏即恩如

春育下吏罔不奉法矣

荅方鳳軒民部

近世之士卑者亡足論即高明者亦有任着處何者未聞道故也足下來云肩頭要樹得起脚跟要站得定口頭要守得定心腸要洗得淨弟則以爲只在一處作功吾儕頂天立地只靠得一個心心腸一淨肩頭自樹脚跟自定言語自定孟軻氏曰先立乎其大者則其小者不能奪也此之謂矣不然千派萬路應酬之所撼震亡窮而功夫之所料

理者有限顧此失彼其將能乎此集義義襲之所由分惟足下教之弟入長安亦已三月在稠人中不善作便佞趨承之狀衆皆木石視之又其下佻讎視之矣弟恬不以爲意時而用我必竭盡駑力以荅清朝時不用我芒鞵簑笠匡廬彭蠡何處不投足也獨弟見今時士氣太卑無論大關係大節目閃爍萬狀即纖若毛髮色動神疲國家氣運全係此輩今若此殊可憫心

荅顔泉翁

維持正學與充塞正氣原無分別夫學而無益於世則玄虛之譚也氣而不本之學則血氣之剛也吾輩學無可見見之於事事無可考反之於心世豈有扶正學者而無正氣耶亦豈有正氣者而無正學耶太山巖巖歷陳仁義所如不合浩然不屈孟氏之正氣孟氏之學也一生歷朝不滿期年患難死生講而不輟晦翁之正氣晦翁之學也使當時謂孟子朱子而不足以維持正學則三尺童子所不信矣古人身任天下之重無一事可少而今

人視事有緩急者必其學之未有至也翁以爲何如

荅羅近溪

不肖年來亦漸有路妄謂此學一得即得不得即終身不得夫所謂即得者非影響襲取先儒所謂用力之久而一旦豁然貫通之謂也吾學貫通矣直是與天地同流廓然無涯更復何物可以易此先生以爲然否望裁教之

荅李見羅

不肖自總角時誓此心無愧天日即觸染性回首提撕即得本心自有志大人之學妄謂此心無愧即是當下聖人此心牵絆縱譚王說伯如拖泥帶水永無卭首之期故常於獨知處人雖不知已獨知之不謂翁一見而洞燭不肖之肺肝也雖然行百里者半九十所恃以夾持箴規恃有翁在不肖亦不敢不勉焉以無負此生以無負台教耳

其二

邇來正人頗難用世然正人亦不必於盡用吾學苟明吾心無愧即終身泉寶吾井也所願先生以身任斯文之重攻之者愈堅而執之者愈力繼往開來舍此更無功課

其三

老先生眠食自愛

皇仁如天必不使老勳臣抱向隅之泣正法眼藏正當此時尋繹出而一爲千古吐氣吾道有遭乎

萬里寄心

答文谷宗兄

弟竊觀士君子在仕途君子有君子病小人有小人病小人病在卑汚或乘機而射利或與時而競進此如面上之瘢有目者見之君子之病病在高明如澡躬自持過於刻厲則汚者忌中立不倚過於激昂則懦者慙且人情之遲速異宜强之以不堪則過天理之隆殺異宜責之以大難則甚此皆高明之士所自以爲是者猶入骨之瘡非有國手鮮克用瘳丈得無類君子之病歟一或類是今日正動心忍性之地裒多益寡之時未必非丈之助而弟之所深慶也聖人於知及仁守猶曰動必以禮則聖人經世之猷槩可識矣敢以是與丈共勗焉弟性資愚魯自登仕籍盍幾十年而貶而謫十居其九竊嘗沉潛磨勘自知病根種種前之云云者正欲揭病根祈丈之不病以藥我之病病也若謂屢經多難解安心誠愧之矣

其二

門下抱玄黃之學具千古之眼往往以不可抑之氣爲世厄目林棲數年果浩然獨存耶亦返之恬

淡寂莫之鄉耶恬淡者道之都宅而三才之樞紐也元公提衡有宋無欲二字卽恬淡之義願與門下共鏡之不肖在家別無伎倆惟從困衡中煞於此學稍有入處非復往者襲別藏以爲巳珍誇都市以爲家寶可進亦可退可抑亦可伸而世山鬼執伎倆以撓山僧者亦大騃矣苟此志之無怍誓將奉以終身

答尤鑑峯氏部

兄前來中意大都嫉世之虛談而害道者夫虛談

者世間儘有總之實學者鮮不足以轉移之若實學者多則虛者自消孔門一時仁賢彙集豈皆顏曾之徒惟在涵養而薰陶之故人才濟濟兄只當於自巳身上整頓起來世之種種自欺者亦自有所觀感而興起也學問固以躬行爲是然未可便以躬行是頭腦若以躬行爲頭腦不知所行者何事如行孝所以行孝者何物行忠所以行忠者何物今人激昂慷慨外沽忠直之名而中藏惡垢有許多在果可謂行忠耶卽此一事餘可類推孟子曰行不著不著處便謂之不知道不然行足矣何以曰不著又何以曰不知道聖賢言亦不可不玩味之也兄云人之求爲聖賢如人之求却病延年必質之盧扁考之素問等書然弟意竊謂病必有根善醫者必察其病之所自來若不惟其根之求而惟其標之治旋治旋發扁鵲無爲也世無良吏總之緣上無良觀察上無良觀察緣上無激勸人才之實兄來教眞切大都風俗愈下滔滔江河挽之不止同志者亦畧救得一二分便是好手段吾

兄志眞才高不可不任其責也集事以才成事以志志立學則爲眞儒治則爲良吏願與兄共勉之

柬吳安節

弟在患難中於近世講學脚跟不能無感總之發根未眞徒逐人講說故不得不因世變爲盛衰視宋儒精神萬分相遠願與兄發憤矢心寧爲眞小人無爲僞道學須從隱微處鞫審無令查滓未盡不患不到光大地步也

其二

弟年來知臺下功深志篤無從請教今天幸請正有日待仙舟過文江時弟掃徑奉迓爲萬古之盟荆川先生二語正此老葛藤處山中念念不放過此從念盤桓者居官事事不放過此從事料理者是則心事俱是非則心事俱非此須覿面商量邇可耳

其三

舟中相對自與孟我彊鄧文潔相友後今日重見之海內於此學心心念念須臾不舍如臺下者不

多得薛文清是樸實路頭從此學決不誤事久之灑然處則一而已弟年來深山寡侶常認無分別處即學日以咲譚親俗子爲事非知此學路頭者決不開口然自省畢竟是討便宜心腸自與臺下別後又自有入處乃知學問無盡友眞不可不會也山中去撫州數日敬持一書代候臨書縫切

其四

書去數日即得手教謂神相感非耶臺下若果再照白鷺青原弟當負弩前驅何止掃石蓮洞片石待耶寡欲之說昔文潔數數勗弟至人之言不約而同佩服佩服雖然此義甚細若以世間行言欲則又易見矣何如今年新中諸君逢人感臺下德愛乃知善教得民心如是附聞文潔集成乞多賜數冊諸同志索之者多也此老學問甚渾深即文亦高厚惟同志者知之耳

答呂新吾少司寇

老兄家食時弟胸中屈指海內同心至中州首必新吾先生恨無由一請正耳茲幸同舍覿老兄精

神凝定氣象端嚴心服曰眞有道君子也已在公會廳雖促膝片晌然老兄意旨總能窺其一二晚復承過我亹亹辯論弟言雖激自謂未嘗有過老兄安得有一過耶而自署三過弟不敢以爲然長空皎潔自生障礙耳老兄終日省過弟竊謂吾儒之學有大頭腦頭腦既定譬之大將威望有素小小奸宄亦自滅息若終日過上盤桓是破屋止賊滅於東而生於西終不能禦賊枉費精神耳過固過也省過者又誰也識此而道思過半矣老兄恐

弟高明之資易於豪雄超脫之識樂於徑頓意茲
良厚未復云明善先於誠身知止後於能得正恊
弟愚見夫曰知止止者何物曰明善明者何事必
未有從事枝葉終日牽纏而曰知曰明也釋氏諸
書弟亦未嘗泛觀然其語未易道陸子陽明白沙
三先生弟方奉之爲指南老兄欲弟束之高閣是
欲弟適越而北轅也不敢聞命三先生書商量處
頗有而欲棄之弟不得其故老兄夜云極喜明道
周濂溪先生書弟竊謂三先生直接列聖之統而

與周程比肩者也若於三先生未信必其於周程
未深信耳老兄思之弟自幼時不知者目之爲清
狂之士既登第後人目之爲氣節之士然弟蚤夜
惶愧不敢自以爲是者誠有見於道無窮性無窮
故耳往年終日紀過終日書學正與省心紀相類
也復有南皐日程敢以呈覽弟雖愚鈍必不敢視
此身爲贅疣而慢不加檢顧弟所檢者與時人不
相似蓋不在粧點間著脚中間省惕椿札難悉也
我疆兄之學弟竊謂北方之學未能或之先至南

方之學亦莫有過之者老兄不妨細細切磋他日
知弟言不虛也吾儕路頭不妨不同惟此志亘乎
萬古則不容不同弟後生小子何見何聞辱老兄
教愛不得不披肝以聞諸圖冊謹領外具記一通
說一通請教并新刻三種仝上望老兄終教之正
來草歸得無又謂弟紀過薄乎統希再示

其二

寄到呻吟語畧一冊如獲面承夫學無窮盡欲書
之卽削南山之竹不足悉其蘊奧惟於無可著言

處煞有理會始信六經皆我註脚眞所謂塵編一
字無也不知門下能徹地信此一步否弟初擬春
初乞歸不謂量移不允跡涉怨望優游雲司收斂
恬淡實見得無可怨尤者在非勉而能之也何時
得同門下一共淬礪念之念之

其三

山西之書曾拜於家以南都人寄至遲亦無便使
脩謝未幾覩丈人爲中執法矣弟深爲社稷慶幸
亡何覩邸報有彈射呻吟語畧弟不覺啞然大笑

夫呂先生之所殫精繼往開來者在此而乃爲廿年老友所借口昔宋氏諸老亦曾有此書不患不傳之古今矣旣覩丈無一字辯駁又服呂先生之定昔日當呻吟今日不當呻吟此俱有天則惜乎呂先生不明告此義於朝以開其竅也今世士習眩惑極矣昔爲鑽穴則又跳而之乎此如鬼如蜮不可方物由當事者一樣葫蘆故士巧有所避後有所覬丈其知之乎人品眞誠屈指可數丈須大開胸襟勿爲世界所惑也至囑至囑

其四

違教日久讀丈疏可泣鬼神聞誣丈事令人膽寒竄竒饕餮之徒不相容于朝則可迺欲駕人以家族之慨此等心術鬼神有知寧食其餘念之可爲髮豎目裂吾輩所可自信者惟天理二字人力終不能勝天也丈幸自寬常思與丈相處丈若謂弟不善藏身以沉蓄厚德如丈今亦遭此此俱可付之一遇矣孟叔龍往其餘稿幸一收拾之鄧定宇先生辭世天地閉賢人隱今不但隱矣念之可爲世運扼腕想丈同此懷抱也昔士不得志於朝則山林而已今山林何如境象惴惴然惟祖宗墳宅是懼所至愁慼卽高臥得乎如弟連遭先母先妻之變百苦酸心兩鬢巳斑以心知如丈不得一把臂開顏每南望中州令人神逴因夏邑敝同年曾兄便附布鄙况書不盡苦情萬一也不盡

答趙心堂中丞

學之不明於世久矣甲者墮落聲色利達卽無足辯卽高者搏空捫嚮觸處成障如先生彼巳無礙

此非幾無我之學者能之乎雖然其幾始於無欲無欲則明明則公公則溥公溥視人猶巳無復窒礙之患矣元標初擬先生學雖力踐然一意潛藏恐於斯世斯民痌瘝不甚關切今試之何如禹稷思天下饑溺猶巳饑溺孔孟遑遑成巳成物此眞無礙之學不然恐流於世之所謂無礙者其於吾儒似稍間先生以爲然否

柬周山泉總漕

近時以情識爲仁體豈但非仁體卽亦非眞情識

如飛鳥依人人自憐之以丈夫作妾婦態可羞也願先生特行一意無使隻眼者窺我德不孤必有鄰何必混混逐逐而後稱仁恕也不肖近在林臯磨勘先天一步之說無可言說有可言說者皆後天時事若涉教門即道路不同然不害其為一總在發根處要縞縞潔白若根緣不潔白到老迄無成功習氣疑根即聖賢不能無一眞百眞一不眞百不眞不可不辯

其二

少宰歸來麟剛生色默察此裏有加損否朝堂更鼎轉眼滄桑人生飄萍孰為不變嗟乎孰染世味動閑儒流此今學者之大病也我輩安敢不勉不肖竊窺神明臨爾眞是可畏纖毫未淨無少隱匿道心濃魔軍長從古然矣我輩可不嚴慎

答金存菴少司寇

蓋嘗慨道之明顯莫盛於今之世而學之不甚取信於人亦莫盛於今之世下焉者固無足論而高明者憑其意識揣摩敷演成章無復體認深力故其入人也不深讀日録種種心得井井有條昔人謂繭絲牛毛良工心獨苦今於老先生見之矣欽服欽服不肖總角妄意先哲銳意向往初入仕途年少氣盛自干用罔謫處荒塞良心不死頗加磨勘孤陋無侶自謂有得及出而涉世故吾猶在根淺易搖頃復歸家幸初志不墜覺此學眞如菽粟布帛甚於水火恨未能坐春風聽法誨耳

答周友山司農

宇宙雖廣同心之士寥寥無幾奚以面不面為親

踈焉間亦有號為同心者然發根隱微沓滓未盡千古之下猶可窺覿矧生同時乎若先生則固挺然南服者也長安傾對半朝別來不勝企想先生之學豈非所謂千萬人吾往者歟夫學貴直入直入千谿萬途總屬囊括而實無纖毫之不盡也雖然能信實難來教習氣疑根時相擾病良是良是先正云大疑則大進小疑則小進不但信為功德毋疑亦指迷之津疑亦未可少者惟是性氣從有生來消磨不盡孟氏之巖巖程伊川之稜角朱晦

翁之屢爲人攻總之習氣未了殄吾輩乎惟是不肯覺吾輩學不長進只緣精神有滲漏處非下全力終難廓徹不肖近一切抹撥願終身請事惟先生廸我於成過必告善必聞是千萬古知已不肖敢不奉以爲指南望之望之

答陳心谷中丞

先年曾貢蕘語請質退而自愧狂誕已而思臺下端人也休休者也容人盡言者也必不以我爲迂爲誕茲奉鼎翰洋洋若將誘不肖盡言而惟恐其

言之不盡令人頌服奚勝細繹玄旨臺下已闖聖學之奧而卓然先立其大前所贅陳者是何異捧土而塞河也雖然臺下示我以聖學之鵠不肖有俗學請質諸前臺下云其功在勿忘勿助而喫緊在慎獨元標嘗用勿忘勿助之功矣勿忘勿助在持志而養氣一日忽悟曰暴氣固不是而持志亦未爲全是夫志即心之神也神無方而易無體非如一物拘拘然執之爲已有也故惟恐其忘者非眞忘也若眞忘則不以生而存不以死而忘雖忘

而未嘗忘也元標亦嘗用慎獨之功矣以獨爲在心從而反求諸心盤桓數年猶自沾滯邇年來始知獨非內也心意知慮固獨也而鳶飛魚躍亦獨也戒慎恐懼慎也而優游涵泳亦慎也兀坐一室之內慎獨也即兵戈搶攘千萬人吾往亦此慎獨也而庶幾孔門慎獨之旨雖然元標咸其頰舌孰若臺下恂恂躬行之爲愈乎然元標亦不敢不勉矣臺下徵色發聲察言觀色之語此自聖門視履考祥家法前不肖所陳者葢見今世風會日流忌

嫉成風鄉評不足據而官聲不足以徵故常謂士君子眞有掀揭宇宙之思自信自考雖一國非之不顧也天下非之不顧也葢若有懲於今之時而不覺其言之過激耳望臺下終裁之

其二

不肖常云吾儕心腸直要建諸天地質鬼神考三王俟百世若必以當時口吻驗自已得失恐諸俗者多調停而凌特者多拂逆亦將以是爲準乎望老公祖自信老公祖身係一方重鎮其不能無冗

無溷無窘者其跡也而實無冗無溷無窘者其體也本體自如不動不搖未可便謂之蓬心若必以是爲蓬心則孔孟之汲汲皇皇周公三吐哺三握髮其冗且溷如此可謂之蓬心乎惟是邇來虛文勝而實意衰議論繁而成功尠此在老公祖所深痛也當此頹靡之日靜以制動簡以御煩和而勿倡亦足以少濟望老公祖教之

上朱鑑翁師

門生回思年華忽明年四十矣往樞趨函丈時英氣勃勃今伎倆已盡木落天空無能光衍師訓中

夜惆皇惟是不棄不取克遵矩矱此生誓不敢負我師也大學道發志易耐久難苟能耐久精神與聖賢相爲揖讓語云不變塞焉強哉矯有味哉言之也學誠有得用世而非強世愛物而無尤物古聖賢無不可處之人無不可仕之國有一毫憤世意在與道較遠師其以爲然否

其二

不肖竊惟人在世法門料理功夫有跡有窘惟從了心處印證無有歇空時南中舊遊多爲大貴人惟王洪陽道氣相爲煦沬柰此君去爲醉翁主人今亦甚寥莫有道心者有道態有世心者有俗態此不足異也承師問及敢以此復若不肖半生經歷功案頗有萬刦陳於前聽之而已師與馮老先生昕夕聚首亦一時間氣願師徹明心體無泥經書無參意見此處得有轉身地便是了心時願師無二心可也

其三

自師入都曾兩奉書一自鄧定老一自敝邑劉上舍不知何時先後入覽獻歲元旦祝師萬福今年師奏最計在四月間良足欣悅願師收心內觀得再生世兄一二人此門生祝師者如此學不可執見夫子焉不學一執見所入便有限性海無窮經刼難明於離意誠思想處窘窘參印殊覺見之不可執也焦從吾周友山楊復所劉明自師與之朝夕必有心得望以教門生門生年華老人師恩未報惟徹明心地一事止報師門萬一不敢退惰師

時加鞭勉茫茫宇宙眞志眞行至虛至謙願矢此
答師終身世間行未足賫師聽也

答顏冲宇侍御

不肖於此學殺有入處不作疑不起障此不肖實得力處安得就正我翁世道茫茫同心者寡高官者自眎至尊無對卑小者以富貴利達爲事不肖誓奉此志終身無改有便幸督我於成先覺之責斷不容諉不肖能受大爐鍾也

柬徐魯源太常

學之不明久矣言孔者率本於二氏元標自綰髮來聞江門餘姚之旨尊如蓍蔡近頗不能無疑焉餘姚直指良知其說畫一而江門之說則襍矣語錄中禪伯偈語時時備陳此蓋由方外而超然自得者就其中以無念爲宗與聖人老安少懷之旨亦自懸隔何者彼所謂宗者猶未免有意之也聖人則無意無必無固無我曷知有宗而未嘗不宗也由之忘物回之忘善其所謂忘與今人之規規焉以聲色名勢爲物以好爲人師爲己則又遠矣先生既已窺無念之路思意曷不以孔氏之仁爲宗斯眞正孔氏家法何如雖然江門精神如儷鶴搏空飄飄然不可得而羈圍仰而思之吾師也焉敢緩頰元標學未成章而隨人口吻則吾豈敢

其二

來教云久之良友則意孤不假提醒則緣境逢大勢利則好遁習有重墜則難反其意與文成同一懇惻敢不欽服雖然先生云覺惟此性無窮無染無累無伐夫覺矣則居斗室而不爲寂應百折而

不屢遷處匹夫匹婦而不爲少處王公大人而不爲貴凋三光齊萬有皆是物也

答宋都憲桐岡

夫學之爲世諱久矣自非獨往之士誰肯以身任之又誰肯以身發揮之譬佳製良工苦心眞爲獨得學在得悟得悟則忠恕即一貫也明德明此親民親此更無他岐不肖居鄉惟此一味功課

答鍾文陸侍御

夫學非可以意氣承當非可以知識揣摩日推月

捱自有光融要難以言傳也

答楊貫齋方伯

夫學貴有要得要則一齊俱了如明道定性識仁二書千古様子示學者作聖階梯二程諸書似太少愚意當於二程語錄內增入不知高見以爲然否弟數年棲身閒地於此學頗有入處學須從自巳磨練默識出來乃爲自得乃爲深造一切從聞見從意想得者終是勦說

答丁匀原叅知

學在得悟終日講說還是畫餅終日躬行還是添足然欲入悟須從收斂退藏入語云收斂退藏乃見性情之實收斂退藏不是將形跡做假模樣夜半而起見得此身種種濃釅計較滿身過惡方才有虛受境象出來此收斂退藏入路也入年四十譬牽屠羊者愈入愈近思及此少年盛氣伎倆一切批撥

答史忠嶼比部

學問與政事原無兩事以爲有兩事者自生障礙如文移迎送皆是實學隨事於人有濟隨各官於彼有省發此是眞學若舍却諸事別去尋道理孔孟復生亦無能爲丈試察之弟近在寒寂中看民生不遂只是吏治不精吏治不精上課吏治或以交情或以鄉曲或喜其逢迎一點虛靈遂爲其所蔽而不覺故貽害於人長且遠丈於此等處切勿放過考人所以自考也

答李心湖儀部

夫道無鉅細學無精麤眞脩眞學慥慥皜皜此是終身依據

柬馮文所督學

來教云任事有休任仁無休之語具審近來體認實功但不佞意分事與仁爲二者世儒之見也夫事卽仁也仁外無事事外無仁任事者無休任仁者則有休不休不足以爲仁易曰休復吉此不佞年來麤入處幸出與東溟丈正之

答蕭漢顔太守

翰教云非我者不難于破而難於絕在我者不難

於覺而難於完非實研究近裏何能爲此語不肖久從先輩浪習無所得年來從百死一生中探究實有見於萬物皆我之旨夫有見於萬物皆我本無可破可絕亦無可完可嫌可取願老丈細究深信無落二見幸甚移風易俗儒者常譚然我惟因之則可順之亦可無故取斯人而日忿戾之整齊之是馭馬而燒之刻之也

答王豐輿方伯

教云須當下受用打成一片方爲實證實悟夫所

謂打成一片者非强而合之以已合彼之謂孟氏曰仁也者人也又曰形色天性也識得仁即是人人即爲仁自本自根無思無爲更有何事雖然理有頓悟事以漸脩古先聖賢兢兢業業至遠不休者何哉除却此段未免以欲爲理認賊爲子奔潰衝決莫知底止弟與兄丈咸有世道之責可不愼與

柬李元冲司馬

兄志甚確人甚眞願力持之不變塞塞者不通之義此所以爲强世間多少同志到仕途上以周容爲功課以情欲爲仁體一片滚滚到老何曾有成立兄勉之弟不棄祝也

其二

年來講學先生在仕途人皆不信其不信之由亦當自反總在塵途上躁進冐世狎俗夫既已冐講學之名而又官必美俗必諧非不佞所敢知也

柬徐匡岳督學

世之任道者須先開眼若眼未開所任者意興氣

魄久則弛兄以爲然否近來同志入仕途八字定脚者甚少故於吾兄不能不懷思

其二

得來益稿讀之服丈信道之篤任道之勇尊師之誠吾榜中得丈眞增光九鼎吾道中得丈眞豎立萬仞但覺丈譚道如貧子暴富成一家當丈若將辛苦所起家當一手打破手裏起得手裏散得作一窮漢便成眞匡岳不知丈以弟爲戲言乎亦以芻蕘爲可釆乎學問只到止則脩在其中若更提

脩是二之止不容易匪脩何能得止丈若眞知止則仕與學無兩事出與處無兩心何必以潔身爲高從官爲汚哉宜乘精力徤朗報荅明世爲祝

柬呂叔簡中丞

顧弟與兄所蒿目千古者不以一時升沉榮辱之跡而在萬世學術之的兄苦心拮据亦既有年今澄然無事乎日休乎未能日休譬之負土塡海力盡而斃先正云千休千處得孟氏云行所無事明道云內外兩忘此正學眼藏一差毫釐迷繆千里

弟自去年後豁然一醒非復向時吳下阿蒙敬食芹而美遠以薦兄勿入口而辣也何當執手相睬一笑

柬馮望山孝廉

夫子論仁守矣必先曰知及之葢知及則所守者不錯孟氏論始條理爲知之事葢知則入聖有基孔孟之所謂知即所謂悟也道丈悟耶未悟耶日捱月磨水盡山窮始知仁知合一之旨良非欺我形色即天性無氣質之可袪萬物皆備我無物累之可融天自運川自流本無蔽錮亦難粉飾信此而後爲達天德若徒規規較量名色器數先賢語言淺深正所謂貧子譚金與沉溺欲界者淸濁何後先焉不肖年來頗有契於此一語如虛甘伏妄言之愆神明其鑒我心不二矣

其二

大學一書全在知止知止則脩齊治平物格誠正一以貫之心齋先生云斯止無止斯所無所若以爲有所者子莫執中也木落藤枯水盡山窮門下

必恍然無疑於此不肖受家師提亘之恩生平心口不敢自負近歸來閉關自省足不敢履棖闑近刻二冊幷祠記一通請教門下索我於語畧中亦見一班矣

答祝無功明府

夫士患無眞志眞學耳眞志眞學愈練愈光世間行豈垩靈襟哉兄丈晚登一第苦心爲令而上人不盡知其爲儒下人不盡信其爲難遇此足以見兄丈之眞能從此勘得明皙屹然不變亦可小歇

跡矣若彼攻作用以酧世者僞儒也不願同志有此

答周中岳進士

吾輩有挺然不拔之志要有汪汪千頃之量故曰士不可不弘毅近士喜譚奇氣勁節皆是氣書之病究竟與委靡功名者一耳一心近裏便自平常安穩

答傅楚築方伯

臺下今當雄藩孜孜知人安民是眞悟也舍此而

索之窈冥昏默是眎悟爲空心與事爲二矣昔象山黙慈湖於訟扇時而趙淸獻則於坐堂上有省此從事磨練而入不以思索爲悟境明矣

答錢繼忠

夫君子不必之人而所必者此心吾心眞誠則凡毀譽計較之私方眎之爲蟻鬬爲蜂戲而眞定自若老丈其確信無惑瞿塘灎澦維檝既固所向無復迷津矣

東陸五臺

吾輩立朝庸人有庸人病好人有好人病庸人病在好利好名好人病在情識夫情識不去則雖朗如秋鑑終是查滓夫查滓不能爲太虛之障亦能爲太虛之累常愛先輩因女婿求官推卓碎食器於地一事思之冷面寒鐵令人髮豎

東汪登原督學

先輩謂此官滇渾身是天理孟軻氏曰反身而誠樂莫大焉仁者以天地萬物爲一身而曲儒則認一身爲身認檢制防閑爲反身無惑乎其未能樂

東孟雲浦文選

人眞人也官假官也吏曹假之所從出乎假者居其地寄情縟儀送往迎來厚同鄉同年舊僚舊交預報陞除曲爲應援此感其小惠彼稱其厚德是人亦得微名仕途仕途亦誤採而用之弟甞竊觀之譬之藤蘿左纏右絆非大斧利刃不能割斷大丈夫寧爲轅駒無爲社鼠寧爲蒼松無爲藤蘿多少英雄誤入此坑塹矣若吾兄昂首何似易曰過涉滅頂願三復其言弟願兄無迷本眞若曰本無

眞假無作眞假觀則弟當三緘矣

答田竹山太守

赤子之心無中國無夷狄盡同此心若謂大人者爲赤子時其心獨異則亦非天命之性矣大人爲赤子時此啼哭此乳抱凡民惡人爲赤子時亦此啼哭此乳抱不增不減無凡無聖大人者特順此心凡人迷此心惡人逆此心凡人不迷而悟則大人矣惡人不逆而順亦大人矣人於此處看得親切眞是人皆可以爲堯舜直是超凡入聖願門下

徹地信此若謂又須格物格物格其迷而逆者非多其聞識之謂若多其聞識適足爲此心之障耳陽明之良知乃乾以易知之知非有對待之知也既曰無對卽中心卽性卽中卽道卽行卽天理實無有二義後儒之所謂良知去陽明又遠乃知識之知夫識非不可謂自知來而實不可認賊爲子雖然陽明語有爲上達語者亦有爲下學入門語者曰其言語正當快意時便翕然收斂得下又曰如猫捕鼠如鷄伏卵那有工夫說閒話管閒事此等語亦自警策舍其心性諸語而取其警策者亦自有受用處似不必有異同也乎獨怪今之譚良知者以識爲知不知尚有無知之知夫無知之知不落擬議不落情識此不肯有志未之能也願與門下共竟之

答江纘石中丞

世肩天下之重任者須是明天下之學夫學非一人之學天下之公學也此心生生之機流盎宇宙不作見解不起測度便是羲皇氣象人皆可爲堯

舜者以此弟癡儒一心以報國爲事爲世齟齬此自有任其責者於巳何傷移官南來良朋亦不少蕭寺名園趺坐譚心與門下建牙聽政其心一也感念同心之雅輒布愚悃不盡

答沈鏡宇少司空

天上之朝講及東宮事此雖第一義然難以口爭調和而默護之可矣後進出位言者雖有亦不可病之篤恭不顯萬古消沉向此中惟翁與諸君子留意不肖來南實覺無可增減者憶昔年自貴竹

茹艱履辛百死一生自謂於學有進既涉官省垣私覺未也幸謫南刑幕一年餘不肖不敢退墮一日年餘轉銓曹自謂再謫之力居多已自銓曹歸家五年一朝稍有所入自謂庶幾矣已之都下又覺未也蓋以血氣爲德性以知識爲性體以鹵莽爲直捷愆尤種種認賊爲子幸復來南動而知悔始知道無窮盡功無間斷從性氣發揚日放日息從性氣練磨無時無功則天所以成不肖者意良深厚不肖並不敢以名位爲軒輊也翁再勿爲念

不肖不敢請告者見左遷者便悻悻不安其位不肖不敢躁急以逆

君又方奉母南來遽奉之歸亦非子道不肖不敢薄親兩推不允遽欲辭官是遺佚而怨阨窮而閔聖賢決不如此不肖不敢拂造化惟聽大計後瓜期且近或可徼一命報親從容而去於臣子之義不悖如是而已

答馮慕岡僉憲

近時學術龐襍入門宜慎夫學未有不從磨練經歷而能有得者足下久當知之不敢多嘖也

其二

頃承寄念知道念精進憂世心切但未見示近日用何功得以知容脩審證處方有商量倘未有實落親證雖日近名友相處成話柄耳世之淪廢固可憂然未有學不親切而能以意見用世者此不孝孤折肱而來非虛語也不孝孤頃覩 廷推命竊爲世道加額乃復不果何說要自有數存靜以俟之

其三

足下入楚鄙意疑其與時不相合今果如此足下安之世間言語不復爲足下道惟是從萬死一生中勘校多㓙多懼千苦萬楚中間吾性安在明得性體方不負此番受用若要熟須從這裏過不然縱說向道未免從世間語言粧點意氣撐持語言粧點終露色莊意氣撐持終有消歇足下勉之上聰明同堯舜好生同天地心知足下爲國爲民一點眞心但恐吾輩負

君負國不愁　君與國負吾輩臣子勉之勉之處困而亨亨字了心之謂能了心始是亨通吾豈望足下以一世人哉臨書不盡肝腸語仰乞台照自愛自寬

答劉澹峰給諫

不佞再入金陵無可爲梓里道惟是不怨不尤近裏著已不敢不勉蓋嘗論今之學者動喜稱奇氣勁節其流弊與沉溺欲海者則一夫士固自有真願與門下交鏡之

夫道原自平坦中流出自可久可大一切少年英華剛鋭之氣宜剝蝕消鑠

答吳念虛太守

吾道於忙處辱處難處能鎮靜寬裕此卽入道之門

答劉淳寰廉訪

承諭衛齋坐對烟雲魚鳥不減林臯知丈趣自別但學如有見溥書紛挐亦烟雲魚鳥也不然恐成玩弄隆萬間同志濟濟求如近溪先生能作個了事漢煞難其人丈取識仁篇從後閱起一次至十次他日見教吾輩生旣知嚮學再無得作不生不死人無得作半間半界人無得將聰明來倩無得將意見抵無得將平生行誼算數將身是個一無知無能愚人得轉身路方謂首出庶物

答宋正吾吏部

標伏在林臯於同心之友未嘗不睠然有懷忽承台翰胸中添我宋先生也何時得一奉色笑以完

心願此道如水至淡無味輕重隨人自取足下在濃豔中獨索之淡然之味又加意於寬閑病夫此其趨操元標謹拜而藏之中心并承尊指發揮一篇付盛從以行盛從至止小庵三日筆澁詞不足道心中萬一養之不到故言之不茂負足下來意矣鄧定老有太夫人之喪恐未能執筆馮丈古心古行幸勗之以闇然自飭愛身所以報國也

答周海門吏部

得扇中語知兄於斯道擴身研窮但中云欲中亦

有禮不行中亦有非禮二句似有未瑩欲卽理也不行再無有不行時性猶水也水豈有不流時節原憲是未識性將來把捉故夫子但許其難不許其仁再具答別幅請教

答陸時乘孝廉

足下偉姿時入夢思大鵬宜翔寥廓猶滯丘樊此何以故得讀佳作多贅牙屈曲豈襲鉤棘之體忘雅馴之度乎夫祖莊列瞿曇氏口沫以文聖賢之精神此近世之陋習非大英豪不能回首足下宜

無所事此夫理無得於心而妄爲穿鑿者舛也學無徹於見而妄爲附會者繆也不佞常謂今秀才家譚天說地試問渠自家性命何似則茫然罔對何者學未有見也足下欲有見乎試掀番窠臼自闢一乾坤一生受用不盡豈獨一生卽夙世良因皆於今生植之足下勉之不佞二毛忝差無補淸朝徒負浮名爲造物忌歸來懸一榻白雲之隈時有知己或以爲師或以爲友或在師友之間亦時有嚮往處不敢負光陰耳草草布謝書不寫心

答劉直州吏部

門下歸未得走一介請益頃有僧傳門下逍遥匡阜間恨不得侍杖屨來往白雲窩卽證千古然心嚮往矣以門下之才之志何堅不穿何微不入滿載由已解纜亦由已更不從他家托鉢惟是吾輩終身結果係於最初一念最初一念卽是配天地並日月質鬼神稍有查滓終身必現古人形著動變之語豈欺我哉門下三樂俱全天縱頗篤更無一毫足以芥冲抱者昜之潛爻寔惟其時如不肖

多難灰心年幾老大精神非復故吾惟有休心以堅末路無足仰裨高明門下不以腐物見棄竊願虛心有聞焉佳詩冲然大雅捧咏如披淸風時値水寖畢足泥塗未能酬和空有愧赧惟高明照亮不盡引企

答劉開卿吉卿茂才

吾儕有志於道宜出身擔當大開田地更不沿門持鉢一心開荒牛具種子齊來得見大意卽當發誓度人更不向竹籬茅舍藏身足下勉之

其二

昨冒病走雪中百餘里上文昌書院梁歸從輿中思及賢昆仲蓋謂吾邑如巨室必須有人撐持其所撐持必須有人承當此學此學豈易承當乎未開眼千古雖屬大儒亦名影響可不懼乎來教云僻性難除客氣易動近於難除時十分磨刮於易動時十分把捉愚竊謂僻性客氣未足爲學累惟十分磨刮十分把捉則其爲病不小賢昆仲欲寒徹骨乎每相見時能向我終日開口使賢昆仲開不得一口是其徹骨時矣今尚早在他日必知之

答朱汝虞大理

久不得吾兄教殊仰殊仰得來教云道理無涯究竟匪易誠然誠然吾輩發根處眞工夫日子深春杵竟成鍼未知學人却要發憤既知學人非全放下終難輳泊起爐作竈把捉意念自以爲實得力不知去道愈遠何啻霄壤吾兄以爲何如

答李養愚中丞

黄友來具審道候萬福貴邑兩名儒挺出非丈一表章其間先正流風幾於剝落乃知地方不可無端人也感應之理今古不爽他日必有傳丈之學者丈眞脩密詣弟何敢贊一辭但招引初學欲其脚根穩固不東走西馳必以實踐爲言若眞正工力完密之人直當以徹性命爲了手來教云心無停機學無止法夫無停機者造化生生之妙也吾輩又欲施人力其間似乎與造物爭衡故曰率性之謂道世儒以意念纏縣妄謂實功終無得力之日不知丈以爲然否弟亦實無所得徒一時臆見然亦自師友困苦磨練出來故不覺縷縷且與丈廿載生死之交敢有隱情伏乞斥正

其二

曩承重委不肖細批善山公卷覺此老儘入細微故謾揭其入處揚之簡譬之井鼃窺天天雖小不可謂非天也得來教洋洋滿紙具仞丈苦心實功孔曰習遠而曰愼習孟曰惻隱而在擴充丈身任繼述之責握孔孟之印即此二語足以質往聖開來學何必一一談良知而後爲學乎敝郡人談二

字者甚多居官褆身有能如丈之不愧孔孟否雖然弟有請焉曰習遠不知所遠者亦算得性否若謂不由於性則所習者誰爲習之曰四端在擴充不知擴充還假人力否既曰眞心亦不俟擴充而自彌滿六合也風便幸批教來教云今主教當用一轉語夫道一而已矣精神不眞轉語成虛吾輩惟當息心置辯務底自得道在天地原無病也何君歸愧無以發之實而來虛而歸空有赧顏

答蔡鳳池明府

遠承台諭知門下勃然有至於道至末云脩道以仁人者人也道即爲身身即爲道門下闖斯道之奥矣雖然此非可以億度言非實透徹則身是身道是道邈然其不相涉昔楊慈湖問如何是本心象山指點斷扇訟是本心慈湖遂廓然大悟門下今猶聽訟際試一印正果與慈湖當下無間否若疑猜未斷身與道猶二之也不肖生平實從夷狄患難屈辱寂寞磨練而來不敢誑語門下宜辨堅定必往之志無以二三之見襍之斯道幸甚敬謝遠存不盡仰止

啓盛平寰主政

不肖裁尺一謝夙愛而老丈不鄙夷我累累數百言皆近世末學之膏肓老丈似亦有槩於中誠哉其言也夫既稱爲學道人矣而復落聲色貨利進取坑臼彼雖得一世浮名利一世進取然君子視之如見肺肝其與不學者卒同歸於煙滅腐朽而已此不足憂也惟是弟觀世之憤人之假者多棄已之眞夫彼之假可嫉也我之眞可尋也我精神

若遍眞直貫日月通華夷流萬古矧今世之人不可以感動乎弟願丈且愛已之眞實從子臣弟友忘情聲色名利豎起脊梁務達天德不負此生斯弟所効忠者如此貴鄉先哲如龙西川先生近世醇儒丈取其書而究之必有以復我臨書不任依切伏惟炳鑒外小刻二冊爲受教地幸正之

答楊惟羣謝汝敬孝廉

未知足下歸息時時有懷忽捧翰教次於面炙貴邑崛起二公人人拭目以觀豎立夫豎立科第者

一時之計竪立道德者百千年之計足下雅志素辦願更努力盍人生世上如石火電光直當與人爲善與人爲善不在嘵嘵爭同異惟在獨知處審證自脩衆人所欲者我能不欲衆人所爲者我能不爲久之人亦自化於善矣今之人不爲不欲良心豈不昭揭只爲欲根一萌天地爲昏轉眼滄桑并所欲者無纖毫受用祇見不學者之愚也足下登高招臂其見必遠竊聽佳譽以慰同心敬謝遠存諸不悉

啟曾植齋宗伯

先年以鄙見請正辱長篇娓娓惟懼弟之落坑塹而欲拯之非丈衛道之篤何能有此弟心服心感予輩學最怕執見以爲家舍弟若執止無所止以爲是則亦有所止也丈若不執有所止以爲是則亦無所止也弟所奉告者兩人以此審證而丈所告者則謂啟廸後學不可以此立教誠然然弟猶有請質焉弟讀大學常謂啟後儒紛紛異同之辯實此一書蓋以其多落階級若中庸只一性字便自包括身心意知物包括國家天下陽明先生只提一知字以包之誠善讀大學者也我輩認得性字透即大學且爲註脚彼儒者若何爲異若何爲同可一笑而置矣文王之止仁止敬止孝止慈止信豈如今人一一而求之蓋文王之德之純純者純是德性也爲君自仁爲臣自敬爲父自慈爲子自孝與國人自信故誦文王曰於乎不顯若一一以求所謂孝敬仁慈信而止之則亦顯矣且弟所謂知止者即易所謂休復學問不得受用只爲不

得休無論陷溺利欲爲不得休即終日兢兢天理亦爲未休易曰天下何思何慮又曰易無思也無爲也必如此謂之窮神謂之盡性至命舍此而學不過以意見纏縛道理而已非自得也弟愚見如此老兄弟不妨時相商確宇宙內同心能幾人也謹此請正伏惟批教

答許敬菴中丞

先生起家時滯跡周南方欲脩訊而棨戟遥指八閩矣一中丞不足爲先生喜惟是紫陽後遺風凋

落山川寂寞得潛脩實儒提衡其上此足爲世道喜也竊謂民生不遂由官紀不清小臣不廉由大臣不法此其機若轉圜匪言語能喻先生勉之世號爲儒者口譚性命身墮欲界一入仕轍乘機伺便輙攘臂爭先吾輩今日惟願以身發揮之悟貴透徹脩在慥慥諸聖復生無以易此門下其謂何不肖束髮嗜學苦困有年庚寅値四十初度日日思年華老大寂無所聞幸天靈偶有所入翻然出山思欲乘壯時爲國家効一割而忌者黠者相鬪

楂其中至今

今上有三黜之疑實非

上意先年請告未允今已發乙休疏盍進退禮義用行舍藏視身要領不敢壞先賢軌度即以此得重譴所不辭謹因注存申謝并布近況如此臨楮瞻遡不任

答劉奎陽

讀足下來教知用功良深但云覺此中時有空明境界此段境界儒者執之爲人間洞天知學者目之爲陰山鬼窟若不從此鬼窟度日始知眞學足下欲功夫無間斷所以間斷欲主宰歸一所以不歸一請道不欲無間斷不欲無歸一作何調停此處即子不能得之親也弟昨日自文昌上梁冒雪而歸正思邑中無有擔當此學者得來教慰我心期望丈教之學志不可不成此當事者之責不然他日有不可知者惟丈倡之

答余鏡原中丞

吾輩旣知此學此皇極之福學無用以事爲用道

無體以事爲體日間於事事物物無放過處即此便是實學更不必羨入山也惟是不孝覺生平麤志於此浮氣爲祟未能入裏處事自家庭以及衆務皆從刻薄一邊此最害道不淺傷造化之元氣昔人稱孔子曰太和元氣流行近而悔之無及門下旣志此道願以不孝爲戒寧心跡不見亮于人而吾身之元氣決不可傷不孝孤折肱於此故首以是言即此是深造即此是自得即此是心傳門下以爲何如劉淳寰丈眞脩眞品服官不孝孤亦

欲進此語世間好人蹈此二字以爲家當者不少以是知吾輩宜學也

答沈銘縝太史

荒牘冒干典記迺辱門下推老先生愛俯賜優答兼辱賜奠高誼冷冷寸心難泯不孝於門下未面然門下心事卓犖才猷宏鉅則時於老先生所悉之今有斯世斯道之寄者患無才將之有才者患無誠門下才誠養之有素將來何鉅不肩不獨通家之私願也竊嘗窺孟子登東山而小魯是教人

開見地一著登高一步則見大一步故先儒曰內重見外之輕今之重外輕內者彼無所見之也孟子惟開千古之見故屣萬鍾藐王侯世儒漫讀過只云所見既高則其視下益小所見者果何物耶若只在名相義理上恐便不能輕小外物門下以爲何如望進而教之不孝褁先慈大事外即結茅深山之濱與樵夫木石爲侶懷我先覺此心悠悠如之何久欲申謝津梁阻絕敬因入賀楊使君布所請正如此臨風仰止

謝袁玉蟠太史

不孝過不自揣冒干名賢乃辱不鄙夷賜之教言洞肝决腸兼賜奠唁更辱雄文曉而告之先靈九原有耀元標益信此心無內外無人我無遠近無古今纖毫不隔也年來海內於此學有窺者不孝方期之爲仕路津梁乃皆垂翅而歸世遂以爲詬病豈天忌其開眼而堅其成乎亦保任之功尚踈耶夫學猶不離保任此不得已爲癡人面前解嘲若眞正開眼保任更何復言門下亦以不保任爲

保任耶亦未離保任耶亦保任猶不害爲不保任耶昔吾邑先正末年單提收攝保聚四字不孝竊疑其神識用事今拘儒猶以此爲救命靈符門下將孰之從

柬劉雲嶠太史

小力歸備述丈雅誼此自丈錫類之仁念不孝孤千辛萬苦無能報亡人萬一故必欲底于成弟何脩而得此於大賢惟有感篆而已先慈復荷丈雄文厚奠九原生色感極欲涕久欲申謝緣隻身躬

衰事之後積憂積苦積勞積病且家無可遣之童遂成稽遲丈必不謂不孝弟爲不知德人矣兹敬尃人布下悾丈歸而養高此自千古定著卽欲負天下之重未有不自艱難靜觀出來無論諸賢而嚴分宜先生黔山之養十年詩云元無蔡澤輕肥志不向唐生更問年此何等志氣世皆以大任器丈不孝弟則云大任今古無限惟眞心爲大人則不以彼易此定宇先生往矣此老我輩矜式奚以名位論軒輊哉西江譚學令人掩耳直證聖脩不

孝不能不望丈爲前驅幸有以振之不孝孤衰事畢已結茅山中楹帖云居深山之中隨俗所便生聖明之世與天者游其二野輿還來羣鹿豕庸才端合老山林其三新闢山門徑躬耕隴上田丈肯駕雪夜之舟不孝弟當開蔣詡之徑無言掃周益公雪矣臨書引睇

六科公書

不孝腐儒也握髮從諸先達游今二毛種種矣竊窺吾儒之學別無奇特惟親其親及人之親子其子及人之子如是而已故孟氏曰人人親其親長其長而天下平夫天下平至難事而不外親親長長非孟氏眼高千古安能道此不孝自先母先室之變茹痛忍死以考滿事辱我門下哀逝閔生翼我於成俾不孝得跪告先亡者則誰之賜哉所謂親其親及人之親子其子及人之子於門下見之卽此便是善與人同門下更無他讓不孝更不以世語謝矣

東余少原

自門下別文江後頃過禾川令人覩遺祠而興思耳

聖旨未下在門下必不爲苦有志作人有心世道者正是磨礲處受苦一翻則進益一翻心細一翻始知世間不得意人亦有不自由處方能以己及人方能恕以待物方能忍人所不能忍學非從困衡中縱聰明伶俐極終成話柄歷觀古名賢不孝不能無疑心耳以其未困也門下勉之世間可語者甚少有志者甚少易之睽曰君子以同而異日

間與人同者跡也默默進脩體認則同而異也不孝移家深山中萬不得已甚苦難言處亦自知得近日體貼靜後觀喜怒哀樂未發前作何氣象乃知宋儒亦深入此正著實用功處門下試之必不誣各項叅來學方不錯始有歸一處日間與友朋相處還當敬而靜此正近日對證功課心懸懸左右附此譚心惟自愛

答錢啟新侍御

吳中使便多是匆匆無從寄候知門下杜跡深山

與世相忘嘗念世無眞正爲國家擔當之人有眞正擔當之人又群起而忌之門下是也門下何負於國哉每從友人熟數門下巡粤西狀過則有之不及則未也竊爲斂衽門下近功何似吾輩學學其同于人者非學其異於人者與漁樵牧豎匹夫匹婦同體是眞正學問千言萬語俱從自家身上體貼方爲實學不然以爲天地間一塲好事一塲好話無異兒戲弟所謂管先生末一條路者煞難言不孝知丈之一條路又欲與不孝不同須聯榻而後知之世路嶮崎合併艮難南望令人脉脉向往矣不孝積憂積苦言難宣心三小刻請教丈未忘我再望嗣音學脉關繫千古周父母使源源來也臨書惓惓

東郭青螺司馬

李見羅公脩身爲本此艮背功夫此老必不言大旨不越此劉雲嶠兄淨土此生死功夫李則凝神一竅劉則結念一處凝神者不欲使神外走結念者不欲使念分散淨土功夫閒時皆急時用也兩

家道路各不相妨能兩兼之亦可能兩忘之更妙翁丈今日能兩兼之兩忘之乎愚意翁丈於生平竭力一二不朽之圖畢精竭知亦已盡矣日間無事宜一味休歇將去不思善不思惡平平坦坦熙熙穆穆自有好消息相應易曰休復吉此弟請正鄙意幸批教之

答前人

足下高明但沉涵收斂之極便自穩當久而知不肯言有味也起滅不易持循此處難商量欲持循

即自起滅而又欲持循無起滅乎幸叅之

答曾敦吾二守

足下引諸賢世德爲言此猶落見解足下知漁樵畊牧家世業即世德乎過信此一步則不敢卑今而尊古矣

答管東溟僉憲

初丈寄七九錄劉野儒者到丁年兄者未到弟披讀之中間不但如前批駁且有許多可疑處動輒說夢說應感說道統有歸說轉輪王令人大生疑

丈心夫使學者竭歷而不止者誰之過歟弟年來覺無可說得丈書動輙萬餘言究竟必欲合三教爲一即此是妄心即此是多事今日弟不苦口與丈說破誰復爲此言者弟叨庇襄先慈後事已結屋深山中楹銘云居深山之中隨俗所便生聖明之世與天者游即此是弟一部問辨錄蘇老云但願生兒愚且蠢無災無難到公卿弟云但得生人寡且陋不儒不佛不聖人丈之病在多若無若虛是丈今日受用處附此謝併布欲言書不盡結萬一

東蔡虛台選部

頃從青原山中匆匆奉謝中間不記云何是時楮筆不恪計知已垂亮丈金玉君子近精進此學行且一日千里惟是學以培養天地元氣爲主則自不差若自己身上做得光潔於他人身上全然不管此於世間稱好人而元氣亦薄矣說明德便即說親民一民失所引爲己責古人往往如此丈有志世道有天下國家重責者幸進此一步則福氣

更無量以丈仁心爲質於此學更有根基弟不望丈誰望哉弟在農間十年無開顏事近聞

上冊立爰立二事喜極欲狂江湖小臣難道無心廊廟但中間機括不知

上自轉乎亦有斡旋者乎幸示弟敬此候起居并布欲言如此臨書不盡心中萬一仰干心照

東劉斗墟憲副

信友爲君子己亦君子矣信友爲聖賢己亦聖賢矣有一毫逆度心損己莫甚學仙者扶持一人升

仙卿是一仙吾輩須如此乃能處末世之局促者浩浩其天也

賀李本晦進士

羅儒士行曾匆匆布忱書行後思足下孝友置之古人中不過而一段慈衷至性則又天地神鬼之所鑒昭也居嘗謂繪神者必先以沉檀爲質未聞其以溝瀆朽材此貴質之說也足下有其質矣從此以至性而一鄉一國而天下俾世覩眞儒明德親民之學以吾里爲鵠則足下之明德遠哉不佞老矣望足下以衣被吾文江者猶落第二義惟足下勗之萬里發仞政自今日始此學如入海無以望洋自沮不備

賀蕭拙脩進士

觀人者觀其細微細者巨之徵也不佞孰足下居里細行至詳備今足下第是天以儀我邦人士也有不爲也可以有爲軻氏明言眉山氏發揮寂詳盡足下其必大有爲于明世若區區以一第賀不堪足下一瞬吾里先輩徹始徹終光明俊偉孜孜

求友以故出處皆有章程惟是不佞老而懶亡能爲亡山之助然談及足下有奮心矣

賀郭章弢進士

足下第爲足下喜爲曾舜徵喜而里中人傳有賀客奏集慶堂者甫翁曰此何大事與族中親友相約一茗而別此之清風譚之有生氣咸曰非是翁不生是子足下資本金玉虛已下人又加以家庭蒸乂培養之自臻廣大高明與古人爲徒竟甫翁所謂大事者予日望之且以鞭末後着矣

賀蕭如城進士

君家少師之所貽者何濃郁而深厚哉宜足下之挺然清時也足下有今日自靑衿向闇夫弟數道之此不必爲足下賀少師舊書在秘閣中可取而讀之吾郡數年黎閣不入豈有待耶幸勉之仕路危道學入微始不爲危所侵謹固維檝親正人爲切砥幸毋少置念不宜

答高景逸大行

人有一種眞精神相感通處有終日相對眉面南

北者有一面未交萬里几席者有日坐皐皮終日譚而人不入者有口不譚一字人折肝相信者門下冰心玉骨入微造室不肖神相感孚幾三十年如一日如連袵常恨無由一登堂請正得奉手教宛如面承乾坤許大譚道頗有然非入義理則入揣摩非落意想則墮神識不肖束髮志道轉折葢不知其幾近老而越知其難年來覺種種罪過自懺自悔自以爲悟矣不知隔千山萬山自以爲脩矣不知造千魔萬障建天地質鬼神考前聖俟百

世處尚遠中夜起坐眞有皇皇不欲生者恐迷淚而返如之何門下其無忘我老而時督教之羽便即附八行也逹見門下初問道時掉入商量忖度叢中無足以助發門下高明今想看破徹此迷雲矣涇兄已往東林主席惟門下是任萬古在前萬古在後幸無怖苦以忍耐心樹鉄脊梁作東南砥柱是望

答張鷄山明府

河山異域眞心千古相照况生同時乎竊常思西地諸君子有一人挺然而起即千聖賴之以重光門下今其人矣細繹來教是不暖暖姝姝學一先生之言自足者葢直欲見宗廟之美百官之富故無險不穿無家不叅宋時諸儒濂溪明道象山慈湖尚已我明學有兩派河東醇儒也新會餘姚則直拈聖學之宗矣諸家語曰静中養出端倪曰致良知總是止啼法夫道一而已矣惟一一此惟精精此辨必了性命之志徹聞見支離之障頹然穆然若不識一字人如是者久忽然日開月朗先聖

言皆我心所已言者若何爲良知若何爲天理若何爲端倪可不言而喻矣學非從粧點聲色可成者如食本以求飽如衣本以禦寒如講學原以完吾明命明命未徹縱模擬極工隔千山萬山不肖束髮有志今老矣念及全歸一着汗皇欲死然路頭曾經踏破故遠承教受披肝奉復門下以爲然否便中望教之肅肅如對

答劉君東孝廉

承教知道况萬福弁諗近來静中學力精進見與

區侍御書翁丈見地的確不但吾里曾多君子醞釀之功亦年深證驗之力所論陽明先生生知不但陽明是生知人人是生知無一人不生知翁丈試觀孩提愛戀父毋果學而知乎亦生而知乎若生而不待學則人人是生知矣體到此處始是人皆可爲堯舜所云無善無惡心之體是到家語未到家者語之宗廟之美百官之富鮮不驚駭肝江歸善如陸子之於慈湖豈容輕測翁丈謂然否大都學人只一味自參自悟既到家如人飲水冷煖

自知不必先横是非異同之心在胸中此意畧存爲毒最烈鄙見請教幸財之賢郎相處數日知其練達老成令孫玉立翁全福人殊可喜舟中捉筆八行殊不盡鄙悰倘未當翁丈嚼武夷君數碗一澆之一笑

柬于景素儀部

常念今之學者欲學古之人如翁兄儀刑中外信服今人有餘師矣約情歸性權不離經此二語誠千古正論諸走而之它道者是自昧其性也弟看來聞道還要愚人愚人得即能守顏子默識顏子之愚又曰參也竟以魯得之處今日時不自託于愚魯不可得也弟與翁兄並錮山林亦天以成吾兩人之志作大官轉眼空花山林原不負人也志山脚底不知走何處佳音未到不知委作何文字弟於翁兄何敢辭惟所命耳顧弟今下半年病瘧精神未復聞翁兄精神如六十歲人羡之敬附教諸不盡

柬唐凝菴大常

久不問翁起居中間有便非翁相知故不敢託年老大越喜前一班朋友得講嘉靖間先輩行事安得不翁是思哉憲時編是大著作幸早成之宋儒謂孔子傳顏子者另一道是寐語若然是眞有隱乎爾此道如大海能飲一杯者能飲杯盂者各克其量各得性之所近孟子秋殺亦是孟子性之所近明道伊川兩兄弟便自不同均不害爲道惟乾元統天乃爲全學保合太和乃爲實功和不本于元則流于情元不發爲和則流于寂顯微無間體

用一原翁窺其全矣弟愚庸之資固守山中無可請政因來教敬布所欲言此生緣豈遂再無日乎心時時如對也月峰公爲諸少年口角此老不竟其用可惜可惜近聞澹生公編吏部書祝其竭力闡此老無聽人言也翁謂若何

答馮少墟侍御

同聲相應同氣相求不俟于門下應求非一日矣乃今春偶于張鄠陵得聞其槩今得親承手教神情會合針芥相投何幸何幸捧讀大集宛侍几席

聆金玉之音而令人醉心起舞也門下一段冲襟恢恢不以既至自足不以成章病人猶于楮穎外悉之門下入無涯矣拙序聊當請事亦以志神交萬一此生如有晤時乎則道緣未了剗心有日此生如竟無晤期乎則數語訂盟亦永千秋惟門下大加斤斧無貽同志哄也不肖年已老大今秋初病瘧大半年精神未復門下年甚少似河之清有日兩地悠悠所恃者眞性流貫不作纖毫間隔即時時如見也拙刻頗有道長行人隻身難携容得嘗呈上

答胡趨儆侍御

常竊疑海以內播遷幾三百人豈無中隻手闢已眼爲吾道一吐氣者偶從李君所得讀碑詩四首予驚而起曰此開眼先覺也急欲通姓名左右而李君行迫遙望中州一星斗懸夜望斗極心亦與俱懸門下其有以自重矣自重者而後能重天下萬世今日舉動後日榜樣越嚴越微吾道倚賴是祝是望不肖生平從生生死死千起萬折稍通一

隙舉目寥寥難相告語懷我良朋何日覿面相看也承台函敬此復去秋七月病瘧至今皮骨僅存杜門謝客伐木有懷惟深心相照是禱

答楊晉菴都諫

不聞問者又幾二十年懷我同心豈竟無緣一把手耶不然是于心吾雲浦二兄有緣而于翁兄竟相左也必不然矣中州之學雲浦可與語上而從大集中知自得之深匪膚儒所能窺從此直達天德日宏日邃作千古正宗望之望之弟生平從百

折磨練而入匪從順境中來安得與老兄訖正一榻是此生之幸也李君來承台教佳集敬附謝不盡言兩地脉脉弟此時因病癃八月未能霍然難以細布惟台亮

答余鳴雷鳴盛

别教二十年來教云鬚如戟不佞老可知也爲之悵然書中有急急承家學之意具爲足下喜以僕觀甫翁居官禾川垂澤甚遠秦中功最高近督大察公而恕其所貽者良厚足下輩當盡人事以承

天之眷佑不佞學無它長惟望世之學者從規矩準繩澹泊立定脚跟即學脉不同然已先立其大不然縱聰明才華此如無根之花立見其萎人家處勢盛能澹泊家範嚴肅自守未有不長遠光大者也尊翁居官良苦制行亦苦惟僕知之足下輩居官時始知之僕病自去秋瘧起至今皮骨僅存杜門謝客偶逢盛從至謹口授以請教楮短情長惟心體力行之不宜

答李用行

足下傳經中州尊母夫人教良是學問即淺近即神化舍近而慕高遠舍家庭而離親遊俱非正理足下學有入而性又敏但願從規矩準繩萬不失一至道之凝以至德敦厚之謂凝藏密之謂今人不及古正少此一着足下勉之得暇過我彼此一切究之是所望也

答趙乾所吏部

承教中多奮世激烈之語世間人品不齊贋而售者多亦天意也吾輩學惟法天則兼容併包無不

在覆幬中足下如璞玉望味古人切磋琢磨之義已精益精已密益密自能慮以下人不見世間過事足下益所望者長且遠也萬勿以爲狂言得覩尊容堂堂正正陽明用事宜其表表偉偉妄題數語不知有當高明否

又

正氣之伸有日望大着心胸寬以待人嚴以自待世間人不必着一惡心豈但作大官者假即得美

謐亦假者衆世間事往往如此世界原無定凖本心自有定向惟不昧本心卽是爲巳之學一切世間升沉毀譽得失如浮靄往來太虛無加損也恃此直布少墟先生旣相信望細細商量日求所未至

荅徐蓋夫尚璽

賤生荷隆愛愧無以當嗣無從申謝然心中時懷仰不置茲復勞遠存知門下留心大業家學重光甚爲助喜不肖自去孟秋病痁至今皮骨如削杜門謝客久踈筆硯念門下孜孜爲道之意兼所選

者精而核令後學易讀曉故病餘不辭執筆謹具稿請正幸斤削爲望學問不論脉絡只要精神逼眞精神眞千條萬派同歸於海不然縱譚王說伯何用令人動輒議晦翁去晦翁精神何啻天淵門下之見卓矣敬謝教

柬吳玄水儀部

往承教存嗣有入都門者卽裁書奉復持書者至而門下巳捧　命出國門矣常怏怏無從請教記

從一遊學者曾道此意想亦浮沉矣心相映照世間形跡不必論也舍親李文源兄歸始知門下移官白下舍擾攘紛華之境趨恬淡寂寞之鄉此天所以堅門下道緣卽此越過學人多矣吾輩學無別諦世皆進從退處安得世皆濃從澹處耐得此正學之受用眞爲致知格物望門下以身發揮之

答錢肇陽明府

昔人云顏子沒聖人之學亡愚見聖人之學千古千今人人本有未嘗亡也在人悟不何如曾子之

學猶有可傳者故人得而祖述顏子四空懸崖無可倚靠故曰末由學者未能悟循循曾氏家法亦是遊于轂中晦翁格物一解雖有異同然精神建天地質鬼神有功後學甚大不得以其註解而少之愚見如此高明財之

答高景逸大行

正病危中得手扎及會語三小幅時不能作字命穉奴曰此同心之言宜謹藏之近稍甦欲附請正報翁兄而穉奴從故篋中搜不可得始而怒旣而

思曰此天以啟吾兩人不在文字中十度過日子記得扎中有自誠明二句分疏語又謂從崔後渠集有所悟格物夫後渠非知學者翁兄取其言虛而可知誠明兩字要活看學開眼即誠即明即明即誠分疏不得初未嘗內顧胸中此時是誠此時是明若將先儒語言較長兢短再無有了期又記得三扎內錄出會語恐有不妥翁兄一段中襟儼然聖胚學問先立其大橫說竪說正說偏說逆說順說俱是又不在言下說是非目前可望拈出正

宗與千聖相印正者惟翁兄實賴至道非至德不凝以其人足以勝之翁兄是巳久而知不肖語語血誠也滿眼風波正藉之為切磋砥礪允賚請看風急天寒夜誰是江門定脚人白頭高帽頂青天是其時矣直布知心寒暄不瀆

答錢梅谷侍御

讀龟記穩老先生學問淵宏與世儒大不同語語提唱曰仁曰生生則其造詣可知此之謂效天法地之學從此路殊可以參天兩地方謂之聖胚不肖老矣學之未能故于同志不憚饒舌知臺下與太虛同度也

答汪登原中丞

久不得臺教意者弟無足以受教耶常念之如在目前承翰示喜不可言弟即當趨教老年兄弟聚首此宇宙間快心事顧鄙情具復會衆札中夫以名德元老如翁兄篤實光輝一彈指群山劫響諸君豈日對岱宗而不知乎弟竊以為嗣會即以貴郡諸士緇為盟主即有餘師毅然行之自貴邑始

燈頭有火起抱薪叩隣家門求殘燼語云早知燈是火飯熟巳多時願翁兄力任之敬此謝臺翰之辱諸不具

答新安會中諸友

道鄉佳盟下招腐儒誼當竭蹶以趨遂夙慕眞心顧歸耕二十餘年杜門一壑遂成孤性而去歲一病元神未復坐失良晤豈不佞道緣之慳乎雖然以不佞未來乎思諸君子濟濟鏘鏘聚會一堂金石迭奏不佞神未嘗不逞也常謂有一方區宇必

有一方勝槩有一方勝槩必有一代元夫窃覩鄉有元夫傑儒而日溺于見聞者非忌則怠輙不知景而効之是猶家有夜光而羡人之抱一珠一璣以爲奇也夫貴郡之黄山白岳代有名儒即近代諸老以予所欵交或秉斧鉞或司諫諍或持憲紀或理民社皆烈烈大儒名賢芳猷此必有根宪潛脩未易語人者世不之深求而别有所索是道在邇而求諸遠也是家黄山白岳下不知其奥而别宗孤峰半岫以爲雄也諸君子一降心揖志舉目

有餘范矣諸君子生長紫陽里意謂紫陽學似今日稍晦不知晦翁精神建天地質鬼神考三王俟百世誰能淆之彼之持說稍異者正所以真晦翁未墜之緒而光大之皆紫陽血胤异同不足計也又以二家學並馳域中乎不知道一而已晦翁云新安無朱元晦青田無陸子靜以二家並馳者是二之也通此則紛紛藉藉不足較矣惟思天之與我者自成自道爲仁由己當仁不讓千古以前千古以後誰能禦之語云縱不識一字終是還我堂

堂大人願與諸君子交勉之不佞近又理會晦翁釋至善云事理當然之極無一毫人欲之私此語直接唐虞精一真傳若以此小見地理欲交襍去至善天淵即起陳王二先生言亦卒不能越此敢以此畢請正之私莫往莫來悠悠我思惠而好我示我周行元某九頓日望之矣

答馮少墟侍御

拙作聊定千古之盟而翁丈冲襟與進皇皇恐恐弟自先秋感瘧至今春大劇幾與天遊幸稍愈杜

門謝事始知了死生一路此路一提不知事者硬以爲佛氏之學不知易曰原始返終故知死生之説吾夫子先道之矣不然未有不流入見聞覺知生滅路去也開示後學少不得與之拄杖若吾輩年俱老大歸根復命是脚根下事謹以請政同心千古兄弟惜道路遠無由數請教明月在天有懷如結

答肇陽明府

先是曾有近刻三冊托太和王父母呈上得來教

似尚未到門下學日新月盛吾道之福來教引諸先儒具仞遠心但吾輩老年脚跟下事要明白一切名號俱是色相倘自已本命元辰受用不來即千萬世名我輩以大聖大賢皆是虛假的然闇然處正在於此願與門下共竟之太史歸來共竟大事父子師友天倫眞樂它日出而任天下之重始知家學淵源良爲同心慰不肖先秋病瘧至今春劇幾與天遊近杜門謝客日有鞭策不敢放過辱門下愛敬以謝

答錢機山太史

聞門下以大老先生初度請歸門下以爲壽宗事而觀者羡庭闈樂事仁孝完福儒紳中近見者昔孟氏所稱三樂人輒漫讀過不知所樂何事不愧不怍實有用心處倘非如尊公及門下夙常根究則世之父毋存而育英才者豈少哉竊常思文貞先生一生入細微處眞不可及故臨事種種有致門下乘時一尋先輩遺軌此分內事不必遜也幹大事肩大任未有不自窮廬始不肖老矣與世何求念同心之求故敢請政一切世間語不敢瀆望努力明德以光家學不宣

答蕭畏之孝廉

足下枉教知神情凝定得來教又知於學脉尋究僕晚年得此良友喜幸何其諸老云云如藥方隨人用用得一方着久久自能開悟悟開如人飲水本地風光受享無疑不待人告語矣揔只在發念眞眞一生結果無量足下勉之

答劉石閭中丞

翁德學日新浙人誦清淨寧一之妙不容口今始知篤恭不顯之說聖賢切實語不欺我也弟年來覺惟有聞道一路再無別事愈收斂愈眞切愈眞切愈進步一切聲色俱屬幻泡弟嘗私念云厨前火杖能得幾時不自猛省眞爲枉生惟翁無棄我督之成是祝山林朝市相對此心纖毫不二耳敬謝不宣

鄒子願學集卷之二終

鄒子願學集卷之三

吉州鄒元標爾瞻父著
東越年弟周汝登編訂
同郡後學郭一鶚
龍遇奇校梓

書下

荅萬思默光祿

文潔長逝心益孤矣翹首豫章門望翁何啻大華之昴霄心不歸依實同浪子不肖浪子耶顧台歸鄉來西江使稀即有使村使不知問台宅是以踈違翁猶記存末學具感厚德竊嘗言吾輩在天壤間一段眞精神照映精神逼眞千萬年不言而喻不然即終日相對二之也翁沉毅清邃精神在吾几席未甞踈矣歸家十年家園外不敢窺左足閫翁秋到桐江幸先期我當拏舟走侍

荅錢肇陽孝廉

春來百卉敷榮伏首田間不勝求友之想忽拜琅函美人之心先我同然昔人云千百世之上有聖人此心同此理同元某于今益信矣至讀證義首揭時習章至人知有意之習不知無意之習與不肖所說格致誠正之義相印證一時亟盡上論同處儘多門下見地已到佳處從此日積月累融而化之吾不知其止也門下勉之榮名有盡此理無窮吾置身無窮中視世之浮名一映耳不肖衰颯半生髮白且老聞門下之風亦從此不敢自退墮

荅孫月峯總督

朱金翁書道翁語云爲相在結主心又在不失天下之望疑不失天下之望必不能結主心結主心又安能副天下之望不肖則謂此二者原不相妨此一段精神在茅廬中果是不失天下之望精神即結主心人不疑我翁謂若何翁語默動靜成象成文猶歉然謂舉足有錯具伊冲度翁信聖人舉足有錯乎只宜信聖人不從錯處追咎從無錯源頭處理會此一着不錯則無之非是此一着錯即舉足皆是亦錯矣是集義所生者一着不錯之謂也義襲而取者舉足不錯之謂也茲渕

是貴鄉具隻眼的漢子蓋渠每夜披衣靜坐忽然露出此一着精彩故有言卽峻譬之卽泰山絕頂者見日出只言日出光境再不顧世間有從山內盤旋未信世間未登絕頂者此濂溪誠通誠復之說爲其落階級一掃無疑也學問大有大益小有小益生有生益死有死益不盡在事業上見若盡在事業上見則孔孟何嘗事業只護持堯舜禹湯文武家法僕來學足矣翁謂宋義利之辨甚明故今天下雖有逆民卒無附和今之諸儒娓娓焉妹

只是守此義利之辨待來學足矣義利之辨甚細微非如世儒所謂義利者必欲求事業軒轟卽爲出位卽爲妄想卽爲多事卽當大任而夫、必有所樹立亦無損于此學蓋此學屬性地邊事而功業則屬才情近日敝里王塘老云陽明先生長于兵事亦屬才帶來卽無功業可見亦無害翁宇宙間氣當代先覺元某謹剖愚衷請正翁不以爲然再批教元某又當求進也

答陸海門明府

得手教知吾弟服官畿輔少年入仕而又爲人師非老成端重不能取信于人願吾弟一切從規矩準繩中立脚不但居官爲人亦當如此僕看來近世學問敦厚崇禮一步决少不得古人說知崇卽說禮卑高明英爽多易脫畧禮法之塲揔之無大人之志大人以萬世爲度敢薄待其身乎吾弟細心勉之他日涉世乂知僕言有味也

答陸鍾陽孝廉

吾弟青年英英宜以古人爲必可學願取胸中所

寂喜者上嘉下樂若只從今世人眼目過日雖容易過亦可謂負天之與我矣世間科名不少究竟與草木同朽吾弟開此眼目舉足再無了、期貴地孫淮海李同野當時在人爭易之今爲貴州人品吾弟輩有一人向此路行吾志遂矣自愛自立

柬文時甫明府

足下學見大意切須珍重蓋畧見頭面恐遂流于放蕩還當終日乾乾白沙云終日乾乾只是收拾此而已僕往庚寅年畧有所入旣入都眼空鄙潤

幸冉謫金陵與鄧先生相處始逐漸入于細微今覺猶未細微在古人說智崇禮卑煞有味願與足下終身共勉之

答粵中友

復所兄置之文苑不如兩置之以似後來論定弟與此兄跡甚踈然庚寅一處于都下數日兩晤于文江知此兄真正不落世儒窠穴非世間限孔所能窺也來教謂其宗佛老後孔孟此世間學者祖述常譚象山抱此究于宋白沙陽明抱此究于明

世之學者一稍知向上便自以為佛老不知諸老即于佛亦苦向上鑽研故能知儒未知佛必不能知儒如今人未知佛之道何若一聞佛名便自硬排强非譬如有司聽訟只聽一邊說判斷恐未足服其心也來教又謂復兄寬縱此兄寬縱誠有之然寬縱彼意有在恭心不見世間過不墮分別想不落揀擇障以無削吾道元氣非如世儒兢兢尺寸從名根起念以結果一生之謂也即寬縱亦正其仁處君子過于愛過于厚觀過知仁夫子常有言矣又謂其受門生之累夫夫子不聞以聚斂之冉求短喪之宰我貶聖奈何門生能累我復兄門生千百人中有一人眼目明延此緒不泯即為千百人受累所并心也世間與人為善者少忌善者多明善之脉絡者少不明乎善者多復兄生平文事任情不攻則置之文苑生平竭歷于道有聞則嚴為責備吾兄嶺南一丈夫名儒與不肖相處三十年知心老友猶相信此語不過更誰復有信者弟老婆心切故敢縷縷夫此道此學平平鋪鋪無

大奇特越精脩越渾成越不入世人眼惟吾兄信之不盡心期尚俟再請

柬許敬菴司馬

間常聞四方友人論翁與楊少宰學不同大不相能然耶否耶學術不同父不能得之子師不能得之弟有學而得性之所近者我之所見安能必其質之于聖不惑耶人之所見亦安能必其無一是耶故世之論學惡異黨同者皆起于有我我心未除惡乎已之是人之非耶此不肖愚恍翁以為然

吾貴里有周海門者不肖心友也相劇留都覿體寒舍不肖兩人似無異同見所謂九諦二公良工苦心矣此君貴里一隻眼人翁幸廓然共之昔人云建安亦無朱元晦青田亦無陸子靜今浙中寧有許與周乎吾儕今日學術流弊爲整頓法門則括皮帶骨無之不可若欲躋聖域開一脉以俟千聖則神髓處有人理會者可輕置之乎謹此奉候幷請正僞翁不拒不肖種種欲請正望翁教之

荅錢肇陽孝廉

此道四通六闢非朱家所能盡譬之射有中于上有中于下有中于左右人聞其箭聲在的皆以爲中然中紅心者自別不上不下不左不右始爲妙技聖賢懸的示人豈一弓所能盡苟于此心未信吾直求自信信心所以信功令也天命之謂性命猶令也維皇降衷厥有常性不自尊從是爲背功令今人所謂尊功令者盲引羣盲相率入火坑舉頭天外望者始知惟自性是尊卽性卽功令矣門下謂何門下著述既富却宜空諸所有陶朱能手致數萬金亦能散數萬金是眞漢子門下俯鑒愚言

簡唐凝菴太僕

近世諱學以爲世間一美事置身其中不肖常云人有眞精神不可掩吾輩惟求所謂眞精神者卽與古人相揖讓矣門下謂何

荅孫竢居比部

吾輩在山中老態浸浸且至惟相期壽不與世凋殘者共相勉厲斯可進可退不以世間行爲重輕

不肖心灰體憊足下行且一日千里願有以振我

荅雒少隱廷評

門下資本淳龎志追先達年來玄探邃詣知月異而歲不同無由縮地一聆玄提柰何柰何先正云東西南北此心此理無弗同者能時時不起纖毫意念卽異域比隣然不起處煞難非學見大意未易臻此願門下深心究竟道一而已無二法門也不佞學未得力目長足短系心同志不憚饒舌

柬馮可大僉憲詔獄

日望足下早膺　特恩竟不果　帝恩有在但恐臣子辜負耳願足下以日爲年時時惜寸陰斯爲不負福堂光景項編　楊斛山劉晴川周都峯三先生集知三先生當時在獄中切劘可幾古人今相處有如昔人風味否學問要着身受用意與承當終有消煞惟實見性者自不容已自無消歇若不知學人便自以爲足望足下百尺竿頭更進步也

荅喻養初司理

簿書即道惟在信得深厭與不厭揔任之有心除

厭又增一厭厭厭相尋再無了期知學者忙裏偷閑厭處即休臺下徹此無之非佳境矣

荅錢肇陽孝廉

貴鄉諸君高者沉酣文史及烟雲諸藝足下獨究儒先所用心處眞可謂有志元夫先儒謂千百年幾人有志志是志箇甚既不着跡亦不落空近世[illegible]者高明悟入根宗于倫常鄉黨中多所脫畧不[illegible]鄉黨即性即命篤恭不顯慥慥篤實越學越入細越渾成不見與衆人崖異而相悅以化不言而信者浸浸如魚之入水此眞有得僕學之未能足下勉之晦翁學豈容輕議僕看來是儒者大教主如人有本錢開南北貨店任君自取若執寸班而輕議不肖心未敢未盡則可謂其不是則不可此老晚年有獨至處定論可按也惟細繹愚言足下祀田一節學行于家惟將身挫在萬物之下則學行于鄉志超于萬物之表則學行于天下勗哉讀證義者人人拭目矣若不肖曲士目長足短何足云云

東馮可大僉憲詔獄

昔不肯過長沙一先輩教之云日間宜以經濟爲心庶不冷澹不肖告云如是猶不能割斷意今而知其言之有味也悔當時錯過時光

主上豈忍終舍足下純臣願留心世道庶不寂寞學問與經濟原非兩事留心學問即是經濟留心經濟即是學問看得是一非二始無礙同事諸君子勸之乘時脩悟若以爲好光景便是好光景境

無好惡皆起於心心旣安樂卽是福堂三忠還可時玩也

柬朱玉槎司封

出而爲國掄材入而戲綵此儒者榮遇且門下溫然玉潤卽之也令人鄙吝心消不言飲人以和門下之謂矣吾輩學從闇然處證處同寅無得崖異近學成者成一我相故物不能入此不肖學而未能回首無及者門下天賦春姿默與道合必無此弊矣何如

柬涂鏡宇中丞

晉中一奉教後無從起居林皐入又僻處深山無眞信使荷門下念我再辱瑶華昔人謂年相若道相似故聲應氣求不佞于門下同志年而道則敢望僊踪㧖步趨不遑矣匪諫匪諫脩身爲本之說近從見老集中始知此老根宗傳曾子一派學問一向得其書卽散聖門宗派惟顏子卓爾地步難言不如曾子學問足繼往開來宜門下服膺之不忘也

柬孫月峯總督

翁書㧖今年春初廼至年暮始到通問之難如是捧翁書受教良深以明德純誠大老如翁猶自省有錯欲循循階級卽此二語百代後學典刑矧下根劣士敢嘵嘵自取罪戾惟有默默虛受耳益嘗論學有宗門有教門易首乾坤乾天也宗也坤地也教也自誠明謂之性自然是誠明的非由人力强勉湊合而來由强勉湊合而來終是斷續終是造作易復之諸爻不遠復祇曰無悔頻復曰厲惟

休復曰吉休復者休心一處千休萬休之謂白沙公云非全放下終難湊泊若從册子理會欲從聞見上撑持欲從形跡上比擬欲從識神上照應終是一間未達乾之諸爻曰羣龍無首如上天之載無聲無臭至矣盡矣昔淸獻趙公聞雷鳴書柱礎曰几坐虛堂空隱几心源不動湛如水一聲霹靂頂門開喚醒從前自家的歸休題高齋曰腰佩黃金已退藏個中消息也尋常世人欲識高齋老止是柯村趙四郎尋常二字却當玩味翁今之淸獻

生平理會此一段功課必有說倘見者以此段爲禪而抹撥之苦矣天下無二道天下無二學世間眞正出類拔萃人一眼照徹乾坤肯以疑情自生阻隔乎曰中人以上可以語上矧人品上之上者乎天民先覺匪翁誰望一覺萬覺即心即聖矣

東鄒孚如光祿

兄年來學問何似著述意宜輕蓋世聰明人宜于性命上討分曉無爲隻眼者所瞞方不負此番出世愈肯入入一次知世間人知學者瞞我多少兄

與漪園丈時相過否此兄世知學者兄細心叩之知弟望兄意眞弟庚寅年有入處心粗盤桓至去冬又覺疑情稍斷然尚未在此時正叅求之切敬以請教兄惟兄留意書中惟此切務

柬馮慕岡僉憲詔獄

得書慰我懸仰春初聞解網之息既而旋沮風霜雨露無非恩也只當順受之義詳于易易困聖人繫之曰亨曰有言不信尚口乃窮曰致命遂志何以曰亨亨了心之謂心中無死生無是非無毀譽之謂也有言不信尚口乃窮只一味致命遂志命字有從性地初言者有以氣言者初學且從凝氣入則性地一齊俱到凝氣一分致命一分凝氣十分致命十分收斂精神眞見世間小而我有與天地無對者在上之恩所賜者大矣萬苦千苦臣子本等不爲足下解足下無錯過好時光也

荅劉雲嶠太史

世間學問不明策身王家欲托隱爲高此其心不忍又有欲在家作學問者此皆看仕與處道理作

兩樣出也無損處也無加道理平平坦坦在外朋友多夾持衆身子躲閃不得精神退避不得只要自家火候眞耳且南都與家鄉一水奉大君往江魚竹笋足供菽水如轉大司成及少宗伯少宰俱在南中得便大君誠妙即不然內轉亦奉大君往今古聖賢在世間各有模樣不能盡同鄧文潔精神不能勞吾輩所知晚年一出弟實從臾倘渠晚年不一出門下謂當渠老夫人後彼無追悔乎此處眞心眞道理更無回互處且門下骨氣精神力

豈學問皆能擔當世道萬無墮世儒窠臼

又

鷺洲問荅爲人所逼信口說出正欲露醜請教然從今又愧未到處甚多幸教之蒙山先生是篤實先輩脩福地生人天者晚年謝客安閒間亦有見處是邊明邊暗輩無大開眼目劉述亭見地似過之涑思崗語未然豈以在北都爲侂耶既轉官便去如此等形跡切不可有亦不必形之言門下久而知此言妥當世間人成人美忘形跡者少即文

潔先生昔時亦非必要南都當時事體難言只今如此門下何所望礙南北一也思之

東俞定所觀察

得兄教猶有規矩以爲規矩世間規矩豈人爲得天自圓地自方聖賢去後聖賢來我輩惟自成自道可也無作葛藤想葛藤語安老眞正骨立學者但其學素肯用功拋舍不下觀其序近溪先生語畧曰學把捉不定不知以何爲把捉又曰學者未能從矩先學從心不知以何爲矩從心即矩也此二見地正有商量處昔人謂得力處在此受病處亦在此兄閱而知之得暇出此書與安兄商量透此二關始知弟老婆心切弟有一記一序十詩贈此兄行老婆舌頭乾矣兄取而閱之有見教處千萬見教

荅吳安節侍御

拙稿本無足觀以臺下心交故只得獻醜臺下欲布之萬萬不可弟學未成章去冬所入眎前語爲敝帚其不可傳一弟年尚未一生浮名爲祟患不

闇不患不章患不幽不患不顯無實盜名鬼神所惡人理所厭其不可傳二弟生平欲學藏身以恕猶不免於忌者書傳必憎茲口其不可傳三昔先師盧山先生集欲刻潮州其友王未菴力爭之是時先師年六十五猶爲友所爭師教當尊其不可傳四千古聖賢相傳只此心心未明書集何有弟于心尚未透雖有微明亦多管窺天假數年更有進步望寬以俟弟進機何似其不可傳五弟屏跡山間與世無營無故而勞有司公祖刻書彼口雖

不言心鄙弟爲好名小人其不可傳六望臺下受
弟以德弟知廉耻人也如必以弟爲可教待臺下
持斧日或賢公孫及賢郎儀部兄大行日圖之未
晩有此一冊在德門弟亦增榮耀弟有可觀者多
在外集也嘔心奉告神明鑒之

柬顧涇陽光祿

海內同心眞脩如兄不得促膝時時商量我懷如
何兄學卓然成章要須徹地會見吾人精神與天
地同體萬物同情纖毫無與愚夫愚婦異者方爲

眞爲巳方能闇然稍加矜飾色相莊嚴卽落世儒
巢穴兄謂何如弟今無別念但得諸兄弟聚首一
翻便成好世界

柬馮慕岡僉憲詔獄

客冬滿眼風波故持書者望國門却步此亦天理
人情之至未敢歸咎宅人也足下經濟書成此書
從苦中過與耳食者不同容圖請教令人吃飯求
飽穿衣禦寒學道緣何事爲有甚于饑飽者在無
終身之間違仁衣食不知道則其違禽獸不遠古
人學道覺自巳身上受用得力足下今日在死生
患難中非平素志學何由得此但今從此得萬古
不變的灑然氷釋起古人諸名賢相對不疑不惑
始爲眞學得力足下勉之恐虛過此好光景也

荅劉宿之

乆别荷來教甚喜首不得于心揔之未知心體若
知心體平旦與嚮晦一戒懼卽不覩不聞不覩不
聞卽戒懼把持與不把持不必言矣後二不得于
心患意屬妄想說得明白是周公孔子事與身子

何干只脉脉叅求何者是我本心心體父母未生
前何似叅得謹精神向裏有日天光發更不向古
人蹤跡處比擬跡不同其致一也敬復持此爲後
驗

柬孟連珠通政

南都一别遂成陳跡翁玄脩何似曾有仙仙遊者
至乎弟亦曾細叅此終未遇其人學有脩有爲俱
屬幻跡惟天之所與我者無脩而無不脩無爲而
無不爲弟願學之未能也翁丈以爲何如弟自歸

林皐多難灰心毋妻舍我長逝寄家萬山中孑然
與世相忘翹首五雲念我心知在黃石山中與羲
皇遊不能不動伐木之想敬因敝同年劉斗墟入
賀敬裁短箋用鳴別悰書不旣心

東王洪陽中丞

山中無別念每念及翁丈數千里如晁良朋悠邈
切磋鮮儔獨處山中竟成孤往安得不知已是思
也翁丈近作何功課儒者學若執一家以爲家當
東向望不見西牆南向望不見北方須是六通四

辟旁通曲暢各路俱走一遍而後能折衷不然如
人果腹即有天厨玉饌彼有所不受翁丈謂何再
上小刻四冊伏乞嚴批弟得聞所未聞也

東凃鏡原廷尉

聞丈拜廷尉爲吾道喜丈有味于平之義久矣今
進而爲天下平衡平而輕重取法揔之無意今天
下所以不平者人各懷其意見以自封彼求多于
此此求多于彼求之不得則兩相勝不相下而惟
學人爲猶甚彼曰吾學然此曰彼學不然不知道

有同耶異耶一而已矣宋儒云青田無陸子靜亦
安無朱元晦此語煞有致弟敢以四小冊請教山
農心行畧具一斑丈幸無人我相爲批駁幸甚

荅李夢霖

來教以看庸言庸行與神化作兩件夫物有兩件
即有先後庸言庸行即神化先儒云灑掃應對便
是形而上者此語㝡精當去心上瘴翳合靈府光
明亦是兩截語肯信良知原不昧從他外物豈能
攖又曰心性何形得有塵此先正眞血脉語若不

明白未免墮落世儒窠臼知足下有志斯道一切
擺脫陳見與明眼者商之若日與鄉里學究叅研
再無有出頭日子眞切

荅蕭崑陽比部

祠堂建矣譜牒葺矣生平功勳榮華滋味嘗矣人
生世間必有一大事茲能從無滋味中特地尋出
自家寶藏來方名眞正英雄翁丈直信此一段始
知千聖萬賢路頭居嘗思崑老大江東精神射牛
貫斗如之何臨老不作了事漢九頓致意常叅如

何了手自不容已

荅但孟皐

讀扇頭所書細語足仭真見閫外篇則又微有晦
足下年方茂著述念宜且遲一味涵養沉蓄之極
久之迫于不得已則機不可遏未晚也近來稱悟
而以蕩滄繩矩者不少僕近常稱引吳康齋先生
格物雖明無補日用二語吾輩有悟須宜于日用
事事中規中矩始筭得數不然口譚說而已願吾
弟共勉之夏邑君事此公書至當不敢負所托不

肖廢棄林皐久所恃者無求硜硜之節若併此硜
硜廢之所學何事年來惟有謹束再不敢放鬆也

東王塘南大常

宛陵王生時學陳光庭先生門人來稟學丞翁指
其迷教之不肖不覺老矣生平萬刼數年苦心亦
不敢錯過具拙見小刻中一向藏醜徒向無志人
說法不肯有知人前斫頭今忽忽忘其我見一一
請正翁翁幸一一批駁之不肖又當洗心以進求
不負翁王生坐守而歸不肖渴中以俟

東汪登源中丞

兄誠完福更復何事惟有學問一事是兄一生要
緊事此皇極之福未易承當兄已闖宋儒門庭此
外有聖人室奧在望兄一洗昔人窠臼掀天揭地
直見本來面目始知鄒生爲有情人也據前兄與
周海門兄會時畧聞兄一二語則猶與舊時一樣
居安地步兄已到資深逢源地步兄自省何如生
平心知舍兄無多兄愛弟不啻肉骨言之涕零無
能報兄惟有此耳

荅徐石樓中丞

臺下責愈重望愈衆願益兢兢小心翼翼如初仕
文水時弟爲至願一日二日有萬幾焉世儒以爲
人君不肖則謂不獨人君幾之言微也即一常人
誰無萬幾而上之人至微而顯一不入細按之者
衆願臺下欽之若虛若無取古名臣傳熟玩之即
貴邑唐貞襄先輩其風度可思也貞襄開府所至
肖像而尸祝之以其有惠澤利民故臺下之才之
度何減貞襄先以是爲祝賀更有進于是者則以

俟它日弟蒿目俟之矣

東王塘南大常

不肖具拙見請正盍出一腔血誠翁不爲塗抹豈以不肖無受教地耶亦或以成事不說不肖俾彈射耶不然矣翁來教云悟卽事卽理者恐成玩弄放蕩不肖則謂若玩弄放蕩人縱說卽事卽理事到手終是隔礙筭不得數既悟卽事卽理未有不自困心衡慮百般磨練出來朱子云用力之久一旦豁然貫通之語不肖常深服其言以爲極至未

有無所用力從口嘴參和而謂之用力者既以困苦而得必不以玩弄放蕩而放而廢創業之子千辛萬苦雖極富裕與庸衆同操作若世之玩弄放蕩畢竟入手悟者未悟以爲悟眼不明者爲其所蔽耳不肖一生從生死夷狄患難升沉憔悴百折中而來三十年前承先覺之訓服膺于心未得時不敢輕出一語稍見時不敢自以爲是汲汲皇皇惟恐負天負師負先覺至自負早夜參求不爲不潛數年始悟識神之害事又越近年而有悟心性之旨此昔面正于翁者翁來教云父母未生前朝夕賴此一件不肖近于此句大有省發父母未生前此引人語實到家語肯安心時時是父母未生前越妄捜求越參證時時是父母既生後翁所謂一件者是有一物乎有一物卽不中無一物卽落空有一物無一物之間卽是調停學問無調停法故曰大人者不失其赤子之心者也此語誣人奔走一生深入鬼窟猶自以爲仙都天堂此學之極獘也不肖敬九頓以謝教并以爲受荆地常恨世法束人不得時侍翁左右得求砭剩故不覺饒舌

東陸仰峰明府

得來教知門下以學爲政神情閒雅喜不可量李先生學自得不可知其開發提示處宛然曾氏家法卽欲不信其可得乎夫今所可與入告語者惟此一段天何言哉四時行焉百物生焉此難下語能者從之吾輩勿論李論張論孔論曾惟日間當下體驗自已受用何若有不煩告語者看破此孰孔孰曾孰張孰李一咲無餘事矣看破煞難非實

下功夫未易透透此更無葛藤語何如

柬李見羅中丞

自陳繹曽歸無時不仰思翁然跡雖踈而心神嘗時時對越翁嘗與友語云李先生在七閩雖不必吐一字度一人而二十餘年囹圄及戍所規度即起宋儒與之較孰古孰今即此有餘師矣使人知學之不爲患難楚更患難愈久而愈光者翁也不肖火候無當鑄人無術偷閒萬山中作懶漢無可就正翁者

答文時甫明府

覩臨湘命竊恨西江不得借我慈父又恨僕早廢林皋且久仕路滿目新貴人無能爲吾友道地恐明珠不無按劒且將柰何既而思吾友骨氣學力有目者自能物色未必風塵中俱眯目人也願吾友以古道視躬以世法待人視躬貴嚴待人貴恕既恕示世間種種責備我者皆情所必至常見學道者遇上司及地方枘鑿不相入此皆起于學問未周彼此無益未可盡歸咎于人且近世學者先有一箇學問樣模在身見世間人作惡意重已不能容人人亦不能容已古人盛德容貌若愚一味闇然君子無衆寡無小大無敢慢愛親者不敢惡於人敬親者不敢慢於人不肖近爲朝夕功課學問本體無可說只在親民上見若臨民處事上有滲漏說甚本體說甚功夫近世學不得力正坐此獘吾友其日間體此數語事上接下有多少不周貫處即此是學之切要也

柬余少源侍御

不肖常意高忽畧近讀一日二日有萬幾焉匹夫匹婦若勝予焉以爲不獨人君凡爲人者皆有萬幾能時時謹幾人人切勝予之懼近世學者才高意廣蕩而無制皆坐幾之不愼願以此二語奉報門下一么麼小官覩之即勝予如是心才入細不肖無補世道只爲心粗世故不覺言之有味又不肖昔承周山泉公教謂人得意中能收斂是大福氣人望門下時時收斂無以得意中錯過好光境正好以作縣之心行繡衣事福氣大何如之敬此

泰聞老婆心切耳

東劉雲嶠司成

門下學成行尊德風廣被爲父兄者悵不令子弟早依法席此豈可强致天之生物因才而篤父母愛其子不以愚不肖賢知異惟知一團春風和藹大以成大小以成小方爲天地之仁弟近有味範圍天地之化曲成萬物不遺二語天地之化吾儕範圍之賢知者多流于過曲成之則罔有遺致曲之學自至誠以下卽當從事然至誠在今日亦當

致曲迺所以盡性也門下以爲然否弟在山中十三年近深知道理無窮得少爲多强迷爲悟終不濟事如之何不負今生謹此請正

東李見羅中丞

先正云若要熟也須從這裏過今世儒亦云然利達者從一生順境中强排道理遮人眼目曰儒品如是足矣世亦從而儒之元某常以隻眼拂拭宇內無當觀者或以爲狂爲刻不知元某非狂也刻也千古大事豈脆骨柔顏人可承當翁往譚學劒

江上從者如雲不肖未敢以爲然未免落世間利達中儒品今翁廿年間又回首前劒江上何如語云非至德至道不凝天地之于物風霜剝落而後萬物嚴凝儒者于道百苦備嘗而後至德以備翁千死千生萬死萬生熟矣凝矣昔伊川先生自涪州歸曰世學皆變獨楊謝二子長進今翁門楊謝爲誰有變者有不變者愚竊謂非諸人之變諸人本相自在迺伊川未之涪陵眼不清耳附以賀翁亦以爲　清朝天助吾黨賀始知昔之穽翁縶翁者皆嚴師也何時挐舟中道一爲請正

荅周耿西中丞

今人日從擾擾中迷惑有一人焉從冷淡處靜覷覷世間人何啻鬪蟻儒門自少爲之乎也者所迷惑旣入仕高者爲立德立言所迷惑稍知檢束者又爲名相所迷惑功入細者爲識神所迷惑有告之曰道有正宗有法眼輒曰此禪也此異端也或著書流布世尊以爲正學有識者從而竊笑之儒門冷淡千古含冤翁直信海內只此一宗再無二

宗更有何事雖然斯道無思無爲其體也有思有爲其用也思思此不思也爲爲此不爲也翁今有思乎無思乎有爲乎無爲乎卽思卽無思卽爲卽無爲乎明知體本如是未能瞥然一下落在何處不肖所以日夜盤桓者以此惟翁裁之來教淨土之說近時從此甚衆夫譚宗者撥淨土天下無不淨土之宗譚淨土者撥宗天下無不宗之淨土眞實無二在人自信吾儒安土敦仁之說與此大相類不肖常又語諸學佛者曰有相功德智公止能

撥梁武帝初學道者當以此爲定腳一心心從濟人利物起念則道根穩固翁幸以此度世秘藏難入人口也謹布直心攄謝遠存赤心如對不盡歸依

荅趙儕鶴銓部

得手教及佳稿弟喜不置常恠世間聰明男子信學不過知信學而又從門面莊嚴丈直從源頭理會此豈尋常小儒所刵憶壬辰弟寫數詩正于丈丈卽復書有許弟詩無脩原自有脩來語弟亦以丈漫言不謂眞有所入天挺眞儒豈偶然哉世之知丈信丈者未知皮毛之百一耳願爲萬古自立自愛丈文甚卓絶近來作者遠拜下風與世間作者自別受教良深弟賦性極愚庸生平於此道不敢退墮容竭蹷請教人不可無年越老一年越進一年多少曲折多少間奧與丈爲千古之交從今日心心相對也

荅陸開仲司理

居常思門下虔州一行去百年不可拔之弊垂億

萬年無疆之澤神天同證賦役一書澤及全省無不行之理未嘗無同心之人諸瑣瑣呶呶總不能齊此轂津中不足計也得披傳襄眞從本地風光叅來卽謂斯道正脉亦可讀數篇已自印心容再細詳領新得世間有大道有大學非異人任仲翁曾留心此門下復世其學世不易得望攝心一味歸根此道此學世間諸聲色俱有消歇惟從不可磨滅者實下承當此眞正本分事知心愛不惜直布

荅錢肇陽明府

久未奉教殊仰得承證義合編畧披一二眞是良工苦心陽明先生之學及晦翁之學從此合併門下有功斯道甚大門下半生矻矻殫精斯道力已竭矣未由地步門下謂有事耶無事耶先正云大段着力不得白沙先生云去耳目支離之習全虛圓不測之神煞當理會支離說得極細渣滓未化亦是支離人生天地間只是一副眞骨頭眞精神傑特三才世間有形有象盡屬作爲夫道與學一

有名相猶隔千山萬山老年人慥慥皜皜更復何事願與門下揮魯陽之戈爲望不肖心無世外想門下來教領悉

柬孫月峯司馬

近世學者動輒辨駁性命而愈譚愈支離多增色相辨駁者聞翁此語亦當心服子貢雖云不可得而聞正子貢入室處離文章無性命離聞無不聞此子貢巧語非聞惡知不可得而聞但子貢一語當今人千萬語現前實用工夫眞性命也灑掃應對卽形而上搬柴運火無非眞如舍素位更何有性命故曰君子思不出其位晦翁卽物而窮其理甚精細粗言之每事而窮其理深言之人墮地來一靈物也窮其何來歸何處何以不虛生不虛死何以謂朝聞夕死必如是始不負晦翁此窮理第一步不然卽每事盡善理是理事是事合併不來翁以爲然否

荅郭青螺司馬

承示的闇之教足仭翁學虛而嚴密不知翁所謂

闇者何指豈退然穆然一無事事而爲闇然乎不肖自冐浮名常體究于此矣吾輩心如海涵春育生生不已此眞闇也若外托靜默中涵殺機迹闇而實的也翁入仕四十年來所至不爲不欲曾處置人窮極之地乎曾陰害一物乎曾果以私意殺一人乎今雖以功學懸的天下正翁篤實輝光處弟嘗謂無意無我心常生生卽的而眞闇陽噓陰吸閃爍萬狀卽闇而實的陽明先生宸濠之謗此自少不得文章家不頓挫則光燄不長可以類此

李見羅公今日事世眼以爲禍造物或以爲福啻
此老學執我相耳不肖老矣其章其亡虛冊覩之
願與翁暮年所交淬砥一段與人爲善眞心一有
不然當呼天誓曰天成我如是不含弘光大是爲
負天此則不肖愚見惟翁裁之

荅諸景陽儀部

門下學識其大猶孜孜汲汲反求諸儒先實功未
能而欲勉至君子之域卽此一念其造聖域何難
夫聖人君子諸儒皆隨人品題自古至人各留一

影落人間夷之清不能如惠之和惠之和不能如
尹之任較彼度此徒勞卜度惟於自己眞性命討
得消息不被古人瞞過方爲實受用門下以爲何
如弟老而髮白目長足短懷我同心旦夕爲勞聚
首譚心此生不知有緣否精白此心願交勉之

荅友

元某資本庸愚少日有志今忽髮白且老惟覓吾
輩學問眞切視愚夫愚婦皆吾同體一有壓倒人
之心實滔彌天之惡彼教家以一夫未度不成正
覺仁者己欲立而立人己欲達而達人學必學此
教必教此如是期畢吾生焉聖人君子名色亦自
後人品題夫子在周末亦自安人道本分未嘗以
聖自命若當時知爲聖豈止三千之徒故學以聖
人自命者皆狂妄也性海無窮惟以無窮心當之
若執定君子聖人品級未免落階梯門下大力量
褰裳而涉何之不可敢直心爲萬里之助

東朱相公座師

曾肅書托閩中丞使候台福未久卽聞 師臺端

揆之報此天所以相 社稷也語云登高招臂其
望益遠順風而呼其聞必速師登高而招順風而
呼矣雖然今日事體招而未必師聽呼而未必師
應 九重邃密師且柰之何哉門生所恃者以師
生平之德與福徵之嘗窺凡人有隱行者天必陰
祚之以相其成師醇德慈心必沐天監無疑而數
十年間相臣之福有如師者否則回天轉日豁然
使世道一解顚者寔在師矣夫志道者但辦肯心
天必不負師肯心生平一轍不忍傷一人害一物

今必不忍以巳之私喜私怒而進退乎天下天下又安能以巳之私喜私怒而窺吾師之倪也人心聖神且靈海內不知其幾萬耳萬目一日二日有萬幾焉匹夫匹婦若勝予焉門生敢以此語助師幾之爲言微也道心惟微是微末有不顯匹夫匹婦且勝予裒冠側弁而日參侍左右者何止匹夫匹婦師爲千萬世救世名相乎門生當飲洗腸之水磨東山之石頌師功德無紀極忝在弟子籍亦借世世光榮矣言不能悉鄙衷惟師垂鑒焉

答徐魯源大常

天將以夫子爲木鐸木鐸體虛無心而感人聞之而動亦虛心而應顧世之滯名相者共知彌物其學彌遠聖賢與愚夫愚婦千古同體聖賢即知視愚夫愚婦無加愚夫愚婦即不知視聖賢亦無損觀此自不容不洗心藏密本分之外不加毫末即欲求異於人不可得故曰堯舜與人同耳此孟子實言

柬東林書院諸同盟

不肖西江腐儒半生漂泊壯而歸耕束髮有志于道從事諸先達長者遊今老矣屏跡水田之坳與樵牧爲伍忽承涇兄及諸老先生委作依庸堂記不肖不知學妄以鄙見請正道公道也學公學也倘有未當老先生不妨直教元某刳心以受文發後偶得依庸堂二楹聯其一云坐間譚論人可賢可聖日用尋常事即性即天又一云先天下做箇人須循着規規矩矩落地來有場事要識得巋巋巍巍葢旣獻其醜又不避至再至三眞所謂面披

鐵甲不知廉耻譬之唱囉連者人雖不佳其言可采有心者聞之亦悚然有起色乎貴地四方之表從此普天皆鄒魯矣吾黨皆見逐于清時者不肖常自體德薄寡積不能見用于世即用于世亦無可用徒生釁端吾黨肯從青山白石良朋勝地尋繹千古眞脉方幸錮之不早不怨不尤下學上達是吾輩今日事故凡爲人所錮必其自錮者也

答李復臺

吾里言學者多眞正求適道者寡一旦得來教讀

之喜不自勝如大哉乾元一章足下學見其大更復何說吾儕學不濟事只是不肯出身擔當若出身擔當即是首出庶物首出庶物自然大明終始大明終始自然乘六龍御天合而言之首出即始也御天即終也此之謂統天之學諸章或涉牽合吾儕胸中要空空如不識一字如此得路行自然葢天葢地東西昔合似涉道理障餘或涉閱世嫌俗之意須要知天地間種種色色一一如吾輩意思不得因之亦可忘之亦可大賢能隨時一默移之亦可非言語所能悉也敬此謝來教之辱千萬珍愛以有餘者公之後進俾火傳無盡也

荅西國利瑪竇

得接郭仰老已出望外又得門下手教眞不啻之海島而見異人也喜次于面門下二三兄弟欲以天主學行中國此其意良厚僕嘗窺其奥與吾國聖人語不異吾國聖人及諸儒發揮更詳盡無餘門下肯信其無異乎中微有不同者則習尚之不同耳門下取易經讀之乾即曰統天敝邦人未始不知天不知門下以爲然否

荅宋纆田侍御

甲申年同貴里孟尚寶我疆先生謁 岱宗即門下梓里乃二十年間有門下巍然而起爲當今第一流品業從士紳中心識之不謂門下爲有心人而着鄒生胸中耶鄒生回首前緣眞如漁人覓桃源情況十五年從一丘一壑中以供蔗境無事從一榻上悟古人精神稍窺萬分一具拙稿中奉上請正門下幸忘其醜而斤正之昔不肖與我疆先

生遊岱我疆曰吾與鄒兄遊非爲岱爲證學也元某今想此老一段爲不肖意眞成虛負門下年甚青宇宙無窮事業倚賴且又博綜典墳其于古人用心處自得必深其何以振不肖三吳如入萬花谷中氷心人苦其有代謝者時時於無代謝處立脚今天下非一手一足所能幹旋如西臺諸君子在差上盡可爲相天下根本手足康强無恙亦衛腹心之一道若腹心之責非言語所能轉古人經濟重實事門下其留意知人安民即救世之良策

也

荅吳安節侍御

吾儕同心兄弟時時𢗅對老丈近來何若世間人墮落欲海固非然落道理安排障與沉溺欲海者一也不問孔顏諸賢何若只要自得其得自得其得在透心體心體一透更有何事只是保任而已老丈入朝愚意出外開府在外儘可行志在內一涉言語便有人我異同之路且世事旣如此卽言之無益拜上徵如兄儀部若未轉不如討一差歸

亦可出位無濟易曰盥而不薦是吾輩今日事老丈謂何彼此老冉冉至只是收拾頭顱爲末後一着彼此共勉之玉體何似幸倍加珍愛執齋先生委不敢不承大都文中帶學不得不頭巾全待大作爲前茅葢弟醜中有當損葢者老丈責也仰峯公君子與正學者不安其位可知老丈立朝必得爭之從此人望翙江屏跡矣見羅公謝世此老力氣吾道賁育失此先輩吾道葢孤知兄同此念

荅楊明府

台教復臨具荷記存不肖誓藏身丘壑爲待盡計一切世人道理語門面語俱掃盡沒齒焉已矣語云道不同不相爲謀自古然矣前來教云今人無論月至卽日至亦少不肖則謂夫子語要活看曰我欲仁斯仁至欲仁卽至則此至卽一日千古一息萬年何論日月若論大究竟處且無已仁安在我且無至又安有不至有仁便有不仁有至便有不至此不肖之愚見也又近來教云謂　盧師後學脉自先生斬此等語不肖不敢啓口先生不肖

所師者衡齋書具在若以學脉自先生斬則乙酉後吉安人從夢寐中如驢挨磨不但負人且自負且負天地生人生物之心亦大忍矣不肖云聖人卽愚夫愚婦愚夫愚婦卽聖人惟道理自持名相自縛則自遠矣鳶飛魚躍先儒指點化工與人看惟活潑潑地而後能知鳶之飛魚之躍若又從鳶飛魚躍下註脚又成一話柄矣不肖村落腐儒無可爲復極知無當大觀因二教慇懃敬敢布腹心

荅李懋明明府

居常思與吾弟投分莫逆然與吾弟有未盡言者吾弟世道之柄日重一日吾輩所恃以擔荷者全憑此學人知貴里二曾宦達不知仲氏篤信此學而伯氏亦依仲氏與鄉里人眼孔大不同人品品萬世官品品一朝吾弟深夜澄思郎都三事如何了得自家事自有不容已處思與谷平先生相聯照此不佞惓惓吾弟者幸留意吉中前者已老後者在吾弟幸以身任之

荅新安書院諸同盟

伏以道原有待而傳不戒以孚神自無媒而合一氣相求久慕名邦夙雄列郡山岳晴空欲滴川原秀色可餐世毓耆儒代鍾元士邇承紫陽心印益慕濂洛宗傳大闡講帷人恥獨爲君子高懸鋒帳言必尊乎先民道韻彌深門戶何殊鄒魯仁聲遠播閭閻坐挽唐虞簪纓盡皆投誠童稚猶爲頂禮眞東南秉禮之國信畿甸首善之宗頃以主盟濫及曲士元某握蘭有志伐木興思夙慕黃山白岳之奇况承瑤函華幣之召敢不擔簦而赴相期滌

褒以趨不有益於人必有裨於我須雖追其往式可冀其來此係初心亦誠深願顧杜門久擅一丘之僻而削跡曾無百里之遊自念與寡身危戢身庶幾寡過亦且德薄名浮藏名似可懲忿縱有管窺終成蠡測未能自度焉能度人敬望空而遥辭壁來儀以稽首伏願念神交千秋比席思道符萬古同堂何聖何凡直承郎是曰性曰天起信惟艱舉頭便是青天那容點染開眼無非白日不着纖毫確行所知父子兄弟足法無替初念國家天下可通丕承正學高風盡洗虛譚流弊它年榜樣此日箕裘

荅孫月峯司馬

翁生平篤實光輝儼然濂洛家法來教娓娓益有感于近世空譚流弊今日得翁言正救世良劑周程張朱與陽明白沙誠高先正云自古聖賢各留一影落人間不必同不必不同象山工夫從管庫日進難道實踐力少但人生于中古視上古氣習不同生于末刼與中古氣習又不同生于上古者

譬居遠村深山無文物浮華以撓其習亦不必費滌蕩洗滌之功世間能有大帽子者甚少有大帽子者衣冠自然濟楚還足以竹笠爲大帽故有驟閃此不肖愚見也翁以爲何如

荅沈繼山司馬

翁留心正宗此莫大因緣弟嘗論天下古今蓋世聰明蘇文忠第一其碑文公曰天之與我者豈偶然哉不依形而立不待生而存不待死而亡者此等語說得何等親切豈諸文人所能到蓋緣文忠

從嶺海崎嶇嶺海明珠大海諸靈依萃故特鍾于遷客翁從靈地而來宜其聰明徹此一件若弟雖從崎嶇中過資性本頑又在多山中故頑皮到底然此心終不以頑皮自限近來惟發願以慈心處世眞睬世間種種皆吾師也方幸錮之不早敢有出位尤人之念從荒山中四面皆盜日與有道先生爲侶一榻外無它思矣

荅余瑶圃給諫

今有溝中之斷繪者刻以爲像朝夕虔誠肅心而禱有禱必應皆神感神應故門下之愛不佞類此不佞束髮向道今二毛森森矣屢經多難眞覺學難言昔老僧云大悟多少小悟不記其數夫悟非懸空而悟以境而入悟心本無以境而有古人于境上行有不得反求諸己此眞入悟法門不肖所行皆逆境所賴同志提撕能知反求今尚覺虛負在門下於此道志甚眞功甚密但願于境上磨練深入則入德堅固近世妙悟之士眼界高遠脚底空濶害道不少吾輩惟默默自身從篤實收斂起

不患不到光輝地步曰知及必曰仁守曰知崇必曰禮卑始爲全學

荅周海門少叅

聞兄長玉體平復甚慰弟今年杜關數月覺學問道體提撕得明然須是享用得若眼界高遠脚底空濶終無濟事寂然不動性之體也感而遂通性之用也用卽是體然須是發而中節若未中節畢竟是寂然不動處有不清楚故卽浮雲卽天此等處能令學者放蕩忘返兄當加意珍重千古學術

畢竟有所持循始不差弟嘗謂龍溪翁若再小心翼翼更復何說兄等與同志一商之

東方本菴

惟翁行方學粹不佞得之耳剽者乂頃荷諭教及佳刻儼然濂洛家法竊爲荒服昔先輩執名象而拘器數有洞徹道源者一爲點破葢閔其勞而罔功今道體既明末學未嘗致力一旦以小聰明攙和冒認其賊吾道不淺致令人疑而沮向道之心此救世之君子有深憂焉宜翁之有同心也文臺

兄過我相期力挽前轍寧爲未悟人品敢以悟而引人之深坑長塹規矩準繩之死靡他望翁有便教之小刻五冊請教殊無當大觀今求所未能此其端矣

荅吳觀我

明水來荷手教喜次于面明水其人可敬但若早來諸書可無著述吾輩學惟光天化日匹夫匹婦可由不是闢奇逞異今一陟竺乾家便自以爲了生死吾儒如糟粕然不知此糟粕世藉之以生生

足下謂何

荅余瑶圃給諫

僕心不忘門下即門下不忘僕也顧僕無信使未敢奉托耳門下家學淵源培植已深而又惓惓浸進世道無量之福來教云世有脩而悟悟而脩者由脩而悟則其脩不迷繆由悟肯脩則其悟不虛妄前輩學問有成皆從澹無一毫濃釅相皆從苦無一毫富貴相皆從寂莫無一毫熱鬧相今人多濃釅富貴熱鬧中譚悟能有成者鮮矣故作日學

者肯苦脩卓竪便是眞正學者况今之譚悟而自誣者不少也龍溪先生見地若能小心翼翼斷世間行豈不照天照地吾輩願加意交勉之

荅周海門少叅

弟日望兄起家豫章迺尚遲遲豈蒼生福緣未到耶兄精神何似弟則兩足大不如前搼舊瘔杖傷臨老氣血不足始難支持吾輩相期越老越精神無得放寬弟近有堅晚之誓事事言言留好樣與後人作模楷不可爲模楷者切勿萌之思矧言與

行乎以龍溪先生見地能小心翼翼不墮世間行豈不照天照地以近溪先生若再謹飭一下後學誰得而議之望兄與後學言褆飭脩行一路再不可忽不然縱說得伶俐與世與身子無干眞切眞切

荅于景素儀部

翁丈萬福讀佳刻學淳語正眞近世之津梁吾儕於此學如衣之必煖食之必飽苟煖矣即布與綺羅一飽矣即脫粟與膏粱一未能煖與飽區區較

同異者迂儒無當之見淸虛之見誣人不淺實脚踏地亦自穩當願與翁丈交勉之世局似說破然爲憂正長遠在杜門誦洗心藏密之章明進退存亡之幾是吾輩今日事弟偶得二句云但得靑山無恙在相逢不必問彈冠幷以此致請教之私

荅蒙獨山土司

僕昔在省垣曾記令尊簡問原儀曾托陳給諫璧上諒不浮沉茲復勞記存僕不德何足勞賢橋梓厚情至此感謝公厚意當領顧僕昔在貴地於各州司不敢領一蔬一米僕今既叨宦數年後且筆耕力耕不至凍餒足矣何敢當公等惠敬用璧上幸照入僕亦有鼎不敢不自愛公意良不薄無以爲報願公念先世承此土以待公等掌握亦可謂安富尊榮矣惟願公等體天地好生之心思人之性命如己之性命地方百姓有罪只照大明律治之自妥無輕殺戮葢佛家論業報以殺爲首戒近江南士大夫家屢世不殺一牲以爲功行第一義公等如念及夙業因果宜發大慈善心或者以上

司地方不殺則不威不知威不在殺處置得宜錢糧早完親賢守法上司稱某州司守禮恭順威莫大焉播州自作孽報亦只是殺機大盛故
上帝不佑僕欲公之土地人民傳之子孫于萬世故不憚苦口幸留此言傳之子孫曰吉水鄒先生謫處此土惓惓教我家者其言足采賢者聞之奮愚者聞之惕亦它日作一塲佳話僕如受百朋之賜矣僕居家與人講爲學不外好生二字惟公其聽我原儀或以之脩橋布施作功德即如不佞拜

公陽也

答汪君嶠

來教心性公案此非元某所知世必有知者它日或知以告足下愚意且如今步步踏着實地一念一事將此心此身與天地鬼神相質對精神逼眞久之心與性一及不一不待告語了然明白無疑不佞卽與足下言一與不一何益人謂性善同而心則有不同此有眞消息者才說得此話不可以我意見抵住他留在胸中它日知不佞不敢負知

已勉之

答李夢霖

別久得來教云除去妄想未幾妄復萌焉隨而又着力拔除又復萌焉此自初學本等足下志學有年矣苟志於仁矣無惡也足下從惡處檢點不在從仁處默識若從仁處默識則始知此妄念皆自作自受願足下黙黙識此妄從何來又從何處消則中間本無妄消息不煩人告語矣

柬王洪陽中丞

弟精神便覺衰颯翁精神何似吾輩相期精白一心以堅末路諸世緣無足道近覺晦翁格物一說被新建一口推倒豈大聰明如晦翁不知萬物皆備於我而先自物格起遺落自性乎此弟今日會堂中逼出一段精神來敢以請正學問不可執一遺百隨處默識貫通始知先輩苦心翁謂然否弟欲往山東哭先師必期翁一晤然舉目觸足畏途惟有相時而動耳

柬錢肇陽明府

自盛從歸無從請教惟有馳慕庶常君歸知家庭間自相切磋必有餘師學須從澹泊眞實越穩當越光輝世間浮華眞如爍火如電光凡種種濃艷我者皆魔君也門下其以不佞言爲然乎

答史緯占憲副

來教有鈍根習氣之說具仞實際鈍莫如不肖習氣自大賢皆所不免惟是一點眞精神落地來果不昧的然在萬疊波濤中自能驤首吾輩所恃一生千生此眞精神耳來教有懼鬼神陰殛之說非

其脩不能為是語不肖常與友云二十年來只信得報應二字親切知遠知近之語聖賢何等苦心如是自然兢兢業業足踏實地說實話行實事存實心願與門下交勉白首各天永矢此心耳不肖老而多病世路絕無夢寐辱厚望并謝

答賀脩吾

承教知丈留心此學甚為欣慰初學人從一念之欲即當克去此初入門法既學人善念當掃此是進一步法若論究竟法何欲何善何克何掃非真

徹性體者未易言矣丈老年且覺自已從何路入從生至熟從熟至化有非人之所得而致力者惟在精神逼真耳精神逼真金石為開願與丈交勉之

答徐不承

吾弟欲遠行尊翁止之此父之情吾弟俯而就館此束身斂性之道來教知生發有機如所云前在俗情中錯過大非謙語信師不篤一俗酒朋舊友難以面皮拋舍二俗怕人譏議三俗再不思量老來何以結局四俗如此脊梁只涸過光陰去到老未免空過一生僕亦有俗情開眼看世間人無道緣一俗因世間人意不篤遂結口不言二俗不汲汲皇皇求人任其自取三俗隨順衆生自以為道宜如是四俗恪信匪我求童蒙之道五俗如此俗情元某亦老去一生空過此生耳念及此淚欲死今年山中日子多思回首末路一着旦夕皇皇得來教遂不覺忉忉第所云須樂有着實下落處足見不任光景公若求着實處欲僕語層山飯能令

僕飽即以來告若公食飯自飽更不它求也前五講義欲為題數語後人知吾師生情可摠括來敎謝教

答鄧敬中弟

吾弟篤信此道無量之福世間人咲迂濶咲道學此等人如沙何足筭數吾弟有疑說悟說脩脩悟是一是二又疑意知物是二件如何是一件心性命是三件如何是一處欲僕有所開發僕若言恐成話柄知者冷咲吾弟云每日靜坐返照此正好

消息且從此二年三年又十年耳邊自有人來告吾弟始知不肖未嘗孤負人也珍重珍重

荅彭茂先弟

茂先落地來有一至寶不與物對者久失一旦欲尋究此正好消息僕久欲爲足下作招帖今肯鳴鑼必有報信者至不患至寶終失之也嘿而識之是報信引子幸無忽

柬祝南山二守

簿書叢劇處是大法門無當面錯過我輩必不利

於仕途惟當以聞道爲第一義飽食終日無所用心固可惜而功虧一簣者其致一也兄果聞道耶亦半明半暗耶半明半暗是今日學者通弊以悠悠爲功課最是害事同儕中一副心腸拿出與人看能得幾人兄誠有物我無間之胚但須深入徹底研求不徹底研求如彼良玉不斲削難爲國寶此弟苦口吾元兄更將何以教弟倘有新得不妨直示弟近歸數年覺林皐不解錯過人只是錯過山林何時與吾兄披襟匡廬之巔一訂千古學脉耶

荅祝南山二守

閲王麟泉疏云中有不在期會簿書之間弟甚不喜此語作官期會簿書是實學如周茂叔吏事甚精程明道筦庫必親嗣望長兄留意當以此自反弟嘗反發言大易思長兄發言更易今當彼此更勉此皆欠涵養沉潛之故德盛者發言自中節也年華漸入佳境此件大事當徹底理會弟爲一官在身歸來五年不敢一出門庭畢竟不是翻飛漢

子伶俐漢子若是古人直當尚友四方那能左顧右避何時得與長兄相看一翻猶勝靜坐三年念之念之

荅顧涇陽光祿

冊賜書至知丈入南都今得台函似尚未到任此是正當道理吾輩老矣入隊叢中爲官乎爲國乎爲官非吾輩事爲國不能弟嘗思念菴先生再三勸荊川公出山亦當任其責丈謂若何丈于此學機將露當下繹容當細請終少放下一着放下而

後能知源頭關頭除却當下更何處討源頭關頭丈久而知老友心頭熱也季時兄以丈入官故不敢寄莫爲世道傷正人弟豈無心附具見一芻惟魔頭致之莫春四詩此等題目考倒秀才容當具上記得元旦日已有又忽忘可知老矣敬此復諸不盡祠記弟當作丈不知弟世系與南都共泒也此自後人之責幸致聲

荅錢啓新侍御

弟云未發時善耶惡耶諸語似有意來教云遺下

未發之中似又添一層註脚此時欲討未發之中何處討大力量大聰明如門下向諸人譚書義非弟所望總在精神真真則萬泒千流同歸于海鏡中生妍媸影子來教誠然誠然吾輩在山林世路一切抹下不必問除目也拜意賢郎世兄一入臺省且歸向家庭靜脩一番今日言路有言與無言則一相機而動可也

荅王豐輿方伯

門下來教洞徹無礙之體吾輩既徹此體又能小心翼翼乃爲完學若習俗浸淫五濁交攻不免爲識神所使今誓堅末路惟門下教而掖之至于世路念頭弟久已抹撥山開亦有功課與門下出處一心即時時如面也

荅錢繼脩太僕

吾輩冉冉老矣不論在外在家各各收拾舊頭顱求不愧天之與我者自成自道一眞百眞一實百實口嘴說得明筆下寫得開濟得甚事悟後以心宰事事無不妥未悟與半悟少不得因事求事亦

致知之一道强而求心與事合未免湊泊仁兄諸條從體驗力行中來可救近世徑情空蕩之弊弟受教多矣

寄孫月峯司馬

劉瀘瀟敝理同志其開眼處亦略涉彼教入而此兄初生時夢龎居士入其家此兄遂生不肖一日與之坐語曰龎居士此轉身却折了本渠咲曰還添了此豈至折本又此兄最不信因果曰人去即去形聲俱無予曰君以春秋經發家左傳所載彭

生事不一而足何言無輪回挑頭者再予啓之曰君中鄉試曾有夢否曰有曰柰何又不信輪廻不肖指諸糞語之曰去穀爲食出腹爲糞糞或于用爲嘉穀于圃爲佳果果食于人又復爲糞生生不已人生之脩持千生之報應皆如此此學不透此其脩地必不眞此兄眞心粹行今已矣敢述其言以告于翁翁葢不知精薰幾千刼來生忠孝之門作清朝名卿豈龎居士可比再于此畧叅一番始知鄒生受翁教愛不敢負翁耳陸平湖亦豈漫漫

人者子曰未知生焉知死又曰原始要終故知死生之説儒者多忽畧而不講故不覺饒舌

荅顧涇陽光祿

弟犬馬之年杜門自省勞大篇以學相商弟不敢復教惟審而教之

來教云學到知天命至矣由知命而耳順還隔十年豈知命時尚有未順耶愚見知命者知性也吾輩初入門久入門於性地難道無窺處惟覺隱隱疑情未斷則亦有不順處至耳順則于知性處無順無逆耳

來教云孩提之童知愛親知敬兄此不慮而知良知不學而能良能所謂從心不踰矩者也葢自墮地已然乃由耳順而從心豈耳順時尚有未從耶愚見孩提知愛知敬揔是心發竅處此孩提之矩夫子不踰矩者親其親及人之親不獨親其親長其長及人之長不獨長其長故平天下只在絜矩孩提親長是平天下端倪聖人從發竅處指點是聖胚見人皆可聖夫子不踰矩則已直入聖域學至不踰矩如中秋之月大圓明鏡界知愛知敬則

初升之月耳

來教云説者謂耳目口鼻以精氣曰惟耳以神用耳耳順聽以神也作如是分別見然歟否歟又曰耳順無復好醜揀擇也試思好醜是同是異同則何庸揀擇異則何嫌揀擇作如是顢頇見然歟否歟愚見此語似無可疑惟以神用則好者是好醜者是醜有同異無同異見有揀擇無揀擇想若以爲無揀擇無好醜無同異則所謂神者是頑而不靈

不謂之神矣

來教云耳奚而順乎知命之果奚而結乎從心之因奚而起乎有漸次乎無漸次乎無漸次何以遁列而爲三有漸次精粗難易不近倒置乎

愚見結果原于發因發因即是結果發因地揔不外一志志小善人即結小善人果志善士即結善士果志眞在聞道則有漸次也要走過走過然後無漸次處自然透得穿透得穿如白沙先生云一齊穿紐一齊收拾者自然理會倒置與不倒置無

可言說海中晧月撈者知之耳夫一息尚存此志不容少懈時時提醒此志志學即知命也耳順也從心也吾輩今日萬分苦心筭不得夫子志學處願各勉之昔有一鄉老年六十從劉獅泉問耳順旨獅泉笑曰今日勸爾當耳逆諸人愕然請獅泉曰你好飲酒以後衆人勸爾吃酒你逆勿飲你好客氣兒子勸你與人打官事你逆而勿動氣是即耳順諸人皆大笑吾輩今日於世間種種習見習聞順處一逆丟得下得力處舍得下然後於古先賢聖性命處摸得着即逆一下正所謂耳順也弟與老丈並處林臯境以逆爲順論學彼此商確以順爲逆逆乎順乎鞭勉末路取日虞淵願兩地同心焉

柬朱玉槎文選

江閣相對大足快心覩計藉見所未有已自暢意而每覩啓事眞令人喜而不寐昔人云時當可出寧須我今始見之門下功在社稷甚偉大不但桑梓之光也至于未竟拂衣猶伋門下濯濯無欲眞

脉此一段即是仁爲己任何微不入僕老而慶斯世斯道之有人也竊常窺世間一欲字顛倒多少豪傑縱譚王說伯言與聲盡以是心服門下之得請里中數十年間無此高議僕有餘師矣九頓稱賀匪爲其私惟恕不躬而麾頓之

荅涂鏡源中丞

自奉教後覩奏凱時聞倡學塞上又定 封事眞眞實實皆 社稷偉代名碩經綸吾里人何負君父而以利名論軒輊也翁丈胸中光霽故所至

表表偉偉敬服敬服弟以翁丈今在謙三爻矣說者曰謙者有而不居之義夫知其有而不居則猶有居之意未化知其功而不伐則猶有功之意未化謙者只見其無見其虛夫安得不謙翁丈膚功不有弟所深信若滿腔子知止脩二字未化得無似之語曰爲學日益爲道日損損之又損此道之極也翁丈計日必有殊恩所云善刀之義亦當不作套語弟嘗與青螺翁兄云爲國家不可不作官爲自己計不當出又與郭氏諸子云有餘不敢盡

此切至語敢奉聞見道友不作貌言遲數年再出領百官未晚造化忌盈思之思之及其老也血氣既衰戒之在得謂學有所見有所得即得也山農直布惟翁丈亮之

答吳徹如光祿

見　上賜環足下白雲司以足下仍在家山不謂足下之任矣僕喜而可知僕在此處照磨歷俸一年員外歷俸兩年半親歷無一日空閒嘗自念不肖生平氣高心粗得此以降心抑眉始知人間官不必美能降心抑眉即美常念　今上吾師也吾師也吾何敢忘之僕當時有魏敬吾再謫有鄧文潔朱鑑師相朂勉足下今友誰氏餘不敢知弱侯僕畏友也足下幸信而與之切磋直諒多聞今人誰伍足下無錯過僕在刑曹三年半不少一日足下肯以此爲練魔場望耐心處之僕之能是部者亦有由乙酉僕轉銓曹入儀部拜汪登原覲主客趣名吾宗文莊公尚爲郎中不肖屈指文莊公辛亥生辛未鼎甲尚爲郎官我何人斯而之北耶淚

數行下故嘗有言曰世人之患患官小吾儒之患患官大足下勉之郎中非小徹如先生自大無忽鄙言不盡

答于景素儀部

久未請事殊仰殊仰頃友人有傳翁居里事弟心喜可爲未流師法吾輩立朝有立朝道理居鄉有居鄉道理孔子立朝侃侃居里恂恂是聖賢家法學無可見見之于行故曰君子以成德爲行日可見之行也翁丈見之行矣弟心喜者以此來教似

有厭博求約之意一段冲襟令人可挹自以爲不歸宗即歸宗矣自以心未願息肯息即息矣夫所謂約者非外博而求約也翁知攬繇者乎千派萬絡約而之一處故經之緯之亡不知意聖賢千言萬語只是約到自家身上來將以反說約也反者反到自身也脩齊治平約到脩身身即約也何待言說故曰以約失之者鮮矣君臣父子夫婦昆弟朋友節目何等不一只約于親義序別信親義序別信必有所從出之原聖賢曰心曰性曰命又提

之曰知此約之至精至妙處而實揔知止上天之載無聲無臭約且不得名之此學之極功也夫子教子貢曰恕終身可行恕雖爲約然吾亦無加諸人非爾所及則恕非約之至處可見夫子一呼曾子一唯至此名言兩忘聲色俱泯即博即約即約即博夫子曰約之以禮亦可以弗畔矣畔者無然畔援之謂非有邊際非有一物捧而持循之謂翁丈尋究此向上一路必有恍然自得處白沙先生云如今老去無筋力獨坐江槎看水流敬以此請

正若云學有着岸處學海無崖回頭即岸議有異同處理會自家異者自異此弟一得異見未知當否惟高明裁之

荅薛欽宇方伯

學問先在見性性體一物不容而近來諸公見地大高是以舌見性也嘿而成之不言而信願與門下交勉之門下今抗錢穀之司濯濯無欲弟處林臯之下兢兢自守此眞見性也高見謂何末路難持神明難欺言及此令人懍懍

荅馬冲六貳守

承教漸覺知放心矣足徵學力不知者謂爲放逹之放知者則謂不從神識中認心雖然放心則彌六合語體也卷之退藏于密語功也門下一言一動一飲一食士民觀望同寅左右窺伺豈能放得兢兢業業小心翼翼乃眞放也先正云心能大亦能小知大而不知小會流于狂路承問及敬復幸教之

荅文別駕

學問固不在任情識然人情物理未磨練亦未可謂從性中流出性中有節文有條理白沙先生謂分殊處須理會正理會此先儒謂儱侗佛性正此意吾弟一副骨骼任道之器既在仕途願從人情物理處一加意所惡於上一節請以此致愛助之私不盡

荅劉學博

常念門下服官虔中竟不得一聞耿耿來教具仞學問大進水落天根見信然觀法是學佛者初入門無柰此心何故教之觀十八觀其摠萃也然上根中根者亦無用此兄謂聖門不以觀教人誣矣默而識之觀入細矣父在觀志父沒觀行觀其所由無非教人觀法但被世措大錯解兄既信此一步日消月融自有時節不消言說也吾輩老冉冉至不大發憤非男子願各努力

荅曾先醒

世間事故俱假然見道假亦真不見道真亦假真假無二若不從悟道入未免厭棄世故忽畧庸常

足下參之衆醉獨醒四字不佞不忍書此未知醉者醒乎醒者醉乎聖賢惟恐覺天下不忍自居已于醒居天下一節雖孟夫子語亦不敢書中云不得志獨行其道語亦未瑩吾輩不得志生平何止數千萬人鄉黨夫婦父子兄弟朋友終日如魚在水相呴相游難道是獨行足下謂何

鄒子願學集卷之四

吉州鄒元標爾瞻父著
東越年弟周汝登編訂
同郡後學郭一鶚
龍遇奇校梓

序

四書大全纂序

聖人心如明鏡學庸語孟皆從大鏡知中吐辭爲經昭哉爍乎不可尚已歷代以來家執錐鑿人健私見聖人之旨始晦子朱子憂之於諸聖賢語句尋字繹凡大儒有一言足抉先聖閫奥者必采以證如步天者日月星辰左右次舍毫釐不爽如注水經者溝港斷流源委必悉聖賢道昭如指掌名曰集註我

成祖詔諸儒臣胡廣等校定賜名曰大全集註惟懼學者溺于異指令童習家學見之躬行厝之政事以翊戴 皇圖無疆之治而近時學者因陋就簡至不知朱註何物且有操戈向者懷古陳公復

憂之慮大全浩瀚繁衍學者不能徧觀盡識則取大全集註刪其繁冗名曰纂註約而精之可謂紫陽功臣矣書藏篋笥久而公嗣侍御君思公一生沉埋茲道蓋欲鏡今傳後豈可令之飽蠹魚來巡豫章遂鋟以傳蓋曰前是書成皆吉州豫章諸大儒爲政諸大儒護紫陽如護要領引人者於其素習則人之從之也常易入此侍御君意也以尊制則忠以闡揚家學則孝以承前啓後則仁一舉數善備焉陳氏明德遠矣侍御君屬元某一言綴之簡端予惟道布濩天地間如日月經天江河流地亡弗明也亡弗行也有弗行弗明者私見害之也以紫陽之精神光天地質鬼神豈其不能斷至道之精蓋慮學者躐等而進中人以上可以語上古今幾人故其言之切說之詳叮嚀告戒不遺餘力世偶有管窺者輒織公格物窮理一言爲疑城物非在外格物非逐物紫陽豈不了了且其釋明德曰虛靈不昧不昧者何物釋時習曰明善復初何者爲善何者爲初如釋學思曰勞心以必求不如

遜志而自得如釋知性知天曰知性則物格之謂盡心則致知之謂此豈從逐物上起者有能悉心忘見始知紫陽之學必不從註腳下盤旋精而一之是在纂註中矣嗟乎時當凶歲有貨東海之粟者輒奔而赴卽有袖明珠者光爍燭天人跳而不顧以無當於饑餒紫陽之註吾道菽粟也懷古之纂註擇稻黍稷麥以爲菽粟助也膚學小生井窺蛙鳴以熠火概太陽此侍御父子之所閔而欲援之也

學庸或問選序

學庸一書本文自明顧無柰後儒之溺其旨也子朱子憂之作或問予讀其語大學曰學大小不同其道則一而已中庸曰庸惟其平常故可常而不可易若驚世駭俗事可暫而不得爲常此二語足以概學庸之閫奧千載而下洞若觀火啻其憂時之心大切覺世之心大重慮時之人不深惟聖賢所以故千言萬語勤勤懇懇不嫌于反覆叮嚀譬之嚴父貞母憂其子無成也大言之小言之深言之淺言之隨其子耳入或一有得焉可以爲人子朱子意蓋類此廼後世觀者苦其浩瀚終年白首竟未入目又如蕩子以父母規爲塡也者且格物一訓爲後儒所異同新安之學遂少晦嗟乎繼往開來慥慥皜皜今有新安其人乎予執鞭所欣願焉蓋夫氏約而傳之不但有功朱子且有功斯道甚大語云多聞守之以約多見守之以卓蓋夫之謂歟昔文貞公在　穆廟時集海宇冠裳訂學懸識仁定性二書以爲士鵠明道新安旨雖不同至

其精神直欲接孔顏真傳則一今欲上長安有俛而至者有逶迤至者遲速不同其至則一有志斯道精神而真何論程之與朱孰異孰同哉蓋夫氏不承烈祖纘緒有耀予爲斯道慶敬拜而弁之首簡

孝經序

太史貞復楊子學悟性宗一見與余論合聯榻信宿而別一日出所編孝經徵予序予卒業遲回者久之經曰身體髮膚受之父母不敢毀傷予之足

已毀矣又曰愛親者不敢侮人敬親者不敢慢人予生平取世忌嫉不少必予愛敬之未至矣雖然吾有尊足者存卒不敢以世忌嫉弛吾愛人敬人真心敬斂衽而序之序曰大哉經乎千聖之道之總萃咸備於是無所容吾贅矣古今稱孝舜曰大孝武王曰達孝下此者卽不得謂孝予請縱言之可乎乞人賤行也丐者行食於道得食飲卽遺母母食且爲之歌數闋盡懽而止彼不得不丐者遇也丐而娛親者眞性也苗夷異族也有苗泣親繼

以殞命彼淪於夷者族也不以夷忘親者眞性也禽獸無知也而跪食而返哺禽獸未始不知有親也夫大者謂其彌綸六合有一物不孝者非大也達者謂其達之天下有一物不順者非孝也呼途之人曰來吾語汝以大道彼未必不四顧踟躕惟語之以孝親三尺豎兒心動神怡覺世君子從人所常有者提撕之則人不沮於其難而吾言之入也常易此楊子惓惓於是經不忘也或曰集靈引證何居予曰草木微物必有以鼓動之始甲而折

折而條達子輿氏曰樂則生生則惡可已此集靈引證意也羅子宗旨何居予曰鵠誠設射者至之軌道誠立行者由之羅子宗旨孝道之軌鵠也一切揣摩意識思慮懸想儀章度數蠡宗旨遠甚且斯道也吾不知其所自來也窮之無原執之無端用之不可旣洞焉通焉廣大無際窮天蟠地無弗周浹以之事君以之事長無二道也仁曰仁宜曰義履曰禮知曰知樂曰樂所謂不敢毀傷不敢侮人不敢慢人者皆是物也皆人所固有羅子非能

爲人加益之也必明乎斯而後可以言孝事父孝故事天明事母孝故事地察不然事父母且不知父母矧曰天地嗟乎安得起羅子而質之予聞陸象山氏曰孝經十八章夫子從曾子篤實處說出來學者必踐履篤實久則恍然無疑斯語晦菴年方七歲卽題其上曰不如是非人嗚呼思先儒格言繹羅子微旨而後楊子之志不孤

聖學宗傳序

夫道一而已矣昔者聖人仰觀俯察形容模擬此

一不可得于是系以一畫畫之陽者曰乾乾曰大哉乾元萬物資始乃統天此宗統所自來也夫子曰文不在茲乎輿氏曰見而知之曰茲與知雖不明言所以而萬古斯文之統卒不越此寥寥數千餘載唐昌黎氏云堯舜禹湯文武以是遞相傳授宋周子所謂太極程子曰識仁我明新會曰自然新建曰良知皆是物也隨人所指而名之譬之天一也東南西北之人各隨俗而名之而仰觀太虛昭昭日月星辰則無不一然難言矣予友紹興周

子旱志真宗學有本原慮前聖以一脉相傳恐後之人不曙斯義乃遡自羲軒及我朝諸儒先有關斯學者名曰聖學宗傳盖其意曰帝之與王聖之與賢隱之與顯微之與彰雖異位而人同人同而此心同此心同通之千百萬世無弗同獨柰何不求者旣委至寶于草莽而求之者又橫以意見意見穿鑿是取至寶而付之裂焰又不如隱于草莽之爲完璞也其意良苦矣予讀是書因有感于昔儒曰虞夏之書渾渾爾商書顥顥爾周書噩噩爾今於茲書亦云讀虞夏商周之語如身遊渾渾顥顥噩噩之天未嘗不神游心醉厥後源遠派分辯駁愈多心愈戚心愈戚視渾渾之風益遠雖然此亦諸儒先不得已也滔滔東注其何已時長天永日恃有此真性在真性不昧直息諸見揖唐虞周孔美墻間茲傳也吾不知其盡也

聖學象教圖序

夫今以註易名者盖亡慮數十家大都憔悴枯槁山林間發憤于世者所爲可以觀世矣予曰作易

者其有憂患乎憂者幽也跡不潛則神不幽患者幻也跡不幻則神不化易化書也非近心粗心淺心者能入乾初九曰潛龍勿用勿用乃潛潛乃化鄒子沉埋半生矣亦常手一編稿形深菁然生平醉心慈湖氏巳易常覩諸君子於卦爻象變各有所主漻然自失雖有管窺徒藏之腹笥而已至于圖書猶不敢註一語近閱岳大夫某所註諸圖如木難波斯百寶雜陳光怪奪目私恨曰安得促席從公指點以畢殘生一水非遙徒自悵惘一日公

以範圍象教圖見示欲予一弁其端予一生從老頭巾度日半明半晤於易也淺公徹上徹下於易也深其何能復公惟是覺公恐釋與玄之亂吾儒欲納之範圍中其憂患深矣憶昔有友欲折三教者予曰虛空之中何所不有各自爲宗虛空不可剖也又有友欲合三教者予曰天下之道原貞夫一一分爲三三歸于一此自然之理太虛原自合也友唯唯否否公之意得無同友人之悲乎不佞與公皆在潛之初爻矣不易乎世不成乎名即欲

易世成名其誰與我惟在確乎其不可拔釋者曰確如石聲堅確然予謂石聲猶有消隕堅石亦可磨磷學惟休心忘見則無我無我乃能遯世世乃能不見是無悶凡人得一爻即足以畢世明夷一卦文王得之內文明而外柔順箕子得之蒙難正志文明而曰內艱貞而曰晦明潛之義可窺矣夫子于易曰終身焉爾已願與公共請事焉

聖學啓關臆說序

夫道在天下猶水在地中地無之非水人無之非道所恃提衡斯道者則系乎人古我先王慮民未若于訓也時有省方之舉察民剛柔遲速異宜立之軌則操而化之故曰先王以省方觀民設教而後天下服後世輿圖日廣人主端拱深宮以巡方付繡衣使者問其所以報

天子曰糾吏治察民隱懲姦宄丰裁凝峻使人不敢卬視如是焉止觀民設教之意微矣龍侍御紫海自少志大人學資敏行醇筮仕金華鼓吹六先生遺緒攬轡三秦又續橫渠先生流風而見之行

事政暇偕巡茶張使君同過關中書院院故有少虛馮公爲里中祭酒率諸鄉紳子弟肅聽教指者幾千人侍御爲之剖晰疑義者竟日已復條款目示諸生馮先生曰此後學津筏惡可弗傳君又續諸先正語錄于後總名曰聖學啓關臆說予得而卒業廣大悉備大都復性足以該之雖然性未易復也復性必先于透性透性者悟也軻氏曰盡心由于知性知性斯知天夫此非落言詮非入意識非有等待非有加損透之可濃可淡可窮可達可

生可死卽剝卽復卽聖卽凡何內何外何異何同何安何勉一以貫之無餘蘊矣然透豈易言哉病寒者汗一息不流風邪隱隱流于腠理故神醫以汗必透體始甦侍御云諸生試觀一堂何嘗外却一人一人何嘗離却一刻此心運用此道現前卽易簡卽神化灑掃應對便是精義入神可謂傾橐抉腸有能於此直下承領不作纖毫疑情者于開關啓鑰之志不孤矣世欲拒人不得入也則爲之關以禦之欲人之循塗而入也則爲啓關以導之

此需人爲啓閉者也性吾性也堅自拒也機自關也能識自關自闔之機則不以有人而作無人而輟而又誰能禦之諸君勉矣世乘傳四方者何限獨侍御一舉足使關中數百年道脉光大有耀歸而報

命 九重四方且則而象之所鼓暢仁風助流

皇化者豈淺鮮哉予故樂而序之首簡

易叅序

從海門周公而得知養初喻公公以陪巡偶過田間譚學娓娓去未幾入爲諫垣以射隼取備兵嶺表人謂公以日月近臣拮据簿書必拂其出入補闕拾遺之心侘傺抑鬱又不然攀雲弄石消其磊磈亦情所必致者而公駢內外夷險澹如也一日寄所易叅示予曰不佞半生偕諸薦紳譚易苦無入幸官五羊無事垂簾焚香直探四聖之秘至坎惟心亨一語頗有會心處偶筆之名曰易叅子爲我證之予首披乾坤二卦以元亨利貞皆屬乾乾陽爲大爲明自始至終流行變化莫非乾道所統曰

未有庶物先有乾元此易道之總萃也大象曰自者不息之眞源明曰自明道曰自道成曰自成得曰自得舍自別無所爲天是不以易視易而以身爲易也坤曰乾之所至坤亦至焉乾資始坤則順承其始乾主覆坤卽載其所覆是晰乾坤合德之原也大象曰厚德載物非離物以爲自成物所以成已卽實其自強之學而已此皆直抉前聖之秘握乾坤之蘊乾坤明六子無餘蘊矣八卦徹六十四卦無遁情矣公曰叅者蓋不知默識體認者若

而年眞有寢不安席食不知味身依殿陛也不知其爲華出鎮藩服也不知其爲詘蓋與易若將終身焉爾矣易繫曰叅伍以變夫子曰立則見其叅於前瞻之在前恍然心目曰叅而曰叅伍以變又不滯于心目間故曰知變化之道者其知神之所爲乎公曰變者自變中有不變者存不變者天則也非人力私知能安排也此非眞知變化實叅實悟者未易至惟心之亨公殆非虛語耳海門子見之嘉樂何似予故榻之首令讀茲書者共叅究焉

嗟乎易出于太虛太虛以前馮馮翼翼何象何卦何圖何書而聖人象之卦之圖之書之此皆不得已而有所寄其思于不寄學者復從卦象圖書下盤桓馮其意以穿鑿而聖人之易亡善叅者淨乃心黜乃意不以易會易而以身會易始知易叅語語自體驗中來可以證自心斯可以證四聖之心倘不灑濯乃心而屏知去意叅何易言哉

像象管見序

此名侍御啓新錢公撰也予自庚寅別公公時將巡粤衆方以公必爲時鎮臣不謂公以蹇諤與予等同錮矣聞公杜門謝客顓顓易學予恨不得覩公大全一日公家嗣侍御君巡三楚以一冊貺予且屬敘予拜而卒業公蓋慮世之譚易者荒唐龎雜令學者貿貿然莫知所之也故極深研幾而作像象管見公學窺其大管見者謙辭也公之意悟聖人一畫即人之像不成像則無以成位其中實見得即人即像即理無一人無一事無一息不有像存定天下吉凶成天下亹亹咸此像基之

顧象亦不一有錯象有綜象有正象有偶象象有卦情有卦畫有大象有中象有爻變象有占中象公皆一一求其指歸焉每卦每爻本其象必求所以像求所以像而又歸根于象所以像不可見而公闡可見者垂之篇始知盈天地間皆象也皆像象也彼滯象者泥于有而琉于像象者淪于空是二之也公之所深閔也若以像爲理之近似是彷佛假借之見公謂易無是也眎諸譚易家眞所謂良工苦心矣昔聖有言曰作易者其有憂患乎夫

以聰明睿知如諸大聖是書猶必本憂患而來蓋
憂患則困心衡慮其跡幽跡幽則神潛神潛斯窮
無窮極無極故曰聖人以此洗心退藏於密吉凶
與民同患其與民同患也亦自洗心藏密始非以
意識推測揣摩而得之也後學易者處逸樂之境
加以不專之功欲以探聖人之閫奧叱與射覆奚
異公戢影巖扃茹荼堅忍者二十餘年才可濟埏
垓斂而不試道足包九有秘而不用困矣幽矣潛
矣天完公與公自完者其在斯乎公曰始于屯仍

爲屯終于未濟仍爲未濟公慮至矣予謂屯者乾
坤絪縕之氣所凝也未濟者乾坤生生之意不以
既濟而遂已也倘終于屯終于未濟是剝復不相
乘乾坤不幾於毀而何以成易哉道不終晦公以
此學日見之行爲復碩果爲泰拔茅端有望於公
公幸無容自諉三十年前公以白面書生出宰吉
州批却導窾片時而決偕諸耆宿嘐嘐譚古昔今
公卓爾如是惜乎不令諸先生見之予夙叨愛雅
猶得序公鴻撰竊爲斯道幸安得公再臨鷺水一

彈指間共窺無象之像俾鷺水含光螺山助響人
人坐公太極中世錢氏易無涯也

宗儒語略序

沔彼流水朝宗於海海水之宗也子孫枝葉繁碩
有大宗有小宗而後其統系不淆謂道有宗乎神
無方易無體何有宗也謂道無宗乎濟濟三千獨
一唯曾氏得其宗未始無宗也仲尼祖述堯舜憲
章文武宗帝王也軻氏願學孔子宗孔子也蓋道
一而已矣一則天二則人天則亘萬古而攸同二

則涉末流而多岐道無岐也學之者岐也惟多岐
而百家龐雜莫知攸宗甚矣道之難明也予夙荷
明師良友指點夾輔年來偶有隙明於先聖一脉
真傳似無所蔽諸儒最有契於衷者在宋則明道
象山慈湖在明則白沙陽明心齋六先生於是手
抄其語與道相發明者名曰宗儒語略其言淺近
詳略不同不謬於孔氏之傳則一而已夫名臣巨
閥必有宗譜孝子慈孫一展卷孝思悠然而生是
書雖謂儒之宗譜可也學者由茲直證本心頓息

諸見揖唐虞周孔在斯須間若復辨儒釋較同異取予所編者爲辨駁地是人也意之爲害其去道也遠起諸六先生與之同堂合席何益乎邑愷衷黃侯愛是書捐俸授梓敬拜手引其端

月川錄粹序

余體孱弱好閱方書遇名方輒手錄心注之有告余曰人生在神與氣神與氣隨勝理密而康強無恙雖有禁方無所用之余近味其語此治未病之說也憶余十年前勃然師古而最慕用河津凡有

憶見悉錄之以紀吾學若効讀書錄也者而最後又慕新建江門若以爲聖道非從此不入口念心維然盤回十餘年來身心互持未有得力幸返林臯至庚寅歲差有所入始知先儒之語皆言已之得非我之得也而我持其咳唾求道是不亦貧子拾貸冊稱富翁乎故凡儒先語錄以爲此特名醫良方而無病則方可置不甚省閱旣入都門余友叔龍氏持月川錄粹一卷命余引其端余匆匆別叔龍叔龍亦未竟余之學乃數以書促余言夫以

余之所未請事者而欲學人殫精於是是欺來學也雖然叔龍表彰先賢加惠來學意良殷勤余故識其首若先生篤行沉修巋然醇儒直遡濂洛而開我朝道統之原則固不竢余言也錄中云心非血氣之謂先生之見卓矣世號宿儒以血肉爲心者豈少哉卽此隻辭亦足以扶世儒之一膜也夫

讀書全錄序

文清先生大儒也醇儒也讀書全錄微之而神化性命鉅之而修齊治平廣大悉備譬彼良醫禁方

名品備載無遺嗚呼盛矣某髫年卽知慕用先生每讀茲錄如天鑒在茲如神明臨汝慄慄乎神爲之加悚心爲之加清惰爲之加謹間有所窺期師先生萬一然幾成帙而散于火遂棄去已而泛濫於他家竟無所得譚及先生輒不敢措一辭今年春虔南中丞李公刻全錄以惠後學命小子引其端鄒子敬拜手言曰道不在言言者麤也道不著見見者虛也道難卜度卜度者意也夫道雖不可以言言而匪言道亦無由寄雖不可以見見而匪

見道亦無由入雖不可以意卜度而亦可以意會日積月累久之羣言亡眾見消意解氷融雖言而無言也雖見而無見也雖意而未嘗意也此先生之學也後儒輩出其趣操與先生不同盖先生學以復性爲宗謂必閑邪而後可以存誠謂必去念而後可以入道後儒以見性爲宗謂惟在復禮萬物皆巳惟在知仁萬念皆融此其說誠聖學之宗傳但語云中人以上可以語上又曰深造以道欲其自得夫中人以上深造以道不可易得而遽直

達天德則千里得一士如比肩焉且世之駕言了悟卒至藩籬撤大防潰不忍見聞者始知先生誠上遡鄒魯之軌轍而繼往開來之正鵠也善學者請事斯録履繩蹈矩日融月化意言兩忘其達天德也何有中丞公重新是書以貽來學其有所思也夫

康齋先生語略序

丁巳秋舉青原會少叅吳公持新編康齋先生集略言於衆曰我

國朝以學倡者康齋先生先生一傳新會再傳餘干俱易名從祀吾道吐氣顧其師寥落似於報稱之義未當特或以先生有爭田訟不宜見知石亨爲疑不知先生於諸弟子來從學者率之力耕而食未有田也而奚訟好是懿德凡人皆有石亨知先生薦先生未嘗有求於世何於大儒過之深也鄒子曰公以陳胡二先生謚與從祀也于陳王二公有加乎而吳先生之不謚不祀嘖有煩言也亦有損乎曰無曰然則予等當從不加不損處理會

更不必從世法上度長挈短一從世法論俾世之學聖者於形跡上比擬而聖人之旨荒矣且予自幼聞先生訟田也以弟鬻祭田故夫士大夫無故不鬻祭田禮也先生秉禮者也卽訟非過而文清在大理一內使不薦曰南京好官惟薛卿可以是病文清乎夫人之精神映照百世者百世千萬世者千萬世故曰百世以俟聖人而不惑學如先生俟不惑者可矣二程從祀後春陵繼之朱新安祀久李延平近始舉行禮樂必待人而舉公無爲吳

先生過計也

文簡先生語略序

文簡先生集流行域中亦旣哀矣讀其書者曰大儒也醇儒也橫渠之後先生中興顧集中有語略數卷同志仲好氏擇而鍥之以傳其心盖曰世之學者凌高厲空志非不遠言談斐然非不腴聞然索其實履與言頗不相符契爲吾道蟊賊不小吾夫子揭博學審問慎思明辨篤行之旨何諄摯也夫跬步未發而謾言神聖是白日而羽化也予弗

敢信寧使學者履繩蹈矩足縮縮有循雖則沿洄實不泛駕若先生慥慥皜皜其言彰彰如是真吾道金湯且語中大言小言顯言微言天地鬼神身心性命之奥亦旣備矣道在邇而求諸遠非適北而南轅哉此仲好氏刻以公來學欲鄒子弁一言以告邦人士意也憶先生與吾宗文莊公俱以文魁天下以言事謫州倅同爲留都郎署同比屋而居頫兩人各斷斷自信文莊公受學新建守師說不變先生稟濂洛旨繩檢自如席間辨論有差而意色自如退而各相服也今士林譚兩先生有不興起者乎是孰使之然哉其必有神孚言先者在又讀先生集者所當知也

仁孝訓全書序

有嬰兒于此投之搏黍欣然喜或與以鴆毒長者勅而止之曰此殺人不可食童子擲之地有人於此情識旣開機知橫至語以大人之學則眺弗信而或其所學者黨同伐異飾巳自便至矜一知飾一能以自莊嚴睎世之人無與我同之人也命之

曰天之戮民所謂驅而納諸罟擭陷穽之中者也長者復詔之此非大人之學亦封而不肯舍豈知不童子若耶故曰大人者不失其赤子之心者也盱江近溪先生赤心爲道絕無它念其尊信新建良知白首不移顧世之譚良知者或索之隱微杳冥先生揭仁孝之旨本赤子不學不慮之真卽美大聖神之基令人易知易從可久可大事業亦不越此宜門人楊子幷董司寇廣而傳之而全學博某重鍥以振鐸于庠序也歟先儒曰勿以學術殺

天下後世仁孝者生世之嘉穀也易道首乾坤乾曰大生坤曰廣生故曰生生之謂易嗚呼先生之學本于易質之千聖吾知其不惑矣

胡敬齋先生粹言序

敬齋先生以布衣從祀
廟廷而學益光盖先生學與文清公皆昭代鼻祖文清業從祀會請祀陳王二先生而
上以先生並陳王從祀盖
上重先生篤行沉修淵懿

聖衷匪衷所思臣元某竊以爲昭代第一盛事聞先生散步長吟鬼爲倡和質鬼神無疑俟聖人不惑先生以之先生有語錄爲西粵吳獻臣所編者恩江明府吳覺生輒以出入拳拳服膺欲刻此爲多士鵠屬予弁其首夫獻臣得先生學顛沛造次未嘗少離卒謚清惠
世宗朝名臣令君世先生學又欲以公之多士學道而後愛人予令君益信矣

羅一峯先生集序

往捫羅東山羣峰矗矗磅礴蜿蜒亘百餘里龍蛇生焉羣峰中獨一峰撑雲凌霄如偉丈人端笏朝堂凜不可犯因悟曰士之聳壑昂霄者猶是也又常涉溪澗清沼明燭鬚眉洎遵青齊觀渤海排雲凌霧莫可涯涘因嘆曰昔人以風行水上爲文而茲猶有至文焉吾鄉先達羅文毅足以當之然先生進于道矣我朝理學河東餘干並樹標的獨陳新會以自然爲宗先生雖與陳稱石交乎然學非陳之學紫陽之矩矱也巧力不同矩矱則一迺近

儒一稟新學譚及先生輒以未闖性天之突爲疑不知性不離倫物之常進退取與是已先生有一不盡道其間乎盖世儒之所謂性也者如以指標月先生之所謂性也者如以足履地標月者指即有象履地者身在忘言則先生之所韜者固也德清吳侯自幼庭訓心師先生政暇敬奉先生集刪謫增遺鋟之以惠來學而問序於余余惟聖門之學傳失其宗曾子以皜皜發明道體迨宋周子提衡無欲一言爲入聖之要先生之學雖不得而測

其涯然皜皜無欲可建天地質鬼神考三王俟百世天假以年邇周曾而上之無難矣先生是有詔廷議諸從祀名賢他唯唯否否獨先生翕口同歸不可徵良心之同哉此雖不能卽得之今日然有待也嗚呼登凌霄之峰培塿爲甲瞰巨海之濤涓流爲監學者如有景行之思乎巍然沛然在吾心目者果何物哉悟茲而先生之學可窺矣苟不究其所以然而猥隨俗之譽言是觀山忘本觀海忘源必無以得其高深予特著篇端俾願學者有所覽鏡焉

谷平先生粹言序

谷平先生學以求仁爲本以閑邪爲功以直任天命流行無事安排爲實際予幼時聞長老述先生居常齊明盛服如對上帝族子及諸門人侍坐至竟日不輕發一語穆如也蓋是時新建學興整菴羅公猶往復辨難先生不復與辨惟期實有諸已文恭羅公云晚循漸次以知及仁守爲難能未嘗襲世人弊以爲高奇此善言先生者也世或疑文恭爲先生高足顓顓發揮新建餘旨似與先生學分道而馳不知文恭一步一趨宛然先生家法安在其以言尊先生也世皆知先生養邃不知先生丞通衢十年讀易梅亭所得于動靜消長之機與造化俱生俱凝未易以語人者境至幽而仁至熟矣予每讀先生語錄謂爲濂洛儔羊敬語諸先生家子弟曰夫先世有良田在後之人植而耘之先生言吾黨之嘉穀也播而殖之是在二三子諸君躍然刻以傳敬拜而引其首以識仰止

羅東川先生語錄序

吾吉正嘉間有名儒東川先生者慥慥篤實君子也初新建從劒江聞宸濠變歸艤樟先生而得倡義之說先生偕新建夜叩郡門太守跟蹌出迎旣百務總總先生至代郡守檄各道兵餉及新建屢推功先生爲當路所忌卽以先生崇望守二千石特宴享爲郡國冠冕轉參知竟掛冠歸先輩出處不苟如是先生故交新建而學則斷斷自信後新建說盛行而先生學稍掩先生孫某某從予遊予

語諸孫曰先公之學布帛菽粟濂洛饒羊宜爲世津梁諸孫是予言謀而刻之予題其端如此刻既成鄧徵君皇明書出及吳郡侯載公三祀志俱列公名臣且知公學沉抑已久爲奕一朝誠不可掩如是

王門宗旨序

陳督學長卿謁新建公祠以正學訓諸生娓娓既思曰先生功在西江顯著學以西江人傳且信顧海宇于先生學疑情未斷則不旨于味之過敬托

少參周公繼元大司成陶公周望于先生學撮其大旨令諸人士望的而趨德意甚盛二公竭日夜力于先生片言有關學脈者必錄如徐曰仁王汝止汝中錢德洪爲先生高足者言必載書成名曰王門宗旨山陰令余君有志斯道走使屬元某一言引其端元某謹拜手言曰夫今以良知爲出自王先生者誣也夫子及門之士如由非所稱聞善必行者乎呼而告之曰知之爲知不知爲不知曰知德者鮮孟子在戰國一則曰不慮而知者良知

曰見知聞知以知爲教是自孔孟時已然最後諸大儒出曰學在知其所有朱考亭氏釋格物亦曰人心之靈莫不有知諸儒先何嘗不諄諄以知開示人哉顧當訓詁沉溺之後先生抉此二字以覺羣迷若謂先生獨創也者不知非先生臆言聖賢所已言也古有单方久塵故牒有倦得之持以活人者羣醫輒詫以爲我輩百方試之良苦柰何一匕有餘有聞而喻之曰方以治病病已方可除識者以爲名言良知者度世之一筏既度無事筏矣

竊嘗謂先生之學直接陸子或者又謂陸子與先生學皆禪不知知禪者然後知先生學知先生之學斯能知禪倘未嘗以身研兩家情狀先以意見橫入曰此禪此儒以自閼閡人禪與儒兩究亦并以自究于先生學無損元某生也晚猶得聞及先生門者謦欬竊竊然疑之廼任其僻愚自壽徑竇叩天之靈庚數十餘年始知先生言備嘗艱阻直證天德與近世剽譚者霄淵故嘗有言曰予初不信良知者乃所以信良知也良知卽乾知大始之

謂本自皜皜本自慥慥不以識識不以知知非剛健必墮于欲非篤實必二三其德體乾之健法恒之久殊可與入而世以詭譎辨博圓融遷就沉溺欲海爲家舍是良知蟊賊先生而起掩耳何疑嗟乎學無門可入則苦茫蕩有門可守亦屬藩籬子不云乎曰無知也由茲門至于六通四闢無宗而無不宗斯又善會王門之旨而宗廟之美百官之富行且分孔氏庭何論王門天下萬世寧無其人乎予與前諸君子日望之矣是亦長卿使君傳宗

旨意也

石蓮洞全集序

耕莘氏有先知覺後知先覺覺後覺語予嘗謂知覺寧有先後以先覺後似二之也久而思先知先覺者作者之聖也後知後覺者述者之明也先而匪後其流不遠後而匪先其傳不眞天不忍斯世斯民之罔覺也必先命世之賢以尋繹其端倪又不忍端倪之不可不衍而弗光也必挺闢世之賢以接續其統緒此斯世斯道晦明之機自古至今

不容誣者當新建之說一倡海内羣而疑疑而攻者十之九獨吾吉諸君子起而信之諸君子非信新建也信自心也而所傳有通有塞有全有偏亦各隨其寓之所值力之所到至我文恭羅公信而愈堅然於諸君子言有從有違世或有據識神以爲知者公日世間無現成良知新建公從龍場萬死千生得來譬之祖父辛勤立門戸拮据茹荼不知幾朝夕子若孫享膏腴不知祖父之苦辛必至蕩覆無餘卒未能世其家也與諸君子往復言甚

辨信者唯唯否否然公遯世無悶半生作苦林泉者眞有寢不安枕食不下咽意故大節細行光昭日月海宇人言曰新建學得吉州起得公而尊然後知公無現成良知語乃所以深信良知也漆雕開有聖人依歸猶曰吾斯之未能信盖疑其所信而後信其所疑倘公以耳根入不復深究其旨是漆雕開所難者今之人反易矣孔門之學從遊者甚衆顏曾而外惟孟軻氏起紹衍而光大之讀其七篇夫子之道昭如日星軻氏私淑孔子者而以

見知自任公於新建亦在私淑之列一言一畫皆心傳所宗謂公爲新建之見知可也可與世之掞藻揚芬者倫哉予又因是而備論之世無見成良知一語公爲以情識當良知者藥也顧良知全體不見而章無爲而成渾然各足無欠無缺先天地而不爲始後天地而不爲終時人既未窺其全體而復以情識當之曰此見成事物是認賊作子以狗尾續貂也公惡得無辨愚嘗爲之說曰人之所不慮而知者良知也業已蔽矣惡得無慮故慮也

者所以復其不慮之知也人之所不學而能者良能也業已失矣惡得無學故學也者所以復其不學之能也庶幾世之莽蕩者既不敢認情識爲見成必求之寂然不動之真世之止修者亦將由學慮大路以全本然良知之體或亦文恭公之意乎故因侍御公重新公集而幷識之石蓮公舊隱地公自題曰初平一去惟留石茂叔從來只愛蓮系集茲名其堅介清淨之意可想見有能不淄不涤從石罅中吐青蓮一瓣薦公者乎予且下拜心師

之矣侍御名于庭字孟謨號中湛起家乙未進士宜興人先是安節吳公巡豫章刻公文要風世今復刻全集與吳公後先振道盛心媲美先知先覺有作之先必有繼之後者魯多君子予於陽羨益信矣

羅念菴先生文要序

善言天者孰晰于易乎資始流形形色可謂大通矣然必曰利貞貞正也固也蓋惟收斂歸藏而後能亭毒萬有乾坤以六子爲用六子受成於艮不艮則雷動風散雨潤日晅兌說有時窮矣故

曰成言乎艮夫天道至紘以大無以尚矣猶節其役其精神久薰勞不息馳騁而不既乎故惟聖人章光愛其心神矧吾儒學以法天尚安能弊弊然能以此洗心退藏于密曰洗心則蕩滌無餘而非有形聲可擬曰藏密則其端無倪而非有聲臭可卽嗟乎微矣元某生也晚未獲從里文恭先生游然得侍從游先生者剽竊餘咳最喫緊語曰世無現成良知曰收攝保聚元某叅究十餘年曰孩提

知愛非不慮而知乎曰收攝收於何處曰保聚聚
者何物竊不能無疑恨未起先生九原請質之又
十餘年覩世未嘗憤悱月認識影以爲知體而稍
窺端倪者輒蕩踰繩檢逈知先生言眞末世津梁
有所激而云然非過而諸劌心揖形直達天德語
類頗衆門人未能盡殫其蘊與先生之學本于易
成于艮傳之無弊也固宜人知先生宗依新建不
知其初盖稟承邑先達李中丞公而李公默受玉
齋楊公於所謂澹然無欲者既已淵源楊李而又

壁立千尋仰止金牛齊莊寬裕切磋西昌安成兩
文莊海内有片長小善先生沖然有以自下宜其
集諸儒之大成也彼津津新建殘唾謂道止此外
有可以開覆抉翳投之輒縮武不敢入隙先生何
如也先生有集十餘卷先是嘗與同志曾大理于
健郭中丞相奎劉光祿靜之謂宜稍約以貽來茲
而竟未就侍御安節吳公神交先生有年觀風螺
川擷江芷薦先生祠下謂先生語末學正鵠託塘
南王先生刪訂數卷題曰文要公曰子同邑後進
不可無言元某拜手引其端如此用志私淑敢謂
窺先生窔奥萬一哉

歐陽文莊公年譜序

凡名儒公卿沒門人子弟譜其平生德履千百世
讀者猶有興起焉而自善譜生平者莫踰吾夫子
志學章先儒謂夫子自立而至不踰矩亦此志歸
宿處盖終身學術始於一念一念根荄終身樞紐
予今于文莊歐陽公亦云世嘗見公立朝以道佐
人主三十餘年不動聲色所至承式不知公年方

弱冠謝計偕鬻田而謁新建初志何壯也公學見
其大好惡俱泯偏黨盡融所稱盡人物之性贊天
地之化育惟公有焉視彼世儒顓顓學一先生言
無當於世用者惡能得公之大全也公年譜成家
孫錄事君宗翰謂予里中後進有志者屬引其端
敬爲識公之大者如此

胡廬山先生全歸稿序

先生既沒之明年同門督學郭相奎氏與令子順
搜秘牘中得所爲閉關小錄及補過困學翊全諸

錄寢室警語總名曰全歸稿珠壁錯陳隨地流輝順等不忍捐置謀鐫之以傳或問予曰先生以盡性至命爲宗以存神過化爲功學已闖聖奧矣諸錄得無贅乎予曰學以悟爲入門以修爲實際悟而不修是爲虛見修而不悟是爲罔修先生已洞然聖學之大而復與困學同功茲所以全而歸也曰日錄揭稿諸家報何曰灑掃應對罔非精義出處進退人道大端先生雖倦遊聞　君命則懇辭中途不得請則單車赴任委曲懇惻用意忠厚其

仕進亦何以禮也曰先生臨終也而手筆謂何曰昔曾子臨終啓手足以示門人庶幾無忝所生先生生平戰兢而終猶惓惓三極之眞百聖之宗則易簀之志也披卷者可以興矣予嘗觀良農之畊也播之美種矣然必深畊易耨然後莠稗不生乃惰農復從而姍之先生銖銖而積寸寸而累其心良苦迺世之學者馮其荒唐揣摩之私漫無所用心過計先生之苦難豈不左歟詩曰是穮是蓘必有豐年凡我同志共勗之

何善山先生文錄序

予友中丞李公自吳歸泳游溪衡日惟明道覺人爲事一日致書予曰邑先哲何公善山稱新建公高足弟子著述雖刻而逸予懼先哲風流綿邈近剞其副以公來學庶幾邑人士有所師承乎子爲我弁其端予敬受而卒業而知先生之學非膚儒所能測也盖良知之說予幼而聞之長而不能竟其義近始覺世儒之談良知者謬也夫學從外入者必非家寶非家寶斯有所得有所得斯可得而

守也先生曰心性既無形聲何從而得既無定體何從而守知無所得即有所悟知無定守即有定主彼躭躭欲捕風捉影者可醒矣世儒有窺見性無定體者又不免滯空先生曰本體固無聲臭然不可認定一認定未免爲聲臭所滦彼詹詹欲沉空守寂者可思矣先生之學予不得而測其涯焉予向聞先生言曰學務無情斷滅天性學務有情緣情起釁不識本心二者皆病之語留滯胸中二十餘年近益信先生之所謂識本心者即程伯子

之所謂識仁識仁言有亦可言無亦可不識仁言有滯跡言無落空無一可者也惜生也晚不得侍先生以竟緒論敬推臆見先生學術崖略與同志就正焉中丞公術先生有隱行沒也邑人有思祠祀其鄉又孫勁幼而孤其母復以節著先生之學雖沒世遺範猶存此不可觀先生之大哉中丞公與先生家世姻清真雅素進退不負所學惓惓茲刻尚友可知虔人士讀先生書聞中丞風可以興矣

黃洛村先生集序

先是善山何先生集成元某序而傳矣中丞李公折簡予曰子柰何以巳見而槩何先生學大都中丞公槩近世騁虛見眇實際者其言誠救世良劑然古今學術無二眇實際者必無真知道無二也今年夏公復以洛村先生集命予序予既不能闡何先生大旨復欲序黃先生拜命飲氷不知所厝既乃披先生集讀之曰以意念之善爲良者知爲有意之知覺爲有意之覺臭腐元氣同爲本領鄒子慢然起曰世儒以有意知覺爲良知者開目如是安得起先生九原而質之曰精于用力莫慈湖若所謂絕四不起意者其用力處也鄒子曰當時以學爲赤幟者耴慈湖如淫聲美色然著書闢之先生見何卓也曰良知一而巳嘶之離合之贅渾然天成燦然條理使擬議依違其間非毫釐千里乎夫當時譚良知者而嘶之而合之而擬議之者衆未有親切著明如先生者惜乎見之晚也謹撮其要趣之首世必有以予爲知先生學者若復加

擬議依違其間先生謂我何嗟乎斗大雩城名儒疊出山川雄瑰鐘靈如是予將一葦拜先生祠拜聆中丞公侃規焉

鄧文潔先生集序

當正嘉朝浙有楓山先生以著儒爲海內宗盟惇尚恬退屢起屢上書辭免每郎家强起積官至大宗伯考其施爲惟一見成均愚常恩之必有不斷言而言不斷信而信昭天地光日月而質鬼神者在不然何永終有譽如是乃隆萬間吾西江又有

定宇先生科名出處大略與楓山先生同官國子領銓曹亦以在家強起至再至三乃拜海內尊之也若威鳳祥麟共目爲希世之瑞韓子云青天白日奴隸知其清明先生以之蓋嘗考較二先生學術章則步趨濂洛言動一尊先程矩矱鄧則澄神內照洞徹性體當西江諸儒祖述良知後旣不落其蹊徑而亦不遺其精詣務求自得而已元標蓋辱先生莫逆常窺先生退然陋巷中純誠孺慕外卽几案床榻塵埃滿坐而容凝然而神穆然而心

窅然有友問曰道何似曰難言再問之急曰知而言未晚絕不得窺其涯涘先天而天弗違先生殆其志于斯乎先生薨海宇不勝梁木之嗟侍御安節吳公知先生最深當先生隱約時嘗特薦於朝頃按郡江右愴然念九原之不可作也巳崇其廟貌風勵後學而又欲表章其遺言予乃搜求諸門人私相抄錄以應命微言片語神情畢露達者自取要難口舌傳也謹爲述其崖略如此先生恥爲纂述絕不作應酬文字萬不得已亦經十餘年始應與人接終日不輕吐單詞先生如有知乎得無曰吾欲無言爾瞻柰何以言求我以言求我卒不見我雖然世求見先生不可姑從其僅可見以窺其不可見者夫此惡足知先生

識仁編序

此近溪先生論學語太史楊子彙而梓之名曰識仁編以傳同志者也憶丁丑歲先生入賀至都予侍先生榻月餘夜半請益先生曰子騎乎予曰然登高何居予曰執轡身仰而前下坂何若予曰執

轡身俯而後先生大咍曰公他日無忘我予不省先生行乃草書呈先生曰學有宗旨有功夫有入門有結果先生卒詳教我先生折簡曰孔門之學求仁爲宗求仁莫先於恕自名乎仁也曰巳欲立而立人巳欲達而達人自名乎恕也曰巳所不欲勿施於人老吾老以及人之老長吾長以及人之長幼吾幼以及人之幼天下可運之掌以言其體則不慮而知不學而能體此於巳學而不厭推此於人教而弗倦本體卽功夫功夫卽本體入門處

卽結果結果處卽入門功夫宗旨可一言而盡也予領之遲回至今始知先生所以醒予者甚篤且切惜當時資愚質鈍未能直領無疑方欲請質先生而先生已爲古人今從簡冊中識先生亦晚矣夫仁者何卽人之心也識仁者卽識人之真心也是心也古今聖愚人人本具而必俟識者何蓋赤子之時見父而愛見兄而敬無作惡無作好和之至也順之極也識萌而情動情動而欲熾遁相牽引而真心亡矣故先儒立教欲人識其真心蓋於

其潰敗處極之東支西吾未免滅東生西惟直指其本有則一正百正領端袠理斯聖學之宗傳而昏衢之寶燭乎孔子曰道二仁與不仁而已入乎仁則出乎不仁悟則識不悟則迷未有立仁不仁之界而處乎迷悟之間者也雖然豈易言哉仁固仁也識亦仁也以仁識仁不幾執柯伐柯乎在學者證之而已羅先生汲汲一生與物爲徒中所載諸語蓋有契於大易生生之旨故其言包括萬古綜統乾坤生而不益生非以意識承當之謂也譬

書以痿痺者爲不仁先儒謂其最善名狀今之嗜利者輒曰不仁不知嗜利不仁者譬之痿痺疾在四肢可瘳也嗟嗟不落意識者誰乎或曰識仁矣其功何居予曰巨室之子幼而播蕩於外長而有知思其祖父廬舍潸然出涕知者引之歸舍曰此爾祖也爾父也爾廬舍也彼既識祖父廬舍矣其無所解于心者天性也而由人乎哉軻氏曰反身而誠樂莫大焉曰反身卽識仁之謂反身未誠猶是二物以已合彼又安能樂故人患不識仁矣識

仁則生生則惡可已而何事之與有同志諸君子刻是編銓司屬予引其端予敬序之并述先生之所以訓我者引于首蓋與是編相發明且志予負先生之教也

東越證學序

東越證學周子繼元詡也或問曰學何證爲鄒子曰學斯證證斯學周子自學自證亦欲人共學共證也證者明也誠也誠明人人本有然或蔽一隅或局聲聞聲聞者如人譚山水之勝聞者據以爲

實不知陟巔窮源者不以譚也蔽一隅者如從隙中覷日以爲日體如是不知日之體光周九有而不滯一隅也今末學媛媛姝姝總不越此兩途轍至有直窺性命自然而告之又如蜀犬吠日茲周子證學之所由傳乎鄒子故與周子同籍初周子拜南部人謂其奕擅國手者久而又謂其通象數者更十餘年周子從謫籍起復與鄒子聚首南都旦夕惟以學相切劘予訝其變而之道一日大會中觥籌交錯周子復持論娓娓鄒子中以小言歸

而周子與諸同志大并心神一旦恍然無疑旣持憲東越過鄒子茅庵相對旬餘始知周子剗心於無窮之途不匱之源忘能所泯色相視彼弄影摶空者方且悲憐之無及眞可謂大勇矣或曰新建傳習諸錄所稱存理遏欲諄諄詳摯天津證道初語如花欲吐尚含其蕚後龍谿氏稍稍拈出聞者多不開悟周子復揚其波何耶鄒子曰學必知性體而後爲眞學證必徹性地而後爲實證山盡水窮能者從之龍谿見地非不了義者所能究竟繼元後龍谿而出者也雙目炯炯橫衝直撞所至能令人膽落心驚亦能使人神怡情曠東越之學從今益顯益光者非繼元氏乎雖然語上語下吾夫子蓋並言之望鞭影而行者千里得一士如比肩焉繼元其謹護世法堅持末路世不自證以繼元之身爲證者重且周矣

王塘南先生全集序

憶吾吉正嘉前宗鄒魯稱濂洛家相踵也新建懸鈴耳目一新諸前輩斷斷自信載在困知錄猶可

攷記而羅念菴先生起尊信其說然以潔履凝操足取信天下新建學得先生始信先生後有塘南王先生言必曰文恭文恭而靜定幽探者年如一新建學又得先生一衍元某自揗髮叅海內諸同志總其途有二端有謂學在透性透性別無餘事此卽程伯子識仁之旨然于伯子所謂識得此體以誠敬存之之語便以爲落第二義王先生獨不然曰未悟爲悟盲引衆盲卒墮坑塹言甚辨有謂大德曰生孔生機在轍環易世欲易世機在轉當

爭者以易千萬人然予覩未轉法華竟爲法華轉者兩者俱自敗之道也王先生年未艾懸一榻金牛鷺渚上口不掛當時事堅志熟仁不易乎世世未有不易者夫學有規矩惟靜與無欲爲正猶衣之有幅也衣而無幅即不衷先生泊乎無營澹乎無欲步而步趨而趨夫非吾道規矩正宗耶易曰立不易方先生以之回視海宇所稱透性易世者何如予不無遐思矣舊故有孝友堂稿數種傳世叅知蕭損之氏并刻金華致書鄒子引其首謹識

先生大者簡端叅知爲先生高足淡凝雅尚步武師門先生學其有托而海内因叅知得覩先生大全又因先生遡吾吉鄒魯餘風叅知功在斯道者遠哉

友慶堂稿序

友慶堂稿侍御桐栢頋公彰教鷺渚日屬塘南王先生門人賀汝定氏編也侍御公曰先生一代耆儒語録諸文宜精覆者宜刪汝定尊命惟謹而公刻於豫章致書鄒子曰先生於本體未嘗不贊引而末學妄認虛譚流弊諄諄針砭不少假貸似今日救世良劑予一言序諸簡端予憶先生語録及集序凡至再其何以復惟是公謂王先生痛懲妄認虛譚者言爲有當此眞衞道盛心元某謂此俱無足憂者昔有私挾田父幼子之楚者田父數年犇而之楚冐宅人子歸面目相肖也語言相似也歸而情若楚越何者天親不可人爲也老農果腹咏游山澗羽客向之譚天饌仙厨甚具乃其腹枵然又欲從農家持鉢世之妄認虛譚何以异此人

心至神也耳目至衆也三尺豎兒晶晶瑩瑩欺人者祇以自欺無論虛譚與眞認者即身都講席賓賓學子纖毫疑情未徹後之人洞若肺肝矧此戔戔者乎使道而可假借也宋至今數百年何獨濂洛關閩我明二百餘年又何獨薛陳胡王諸君子以道鳴也元某謂無足憂者此也道非一人之道也千聖之所總萃也天地日月之所昭鑒也鬼神之所炳靈也考三王俟百世一以眞精神爲之流貫千古在前千古在後非人所得與子不得獻之

父臣不得獻之君弟子不得獻之師以誠而基以靜與無欲而入世儒非不譚生生矣不知天地大德生於春長於夏秘於秋冬卦至十月剝落極矣復始見天地之心乃以轍環濟世爲夫子家法口譚生生身落世間行言與人俱盡王先生學從誠靜與無欲入五十掛冠八十四而化精凝神一何深不極何機不研讀先生集者貴知所源本焉先生同時有衡廬胡先師及盱江羅先生文潔鄧先生皆側身巖穴濯濯風塵之表用能通微致大九

原可作吾將誰依予因先生又思及諸先生求眞儒豫章若酌水于河鑽火于燧有餘師矣敬以是畀侍御公澄清斯道表章前哲盛心而于王先生語終不敢下一註脚或者曰聖道易簡王先生語未免令末學望洋而返不知直下承當廓然無聖寥寥有幾王先生所謂風急天寒儒門定脚者也

王夢峰先生語錄序

蓋予自孝廉襆被侍王先生切砥後計偕謫亥步窮處叨起家碌碌南北與王先生跡稍疎然心神映照時時在王先生左右近歸耕先生已爲古人徒得其子印所刻語錄讀之如聆先生謦欬讀先生言者當知先生從萬古磨礱一點眞精神有臥薪嘗膽之意豈聲音笑貌爲哉或曰王先生學何如曰藉用白茅愼之至也愼斯術以往無所失矣此王先生之學也

紀善新編序

此予鄉夢峰王君所撰者初名續爲善陰隲予以聖製未敢紹述故更茲名君爲羅文恭先生弟子

先生在君穎敏視高足者稍遜先生沒後使人不疑于學則君是已君樂道人善最好道古先哲節烈孝義事隱微者彰之顯揚者頌述之如徒步拜六一文山之墓澹菴之間又嘗廬墓三年君是編上自大聖以及諸儒碩名臣故閥有一善必紀見爲善一脈自堯舜至今日其心一也嗟乎聖人之道大虛者其體也體無不善有不善者則意之動也善學者悟無善無不善之體致謹于善不善之動斯庶幾哉可以語爲善矣蓋善不善之幾猶之

河堤然始之淩淫也如蟻穴其卒至於滔天懷山不可收拾顏子有不善未嘗不知眞知也眞知者眞體也惟知則未嘗復行迺世儒誤以知先行後君兩特然而善之旨不明易曰知至至之傳曰不明乎善不誠其身予安得明善者而語之聖功哉茲予所以蒿目而思撫卷而懷也君孜孜一生老而手是書寄予予故捐俸刻之齋閣冀吾邑士人有所觀感焉君老矣覩是書成其可幸也夫

李同野先生先行錄序

予昔與友譚學友箴予曰學豈在譊譊爲哉躬行足矣曰子知適燕者乎先詗道里寥廓山川紆廻然後可以適燕不然其不至於擿植塞途者幾希學之不講徒曰躬行亦奚異於是曰先行其言而後從之者非耶曰此夫子告子貢問君子意也子貢墮在聞識故藥其病而告之且聖人與君子有辨曰聖人吾不得而見欲得見君子者此可以見矣他日又告之曰予一以貫之此希聖極功也未幾同野先生以先行錄命予弁卷端余嘆曰韙哉先生之心乎古之學者學之爲君臣焉學之爲父子焉學之爲夫婦昆弟朋友焉言理便是實理言事便是實事近學者譚杳眇之論高入青冥忽庸行之常眞若跛鱉其爲不學子諷笑而譏議者甚矣嗚呼共是天下今之天下卽古之天下吾之人心卽古之人心彼諷笑而譏議者亦吾躬行之未至歟先生論學而以躬行名錄誠末世之瞑眩也友曰子今左躬行何居曰知行一體識得語知而行在其中語行而知在其中語先而後在其中先

生昔嘗以毋意爲宗觀其言曰學貴修行若不知德與不修等如入暗室有目不見以手扶壁有足不前子可以觀矣子知先生之學則予昔之未以子躬行爲是今以先生躬行爲正蓋各有攸當未可以朦說爲也萬里聖途卽之則是凡我同盟請繹斯語庶幾爲適燕之指南也夫

王塘南先生語錄序

此塘南王先生語錄也或問曰先生學在是乎鄒子曰得道者忘言先生可以忘言其有言者先生

生平潛脩密證之所書也入燕者身經吳越齊魯曹滕之墟道路險夷風俗美惡丘壑瑰奇覩宮闕宗廟百官美富輒識不忘老于都門䀆前所經者若固有耳先生自得非斯語所能盡先生斯語兩忘之矣且夫人有語者有所以語者語者人皆得襲跡也所以語者已不得隱人不得欺神也予侍先生三十餘年窺先生神萬一矣先生結髮入朝皓首爲儒家數空而一介不苟

詔三命而堅臥不移和而介幽而貞漸上九象曰

其羽可用爲儀吉不可亂也海以內惟先生以之此先生所以語也茍徒規規然執是語爲先生學而不得先生神焉在爲善學先生予嘗疑良知之學流而浸假圓通之説文巧宦之習甚至使世人以學爲詬病之人也譚若環屑未落口響隨聲消先生秉氣集凝初終若一使世知儒之必有眞學必有的則茲語惡可弗傳耶予友郭相奎鎋楚折簡予曰王先生吾與子嚴事者茲刻其語鏡來學子曷一語爲前茅予謹拜書用引其端若復從先生語錄中下一註腳是爲剩語且負先生

張陽和先生文選序

清江令張肅之氏抱其先宮諭牘過泣曰此先大夫生平心神所寄簡袠煩重願更定以傳子與先大夫辱在心期惟無讓予思與公度星涉公先一日登嶽麓去予後公一日宿古寺覩公詩淋漓壁間次韻急歸慰吾母意謂劒合有期廼公再出元標乞歸舊隱公遂爲古人兩人徒書牘往來今復從故牘中擬公嗟哉元標杜門旬日凡公所譚學

者碎語尺牘亟收之而所闡揚忠孝節烈事亦並收不遺公志也昔人有巨魁者曰志不在溫飽然史不載其學術鑽研何自公自登第後所至求友汲汲皇皇若擊鼓求亡子聞一言當于心也拜而受之里民有疾痛也引爲己辜不難以其身爲百姓請命公何心哉眞以斯道爲己任而任道者必以明明德於天下爲極致此公學之崖略也蓋嘗論譚學華亭時易譚學江陵時難華亭時右名理郎以理學爲窟宅朝登講堂夕踞華要江陵時禁

錮斥逐殆盡世且爲波流且爲茅靡公亭亭孤騫至目江陵誚不辟易公勇矣或者以公未大行天下爲憾不知古人不得志獨行其道道無窮達也昔有大臣善鑑人者覩舒文節未第時曰子今之文毅旣文節魁天下再過之問曰止此乎曰忠孝狀元子小之耶假令起羅舒二先生與得意者論必不以彼易此先生爲秀才時作賦弔楊忠愍登仕未幾上書危言而扶掖太僕公崎嶇羊腸鳥道萬餘里兩上書叩閽鳴太僕公冤心可剖血可枯

命可捐以報親九泉郎古忠孝何加焉先儒云學之爲言孝也忠孝立百善從之先生之學其必傳也無疑往予聞先輩論學謂夫子言仁子輿言義横渠言禮新建言知今當提信字此皆謎語也夫道猶水然溟渤汪洋不測一勺之水亦具全海言仁而義禮知信畢具語一德而四德渾然天下寧有無仁義禮信之良知乎顧謂良知者多憑神識爲家舍王汝中氏發揮詳明公羽翼汝中如兩驂然神而明之存乎其人汝中以之不言而信則公其人矣嗟乎予自立朝覩紹興多貞純不二心之儒與公輩同心同德以闡繹聖眞近復名儒班班輩出如公家嗣肅之兩令劇邑以循良著行見新建之學浸明浸昌夫孰謂種佳穀於地而弗生生也者新建之傳藉公等無涯哉

處惺堂集序

賀汝定子嚴友也步趨王奉常不難棄一官衞奉常莫年此其志豈今人哉一日抱其尊先人遺稿曰處惺堂集過而曰先子爲令與教兢兢官下而

阨塞也實以學故從水邊林下得與諸耆宿互相切劘也則以阨塞故茲集故一敘何司寇一敘劉太守沚以久浸患遂再鋟于家塾令先子學世世不隊子爲我一言弁之予因得聞先生之槩持身敬養民惠范士端稍行志郎卷而懷之出處正矣諸譚學者惟拾人殘瀋以爲家舍先生學以反觀爲主深究密參未嘗一涉人履跡其功密矣元某揔髮逐隊譚蹤至年四十始有所入妄擬諸先輩語義客有問靜後喜怒未發氣象者郎拒之曰看

則巳發矣如是者庚十餘年近讀易至復卦曰復亨剛反剛反則亨語忽悟曰人心之神屬陽陽必剛剛爲果決爲直遂不反則神不入神不入滔滔東注何日之與有于是始信古聖人靜專靜翕之語爲極當不易之論反則專而翕專而翕則所謂不遠復休復敦復獨復者自有條理而宋諸大儒爲後學深切著明非末學影響所可推測先生反觀之旨卽復之義三復斯集命我深矣嗟乎元某使不叨天之靈幾如以一葦入颶風中且至滅頂

安望有濟此予讀先生集而深有當也先生伯子某由給諫官憲副奉常謂其收功一源可爲全歸而汝定復力任斯道純粹凝定夫不知先生之學視先生子而知淵源之宏且遠不知先生之官視先生行于家而可知先生之政矣瞻彼先覺悠悠我思九原不作吾將疇依

吳安節侍御日省編序

默而成之不言而信存乎德行德行者覺也詩曰有覺德行學而曰覺信在言前乾也顏子有不善未嘗不知知未嘗復行知眞知也眞知眞體也問仁夫子以克巳復禮告之宋儒以克巳復禮爲乾道知言哉然乾豈獨爲乾匪坤弗運坤豈獨爲坤匪乾弗宰故曰乾坤合德廼世以一落爻象擬議輒以爲未窺乾體嗟乎二之矣故非後天則先天無自而見非擬議則言動無由以成變化茲安節先生日有省時有訟而惓惓不忘斯義也洗心退藏於密先生有焉或曰心神物也何所容洗心無住着何密可言鄒子曰此惟首出庶物時乘六龍

御天之聖者能之不遠復無祇悔顏氏學其庶幾乎學顏氏學沉潛默識不顯亦臨此篇其嚆矢矣先生在豫章德風廣被白鷺諸生沐先生篤敎偶窺先生密藏抄錄幾于腕脫郡邑侯敬爲流布其將以爲甘棠以爲盤銘也者先生語將與鷺水千秋同濯濯哉

亦定軒稿序

昔有友呈靜功長者前曰習靜危樓此心之定如水之澄如鏡之瑩乃稍稍應務而茲無所之若何

而可長者曰夫是執一境爲定也衆罔測其旨予詔之曰性無動靜危樓之定是水之流而過之也鏡之明而匣之也惟常流常鑑而不失其明且順此真定也侍御中素陳公奉
聖天子命攬轡秦晉豫章所彈壓閭匠救閭閻扶植綱紀最煩劇矣而公不動聲色羣吏嚮風四境晏如大綱小紀提挈若新至于豫章年來旱沴水災無歲不有民賴公出之水火宗藩劫奪浸謀不軌賴公一疏明嫡庶之分功在

宗社此又其鉅者人服公卓識偉抱不知其得于定力者深宜公之表表偉偉爲使臣冠冕也眎世局儒執澗沚之清返鑑索照其于定何如也
聖天子習公復
簡命東魯亦以公于秦晉西江皆頻年饑荒之餘而能爲國撫流移恤死亡無量故東魯殘傷之後
上以畀公公如神醫所至疕瘵得之而起三省不幸無年猶幸有公在今日之孑遺皆公之雲仍而望亦定軒以爲神皐以爲奧區者豈少哉公勉哉一人定國咸于巡方覘之矣元某耕東山下幾三十年穠蕉圃久勞公以道情煦沫因公刖讀公亦定軒集敢拜序簡端使世知定之旨非墮空相斯世斯民被其麻澤乃真定也

宮洗四山先生全集序

此宗友汝光氏集也首泰交錄汝光在交戟中覩
上不眎朝久即心膂臣無由一覲
天顏乃輯泰交錄進具切要含諷
上爲留神省覽次講義汝光以學行簡爲

儲傅每入講及陳說治要
青宮霽顏次
詰勅汝光以文鳴一代海内沐
皇綸必思徼鄒先生一言爲榮而汝光絕不蹈舊語語爾雅次職官志汝光與修
國史典斯志鎔諸職司而括著之詞類周官經制爛焉次酬應諸作世作者多摹擬不則恣逞耳汝光獨匠意力追邃古然逞逞抒心得揚榷竑義詞林得汝光一振予嘗謂吾吉館閣宋自歐陽子周

益國我明解大紳楊東里諸先生後汝光其表表者也予與汝光締石交者垂四十餘年兩人以予古相切劘然予鹿鹿半生文質無所底汝光乃不獨文事卓絕學亦深沉詣極藉汝光鏃礪而成者比比矣予心期汝光爲世舟楫乃無端中人言歸盖汝光待直久衆所尊信中者與忌者交鬬捷而汝光一意內脩不習世間行故卒罹媒蘖耳劉徵君調甫劉太僕扶生羅給諫公廓嘗相向語鄒子曰汝光吾黨神龍一隊田間驤首何日鄒子曰夫

果神龍也可潛可見奮之乎九天而非亢也韜之乎九淵而非詘也故曰見羣龍無首吉惟無首乃爲天則吾黨與汝光究極乎乾元之微而燭所爲無首者九淵非九天乎雖然龍不需世世不能不需龍後之讀茲集者必憮然而慨曰汝光盖代史才當爲國寶而忍令抱璞自老不能不爲世蒿目也

廣易通序

往從楊少宰賀文昌習給諫許子倡道海南心竊向之顧許子舟過文江者再亦急予而終以予謝客深山相左近致書以廣易通質予而復相左予得書惆悵者久之謂許子且遡洄去乃客有謂許子采藥螺鷺者予急買舟問許子病許子聞予至喜甚雪風栗烈持爐炙酒譚咲甚驩別去讀許子所謂易通者時方元旦謝客焚香肅衣冠而卒業許子以其所學者通數聖人之心有得予心同然者有得予未發者盖易之道六通四闢如大海水酌者自取許子邃于易矣予家世易年來有會心

處輙欲勒成管窺以俟來禩終以易道廣大閣筆久之獨時時與友羅給諫有得郎譚譚而復忘却許子自罷諫官而燕而齊魯而吳而楊得之帆檣烟霧中睞世之升沉得喪無足以芥其靈襟也者夫　上之賜逐臣者遠哉回視作賦弔湘以自廣者大相徑庭而士之不可不聞道聞道不可不勇也如是乎予敬校畢以付許子并致聲曰吾聞瓊州在大海南其山川所鍾爲瑰奇者代有異人如丘文莊之文學海忠介之節義俱彪炳宇內所謂

道德有于身化文學節義而一之者必有其人許子勉矣夫續予友楊少宰如綫之緒也

孟我疆先生集序

余與孟子成先生交者蓋十餘年初交于都門講舍再晤于張秋鎮遞相詰難相勸相規則無如今更久也先生賦性端凝一見知爲古人幼畢志六經已從宏山公學宏山公蓋北方學得其宗者先生始而疑中而信又終而恍然有得已已膺恩選庚午辛未聯第南宮仕爲昌黎令陞廷評徙職方

主事出鎮山海關爲忌者所中以計事謫官先生決志言歸簞瓢陋巷敝衣緼袍泊如也近以言者薦起比部郎浮沉仕途蓋十餘年因得以盡交海內同志海內同志亦人人慕用先生乃真知先生者寥寥焉先生學以無欲爲宗纖而一介視若萬乘故世見先生與世澹然也輒以清節目之不知先生所謂無欲者乃直透性體至無而有至虛如神日躋乎聖域者也先生才與誠合爲令直追古循良在山海關巨帥掣肘譚邊事纚纚項刻千餘言令得時而駕其功用與今人不可同日語迺世見先生之與時齟齬也輒以優于德名之不知局儒者先生之所鄙也嘗自言曰學貴透性又曰學須學通儒先生之學可見矣先生有集數卷蓋脩辭立誠明學致用具載無餘者余與同志友孟叔龍氏謀鐫之以公同志余揭先生之大者列之簡端無使今知先生者希而今先生私擅其貴也雖然學如孔子猶曰假我數年又曰七十而從心所欲不踰矩先生年方六旬其進固未見其止也憶

甲申歲扁舟訪先生蓬門因譚學娓娓各未有契余曰爲泰山之遊可乎先生欣然隻身同余遊者旬日而返時有開發既別去始知先生所以昜余者不在登臨間也先生屬望余者意甚殷厚將何以報知己努力千古矣志聖津特有先生前驅云

貧當館集序

甲戌秋于健會公自燕市歸過予曰項覩制秇知子才也今儀予知子心也未墜之緒是在子子勉之與予論心數日不忍別既過君別業即所謂貧

甾山房者萬竹蕭森羅絡經史相對旬日夜半兩
人披衣起坐論甚且余謝而歸公乃以竹兜子别
予十里執手曰白駒難縶其將柰何時時覿面不
負久要爲祝既幸附驥尾公曰遝相見時神爭默
契天啓之耶予出入必聽君爲度顴予初涉世僻
性又好執事有不合者見之辭色公必諄諄開示
曰吾輩豈能必一一如意者子時時冷面嚮人人
豈能堪諸友間多從予公曰予期爾贍非淺諸君
無以世交待之務予必易辭色後巳世之愛我者有

如公乎既予以狂謫公挺身赴護六七年間諸交
不無二三其意鄉里小兒調咲譏誚不少公備衛
以告予曰子卽死亦不死乃癸未幸與公同起家
拜臺省兩人喜賦詩爲紀未幾公謫海州予亦謫
留都公自匡廬來泊舟秦淮夜月相對亾何公拜
職方予亦徙銓曹明年余請急歸數年間予於都
門無隻字往還卽君家伯氏亦然獨於公無間庚
寅予再起家未幾調南公扼腕曰官家處子大不
情事予曰世以無情處我我不作無情想南北屈

信臣予雨露亦皆學人醍醐公佰一光祿舊嘗同
予掖垣者祖道十里許予不覺矢言光祿色變公
徐曰子歷多艱猶爾爾予謝而别不謂從此與公
竟别矣常語公家子侄曰大理世父我輩傑楚片
語隻字皆脈絡所係惡可弗傳會徽如吳公觀察
湖西念公與其尊人安節公爲心膂交乃搜其遺
集寄予編摩予略爲校其次第觀察公刻而布之
屬予序予憶此可見者公言也公初遊文恭公門
勇往無前廿年間石蓮芳規藉公猶存生平絶無

泛交與人語諄深粹穆不輕吐單詞人不能窺其
涯際遇同志未嘗不傾肝抉腸强年入仕始悔曩
者露崖角分齊見一意埋光鏟采不求同世亦不
求异世不磷不淄之守隱顯如一憂國急才自其
天性每遇一秕政相對無好顔者竟日不得竟其
用也亦以觸時宰故嗚呼公已矣公正氣元神所
彌漫天壤間者豈與公俱往不藉茲籍有無也雖
然當時諸夙學媛媛姝姝學一先生言眯人自眯
公自第後時悔曩學之滞千色相也欲正之予時

亦封于見以公之中新學也今觀公之諸書大半皆非近儒所及語曰君子上達公有焉安得起公與吾黨並聚一堂印證千古哉此予所以反覆思公不能起於夢寐也亦安節公父子之同心也

荆南稿序

夫子傳乾九三曰脩辭立誠所以居業釋者曰脩者脩省之謂又曰脩者飾也如是則言與誠二之矣愚謂誠者吾性本然之真渾渾噩噩蓋不知有言可脩有業可居言不在先誠不在後率爲真言

言可自傳居爲大業業可自久此顯微合一之旨也故曰誠者自成予蓋于荆南稿而有徵焉荆南安節先生別業也先生自幼奉宗伯文肅公家學長而摳趨周都峰萬履菴兩先生門灌溉封固所植者茂以故往哲典硎熟于耳目浹于心神其所厝注于民牧省方者一惟哲範是硎于世所謂機刻巧媚之習非惟不爲亦且不知以故有所譚吐皆惟其性所欲爲欲言者絕無一毫安排纂組其間先生之言卽先生之人先生豈好爲言以傳世而不能不傳者先生誠所著也嘉隆年間昆陵太史以文與何李相旗鼓黜世間餖飣摸擬之習先生于昆陵庶幾近之矣門人刻荆南稿成予謹書之首簡結髮弟兄自謂貌先生萬一不知有當否蓋嘗思先生老矣其精神志氣猶能爲國家默調元化今先生嘯傲荆南之側亦非盛世事易曰王明並享其福王之福也必自天申之也非予所能必也

四書證義序

鄒子曰性猶海然知性者猶之觀海歸而詫奇觀於家河者拒不信彼習見者河也又有臨河譚河事于濱江者拒之不信彼習見者江也夫斯語一綫匪深匪淺無高無下無隱無顯不難不易能者從之耳自尼山振鐸後由漢及宋至今以來家持一錐人具一幟其見有偏有蔽有得有否吾不得而悉數獨有一二力探本原之士出其間世輒詆之爲禪金谿先立其大與孟氏何殊新建發揮一本金谿時又從而禪之世所謂禪者非真能知儒

釋異同不過隨聲附和曰吾尊朱吾不溺新學倘詰以天之所命何物儒釋之命脉若何彼茫無置對嗟乎可哀矣予讀錢肇陽孝廉諸證義蓋不隨衆聲響直究所謂元初者與古人相爲揖讓于一堂之上可謂深造自得矣肇陽之言曰覩仁文約中三語而有取焉故以名吾義蓋肇陽不知予方愧悔無故拈出此三語亦屬影譚今且忘之予願肇陽亦置之乎夫學有二妙悟者眇實際地證在虛必參著乃固篤實者未開見地證在實須蘇苓

乃暢智崇禮卑則令日證之證也證義後附諸條肇陽得無有懲於此觀者無葛藤視之矣嗟乎以肇陽才取一第而掇之爾廼扱牒禮部不遇蠖屈者廿年卒能光紹一綫之緒夫使肇陽第而偃仰簿書風塵中即黽勉不落壒埃相安能并力鑽研爾爾乃知天之所以與肇陽者非一世區區榮名已也謹題數語于首見者得無曰錢君世海濱見地宜然而子家在楊子柰何亦作海觀

四書五經疑問序

昔吾夫子振鐸洙泗濟濟雲從後儒推漆雕開已見大意開一生學術在吾斯未能信一語曰斯雖不明言所指者何似後儒釋之曰理又曰心牽合附會汗牛充棟超然自信今古無幾既不自信當求所以信欲求所以信必先有所疑而後能入廼世儒從少小受句讀長飯飣爲文章取顯仕曰如是足矣此無異予獨怪業逐隊登壇以道自任者耳根所入軒然自以爲有得于道視昔人所謂大疑大進小疑小進者又鮮其人此承菴先生所以

爲難也先生於四書五經皆有疑問雖以疑問名然其疑者廼先生之所信信愈篤則疑愈深疑愈深則信益徹即諸儒先復起未必不爲首肯先生于斯道也勤矣漢儒諸註疏人一其說當時掌故並存不廢故得以流傳至今今守一家自鳴者無論言之破的與否輒以爲悖
詔令欲請有司絕勿進嗚呼性海無盡覺路難窮諸儒先在今日有一言幾乎道必虛衷而受必以昔儒言足以蔽聖眞則吾何敢吾安知是書不知

藏之太史請著爲功令者乎王子雍化尊人與先生莫逆請予序先生諸書予謹括數語附王生往王生爲我致聲先生曰鄒生昔頗有志于道今老矣一榻巖居寧復知有文字近覺學從言語文字疑者亦自言語文字而悟從言語文字悟者亦自言語文字而止八卦未作龍馬未呈時先生疑從何起倘先生翻然置諸羣疑如雨雪見晛當與先生歌天何言哉春風沂水之章

易原序

鄒子曰六經文章之祖易猶六經之祖三才之撰神明之奧咸賅而存焉盖難言矣鄒子雖以易起家乎然不過拾遺唾侥一第倘先覺詰以奧旨目瞶舌撟張而不能闔非不欲言繪天者難爲工測海者難爲度不能言也邇更大戚二毛漸霜勃勃疇曩之悔乃挈舊易結讀易窩萬松深處滴露研硃期居而觀樂而玩焉忽溆陽門人蕭子來鳳鳴鳳張子祖延叩我玄室眖易原數册曰此我邑侯甫翁南衡陳公所著公故名進士官儀部郎以忤時宰拂衣歸里著述滿家而易原其猶著者溆陽人士欲世陳氏易我邦願師引其端俾溆人士有所觸而興焉鄒子拜而卒業連旬卦爻象數或以理顯事或以事證理或理事雙標卽一字一義咸鑿鑿有據若探河流者必極源委乃止思深哉公乎且釋咸九四貞吉曰人心本正出於天命自然順其自然則無往不吉取證于繼善恒性反身而誠諸語公于聖學盖恢恢乎闖其窔奧非如世之托鴻撰以竊名縹囊間云也古今著易者星見踵

出無慮百餘家鄒子得沾其餘瀝雖學有蠡窬不同大都不遇于時退而抑鬱發憤所爲盖其遇困故其身潛身潛故跡幽跡幽則神入微語曰作易者其有憂患乎昔夫子曰假我數年卒易可無大過夷考大過象曰澤滅木水而浸木木在水中亭亭孤立不撓何大過如之獨立不懼遯世不見知而不悔則非睹于大過之旨不能也易體貞于一而用或窮或通皆隨所用而用之以善困者十而九卽我夫子猶善用困之聖予獨怪天生聖賢俾

之不用易以開泰財成輔相左右吾民而徒使之熟儉德避難之旨席爲藏身之資則世道否泰之機可鏡矣三生曰易原絜古作者孰優鄒子曰公不云乎有伏羲易有文王周孔易有諸儒易盖人各有情情不能不動動而後易生焉情境不同伏羲不得之文周文周不得之孔子及諸儒各以其所身至者爲易然易亦隨其所至而即在故曰隨世變易以從道又曰爲道屢遷倘必一一爲度長挈短彼易此非易彼是此非是則易亦滯而不通

矣其爲言人人殊一致未始不同乾之三曰知至至之可與幾也又曰同歸殊塗一致百慮天下何思何慮嗟乎通何思何慮之旨可貫百家可知易原矣慨自六籍以秦焰俱蝕惟易與神農書並存不廢然其學皆有顓門弟子往往不敢悖其師說有詔稚問皆曰吾師所傳如此兢兢不敢失尺寸易學傳于家庭父子間者洛下爲盛勗哉侯業在蠱之初爻矣有子考无咎意承考也神明默識使陳氏易有聞世世哉三生其以予言告侯并以諗爾邦人士

師模録序

羅君以良輯師模録成數過山房求序予念其年已七十孜孜是書何心哉盖嘗論一事一職皆可官效惟師則戞戞難言哉聖人繫卦曰師譚者皆歸於用兵予竊謂亦寓師道焉師而容衆即有教無類之旨師而不律則道不立師而或賓賓學子何爲軍不丈人敗績是懼與學術不得宗殺天下是懼故彖曰以此毒天下末學被其毒者豈少哉

公門桃李如羣兒拍肩入市至暮而散而師道亡間有以師道自任者而垣墻之外堅壁深壘師道又亡惟夫以心相印如顏曾氏於夫子彬彬洙泗之濱眞有天下不與氣象外是而漢而唐而宋及我 明諸君子猶存餼羊詳載籍中爲人師者研究有得乃所稱模而模矣

東遊草序

曾舜徵端凝深造余四十年畏友也兩年過我玄亭班荆累月相視莫逆於心徂秋辭我汎舟南海

予送江干語曰予其遊乎歸來爲爾序遊草迺今
歲夏歸貺予遊稿一帙曰東遊記予披閱之所至
會友切劘名理不知者曰舜徵爲禪伯知者曰理
無二致悟者自取舜徵貌甚樸眉目隱隱有烟霞
氣海宇名勝屐跡追半予自還山足不越步武即
此一事媿舜徵已多而況其它幸有茲篇在時時
箕踞長松下讀之足當臥遊矣

少墟馮先生集序

予生平所藉以切砥者北地自吾師青州朱鑑塘

先生外則有我彊孟公洪陽王公中州心吾呂公
雲浦孟公此五君子者大儒也我彊常挾被過舍
中人皆迂之孟先生曰予不知鄒君爲吏部郎也
吾師及兩孟王公俱爲泉下人常念之潸然不禁
歸而離索日久曰安得此師友以摩切予朝夕聞
秦中少墟馮公繼五先生力肩正學心嘗儀之會
友人周鶴峋觀察貺其集曰子不可無一言以諗
同志予拜而卒業大都謂學必有宗吾儒學以理
爲宗理必操而存孳孳屹屹如寒求衣饑求食其
誘入也如春風煦物其拒諸說不使闌入也若操
戈禦巨寇夫使關閩學晦而復明者公也此世儒
皆能知之然公之入微人未易知也公示曲阜諸
生曰舉躅盈眸皆是鳶飛魚躍現前篤信聖人能
無出入篤信自家始爲不離卓乎淵矣以詹一家
學名者非所以觀道也道非一人之道也必六通
四闢始無所不入無所不受公學雖有宗然於新
建亦極篤信曰致良知二字洩千載聖學之秘有
功吾道甚大雖不免疑無善無惡一語又曰非無

善無惡之說并非致良知之說者俱不是蓋公不
欲以虛無寂滅令後學步趨無據非虛而公明而
溥者安能之彼世儒入主出奴妄築垣塹者眎公
何如哉易之上爻潛見惕功亦密矣四曰或躍在
淵者或之者疑之也疑則淵之與天上下懸殊不
疑則位乎天德天德不可爲首惟吾夫子足以當
之其餘即顏子猶一間未達元某束髮問學九折
羊腸褰裳凡幾而隱隱疑情未斷夫一絲未斷對
面河山敢自以爲質往詔來無疑公疑思錄曰吾

斯之未能疑卽夫子啓漆雕開亦何以過此夫吾儒患不能疑耳一息尚存此疑不懈九天九地何之不入願與公終身請事焉嗟乎華嶽崒律造天黃河澒洞無涯代有巨儒橫渠之後明仲木今有仲好可稱鼎足可以張泰亦可以張明矣余與公天假之緣得一合并其所請事者有在顧余老矣莫往莫來悠悠我思知公有同然也

聞湖誌序

憶丁丑春余與沈太史茂仁陳儀部伯符同宴伯

符浴嗟竟席茂仁默不語予豪飲向伯符曰君最少我與茂仁登第亦稱早老儒鬱鬱者何限而君不足所乎伯符曰非也政慮年少折腰風塵爲家大人憂耳余醉與二君別亾何茂仁遐庶常第一人伯符　詔歸娶予是冬寃夜郎二君不相見者七八年甲申予起家謫南比部遭茂仁濟上聯舟論心出其子數人頭角葱蒨令麟禎其一也茂仁謝世予時時問其家亡恙前數年有傳麟禎業魁北畿忽中斷去又未幾得其著作予曰置館閣中

駢乃翁不知雌雄以浮言置之忍矣今年觀察祝公持生書一欲予序聞湖誌盖生念其大父石雲父受學王新建與予邑羅文恭切砥莫逆祔祠祀其師亦吾邑周侍御佐之成更數世恐前徽冷落緝志永傳以周羅二公皆文水人欲余一言引其端余拜而卒業嘆曰人尊師非尊師也尊道也尊道所以尊生也人不有其身始弁髦其師弁髦其師卽所以棄置其身世之人逞逞迷不悟者當新建倡道時仄目者衆惟吾吉諸君子生則師事沒

則私淑紀載太常爲百世師夫事師衆所共尊時易於衆所共毀時難石雲公尊信如是宜其著聲瑣闥爲名諫議樹績薇垣爲名方岳令子聞孫明德奕世永永不替此非公善于遺後者哉元某邇常語于人曰欲明此道當思畏天畏知炯炯天之命也棄天褻天知不畏矣善畏天者當法祖祖功宗德昭昭耳目棄先不恤身不修矣今以觀于麟禎茲舉盖于法祖畏天尊師之義三善備焉可以傳矣雖然曉鐘旣撞長夜不醒者何限麟禎其思

爾先大父大父太史視身宅心者亦步亦趨里人必有聞風興者相聚合併其間俾曾大父之嘉惠無涯而新建流風與湖光相爲摩盪郡人指而曰此沈氏世澤也麟禎之孝思遠矣嗟乎之姑胥歸者誇大湖之虎林歸者誇西湖勝不絶口予謂大湖一片石峭崒青翠置几席不過供一清翫西湖烟柳花月笙歌之聲竟歸消殞有能分聞湖一席繼石雲公起者是余所願聞也

龍泉文明會約序

元某之棲跡山中於世法踽踽涼涼惟是賴二三子切砥焉而溆陽諸子亦時時過我其行誼卓然文藻蔚然如蕭生來鳳鳴鳳彭生承芳日星之麒張生延祖謝生亨升皆偉人也予嘗語之曰世法來人讀書人以科第足概一生科第人以顯官竟一生亨祖父世業以飽食美衣良田華屋斷送一生念之眞可哀憐諸君其無負此天聰天明全在此學學非多聞多見華言亮語之謂惟在忝天命之性一語明得盡處而孝友稱善一鄉出而善天下始不負諸君之顧余也一日九邑有青原盟諸長者曰龍泉學者少宜以人代諸友聞而奮曰此吾鄉輩繼往開來衣鉢非人能任吾黨自任之于是醵金爲費辛勤者廿餘日長者嘖嘖曰學在人倡于令益信鄒子語之曰仁爲巳任卽此其倪願諸君時時如此日也於是諸君歸而舉文明會章章有紀鄒子爲之約行見眞儒挺出爲是邑重予亦藉以火傳矣

仁文會記簿序

昔老僧有不貪香餌味始是碧潭龍語予自少誦之爲心銘常自惟曰龍必不餌餌非龍矣睽之九三見豕負塗載鬼一車鄒子嘗曰豕負塗者賄于財也鬼一車者入市攫金者而不見人也故曰見金夫不有躬嗟乎躬吾躬也千刼萬生稟靈毓粹而來奈何一見金遂不有躬爲父母兄弟妻子僇辱哉先正以破除名利關爲小歇腳小之不除大者安在予闢仁文館與一國人所砥刮者先自義利關始此冊雖小小出入人品心行攸關願諸君

子高欣眉目爲碧潭龍不願一失足爲負塗豕

仁里斯文會簿序

里故有會會祀諸縉紳先生自嘉靖初年始往業舉者卽會後更議非諸生不得與卽諸生中徙他道者黜它有禩祀者里非從科第明經及奉褒崇者不得與類聚嚴而祀與明備故爲四方鵠它來取法者俱不得肖似吾里之風俗雍淳人才彬彬有以也夫會舊有籍久而墨渝諸君子重新之屬元某一言弁其端元某聞之長耇恒言曰吾邑以

簪弁甲海内若吾里四五姓壤地偪仄而賢碩瀹起項背相望倘一邑俱如吾里盛當何如又曰吾里闗一邑氣候吾里盛則一邑盛往諸先輩結社論文者七人起家爲顯人者六人一人雖逐末爲生事乎亦膺辟薦爲國博其盛如此又曰里樸茂先輩爲顯臣與庸衆講敵禮酒食相招摇直書其名爲里人敬憚走避者共詫爲異事淳厚如此予與李汝順同年舉於鄉猶記諸先輩呼其名而勞之故足術也今有老成私憂者曰俗與才之不競

也滔滔東注柰何鄒子曰四時春而冬造化元而貞者數之窮也而貞必起元冬以基春者亦理之常也天不能有春無冬時不得不貞而復元所可自盡者人亦有元德焉仁是巳子曰里仁爲美吾里自昔曰仁里仁者人也仁遠乎哉此雖自少熟其語白首不能殫其旨歸難以口舌傳也其在人哉嗟乎醲醽玉酶雖糟粕稍洩醲而不失爲佳醴也者剛方淳直雖間有禩揉望而知爲里人也者則何憂不復還先進之盛際哉謹爲述前聞如此亦恂恂不能言餘意也

仁文會約序

遡思邃古有操行無論議何彬彬也正學荒榛人心汩溺宋諸大儒闡明聖眞學者如秉燭昏衢知有墜緒可尋吾邑在宋元班班史冊者不暇悉數沉修隱約若劉南甫胡敬之羅融齋王充耘張道山周以立諸先輩羽翼斯道功在六經我　明如臥廬劉先生學遵考亭一第卽隱居求志谷平李先生學在存誠官中丞澹若寒素愼獨侍御袁先

生經歷兼素張先生篤信正學壁立萬仞陳公甫於袁有不負平生袁御史於張有夫君只比盧山高之句沒而先生爲位哭之叅知東川羅先生讜論在朝言行慥慥近太史文恭羅先生學主歸靜深脩密證他若以儒行著聞者如解觀我劉章江楊玉齋張兼素郎中夏貞齋貳府周七泉明府尹求菴文學趙子良諸先輩幾數十人海內宗吾邑不啻星之辰山之岱宗耳矣前哲既遠周行猶在江陽龍華聚會歲無虛日蓋皆以承前啓後翊

國運而熙昌祚輔學政所未逮云龍華爲城古刹石樓徐矦始刱仁文書院以居吾黨諸君恐無以詔來茲謂余宜有言余不敏敬矢心與諸君子約或曰神明默識存乎其人羣居並處嘐嘐焉擊鼓如求亡子何居余曰夫默識存乎德行然脩德其功在講學學之不講聖且有憂豈曰吾儕或曰會非古也余曰羣居終日宴遊徵逐古耶諸君子幸自約厲道貴超悟學貴真脩諸先進流風未泯里有善俗世有真儒余私心厚幸苟入聞斯道而悅出以紛華隕志是又與宴遊徵逐者奚異余之所大懼矣

湛源集序

子輿氏以入孝出弟爲士功予嘗偉其言眞千古巨觀未嘗不三嘆曰守何易言哉嫠婦栢舟矢志茹荼吞炭不知經幾風霜而始完節子輿生當戰國權謀捭闔之徒橫放無忌獨以仁義孝弟砥柱狂瀾說者曰功不在禹下余竊謂與禹同功亦與禹同苦故言守也亦自艱關百折而始能知之此未可與庸人道也

世宗朝新建氏起鼓吹金谿之説盖昌而明惟時尊信者有宗伯文莊公新建説賴公以行而信予又嘗思公以弱冠登玉堂取公孤如轉瞚公寧甘寂寞五六十年戢影丘壑守師説不變今海以内知有新建即知有公公沒而有太常公父子以衍公傳知文莊公又知有太常公父子而最後又有今侍御汝聖汝聖早孤念及先尊人及貞母履霜事未嘗不簌簌淚數行下起家進士爲大行爲名

御史自歸里日又討公庭訓日與里中父老子弟闡明之如公所稱庸德庸言懲忿窒慾遷善改過語數數奉爲著蔡不少變聑世所稱引者絕不復進侍御之學蓋根苑孝弟中來所謂守先德廸來茲者非耶嗟乎以汝聖才猷乘驄皇路何之不豎亦同予等沉錮廿餘年日所自得方正宏博盡載湛源集湛源者侍御懸處乞日有知侍御功在斯道亦知侍御拮据數十年之苦辛乎倘世以湛源爲東山復古一麈終非侍御有矣

侍御鑑翁朱老師還朝序

萬曆丙戌秋江西按臣當瓜代臺長謂直指青州朱公故嘗爲西江李官以廉能著又簪筆南牀以骨鯁著請以公往從事

上念公初起田間當內徙不得已以地借公

命至環百城屬公者曰是嘗治文書若操豪曹刈管薪者是嘗敉衣縕袍衙如禪室者是嘗出入挾麥餅一飽者是嘗不御史二月而以謇諤爲民者是嘗在田間躬畚鍤以自給者公古人也我輩何能奉公百一知者曰不然溝瀆甬集皆盈海則萬川歸之不知何時而止公深於學者廉也能也直也公有之耶公至適水潦後所在莽蒼公曰起凋殘者在百有位顧文具巳成未可旦夕移也乃頒條教纚纚千百餘言可著爲絜令察吏治也不以一能見知而貸過也不以片瑕見棄下之人亦不以虛文沮色事公咸內雪其志慮外束其躬行以求當公會李文彪餘孽作亂當辟者若而人公孳孳求生比髮白者半賴公以全活者甚衆歲大祲

悉心賑恤賴公以炊者無算又淸故尺籍利垂世世勿絕岩碩老叟謂弊絕風淸百餘年所未有獨見公公旣得代去向所凜凜者乃私相謂曰吾儕小人也曩以貌貌公今觀公海也而莫可端倪矣鄒子於公爲門下弟子乃述而告曰吾師乎吾師乎先儒謂唐虞事業如浮靄升沉太虛彼非爲是哆言也繫珠於空空豈能受金寶雖珍置之目則爲之盡昏夫吾性之體亦若是矣師其有得於盡性之學而然者耶曩吾見師之泠然氷也則慄然

服又見吾師之凛然節也則又愯然畏今師示我以廓然大也不覺瞠乎其難從矣雖然性體至大而實難言詩云上天之載無聲無臭此未易語也師其爲我前驅乎元標敢不竭蹷從事而步一步趨一趨也

太僕少卿王洪陽先生之滁州序

余嘗云學人譚道如素士繪佛必沉檀爲質百和爲繪金寶爲采而後佛尊未聞其以溝斷爲質糞土爲繪藍縷爲采也者則貴質之說也盖有感於

世士陰依附重跡同市井襲聖賢口吻號爲儒若重懲世之人也非過余常取友四方多精純潔白之士比地則莅乎孟我彊寧陵呂新吾新安孟雲浦聊城王洪陽先生余在銓曹與此四五君子者俱相勸相靡昕夕無斁丙戌余請告去吕以世忌出爲外吏我彊化去雲浦今爲司勳郎王先生以言事左遷南大理余亦調南刑曹相見先生若魚依于水鳥棲于林非如煦沫卵翼之私已也先生爲大理著平反聲世俗仄目不訐余日無事事惟騎瘦馬同先生再續講會而未幾先生徙南太僕去同志依依不忍别相率祖于江滸咸有言贈屬余爲序余與先生相安無言者久矣即言能有加哉聊爲述平昔質言可乎憶余兩人會中先生論口之於味諸語子輿氏何以分性命爲二余曰性命無二知性則知命二之者非也又論養氣持志余曰志神物也非如物可摶之爲已有也論勿忘勿助余曰是調絃之説大音自然不調而合也論七十不踰矩余曰志即志此矩特工有生熟非二

理也先生則謂聖人之言櫛比絲聯不容踰越同志心佩其言余則謂聖人之道貴得其門而入孔孟以後諸君子拮据辛苦其門亦既闢矣譬之行路有徑至者有紆回至者徑者已至猶曰未盡紆回狀不亦惑哉若曰孔子必七十不踰矩顏子年未三十何以未達一間先生其以爲然乎滁多佳山水名賢逸蹤所至如是以學爲百年津梁今推轂伯安氏願先生率諸人士詳究之也先生學成行潔不言而予信之海內有不潔而譚道者請以

先生爲鵲并爲余薦繪佛之說

焦弱侯太史還朝序

弱侯以文行爲士林祭酒者二十餘年年五十始魁天下天下士聞而欣喜習其文者曰羅絡經史貫穿百家無堅不討無微不究與之處如遊瓊林武庫探之無盡藏也服其行者曰齠齡慕古貧不變塞節登第來矢志一德未嘗以溫飽動念斯誠儒林中之踔絕者也而予謂不足以概弱侯也蓋自予友海內同志來高者檢束其身眎天下人無

一可語者不知醫家謂之痿痺而孔門則謂之不仁哆譚說者廣者述嚴辨駁以爲紹聖真開來學知者譬之貧子數巨室寶藏身受其餒而彼不知也又篤志自信者望影爲月以識爲知自謂得三教之宗無極之旨不知生滅相續毫釐千里其孰能覺之余觀弱侯不尚談說不執意見渾渾乎若無知也若無見也眎世儒之珍見健言直將土苴之弁髦之斯豈得而探其窔奧耶蓋自得者真矣今天下士習譸張人心變幻憂世君子患無正己物正之大人嗟乎世無正己物正之大人非學術不明之故歟弱侯殫心明學亦旣有年其所謂正己之義將安所在予謂大人者惟明己而後可語正己正己則天地萬物莫非己也故先儒曰認得爲己何所不至然認豈易語哉易曰默而成之不言而信夫曰不言而信必有不靳言而言不靳信而信者在和以天倪神感神應此非予所得而知也弱侯勉矣夫

送文臺陳先生謁選序

蓋余自別先生者七年每冥心郊坰曰枵腹欲盡者人施一菽粟輒有起色迺世嘐嘐談天者詰其素履貧人唇吻不淺吾道非耶因悟曰先正資學眎今人什百此豈其不能如今人之談鋒也者遂巡言不過物蓋寧使人遊於轂之內不欲使人跳于轂之外蓋轂之內力也可得而步趨也而轂之外巧也不可得而言也故傳之千載無弊迺今薄眎先輩爲無當至今未學薄而自恣此詎可令先輩見耶廼今先生過我與予所閱世者同情曰學

貴端嚴余欣然曰先生命我矣語曰師嚴然後道
尊又曰師出以律不臧凶臧不臧系律不律柰何
以口給爲實際地則所謂不言而信存乎德行者
聖人歟余哉先生且謁選人世所賴陶冶者無窮
有質美而欲聞斯道者幸以此言進之

別文臺先生序

夫匹夫而爲世師則以其握世之同然者始有不
言而契神動而天隨者焉而世之據高亭尊名位
足以號召人羣世從而師之坐擁皐皮居然先覺

叩其學非揣摩意識則徽纆名相依稀義理以瞽
道瞽迷而罔覺可哀也余往在白下得友陳先生
文臺盖先生常遊盱江門墻學悟其大一見語合
予歸畊者八年先生始挈九經翼過我雲廬昕夕
相對神孚意解先生造日邃功益篤周遊匡廬五
羊間從遊者衆先生得一士欣欣然喜動顏色謂
千古之托于是焉寄汲汲皇皇惟恐一人不入於
道惟先生可以覺世師世先生忽念新安宛陵諸
士辭予行予送先生江介煩爲鄒生致語同志曰

道非可以識取可以理縛可以相求千古之前百
世之下無不同然在人自信耳泰州以師道與君
道提衡而論聞泰州之風而興起者今亦不乏先
生勉之火傳也吾不知其盡也

別劉扶生先生之南太僕少卿序

昔予友王洪陽中丞由南大理之滁州少卿諸同
志屬余爲序予以繪佛之說進盖言繪佛者必金
玉其相而後佛尊喻學之貴質也王中丞質有其
行卒奠安江左爲名臣雖歸臥東魯天下信之邇

世非無頴悟過中丞者據其言津津不作三代以
下人物而神情隱約識者憐之予友扶生今三十
年來扶生爲諸生爲司李爲駕部入銓曹尚壐十
餘年不調天下信扶生無異中丞者以扶生質勝
也今扶生徙爲南冏卿去鄒子送之白沙之滸執
手告曰扶生吾與若三十年挾策談心朝市山林
不爲不久雖然予聞昔友聯轡都門者乎崎嶇風
塵沐風櫛雨將弛擔一友以岐路迷甚哉末路貴
愼也吾與若冉冉老矣生平經歷轉目陳跡今談

者非不了了然隳坑塹者不少予行戒之哉二十年前予過滁州飲醉翁亭不勝先達之[illegible]先考以爲吾里此老風流人豪予竊以爲此老知宋事將不可支托之乎酒今天下事尚可爲世有求重厚少文屬大事者舍扶生誰屬亭畔老人有問鄒生無恙者爲報曰鄒生挾舊易宿白雲深處泉甘土冽不減豐樂恨知巳如扶生者去爲醉翁主人鄒生能無獨往之嗟乎

別甘子開憲副序

往予與子開一見各以心相許予宿青原山好爲采眞遊獨子開莫逆旣同舉進士入試中秘選子開忽腹痛作楚予走視欲橐筆隨子開不試旣稍愈子開與選而予以十月上書　闕下子開百方左右予得不死用是忤權貴人出爲御史御史復不容出憲八閩子開上書致仕歸予幸起家又四年丙戌子開卽家起浙僉憲明年又以忤權貴人得適庚寅予起家選郎調南比部子開亦至予哂曰主事敢與老員外衡子開曰此如以蘆蓆着地所高幾何子開忽徙兵部陞儀郎子開復嘲曰新郎中可衡老員外否予曰蘆蓆語尚在相傳人人胡盧癸巳予入計卽乞歸明年子開亦以粤督學請歸兩人爲水邊林下遊者十餘年山林中子開多爽達自喜予時于子開似喜似愠子開于予言有從有違跡時合時離離亦合也愠亦喜也違亦從也此予兩人自知之子開再起家貴州晉閩憲副予走而送江之滸視子開曰吾兩人白面書生老冉冉至矣君嘗譬仕途如舟有巨舶阻於沙瀨

者有隨時而駕者予竊謂舟無大小不溺于波卽是予又譬人之涉世如行旅渡關今談道者譬坐一室談蒿師不善維檝此以言試者也夫居嘗談名義事髮上指冠稍涉利害縮舌却足則有利害關在津津熱途味若含蝕稍不如意沒齒有餘憾則有得失關在聞人譽言如枯骨傳肉聞人毀恨不刺刃其腹則有毀譽關在君不難以身犯重人怒而護視予于死生中三十挂冠婆娑林泉幽石者幾二十餘年君惟灑然自喜聞人毀與譽若飄

風過耳於此三者君身備歷諸關而一無所于變嘗論予之不動也得之于逆君之不動也得之于順予質如鍾山之銅數經火鍛而始銷其渣滓君殆如崐山之玉溫潤而栗豈其得之天者厚亦稟大父廉平先生家訓而培植者深耶雖然猶未也昔余侍諸長者講席西昌陳兩湖符卿年八十餘涕而語諸君子曰末路難持諸長者曰先生才名一世意尚爾爾吾師乎吾師乎是時未知其言之痛今老而益知言之有味也夫松栢之亭亭也參

天浴日非飽霜露其不爲風雨飄搖者幾希予生平有志于性學而子開邇志玄脩年來謝絕諸好專脩篤志道雖不同慥慥皜皜則一而已夫透性諸有皆空脩命精神長存然從有未有不入無者吾不敢必子開所至而知子開其終必返轅也宋有二友臨別割所同宿氊去酸儒謂其儉德予謂蓋寓勉旃之意敢以此當兩人半氊

知天問送玉槎先生典銓序

玉槎先生恬棲巖谷者五年所聖天子念銓事至重藉淸公粹白者一振之乃特詔起先生田間鄒子謹送于江之滸客有在座者曰典銓洵在知人而昔賢以知人必歸知天天可知耶鄒子曰天有顯道付之于人曰性惟知性則知天矣曰何謂知性曰默而識之入性之門也何有于我知性之實地也雖然難言矣今老師宿儒遞相祖述以識爲性以推測爲知不知識之與性何啻天淵而以推測爲知何啻莛之與盈顧識而非識推測而非推測斯可語知性者曰知其性

則知天然則知性後乃知天耶曰性卽天也知性卽知天性與天無二離性無天離知性別無知天非可以次第先後言也曰知性斯知天然則于知人何所與耶曰昔軻氏語之詳矣堯以天下與舜曰天與之故天子能薦人于天諸侯大夫能薦人而皆不能必此非知天者不能爲此語世握進退之柄進一人以爲德自已出退一人以必快已意此皆欲以人力奪天工者嗟乎欲以人事君享拔茅之吉朋亾之害得乎玉槎先生生平志學蓋不

以世儒之所膚測者爲是而必欲造古人自得之域以無負知天之實予辱道義之知故書以就正焉

別謝叔兆先生之嘉善令序

乙酉歲予從禮部得讀吉州諸制義而獨韙劉謝二君文即過汝光太史曰二君必以文鳴天下已劉果取上第官翰苑而謝連蹇春官不第予竊怪之今年謝果爲有司所錄予聞之喜走而賀其家二子肅予居不蔽風雨泊如也予低回而嘆者久

之近時士一策名禮部歸而鮮衣怒馬華田美宅飽僮僕樂妻子淩轢里中有司不敢聞而君獨退然陋巷偃庭絕跡此何爲哉志有所不爲故也漢時有孝廉科今士試於禮部者即曰孝廉然名不稱實者十而九若君者與古之孝廉者有異耶即在漢時亦且尊顯以爲世鵠君今往爲嘉善令或曰地華靡多蕩心駴目之屬君子攻於文而士民熟於機知非君所宜予竊以君之淡然無欲太樸不斲者處其間譬彼方炎熇濯之清冷之淵未有不骨爲之竦而神爲之清也余與君相契者吾吉先輩以學爲箕裘而近稍稍退隨者此不難知理與欲不並馳而眞與贋不兩立精神一眞足以貫金石孚豚魚非可聲音象貌爲也君眞矣願求眞之眞歷萬古而常存者是予與君相期之素心也君勉矣夫

送陸仰峰明府赴調序

仰峰先生令虔中余得接于文江談吐竟日居然寛博長者私計安得借先生爲吉人士楷模迺聞

先生移劒江客有在座者爲先生憂余曰先生難劒江耶劒江難先生耶客曰昔大儒如周濂溪竟以議辟與上官左欲拂衣去矧曰今人而劒江在豫章所稱難治非一塗徑即素稱强知有力者四顧躊躕其間矧先生誠不逆人之詐予盖謂兩難也予曰非也劒江提脩身之學幾于風動而先生周旋其師於縲絏中證止脩之旨以師倡之于先先生提鈴振鐸其後其治更易客曰公迂矣夫今實止實脩者幾何人不皆止脩迺公教窮矣且龔

黄與濂洛提封而治世無孔孟右龔黄而左濂洛何疑予曰有是哉亡何先生果中忌者言得調鄒予曰巖谷鄙儒不知世情如是宜三用而逐逐而錮之已晚然予竊幸以篤學渾樸不受塵滓如陸先生從風波中陶汰堅定是天以堅先生之忍性吾知先生且欣然從震撼中臻凝定境必不以此易彼先生行敬遣門弟子護之前津爲相勗者如此

壽大宗伯金翁朱老師六十序

往元標偕計入南宮私計得一當先生已放榜果出先生門下喜而後可知也先生得元標卷卽以骨鯁臣署卷尾比入見先生先生目攝者三次日先生往過敝邸曰予讀子卷知子昨羣而造予不問知其爲子也子亦知古人大有爲於世者乎爲也當而後爲非未事而爲也言也當而後言非未任而言也于將莫耶善自韜矣先生始勗元標者如此既元標狂言被
詔獄先生造獄中者四執手相勞苦曰子忘我初語乎然子遂子志我亦稱得士子不愛身予柰何愛官余終不以子累我而有二志乃爲文千餘言手書以畀元標又捐俸佐行李費元標在戍時時折簡遺勞有曰我里新建公以貴竹爲進脩地
天王聖明子終不爲夜郎鬼其無以憤懣抑鬱費失時日先生繼勗元標如此已元標蒙
恩賜環給事掖垣是時言者發紓江陵私事絕無顧忌先生語元標曰子隻字脩郄道往非子素矣元標遵先生教不敢違間覯元標言事頻數則又

曰白髮在堂始脫閒關就養京邸日以其身供宵人耽耽而貽老親憂非計元標聞而矍然先生終勗元標者如此嗟乎世所稱曰師曰弟子云者有如先生之於元標乎哉元標庚寅再入京先生已讀禮家居矣每過先生旅邸輒爲之低徊嗟咨不忍去云今年甲午秋先生屆六十初度之辰同門袁子壽氏觀察吾吉兩人共謀所以祝先生者予壽曰予冗不及文子爲先生祝元標不敢辭語云凡爲弟子者於其師無不學也元標炙先生久窺

先生閑家禔身操慮存心盖嘶於微矣先生爲彭澤翁仲子翁廉而貧先生爲貴近臣而取與最嚴自處儉約有寒素所不及者入先生庭聞夫人躬自紡績先生旦夕惟手一經伊吾不絕二三僮僕亦不知其爲先生僕其閑家一何嚴也先生每吐詞下筆宿學大儒辟易不敢敵而䍃䍃循循身若不勝衣帶言若不出諸口未嘗聞先生一語擿人微纇天性固然其操心積慮亦何粹以白也江陵柄政時先生左右不肖有詗而報江陵者江陵不

能無望然卒不能加先生者以先生不能淄也既江陵敗後人人皆自述其昔時見侮狀而先生絕口不言當時事予間以先生厚德宣于人先生固屬予勿言夫始而不嫌其異卒不自言其所以異所謂立朝正直忠厚於先生有焉盖不肖深究先生之學矣世之士人或吊詭以樹奇或標名理以自炫異而先生隤然若谷淵然若冲韜乎其事心之大元標卒不得而名焉夫壽者受也謂有所受之也以先生之養茲六十者如川之始至耳不肖何足以祝先生子壽曰予咏游山澤久知今日事乎先生在林皐天下所需以爲霖雨鹽梅者

今上留意舊講帷不二心之臣

詔起行且及先生矣元標曰願先生出其緒餘以壽天下以壽蒼生是元標所深願也古之大儒名臣如司馬君實范文正歐陽六一雖其人之不朽乎皆有門下明德士以爲之傳播其徽懿其人言語足以取重當時文彩足以照映後世元標淹蹇淪落士文辭言語無足重輕又筆燕學疏徒知述

先生瑣屑萬一若先生講筵啓沃

掌禮敷奏則藏之石室元標不敢輕言讀元標文者知淹蹇淪落士出先生門墻亦足以慶元標之所遭也乎

鑑翁朱老師五十序

先生爲太僕少卿時佞幸璫張忠邪倒置先生力辨白其間與當路齟齬遂拂衣歸未幾洮河虜沸羽書告急

上撫髀思畀鎖鑰者廷臣推轂先生甚衆門人鄒

子元標省先生山中先生方食牛罷茅茨數椽兼
葭十里戸吾其間陶如也臨行風先生仕先生曰
鳳凰不與鴟鴞爭食余與佞幸立交戟中徼升斗
哉余曰柰貧何先生指木奴百餘章曰此娛朝夕
耳即不給吾且甘之余退而服先生之高又半年
大臣多更置乃起先生大理少卿先生特疏乞身
相知沮弗得上尋晉僉都御史提督操江軍務盖
是時許劉孛賊閧關中而倭奴闞白息彌警
上不難先生之南盖以南爲豐鎬遺跡欲先生坐

鎮之耳至之日素甲玄幕雲屯魚麗軍容甚都天
桂飄香秋月揚輝正先生五十初度之辰余走拜
先生函丈下先生滋不悅曰余自釜年見背慈母
是日即親友亦不敢面小子無溷我余乃舉酌晉
先生曰先生忘丁丑時事耶憶丁丑余被械以南
先生歸田以北穿布衣跨蹇驢出石城門雨雪飄
蕭朋從星散獨余與先生沽酒葫蘆中灑別耳先
生解古劒贈我夜即北海魚鴈沉寥是時寧知有
今日哉小子雖不能光大師訓而師重登烏府新

領節鉞獨不當爲清朝慶耶先生曰此君恩也余
兩人終身願無忘此日再酌而進曰今南都非昔
南都矣戊巳兩歲大祲行伍空虛士不能飽卒歲
萬一倭奴闖我門庭蹂我疆里虔劉我赤子將何
處之夫將之道決勝數千里之外者上也兩軍對
壘俘馘凱旋者次也嬰城重閉觀望自全又其下
矣先生雅善將將願奠我南服爲文士吐氣先生
曰予敢愛髮膚忝
天子明命又酌而進曰先儒云四十五十無聞夫

所謂聞者謂聞道也盖嘗味詩云鐘鼓于宮聲聞
于外之語鐘之體空故叩之即鳴聲之應亦空故
逐之無跡此聞道之說也寂兮廓兮鴻洞無涯休
心自然之塲恬淡無爲之鄉悟則萬里聖途舉足
即是不悟則北面寘山愈馳愈遠此真聞道者而
儒者以名聞爲聞以聲色爲道斯於聞道愈遠先
生謂然乎先生正色曰百家龐襍學無全力予厭
聞久矣孔子大聖也自志學至從心何歷年所也
衛武公所稱至聖也至耄猶不忘國士交儆何老

而彌篤也若然則夫子七十從心之訓衞武九十交儆之說欺予哉小子更無復進司封劉生日升者亦先生門人也對余曰子知千仞之臺乎積基纍土積土成丘自小成高而臺成焉亦知百川之赴海乎由江入河由河入海而海成焉臺之峻也不可仰而探也海之廣也不可泳而遊也此可喻先生之學矣蓋先生之學已立其大意不欲使學者哆譚說而耖躬行慕知崇而忽禮卑意其在斯乎余兩人具聞先生大指退而共繪砥柱中流濟川舟楫圖爲先生百年祝砥柱者志先生之崇高舟檝者期先生爲世津梁也并用紀先生之學于篇俾來學有所師承焉

焦弱矦太史七十序

子思子括天地一言曰爲物不二不二者何物乎之物也先天地而獨存後天地而不朽先儒謂漢唐諸儒不識此義非不識也擇不精語不詳猶未識也有宋諸大儒尋繹墜緒至我　朝而始大明國初諸儒卽有窺明此脉者未敢張言至姚江始一提嗣後傳者各以其推測所至感人亦隨其所至而止嗣是羅盱江起學者聞其說始奮然各各自信然未有我友弱矦先生之超然獨詣者先生弱冠卽舉孝廉博及羣書爲文步武諸代取一第猶掇之爾迺先生不得與諸少年分席而入及艾登上第人望先生計日領縉紳迺先生又以方枘取忌復不得偕同事聮袂而仕人始謂先生困諸生今謂先生困錮藉不知天所以成先生也盖斯道至澹非歷憔悴困苦之味則不入斯道至難非歷毀譽榮辱之境則不凝斯道至微非堅淸靜寧一之域則不研先生爲孝廉陋巷簞瓢至不能具饘粥驅馳南北飄泊二十餘年憔悴苦困極矣此恂恂一書生也倏而登玉堂譽騰九霄倏而歸故園毀生求全先生不知其所自起人亦莫測其所自至毀譽無端至矣處四國之中謝客一室兀然穆然手一經看飛鳥數遊魚庭草蓊鬱絕鮮世趣清靜寧一極矣夫非所以堅先生之操之定之微耶故先生言一吐學者聞之若聽金石破蟋蟀之

嗚文一出世爭布之若懸夜光以照於市先生不以世用舍爲重輕而世之尊先生亦不以世之用舍䀠先生先生今七十矣吉郡諸同志謂鄒子與先生莫逆屬鄒子爲祝辭予何以祝先生憶先生嘗有言曰吾夫子十五志學三十則舍志學矣四十舍立矣七十從心則舍耳順矣此千古獨到語予嘗欲問先生云使夫子而在七十以往舍從心何似元某今願有請于先生夫天之宰斯世也必生博大淳固之儒以翼道統使後學有所稟承而

又不以世間所稱爵位者苦其身形前巳丑魁天下者吾邑文恭羅公文恭澹泊寧靜當時與諸得意者較文恭似不得與之比肩今以文恭爲何如人而茲巳丑先生復步文恭後塵孰謂天無意斯文哉謹函詞獻先生先生其慎眠食爲斯道自愛昔人謂子雲容貌爵位不能動人故不好其文予謂今人于先生亦云它日始知吉州人士不以爵位容貌視先生者蓋吉州學術根株者遠矣

壽海門周公七十序

維天之命於穆不巳此天性之性也生生不息者也文王緝熙敬止詩詠之曰於乎不顯文王之德之純釋之者曰純則無二無襍不巳則無間斷先後無二無雜卽惟精惟一之旨無間斷卽允執厥中之謂然此俱非人力可致也天之付我者本自至純本自不巳在人覺不耳人妄以巳意穿鑿其間愈馳愈遠堯舜周孔之傳不續於是天不忍斯道之晦而弗明也則挺生諸大人以覺之宋時諸賢如濂溪周子明道程子象山陸子我明有白沙

陳子至陽明王子而大宏學亦浸昌浸明莫盛于西江猶莫盛吾吉自王公沒後紹興賴龍溪王子衍其傳然海內疑信者過半龍溪氏逝予嘗以失傳爲憂乃天復挺吾年友嵊縣周子繼元周子於仕在時詘時信之間視龍溪遇則過之於學則與年俱進䀠龍溪不敢向人開口道者又過之周子蓋非特有功龍溪實有功新建不但有功新建斯道果有正鵠且有功斯世周子年七十矣先是奉上命晉太僕少卿例得引年周子宜必有疏予謂

令都三事者皆八十餘三軌者猶周子卽跪不得請宜尊　君命於禮爲恭祁太守　公門人也率諸同門爲祝屬予致辭予思一別公計廿未得促膝問君心得然吾輩向道者眎年華遲速則惕然懼知道者眎百年如晝夜浮雲往來太虛何能爲公祝惟是昔文成一爲南鴻臚卿一爲滁少卿皆以學與諸人士提唱至今餘響流布人間公常一爲南尚寶焦翰撰致書曰周符卿在留都如李光弼臨軍中旌旗改色其鼓鑄人如此今復之滁

州曾記文成在滁語門人曰予近遭謫實覺前者皆鄉愿意思今自入滁實無鄉愿意思在所至得謗陽明先是多以爲善去惡一語接引人至無善無惡一語透徹殆盡今南中闢無善無惡一語不遺餘力予嘗不量螳臂拒之曰一到家語一發仍語此兩塗也今公之所以引人者將如何爲計還復有鄉愿意思在否今去龍溪之年尚遠天不忍使斯世斯道之懵無所屬也壽公一人乃所以壽千萬人俾人知天命本自不已日躋於純吾知公之壽無涯矣詩曰樂只君子萬壽無期請以是歌於醉翁豐樂間君得無南望曰吾友爾瞻遠在青螺白鷺間未知予等之樂只也

別郭通宇序

余昔赴黔竹微服飄蕭人莫余知郭君通宇索予泥濘中帥諸生祖予郊坰談學者竟日盖其鄉先正道林先生倡學里中里中賀松澗先生爲其高足流風餘韻所至成俗予居嘗念之意郭君且躍然起乃連蹇三入彀不遇貢入太學訪予山椒與

之語古今成敗道理若燭照數計倒囊珠而丸走坂也又最好節義予友馮僉憲慕岡爲楚而下詔獄君周旋左右談及輒流數行下君盖烈丈夫哉君且別去予執手語曰吾兩人昔面如渥丹今冉冉老矣然有不老者在君知乎卽吾兩人覿面相對者是已其勉之哉君歸而訪桃岡里有種桃其人者爲我聞之

別李君闇序

君闇困諸生中削跡衡門予語之曰子知觀道乎

初六童觀君子則吝六二闚觀女貞斯利丈夫桑弧蓬矢射四方子得無伐木思乎君闇惕然束裝爲吳越游已爲粵游予進之曰何觀曰吾覩昔人陳跡則潸然志感覩宇内境物繁庶覺吾身不啻太倉一粟而所經洞心駴目者目未嘗少眴心志未嘗少變焉予曰似矣未幾以壁經魁省闈侍其尊人計偕辭予北征予告之曰子今且觀國光矣于水見黄河之變于山見岱宗之高于陳跡見齊魯曹滕韓魏之廣于宫闕覩百官之富

帝王之盛不可謂不遇矣子向所謂太倉一粟者眇乎小哉然知所謂眇乎小者而不知心志未嘗少變非警乎大哉者爲之君耶知吾身小則倜然思有以自下知大者爲之君雖欲不首出庶物不可得也易道總萃三才莫過於生故曰生生之謂易觀之六爻三曰觀我生進退五曰觀我生上九曰觀其生五君道以民爲生故曰觀民三與九屬臣曰覯生所生者何在進者闢也來者伸也退者闔也往者屈也故曰一闔一闢謂之變往來不窮謂之通屈伸相感而利生焉宋儒發其義觀喜怒哀樂未發前氣象而陳公甫以靜中養出端倪爲要此其義卽默識識仁之旨不觀則孰從而窺其端知端則知生故曰性者生也子之先有谷平先生者其於生道至深且奥但吾里先輩多有餘不敢盡一傳而石蓮石蓮後或光或晦或斷或續予不得知子行矣力肩正學有乎顒若語養也下觀而化德之盛也天下覯子者且無量不佞藉子鞭予後矣

別李質卿序

今學士憂世者曰以制義取士士一得意棄如芻狗不復知昔所自談許者何欲世隆盛莫若復鄉舉里選賢良方正科殊足得士或者又曰今諸爲名公卿者盡皆制義起家而曲學阿世夫孰不由里選賢良科進耶予曰諸爲名公卿者必其素賢良方正曲學阿世必其老而不學者也曰何若予曰賢良者情勝方正者骨勝彼其初得天之和而介厓厓勉強螽氣方新既老而惰骨柔情柰何不

阿世所好哉孟氏七篇仁義所如不合卒不少貶由仁義行浩然者養之素定即欲以賢良方正名不可得也予友李質卿自爲諸生里人推遜項容有談其隱德種種予聞而神悚心服恨不如昔人里選法以質卿進乃今年質卿偕其姪孺德並舉于鄉鄉之人無不色喜凡事關閎鉅者曰有質卿在嗟乎質卿得此于鄉亦難矣質卿行且爲天下用天下人有不信吾質卿如里人者哉軻氏曰達不離道故民不失望予曰進不變塞故達不離道

塞者不隨時求通之謂質卿先世谷平先生爲比部爲僉憲中丞所至與世忤道卒不少變屹然爲世大儒此不變塞不離道之極則也質卿近師之有餘學焉

別李本晦序

本晦才志士也胸中開霽真吞雲夢八九而孝友醇篤即古人中不易見今年以文偕其叔質卿魁省闈余聞而喜乃聆前益韜而藏則又喜以本晦目寧復有今人在而本晦歉然思有以自下其必有懲于中真見學無駐足者然歟元某入仕路年與本晦相似諸先輩皆以藏之義相朂勉未知言之有味也屢經百折自以爲藏矣如草覆于石石去草復萌芽叨天之靈年來讀易而有所得也易之艮曰艮其止止其所也聖人因地下艮止名之曰謙坤在下六畫皆偶偶象心體之虛也艮下畫皆偶上畫爲奇奇止也非虛不止惟止乃虛而吾猶有所藏焉去心體何啻天淵大學首章曰止至善如是始爲至善本晦必不以今世人自待而必

求至聖賢所躬造者幸一叅究之始知予望本晦者遠且大也它日予藉本晦鞭所未至焉

贈吳明水序

昔有老農以力田致饒其子長而嫉農之不文也有方外誘以仙術曰如是則吟風飲露霞舉可計日待父曉譬之曰兒彼可吟風飲露霞舉寧能偕吾子猶食我田閒粟而落人間耶兒曰彼亦暫游戲人間而以我爲寄者久而鸞鶴無聞老農復呼兒曰我家一犂自上世相傳無負兒昔過矣予嘗

思吾夫子之道天敘天秩自唐虞至今不隕隊濂洛諸大儒益光以行近有厭棄吾儒曰糟粕曰不足了死生然詰其所爲彼教家清規所不載其與方外士大言不殊夫吾儒學足以治天下國家君君臣臣父父子子未嘗不了死生特諸儒不深言以滋人惑耳此流弊吳中爲甚故吾于明水之行不能忘言明水行篤博極羣書其撰著猶奇聞予言未知能廓然無封滯否倘未能堅決予言有來問者幸告之一水田老農而巳別無奇也

但孟皐百說小序

孟皐昔從予游予服其博雅浸浸期之入道別幾何時孟皐所惠百說二册予披閱之有發先儒所未發者有發近儒所同發者見地亦甚分明昔人謂大哥煞聰明孟皐有之但不知孟皐從用苦磨礲中入亦聰明涉獵而入耶孟皐年來讀禮家居不可謂不困苦矣夫見地所入有二由涉獵而入不能持久古人所以貴仁守也語曰固聰明聖知而後能達天德固者聰明聖知固而不有之謂種樹者其根欲深其土欲固孟皐年甚少去奇黜聰穎然漠然深根寧極含章以貞卽無一說吾知孟皐終日言之不盡也是義也孟皐發於潛說蒙說中何似予贅再爲拈出不獨勗孟皐藉孟皐勗予矣

知新錄序

南豐季子汝虞篤志嗜古於諸儒先諸發明學庸語孟者輯而刻于芸林館過而就正予題曰知新錄生矍然曰世一語弁先民指輙目曰新學悵不

操戈逐之先生顏其名益恣其怒恐不暇細紬先動其盛氣矣于斯道何益予曰世云操戈者亦以言操耳彼而以身操戈必入室入室必見宗廟之美百官之富方且衎衎樂而忘返方且搏額投戈不暇何暇逐人性天性也命天命也考亭氏云命猶令也令出于天卽三皇五帝誰能越之而近一有與道叛者輙以功令格之不知書曰維皇降衷若有恒性克綏厥猷惟后又曰惟天地萬物父母惟人萬物最靈靈性萬古常新更千萬世不能殫

其閫與聖賢既去聖賢復生有能直闖聖域足以
副
聖天子薪槱之化昭大明之盛彼耳聽膚末者謂
之以盡先聖蘊是以壘空盡大澤我朝曰大明豈
無有哉雖然諸儒先語亦鏡中影耳明鏡人人本
有須從不識一字暗室屋漏中參研十年至數十
年一旦恍然則諸儒已言皆吾所欲言若未有得
徒以是書爲津梁祗益之障耳故且不知新于何
有敬以是題其端隻眼者其謂我何季生盱江里
人魯無君子斯焉取斯豈虛語哉

龍沙學錄序

龍沙學錄岵雲王公官豫章纂也前系大儒學案
後附已意蓋公身體心融有與諸儒同者與諸异
者有發前聖未發者孜孜屹屹如寒求衣飢求食
人覩公胸蔵二酉筆總萬彙日總總機務中游刃
有餘以爲公博學宏猷得之天授孰知漸于道而
出之有本如是也元某卒業亦妄以管見請質道
公道也學公學也遇嗜學者而不求以互證是自
蒙也蓋嘗論世學其涂有二有從宗入者從屏除
見聞斂神匿影日參夜尋求所謂本心者一旦恍
然親見孔顏此所謂得其宗而入也從教入者謂
學必由師傳諸儒先繭絲牛毛皆我師也于凡所
彰教者一一體驗之無少牴牾而後敢自信是所
謂由其教而知歸也由宗者不涉程塗提刀直入
如入無人之境由教者尋源問津如入百花之谷
各從其質之所近及其至則一也公大半守先儒
塗轍卽資稟卓穎惟恐其與先儒异指而于所自

得者時超然破的年來宋氏門庭幾至蕭索賴公
提唱學者曉然知學之不可鹵莽如是有功來學
大矣雖然人苦不知學知學矣須不知有學知有
學則必有見有見則必執執必有言而是非紛然
同异熾然無見何异何同何宋何明一以貫之無
餘事矣夫凡情易脫聖解難舍一落聖解與凡情
何異敢以是贅學錄之末公謂何如世以沙高于
城爲豫章聖徵此讖語也夫大江以西戴天履地
員首方趾庭脩鄉習人人具有聖體不著不察遂

覩聖大高公斯錄出豫章人士得藉金篦龍沙從
此若增而高矣

鄒子願學集卷之五

吉州鄒元標爾瞻父著
東越年弟周汝登編訂
同郡後學郭一鶚
龍遇奇校梓

記

聖像記

太和郭使君相奎督學蜀中寄余
聖像一幅余肅將刻于邑學宮蓋余見名家子蕩析離披說以眇論卒莫能化長老乃懸其祖父像于庭南面臨之其人潸然淚下愴然悔悟卒爲善士今之學宮經義造士冀得醇儒闡明聖真乃視爲青紫榮祿之資既得志若刻氷鏤脂無當于用
聖訓謂何意欲使學者仰止而興思也夫孝子慈孫覩先世遺容必思其啓處思其操存求無忝箕裘洋洋茲像如在其上讀其書淑其教當何如無愧聖門矩矱聖門矩矱莫先於仁夫子自名曰爲之不厭不厭者仁也仁自孝弟始孟氏以孝弟括

堯舜之道決機在爲不爲之間人患不爲爾爲也而良心發越火燃泉達誰得而禦之幼讀賛聖諸詞有以聖爲天縱者我非生而知之之說僞乎有謂生民未有者祖述堯舜之說誣乎有以聖爲絕德者聖人可學而至之說非乎心竊疑之長聞大人之學至江漢秋陽之喻以爲此足貌聖萬一近窺聖道本無染也何所於濯本無汚也何待於潔渾然無跡未始有潔白之見也夫子自名曰發憤忘食樂以忘憂曰空空如也憤故樂樂故空空此

聖功喫緊後人以爲謙辭誣矣聖門得其宗者惟顏子仰鑽瞻忽亦既竭才卒嘆曰從之末由學至於末由是豈以形像窺聖奥者哉故曰顏氏之子其庶幾乎又曰回也庶乎屢空是謂見孔於卓學者從斯體究羨墻如見不然即起夫子同堂比室其室則邇其人則遠

文江證道記

戊寅予寓貴陽有郁丞艾過會稽曰令宜興吳公子同籍一言爲吾見地予謝曰流人爲世忌諱不佞敢愛言請益堅不得已肅一書往干何得公報意直而壯睎世間巧宦陰陽其辭色者天壤予自遭貶後書可傳者公與南海王唯吾氏二人王名學曾官侍御光祿兩以諫罷予心嚴二君異衆人言不足知人哉予起家公適起調豐城往返江上得接公教公儀度豐碩望之知爲鉅人言間鑿鑿先民風度雖在簿書中神超遂古往來論心者吾師盧山先生吾友定宇先生二先生器公甚遠以治行

召入爲御史一廵而歸臥陽羨山中者十餘年邇奉詔起家予私心安得借公爲西江福利無幾何果得公予聞公至玉峽以小漁舲迓公江上坐談甚具姑記其大者公曰羅玗江作官皂隸亦講學余曰此公精神無處不到又曰聞玗江庫不鑰官錢無紀任其散漫予曰此傳者過此老作郡縣作兩司所至民綰結如慈父予嘗見海內諸公爲政赤身無世間相者此公一人新建後發揮良知不落邊見者亦此公一人世無知其學路故妄傳人

耳此天人師也安可測量公曰然但今學之流弊認欲爲理以情爲性以防檢爲桎梏以禮法爲戲場滔滔江河莫知底止所以語悟者害人不淺若不重脩無有是處予稽首曰公言誠末世津梁中流砥柱學誠當重脩盤桓數日將别予告公曰後會難期敢愛一言昨公語脩悟雙提世不可無此言若在公自度再當有請公愕然曰何居予曰公行履篤實慥慥皜皜若終日如此教人自有升堂者世間伶俐漢望鞭影者不少夫天地間天自信

天地自信地我自信我耳聰目明手持足行心思睿知更有何事自墮地來何物不備無故提一悟字已屬謎語又提一脩字亦屬疑情夫道不可造作也強造作之不可脩持也強脩持之世間有造作有脩持者即屬形象有形象即有生滅凡人之審音也必調絃之緩急而後音乎能知無音之音琴可置叉奚調之有夫以調停之術爲究竟實際則予不敢敢布腹心同里俞定所公同年同盟幸出此證之鄒生言有當萬一否姑爲記以俟異日

太平府重脩儒學記

高皇帝廓清乾坤功冠隆古實肇基太平郡郡錢穀甲兵疆域形勢差殺各郡然風氣淳龐

聖善首及擬之漢事則三輔股肱之邑云郡故有學剏自青田劉公制頗稱善嗣鑿池通橋地氣宣洩規畫加隆而歲久不無少圮剌史陳公以名給諫出守是邦下車謁廟眺諸形勢慨然思復其舊苦力不支久之得窖中金若干公斥之治城城完廼以美庾治黌宮實池夷窪隆左伏右後廓前舒

廟廡翼翼齋閣巍巍邦人士詠斯遊斯歌曰我陳公力也公欲詔諸人士以余固陋夙嘗究心儒先糟粕乃遣教官劉廷綬謁記於予予惟孔子至聖憲章文武從周之訓何娓娓言之不置蓋忠質兼用周家道法最爲詳盛故聖而孔子亦不能舍周他適余輩生當盛世涵育

聖化最久太平且爲

聖祖興王之都余何庸援引古誼樹眇論以相高哉嘗思我

聖祖當戢戈櫜矢之後即以六諭訓民曰孝曰敬曰睦曰訓後曰安業曰無爲非大哉
皇謨與往聖達德九經三物之旨相爲彪炳即詩書所稱何加焉雖然達道有五行之者一也
聖諭淵涵蘊而未發至
肅皇始闡敬一之訓揭之學宫實與六諭相表裏蓋謂人心馳蕩六飛難馭敬則定定則一一則遇親自孝遇長自敬遇鄰自睦而訓後安業無非爲一以貫之若網在綱珠在繩咸有條理非一一强

而致之也道化漸摩碩儒輩出河東主復性新會尚自然新建以致良知爲的而餘干則一於居敬窮理雖入門頓漸不同要以朱尋道脈上無負
列聖菁莪之化遠可遡六經語孟之傳則一今諸賢並列兩廡元標嘗恭誦
今上從祀之詔曰操脩經濟皆是實學夫非示人以爲學之的耶而世之學者尚操履斥性命爲幻妄譚性命鄙倫常爲贅疣家持堅白若聚訟然不相下不知聖人之道如天如地無物不有亦無一物能爲太虛之障顧動於意則昏耳若規規彼爲得此爲失安知爲得之中不有真失乎彼爲是此爲非安之爲是之中不有真非乎諸士絃誦其中宜思
祖宗六諭之訓敬一之旨先儒未墜之緒一稟自然無動於意尊
大明學術以翼我　國家鴻龎景祚於億萬斯年豈不休哉郡舊爲太平路我
朝乃更置府宋儒云教人致却太平後某亦願爲

太平民諸人士顧名思義得無意是乎若曰吾言無甚高論而弁髦之是孔不必從周而憲章爲虛語也登孔之堂倍孔之訓是曰異學異學有
高皇憲令在則吾豈敢陳公名璧莆田人丁丑進士政追循良茲學政其大者

弋陽縣新建文廟弁脩儒學記

弋陽在西江故綰閩越之交圭峰攢蹙溪水回環苞靈挺秀代有奇碩蓋居然文明勝區也邑學自嘉靖戊子重脩乆且弗飭　今上戊戌夏　文廟

忽頹諸學博屢請當事者不得會司理江陵陳公
以署篆至顧瞻廟宇鞫爲茂草不勝咨嗟乃召學
博洎諸生熟籌之而終以詘于力苦父老爲過計
會公弁署郡篆廉郡藏羨金若干乃意授諸生諸
生請于守道汪公中丞夏公直指馮公僉報曰可
公遂領其事費不足則益以俸及鍰金爲役凡五
月而　文廟告成事諸堂廡齋舍敗者易舊者飾
巍巍峩峩民悦子來士歌棫樸盛矣予婣友胡君
裘以孝廉署邑教事及訓導朱君某諸生某等書

抵鄒子曰裘不敏無能以家學陶鎔多士賴我陳
公以教以式泮宮且用是聿新諸青衿荷公德不
敢忘願子大夫記之予竊聞古者建學不但導士
以詩書六藝弦歌洗爵俯仰之容祭祀鄉射養老
之禮即政刑于是焉出蓋民有兩造咸于斯質成
詩曰在泮獻囚正此之謂公典司肺石而先德禮
其亦有取于古人明刑弼教之餘意耶公可謂達
治本矣記曰刑者成也謂一成不可變又欲以成
人德達人才之謂也成周以鄉三物教萬民而賓

興之曰六德六行六藝故當時兎罝武夫足爲王
國腹心何其都也我　朝造士一倣成周懿範雖
取士以言德行道藝之士彬彬史冊無論海宇即
弋之先輩可覩記已蓋弋之先賢名碩淳深渾厚
行即言言即行學即政政即學兢兢一禀先民矩
矱不敢越尺寸迺今時士所稱茂頴者洸洋變幻
薄先聖之道爲無當跳而越經常之外彼自詫以
爲神奇使孟夫子而在其所謂詖淫邪遁生心害
政者不知何如或者謂爲異教所亂徐取其言繹

之彼教家所不載大都從剽竊餖飣而入故處不
足以繕性出不足以致用所學謂何良足慨矣居
今之時公私告匱所至焦沸憂時之士不勝嫠恤
予竊謂此不足憂惟士習靡襍文詞刺繆亂吾夫
子之道政足憂耳夫吾夫子之道如日中天庸德
庸言無他奇也愚夫愚婦知能即察乎天地赤子
不慮不學即美大聖神知爲入門止爲實地信之
則不屑纖毫意之即相阻閡今之學以識爲知者
有矣而蘄于止之意者則寥寥焉陳公勗諸士者

得無有惕於是乎宮墻荒蕪守土者之責今廟貌蔚然聖道猶然榛塞縱其浸淫異説而莫之隄防則誰之咎乎書曰庶頑讒説若不在是撻記恐後不在是者騁異奇亂常典之謂即曰讒説古之人教專用嚴無非欲人並生並育而近以一切苟簡爲務即士浸讒説上下相蒙恬不爲異提吾道之正衡納諸士于皇路則胡君司教者之責也其尚強勉率先諸士廸乃典常順乃天則實體愚夫愚婦知能何以察乎天地赤子不學不慮何以即美

大聖神優焉游焉不見異物而遷焉所謂大人之學一旦恍然萬物備我質千聖而不怍似千禩而不忒庶幾無負公德意元標雖伏山澤乎夙仰三十二峯名勝欲覽葛溪餘風而諸士濟濟恂恂有能明先聖之道無愧文節後進者豈獨弋人士之幸亦斯世斯道之福也哉用記以俟

南康星子縣新建儒學記

星子故有學而近於市不稱

朝廷尊師養士至意刺史閩中田公下車痛之乃捐俸謀更茲地學使汝虞朱公聞而助洞租相其成廟堂齋閣聿然一新刺史日倡諸士詠歌其中呼諸士曰士來夫自新建以擒濠功拂拭茲土元勳詎不爛然宇宙哉顧其以良知樹旌爾鄉士浸溺而不自覺斯不可無辨元晦山斗大儒包羅六經搜剔百氏世禀承如蓍龜王氏一切弁髦之是操戈入室也且知行兩者譬之兩輪闕一則轂不運耑耑曰知是轂可無兩輪也言甚辨諸士子鐫布之余適赴南曹公觴余開先寺理前説余質于

公曰公以學者遵王離朱之患哉顧世遵王者内難揣摩外緣見聞詰以良知真宰茫然罔措彼所以學者非其真也使志而真誠一禀良知不變晦翁復起當爲揖讓而世亦且賴之公是余言余別登舟去邑令吳君某仰贊公志力任其事率諸博士某諸生某儼然具衣冠謁余爲記余少有志斯道今跛躄不能跬步其何以詔諸生終公衞道盛心第余觀今之志道者家珍素見人健私閒見聞不能協一者羣起攻之彼曰此異端此曰彼異端

不知聖人之道廓然大公此是乎彼非乎果且有是非乎聖人之道無是也孟氏欲正人心曰息邪說距詖行放淫辭非有言息之放之距之之謂也在明先聖之道故直指其要曰大人者不失赤子之心夫大人巍巍蕩蕩人望而震焉而赤子之心盡之蓋赤子之心無思無爲森然天機不事雕琢順此者爲大人爲聖人存此者爲君子爲賢人悖此者則其違禽獸不遠程子曰人須是識其真心赤子之心真心也學有得於真心千派萬條若百川赴壑惡乎同惡乎不同苟未明真心欲起而息之以言止言譬抱薪止火亡益耳嗟乎真心豈外爍我哉一覺有餘師焉諸士勉之無負刺史公猷念刺史性淳實而行端確惓惓學校可謂急先務者昔田公錫出守睦州下車建先聖祠興學造士請頒國學群藉給諸生有詔褒荅史載以爲美談公豈其苗裔耶何政相類也

星子縣新遷儒學記

星子學故脩於萬曆庚寅時方落成予以赴南比部舟至田刺史率諸生請記去今廿餘年矣先是測景者謂基弗宜諸生屢以聞當事者當事慮役重非得其人不可進回久之會楚王侯至諸生復申前請侯曰砥礪德材諸生事也薪槱之責寔在司牧者昔文翁何如人乎而不佞敢自菲薄遂身其事相地得余家嶺源自廬阜蜿蜒而入前挹鼉州後挑五老皇祠郡庠峙于左右二水瀧瀧滙入泮池由巽折而西崇塔巨浸適當其前居然一奇觀也地故屬余太史舊宅後爲陶司寇别業而余聞盛舉遂舉以易舊址議成侯以聞郡大夫費公力贊其成而守道葛公屺瞻遂捐二百金爲倡工始于癸丑冬至乙卯冬告成事自樂助外悉公捐俸并贖鍰爲殿堂齋廡煥然一新諸生來遊來詠曰匪我師侯不及此則復相率遣予門人但孟阜等請記予憶昔記斯學時田刺史剽剟新建甚酷而予以大人不失赤子一語發之是時謂足以闡聖蘊萬一近年老矣而覺不失之義未盡詳也夫不思不慮特其指其天然之妙然長而情識滲焉

亦可謂不失乎孟氏指四端在擴而充之始足以保四海擴充者毫無情識之謂也故曰天地變化草木蕃不然其不流爲狂憚無忌者不少此不可爲訓而矧曰治天下國家夫金出于沙經幾爐冶始爲精金玉出于璞經幾雕琢始爲艮玉吾人真心經幾動忍始現全體指赤子發端則可而謂足以盡大人全體則世有指一勺一抹以爲全潮者不少此不可不辨也茲地爲周朱王三先生過化地予每入其境渾厚純一之氣烱然心目故家遺

俗衣冠在望西江求古之道茲郡其選矣諸生之志于道本自天性而矧又有名賢醞釀之者既深且久夫世每以科名多寡爲盛衰此倒見也胡不觀俎豆兩廡豈盡由科名起者倘有能植身繕性明吾夫子性與天道合一之旨文藝廼其餘耳豫章方藉以爲重奚論一邑登斯堂者開千古之目庶不負葛使君費太守及令公德意始知予所告語者今昔無二意不知有當否令公自幼服古有鄉行起而服今官度田興廢追古循良難更僕數

茲學政其大者湖廣麻城人

新復鞏昌府隴西縣儒學記

南安郡邑學刱者三百餘年會劉觀察甲舊制湫隘乃更萬壽寺爽塏者時急於趨事郡獄蔽前鼓樓踞右不暇深計以故自移學來無論科名寥寥即辟薦者不竟用郡邑紳衿俱以爲請先是聞于直指林公公欲從諸士紳請而瀕行會安成周觀察至林公曰吾有念而特不暇及易獄與鼓樓以新學使君責也云何直指吉公又臨諸生如前請

吉公又以屬觀察觀察與諸郡邑守相昕夕卜度獄可移而鼓樓事重難遽議一日率諸屬雩于故學宮改爲萬壽寺者址故吉登高而望諸峯參差而稍易向則羣峰聳秀意罔決聞西安曾元卿者諳形家言檄而致幕下卜舊學果吉啻易其向前挹樺林珠聯星燦渭水漳流並滙襟裾諸人士咸謂地靈昔閟而今開豈天以相其成乎觀察于是命官庀材鳩工以院道及部堂諸所捐助者爲倡而復蠲俸襄其成工始於萬曆　年　月中爲聖

般左府學右爲縣學言言翼翼宮墻數仞諸生來遊歌棫樸薪槱者踵相接也觀詧以事不可無記乃致書以屬友人鄒子鄒子曰夫今以科名多寡概學盛衰者非也十室之邑有一士昂昂顒顒不可謂非盛而世之巍科膴仕聯袂接踵爲世指名者亦可謂盛乎予聞古聖神繼天立極不但後學著蔡即千聖亦且上師之蓋宓犧是已夫非茲郡邑所鍾靈耶其精蘊洩于圖畫先儒曰圖雖無文終日言之不離乎是予懸于齋閣者數十年餘以

求所謂精蘊者一言且不可得矧曰終日蓋以象求之不得以畫求之不得以奇偶求之不得之以奇偶間求不得一日思聖人仰觀俯詧後又近取諸身遠取諸物始通聖明之德類萬物之情夫然後歸而反求諸身始覺奇偶動靜陰陽不在畫而在我乾之健者我自健也坤之順者我自順也坎陷艮止震動巽入離離兑悅悉自性顯現聖人不過模寫此性使後人深思而自得耳後之聖人始從而卦之彖之象之辭之皆後天語先天而天弗

違天且弗違而况于人乎况于鬼神乎後天去先天已遠而世有探古聖人之藴又從後天言辭下上使其去周孔時又遠伏羲之精藴日之所幸天之明命人人具足反求諸身揖伏羲几席間是諸使君新學望諸生之德意也古聖人精蘊已明出而治天下國家將無所不辨諸生勉乎哉觀詧攬轡滇南以一身全闔省生靈今通國士女尸而祝之口碑具在茲復爲羣人士覃敷文教如營家舍此國之純臣世之真儒也部使侍御諸公力襄其

成絃聲四沸要荒鄒曾异日　必有歌文或爲憲章以昭德意是役也提督則知府某效勞于下某某侗得并書

景東府新遷儒學記

尹子學孔匹馬爲貴州幕時余方坐戍往還甚浹折簡尹子曰子無司稅無縣篆善事上官無以夷方故有厭心尹子具如旨官聲大振三年上用御史疏尹從事賢升景東別駕余時方召入爲給事中復屬尹子曰六詔夙稱雄藩五馬

亦從大夫願無自滿尹子至盍用淬勵既已度田得民和乃周遊黌序覩舊制弊陋旁皇咨嗟曰余雖不類業荷

上命有帥師之寄邦人文無論不得企中州萬一即且出滇諸郡下百步之內必有芳妍吾敢以不敏辱多士乃爲諸士擇師訓誨又躬自相視得偃武亭隙地一區坦夷周曠襟山抱流遂捐俸脩啓

聖祠土守陶淞指揮陶仁馬欽詔鄉縉紳及諸生皆聞而嘆曰此故盛典而辱使君使君俸入幾何

遂庀材鳩工殿門齋閣翔建一新學成尹子升王官去諸士子有泣送數千里者尹子歸道文江執幣告曰小子官雖浮于貧職事實不浮于官余利東土者惟度田興學二事最久遠度田業有紀惟先生一言爲我記學政使遐方士有所興慕焉余聞夫子欲居九夷而以何陋荅或人之疑說者謂君子所居則化余竊謂九夷不同者地也無中國無夷狄皆同者此真性也同此父子同此慈愛同此夫婦同此和睦同此兄弟同此友于未見與中國異也若欲以文明之習化之是璞而琢之繇而染之擢其性也夫賁豈不稱至文哉夫子繫賁曰白賁無咎聖人之心槩可想見矣景東古柘南地純白有賁之餘意完爾璞無務而斵之全爾素無務而染之庶幾哉無負尹子作新至意彼蒙樂瀾滄聳峙渟滀諸士沐浴日月泳涵聖澤已久亦有悟聖人何陋之旨乎悟則見孔于卓乎所深願也夫蜀僻在蠶叢自文翁過化鬱爲名區尹子志不減文翁不知景人有庶幾蜀士應運而興者乎必有記斯典無涯余言特爲之前驅云

許州新脩儒學記

許之稱名職方氏者自春秋時然哉漢有事茲土以功名顯著者曰長公次公則稱循吏矣宋則司馬先生及吾家忠公是皆明德大儒不覸覸以吏事名者我朝則有文莊邵公邵公以宿學名儒出典方州所劈畫不爲一世計澤皆可垂久遠碑李長沙記中今數十年而又有鄭大夫公臨大夫文莊里人諸美政一一如文莊故事朔日坐諸生明

倫堂商畧秕文引之于道間集諸縉紳問桑麻訂
道術大不落時趣其志遠矣一日觀學舍殿堂齋
廡不治且久遂捐俸斥所自理贖美以義民某等
董其事自甲寅春正月鳩工至三月告成財出于
公役不繁民稱煥然矣大夫未臨州先有學正蘇
君州俊常以學與諸士人會而吾門人蕭鳴鳳粱
克勤佐之玆三君覩大夫嘉志于學也益不勝感
奮以大夫德意不可諠也率諸生安業盧觀禮盧
成德王民化等持幣走使求記予惟世非無嘉意

學政者然其志大半爲諸生青紫計此自父兄子
弟所爭趨不暇無待於人大夫自少志大人學蓋
欲推所自得者以廸諸生俾履玆地興羨墻之思
耳善言夫子莫如子貢以夫子道譬之宮墻謂不
得門而入不見宗廟之美百官之富今諸生濟濟
鏘鏘由門而入祭禮射讀之儀講誦歌舞之容一
俛思間果得門入耶所謂美與富何物耶又曰性
與天道不可得聞豈性與天道卽所謂美與富者
耶性天而離文章則爲虛幻文章而外性天則爲

粗跡隱卽顯顯卽微此子貢悟後語欲使學者默
識而自得之非終不可得而聞也聖門善學夫子
者惟一顏子曰卓爾曰末由不可尚已繼顏氏者
惟孟子以不慮而知爲良知不學而能爲良能是
皆抉千聖之統緒以似千百世不惑者天祚有宋
河洛程夫子起予最佩服識仁一書直入聖域曰
識得此體不須防檢不須窮索夫以防檢而存必
以不防檢而亡以窮索而得必以不窮索而失發
聖人之蘊者伯子也諸生由伯子所謂識仁者一

究心焉始知美富非外爍我也天之與我者本自
具足焉始得其門羨墻見聖不然日泳游其中去
吾夫子何啻千里此非大夫公所望諸人士德意
耶多士勉之常思爾鄒仲弓潛身頽中能動天象
能感瑞應能化盜賊此必有精脩密行爲之感格
流貫不然盛服先生所不能得者而仲弓爾爾或
者又謂其不聞道嗟乎不聞道如是聞道者又何
如予敢謂之末學哉

上廣厲學宮 璽書時時下顧三十年前奉行德

意者失之刻至士人不敢卬首信眉兢兢救過不暇近者亦失之大寬學使數年不一臨至有不尊軌訓而泛駕者説者曰謹庠序之教大寬則廢予謂謹者非以法整齊之必有深入其心使之漸漬其中不自覺者此救世之善物也大夫與諸學博圖之大夫名某某無錫人庚戌進士學博蘇州俊起家孝廉山西曲沃人蕭鳴鳳江西龍泉人梁克勤山西武鄉人俱恩貢敬系之銘曰

新澤宮　繼往聖　前有鄒　後有鄭　集鴻厲

民攸定　薪樵廣　身所令　帝鑒兹　需嘉命

碑嵬峩　標美盛　告于禩　式仁政

新淦縣重脩儒學記

新淦與吉州俱屬湖西而其邑羣峰卓詭川光明媚君子勤禮惇信義小人淳龎蓋亦名邦也予嘗登其金川舘與諸士游問淦之義諸言人人殊或曰兹地故有紫淦山又相傳爲僊人煉丹　而沙有金色遂名然皆不可考詰學故在邑城左其原自中阜山迤邐而爲東山又蜿蜒而爲學宮前峰鬱鬱青青秀色可餐形家謂邑故勝而學猶勝顧學自脩于宣德間將作不供頹敗日甚有司者輒相向嚄唶若無可訧何會番禺曾公以名進士來令兹土公故慈祥政惇大體民安士誦日晉諸生訓之覩其狀乃呼諸生曰行之不脩二三子責學之不治有司者治之遂奏記當道當道報可乃捐俸及贖鍰數百緡一不以煩民君門若堂若殿閣齋舍廢者典敗者飾煥然維新諸民驚而告曰吾儕小人子弟肄業其中成兹鉅工民君罔聞知不義而諸士議于校者曰吾師成我所不齊心負師

教者如日于是教諭鄧子宗故與予同戚里遣門人某以告鄒子爲記鄒子曰侯可謂端政本矣夫今有司多傳舍其邑惟期會簿書是急得旦夕釋去爲幸侯新乃學既厥心力爲永遠計此非有志與古人之學者未易能也古人之學詳在大學在明明德一語天下有一人不明其德引爲已責向衡一夫不獲時予之辜故惟欲以斯道覺斯民阿衡之覺即大學之所謂明夫明匪於明德之外别

有增益也卽從其日用所由者而覺之耳古之爲教籩豆簠簋之有儀鄉射飲酒之有度周旋折旋之有則非故繁爲器數正欲使士由之而悟其所不可使知者夫不可使知惟民則然非所望於士者迨今惟訓詁制義是急俗學業已蔽錮而旣登仕籍輒爲名塲羈絏心目不開一聞是語輒迂而譏笑之由之不知甘與凡民同科夫士而無志天下國家則已有志天下國家者不知大人之學是欲適北而南轅也必無幸矣大人之學人人咸備

物物各足譬之杲日麗天蔀屋畢照反身而誠明德自在顧不知從事者溺于習俗不肯以身爲世鵠而知從事者又柴于意識以見與世閡夫與世閡也而又安能與世有濟也大人者天下一家中國一人不知人之我我之人通天下國家爲一身夫是之謂明明德是謂聖學之極侯爲爾多士願者意在斯乎侯爲陳公甫先生里人又爲予友楊少宰貞復同志禔躬清眞篤實興利剔蠹可與名令伯仲諸懿行未叙茲特記學政云鄧君惓惓不忘侯美又不以予腐言爲無當欲討而訓多士此其意皆非今人所能及也訓導某某皆襄厥成事例得並書

重脩袁州府儒學記

予昔過袁覩其山川秀鬱泮宫宏遠入其堂一讀盱江記竊嘆曰譚泮宫者率艷稱盱江一記未至其宫若神遊其庭焉此地後先彪炳未必非盱江一擊之力入我　明來凡幾脩矣而以年久殿堂齋廡頹圮日甚諸生某等上狀太守汪公公慨然

曰是吾責也復上狀當道諸使君而捐所自贖鍰計百有餘緡于是頹者起舊者新學宫煥然學博林子若企偕諸生某等將汪使君命謁記於鄒子鄒子惟盱江一文卽善爲辭者亦多披靡矧元某腐儒其何能爲役惟是憶盱江昔所諷諭多士以治與亂衡言欲諸生直亂而死忠死孝陳誼非不甚高或有所激云然予竊謂良師帥訓子弟也如姆母愛其女然姆母訓其子也居嘗限以重關餙以佩玉卽寢則絓結其身旣字于人惟告之曰無

違夫子及釆蘩釆蘋諸事而已必未嘗教以截髮割鼻斬指之事蓋父母愛其子也道其常常者天地之常經也萬一事窮時危蓋出于情之所不容已而勢之莫可如何雖秉大義者時揚權一二以厲世磨鈍然亦非貞軌彰教者所忍言也故上古曰校曰序曰庠總歸于明倫倫有五君子惟道其常以故歌咏有章進退有度匋鎔有方藩籬維結何周以審皆所以典其志意束其筋骨鎔其躁心歸于中和內而脩身繕性由家而鄉而國而天下

斯學之實也夫以節自見歷世而不覩一焉顧近世之所以爲學者平日視澤宮爲贅麗足終年不一至號頳敏者多拮据以博青紫既得青紫棄前語如芻狗不知生平所期許者謂何間有知吾之所業者徒爲利祿計視古人明德親民之旨未萬分之一欲竊有志焉則又從而姍笑之而古人之學日荒衰代有聞人無華麗以蕩心娛志其之于道也直反掌耳學而聞道則不虛生不虛生必不虛死臨難而不可奪乃餘事耳多士勗之哉刺史

以學爲政欲元某一言其志欲復古不汲汲簿書期會間可知元某言得無有槪萬分一乎若謂與肝江言稍异指以元某有怯志則吾不知矣汪公名若水例得並書

安遠縣新脩儒學記

濂江在章貢雖僻遠然自宋陳公剛中我明宋公濂過化後稱名邑也先大夫傳經于茲最久常語予曰是邦峰舉霞標澤流清曠詩禮雲仍故家濟濟青衿濡毫舐筆豪於文者不少諸瑰奇慕古名

儒可肩鴻劇者亦不少顧其興有日小子識之已又曰學校之設倣古黨庠術序遺意而重在明倫令以科名詞章爲軒輊古稱三德六德九德者非歟予胥與諸人士游惇廸典常追古名德比肩接跡夫道所重者在此不在彼小子辨之先大夫逝且乆口澤如新予每見邑人士如見先大夫焉一日博士羅慶陽徐崇正遣都講杜弘遇杜漸謝梁杜弘祐賴孔教謝寵賴孔傳郭日章持狀來請曰邑學故圯廢而測景者謂丑未向非宜欲更坐癸

抱丁諸士屢請而委典廢于不知者衆幸天以區侯至敦崇聖緒力從新請堂廟齋閣門廬庖湢之屬盡更舊向計費金錢數百緡侯捐俸與諸義助者各半役不煩民營不經時言言翼翼江山爲麗惟先生一言以詔來兹予觀今世列聖涵育薫陶文教宣鬯

上以經術陶埴海宇雖遐陬僻壤罔不以造士爲名高也者然有勤有怠難以強同在昔蜀本樸陋獨文翁以刀錢布幣遺子弟授學京師故蜀鬱爲

名邦文翁之化至今不衰倘在齊魯何以稱焉子產一霸國之臣輿人誦曰我有子弟子產教之夫不以士眎士而以子弟眎士振彼頹業還之視聽故曰子產古之遺愛侯庶幾與古人比烈矣憶歐文忠記吉州學喜李侯學之立惜其以不久任未覩學之成予竊謂植才者猶種樹然手而種之且且撫之非不勤渠顧茹其實未必其所手植者其勢然也今吉州人文甲于海內李侯之休螺鷟增崇侯治邑且四年所

特簡伊邇無論今師友鍾鼓和鳴咏歌憲矩卽它日雲蒸鴻漸踵吉州鵲起孰能忘侯之大澤哉諸士勉之學者植也以植世而植人也上焉者心通性命直紹聖統其次爲國樹駿流鴻又其次側身脩行化覃鄉邦斯于侯志不負夫元氣旁魄天壤間停蓄久一發也横而不可禦先大夫言久而必驗予雖老欲扁舟聽侯絃誦并同諸士歌薪槱闕宮章咨侯明德侯名大樞字[illegible]號瑤圃廣東高明人世以名進士起家

廬陵縣學新建文塔記

廬陵多士卜舊學吉岡卿劉公謀之先令漳浦胡公復之而今建寧陳公至又相其成業有記三公又以學左爲下流宜樹之鎮乃爲塔金幾千緡民罔聞知皆二令公拮据贖鍰羡金及觀察寧波丁公太守雲臺張公司理毛公佐之而岡卿心孳孳爲一國計俱良苦矣塔成強記鄒子鄒子未習青烏家然窺其術于學有可取譬焉曰龍龍者隆也若隱若約或見或伏突然而一脉貫通始可議基

吾儒自千聖至今一脉相傳流行者何異是曰堂必蔓衍寬平四山環抱而後可言止吾儒學聚問辨寬居仁行括以知止一言何異是曰下流宜高卽竪塔意旨吾儒之障頹波柱中流千萬人吾往者何異是斯義也易備言之矣聖人作易俯以察于地理曰觀地之宜卽乾縕可繹思焉乾六龍潛見飛躍惕亢歸于羣龍無首羣龍無首變化無餘矣又曰時乘六龍御天又曰首出庶物蓋惟首出而後庶物盡出其下庶物出其下而後能乘六龍

御天不然者以眇眇之躬當庶物交攻其孰能不波波斯流流斯蕩蕩斯罔制今之士不蕩而首出者幾人繻其槃悅諭諭訛訛惟懼不諧俗韻則孤立之難既得志華涂在前吏議在後毀觚刓方以逢世貧則不變塞之難間有一二慕古道者聲聞意識逦相纏縛則獨往之難聖人之于民也出乎其類拔乎其萃可生可死可貧賤可夷狄患難不以死生榮辱毀譽動念而後可言首出茲或二侯及冏卿望一國人士意乎蓋嘗思堂堂有宋三百年文物禮樂天下匪我信國回天浴日三百年養士及諸儒峩冠博帶居胥譚説者咸阨詞矣又嘗思使濂洛諸君子丁其季當何處豈亦效今儒曰聖人無死地竊明哲保身義鼠服鳥竄偷生幸免者爲知殺身成仁者爲矯激爲沽名爲不通性命乎此其說蕩而爲禍猶非淺鮮故性命一也首出者是謂御天君信國是已嗚呼多士不信予言請觀今學左屹屹昂昂壁立萬仭干霄拂雲不屈不撓亘千百年不變者何物乎故曰可以喻學侯與

冏卿公不以爲狂言請碑于塔之陰丁公名繼嗣浙江人癸未進士張公名鳴鶚杭州人巳丑進士毛公名堪蘇州人戊戌進士胡公名廷宴漳浦人乙未進士陳公名圭建寧人戊戌進士冏卿劉公名日升邑人庚辰進士

臨湘縣新脩儒星門記

臨湘學門重新蓋邑令文君尚賓經紀其事觀察某公竭金佐之成者令君走使數千里屬元某爲記予惟令君敦龐篤實津津嚮道所以詔邑人士

者必詳乎可無言啻其意艮厚乎不能無言乎惟
聖人之道有室有堂有門室言奥有精微之義堂
言中有高明之象而門則有從入之義勇如子路
聞善必行夫子但許之升堂而以所立卓爾之顔
子猶云未逹一間則室槪可想見矣知足以知聖
人之子貢曰得門者或寡故不覩宗廟之美百官
之富然不指美與富者何物它日但曰文章可得
而聞性與天道不可得而聞豈所謂美與富者卽
文章而不可得聞者卽不得其門者耶夫子貢得

聖人爲依歸猶致外望之嘆乎儕去聖人數千百
年徒于典籍宮墻間見聖亦末矣其必有憬然而
與思者顔賜後願學孔子者惟一孟子其言曰遊
聖人之門者難爲言元某謂善發聖人之蘊者惟
孟子乎欲一言以復令君乎不可得而言非不欲
言不容言也諸君覩斯門一闔一闢進之而堂又
進之而室回思孰啓之而孰由之可使由之亦可
使知之歟有知之者見吾夫子羨墻間矣

泰和縣重脩明倫堂記

西昌故吉儒邑無論文獻甲海以內卽明德巨儒
代不乏人豈非巍然名區哉學故有堂舊額曰明
德文信國手澤存焉後更爲明倫堂久圮弗治會
司李寧波劉公來署邑篆裴徊堂序嘆曰是惡足
居多士所得贖金悉出鳩工更爲新計明年寧國
張侯覲歸復嘆曰此固司牧事而屢使君猷念惡
用令爲又復斥贖金佐之先後約費五百餘金未
幾刺史杭州張公至復捐半年俸以助畚不由公
役不煩民蓋迄五月而告成事諸博士及諸青衿

走吉水謁記鄒子鄒子曰公與侯德意有目者見
之無似緩頰顧汲汲新斯堂者其義可繹思焉書
曰天序有典勑我五典五惇哉天秩有禮勑我五
禮五庸哉曰典與禮惇與庸與生俱生非外爍我
也明倫者明德在身我固有之也明庶物察人倫
至舜極矣軻氏曰由仁義行非行仁義夫順性而
動由仁義行者也作而致其情行仁義者也明倫
者明所謂順性而行者耳蓋夫子常云民可使由
不可使知知卽明也然聖人不以其不可使知遂

已也黨庠術序教之有地司徒宗伯教之有人勞來匡直輔翼教之有方禮履之樂和之刑成之其義歸于使人自得而已蓋善教者如春風披拂物不知其然而然然後足以使人繼其志而矯其偏夫聖人豈故好爲是不自逸哉聖人爲子孝矣天下人有一未能孝聖人曰是予不孝也乎况人性本自孝也聖人爲臣忠矣天下人有一不忠聖人曰是予不忠也乎矧人性本自忠也聖人爲弟恭交友信矣天下人有一不恭不信曰是予不恭不

信也乎矧人性本自恭與信也衆人以已爲身而聖人以萬物爲身衆人以一腔爲心而聖人以天下爲心故曰聖人人倫之至也倫性也聖人知性者也有一人之不協于極皆性之餘歉也有世道之責者夫獨能已于憂乎嗟乎是道也天地以之位日月以之明江河以之流星辰以之麗鬼神以之幽而其義本庸庸常也又經也上自天子以及庶人內自中國以及蠻貊率未能有越是道者在天謂之命在人謂之心衆人由之爲道聖人脩之爲教皆是物也予獨怪夫聖人之教庸德是程大經是經而世之學者往往跳于經常之外遊情溟涬脫畧名教自以爲逃世網解天弢知者謂之亂常謂之拂經夫拂經亂常者是曰邪慝聖教所不容而德之賊也玆公與侯之所憂而新斯堂之義也或曰愛親敬兄蓋自孩提之知已然果可爲明倫乎鄒子曰赤子之心眞性也長而因物有遷矣蓋不與物遷者聖人之盡性也緣情起識者衆人之罔覺也今而有明所謂不因物有遷者乎予所

願學焉元標幼而肄業斯堂長媿未踐厥旨敬本父師生平之所習傳者以復博士諸生之命而司李公與侯之屬望諸士人或有當萬一云爾是役也董其事者邑楚府紀善郭君尚賓淮府教授曾君文光思院副使陳學聰縣尉鄢尚卿巡司郭天仁而相其成者學諭應君某文君某桂君某諸生康敏劉純臣劉若庚胡坤蕭景紹歐陽一舉劉公名某浙江寧波人張公名某涇縣人俱壬辰進士諸德政別紀玆特載學政云

清江公署新刻六經正義記

聖人盡性者也六經聖人盡性之書也性有體用體微而用顯微則動靜往來之神未易以研幾顯則萬事萬物之理未易以成務聖人通神明之德成天下之亹亹得之心宣之口筆之書後世述之爲經經常道也在天謂之命在人謂之性由之爲道脩之爲教父子親君臣義夫婦別長幼序朋友信愛曰仁宜曰義履曰禮知曰知信曰信皆是物也如日月麗天無所不照如江河行地無所不流

煥乎備矣聖真既遠後儒輩出不得聖人之心各以其意測聖人之言而聖人之道益晦山東民部朱某氏篤志正學曾訂學乎鄉李子某李子告之曰聖人之道至平至易至簡爲註疏所晦惟刻六經正文誦之其義自見今縉紳崇信異學至委吾道草莽及經謂何宋君感其言敦請金陵同志李子某考訂精覈遂捐俸盡付剞劂流傳海宇學者朝夕于斯始知聖人之言至平也無務以險測之至易也無務以難阻之至淺也無務以深求之超然自得書言象意之表凡父兄所不能詔師友所不能授者豁然貫通如冰之融無復窒礙之患矣朱君將代事去板留公署懼久而佚致書同子友馮子某問記鄒子俾後人無忘玆意鄒子赧然者久之六經炳若丹青予言又安能爲後人地況世有勒金石名琬琰者久且與草木澌滅殆盡竹簡非有加于金石琬琰而欲長存難矣凡天地間有形有象物也物則有成有壞無形無象性也性則無生無滅貫六經流行萬古惟此性爾吾黨欲六

經常明乎惟自明其性常存不息而已聞先正云匹夫匹婦胸中自有全經夫易者易也隨時變易以從道也吾倏而視倏而聽倏而言動思慮孰爲之哉卽易之變化也書言政事詩詠歌三禮之敬春秋之褒貶其義雖宏演奧深然友于兄弟是亦爲政思而無邪可概三百吾心之肅卽爲禮吾心之是非卽爲春秋所謂具有全經者非耶故曰夫婦愚不肖可與知與能者性也聖人亦有所不知不能不知不能者性也窮神知化德之盛也學者

以經睟六經開卷莽然以身睟六經萬理咸備凡鼓如雷霆潤如風雨代明如日月錯行如四時鳶飛魚躍花卉瓦礫皆六經也皆我也顧人日用不知耳日用不知經未嘗亡乎獨怪寥寥數千餘載一稱于註疏再奪于制義中有欲尋墜緒于萬一者則又横之以意見夫道爲公道學爲公學執一意見以概道是何異從戶牖而窺二曜之明執盆甕而欲汲江河之深哉軻氏惡執一害道此又讀六經者所當知也宋君當舟車輻輳錢穀冗沓間

加意正學其趨操誠遠生平師友切劘者愚言有當于心否乎宋君名某山東鎮海衛人已丑進士

仁文書院記

縣庠水流而東滙爲鑑湖汪洋停蓄左有地隆然高阜相傳爲鹽倉嶺續名東義倉倉徙入官粥文江書院萬曆庚辰江陵盡毀天下書院市地歸民閒海寧陳侯令兹邑謂余居湫隘以俸易而歸余癸未余濫塵省垣以復書院請

上報曰可余折簡歸其地於侯巳侯陞比部去藺溪石樓徐侯至余申之曰此故辱名禮讓之墟荊棘蒙翳久矣開兹堂奥以待來學其侯今日事乎幸無讓侯乃筮日庀材鳩工以義官婁世潔董其事爲屋三層繚以周垣翼以重廊規昔倍加宏麗名曰仁文書院謂吾邑仁峯峚文水瀠廻館介其間又取曾子輔仁會文之旨令多士知所取裁侯甚盛美余謹握管爲之記記曰粤稽上古學校庠序上無異教下無異學樵釣屠販即人而道在即地而學寓書院古未有也有宋諸大儒出闡明

聖緒如白鹿鵞湖石皷嶽麓皆其過化名區後踵其跡者書院遂遍域中亦倣黨庠塾序餘意輔學政之所未逮云蓋學政廢弛士師之所督責父兄之所期盼子弟之所傳頌惟佔俾是習稍一譚正學相舉訌譁以爲是不利進取至書院非齊明盛服不臨非仁義不譚泳斯游斯有不赧然内媿勃然神悚回心嚮道者非夫也夫學難言矣夫子以正學爲七十子依歸得其宗者莫如顏子觀其問仁曰克已復禮爲仁其自叙曰夫子循循善誘博

我以文曰言仁則未嘗及文曰博文則未嘗及仁茲得無岐而二之乎雖然夫子所謂仁者非枯槁寂滅之謂義禮知信皆仁也宇宙之至文在焉所謂文者非泛濫詞章之謂視聽言動皆文也吾心之至仁生焉仁也者卽性也禮也文之樞紐也三代而下善學顏子者莫如程伯子曰學者先須識仁又曰不須防檢不須窮索存得便合有得而世之識仁者以窮索爲妙悟以防檢爲戒愼而仁逾遠嗟乎非神明默識之君子仁未易言矣漢高祖

圍魯魯諸儒講誦絃歌不輟故曰齊魯文學自其天性余吉彬彬海內稱爲鄒魯往學禁方熾獨余吉不少變仁爲己任繼往開來吾於諸君子有厚望焉元標進未得行斯學於朝退願得行斯道於埜俾鄉子弟孝友忠信雝雝翼翼庶上不負
聖天子明盛之世下不負良有司振作之美余耄眊欲開斯地之意庶幾其不孤也歟

崇儒書院記

撫州海內名郡也其先多明德大儒如王荊國曾文定陸文安伯仲吳草廬康齋諸先生者醇學粹行斯文岱宗遐荒遠裔且私淑而俎豆之矧其鄉乎先是明水陳公以學爲郡人士倡曾祀象山二吳于臨汝已而江近溪羅公至每會講禪刹月餘別去諸縉紳繼峯舒公愚所陳公儆默曾公若士湯公後先議曰吾撫在宋黃勉齋氏矧有南湖書院以開來學是時人材彬彬家有絃誦今吾等寄跡招提謂先訓何屢圖恢復而議弗克就頃侍御督學懷魯周公歸讀禮暇時集諸耆碩究心名理

學博李公惟本布衣周子某徐子吉甫告于公曰昔人謂工必有肆書院吾儒之肆也南湖淤塞不可復矣臨汝稍遠東城闉下橋禪林方圯其東隅隙地背峴臺而面青雲靈谷汝水金堤百雉回環左右几席間跡左隅而官之庶幾復還有宋遺風乎周公乃告邑明府吳公吳公曰子以不穀牧茲土常懼無以化誨諸人士闡幽廸後吾責也遂與周公捐金爲倡周公復首捐田以助來學郡刺史張公司理程公力贊其成暨縉紳諸生咸樂從事

聚材鳩工興役於七月其規制臨孔道爲門門東折而南爲大門直甬道而上爲堂後爲祠甬道東西爲號舍悉南向左爲閣爲橋江水如帶帆檣下上面北爲亭爲圃池塘晻映竹樹蔽虧頓還南湖偉觀額曰崇儒書院夫以廿餘年不克就者不三月告成則吳公與學使之所感人者深也諸公將涓吉祀諸先生于堂徐子吉甫持明府吳公侍御周公書及學博李公所志書院顛末走吉水謁鄒子元標爲記元標懷古有志目長足短方執筆徘

徊間偶宿禪龕松風謖謖明月在天忽夢肅刺迎一儒冠者面古眉龐曰吳康齋先生予請曰伊周事業先生能否先生曰老矣惟啓沃主德尚能効力一二心喜而覺曰予方有事崇儒之委未就神交名儒豈無意乎謹爲之記記曰夫道一而已矣無聖無儒語體也有聖有儒語造也孟軻氏曰終條理者聖之事也曰大而化之之謂聖曰終條理則必有所以始者曰不可知則必有善信美大爲之基者非聖學之正宗歟夫子詔子

夏爲儒提衡君子小人二語儒本爲君子而復有小人儒出其間何哉聖道如天天體圓圓則不可端倪儒學如地地體方方則不無廉隅蓋常論儒至有宋盛矣其獘至摸倣形跡之似鹵莽自得之義象山氏出直指本心不假脩證足醒俗學之支離聖學至象山明矣其獘至以情識爲性而放蕩禮法之場康齋氏出嚴毅方正師道自任足挽末俗之頹波迺世儒之宗聖者一曰吾心明矣跡涉有爲皆足以障性而礙道一曰吾行敦矣語涉心

性未免逃儒而入佛則意之過也聮二先生之教何如哉二先生者撫産也其知則圓其行則方翊先聖而開來學功灼灼如是生其鄉不知其教可乎雖然聖其的也儒又希聖之梯也予讀禮至儒行篇其懿美未更僕數然曰自立曰特立曰獨立曰剛毅有執聖人語自立特立不一而足命儒之意槩可想見他日又曰可與適道未可與立象易之恒曰君子以立不易方則立誠儒者居身之珍也夫所謂立者戴仁而行抱義而處非禮弗履可

貧可賤可生可死而不可辱六七先生者其於聖
體所見或全或微雖不能盡同然居廣居立正位
行大道不淫不移不屈則一而已聖人者與乾坤
而合德諸先生得易之恒者也恒其德洵足信今
而傳後苟不恒其德惡足以共學而適道登斯堂
者願勉旃哉知欲圓而崇效天行欲方而卑法地
若儒行闒茸藉口聖真徹藩籬而毀廉隅無論不
足以入聖而害政害事艮非淺鮮亦非諸君子重
道崇儒之旨矣或曰三陸孝友二吳篤實南豐有

功六經粹然無疵獨荆國史有遺議何耶鄒子曰
荆公儒而無欲者也拜相之日矢寒山以自老罷
相之後托頹垣以終身徬徨塵垢之外逍遙無爲
之業斯其人可得而磷淄耶當時爲諸人攻者惟
新法耳新法之行荆國固失之驟新法之罷君實
亦失之激急于罷者若以爲弊政不可一日有而
今一一以爲良法公固儒而有爲者也身未執政
天下譽之不加信及既執政天下毀之不加阻彼
其心視毀譽如浮靄之往來太虛公又儒而自信

者也六先生享有令譽如無瑕之玉公犯衆怒羣
猜如百煉之金其趣捺何後先姝焉且麟經絕響
是非無憑久矣九原有作執鞭吾所忻願焉子于
公又奚疑鄉縉紳樂相厥成者則瑞泉伍公龍津
陳公谷南高公春江劉公養和謝公文臺吳公望
坪祝公念庭周公念初聶公繼疎吳公諸生某等
予昔侍諸君子同官于朝今復同棲於野諸君子
慨然先哲示我周行可謂一世盛事予迂儒也於
諸先生學術徒啜其糟粕亡能有所發明謹爲術

其崖畧如此憶昔登太華望金臨諸峯龍躍霄漢
久矣仁賢都會于他日當齋心而來跬武法席謦
欬德音增所未聞諸先生許我乎是爲記

庄山陽明先生書院記

葛使君屺瞻以邃學名儒由儀郎起拜潯陽觀察
提餙綱紀吏民嚮風顧使君所殫精者在千古正
學欲以此自廸廸人一日由會城歸式道州祠徘
徊庭階思元公在宋爲開鑰大儒而我明文成學
紹元公且昔擒逆獻俘率諸士勒石紀勳遺響猶

振朴木茲地不得一薦明德景行謂何于是從潯陽南薰門下地得爽塏者名曰小庄山爲堂三中祀先生左曰講堂右曰習堂翼以號舍中爲甬道前爲門二臺以眺遠亭以昭曠五老羣峯爭逞奇于几筵間者目不暇接費不繁民役不踰時煥然一吾道壇坫矣工始于壬子秋落成于癸丑夏諸生肄業其中有晉而問新建學術事功優劣及太極良知孰爲同異使君所以剖晰其原于一者纚纚甚具復念鄒子腐儒伏育蓬蒿久于先生旨或

有所測窺走使受簡爲記予竊惟使君功在斯道千秋自有歌謠者茲役無足以盡使君而先生教行海宇豫章人家戶戶祝亦不以茲祠爲重輕使君意蓋曰豫章祖述先生學者十而九茲地豈無聞知者在祀而思思而感發興起彬彬有聞亦吾道之休使君心也嗟乎學從則效影響入者非真性也男兒七尺墮地天與真性炯炯不昧無凡無聖無古無今百姓既不知而仁知者又失之過總由不識自性不識自性由無真志無真志則真性不顯真性既顯孰聖孰賢孰愚孰不肖凡所謂良知一脉直追元公立躋聖域者不可言喻矣此又使君心也或曰　上徃年從祀人于新建學唯唯否否何耶予曰此難口舌爭也先生學從剗心稿形中來不以知知不以識識易曰乾之大始曰乾純乎天則不藉人力坤猶二之矣廼世膚儒未覩全潮徒向孤州野岸以一波一流謂可以盡全潮之大有是理乎或又曰新安學在格物窮理先生學似與之異何耶予曰晦翁所云窮至事物之理

豈以一身遺事物外而不之省究意蓋曰直達天德上知有幾姑假筏以爲人度夫以言識見解入者皆筏也其由筏而能舍筏與否以俟知者此晦翁意也二先生寧有異乎謹以復使君倘以爲然請勒之碑陰與同志共揚確焉憶予丙戌年謁道州祠池蓮青青宛坐太極圖中時賦詩有乾坤負荷者誰子獨立庭階有所思之句今雖老何年一俎豆匡山有聞使君教而毅然負荷二先生之統者乎則使志之志不孤矣地不百里巍祠相望諸

人士何幸親逢其盛必有賦薪槱峇使君者願有聞焉使君名寅亮字　別號屺瞻浙江錢塘人辛丑進士

鄭溪書院記

今有人焉啼饑必與之食一不得食則餒有人焉號寒必與之衣不得衣則什此人人所易知也倘有人語之曰人不聞道不知學必有甚于饑寒者爾知之乎則人之應之也唯唯否否惟真知學寧可饑寒而死不可不聞道而生聞道即一日千古

一息萬年不聞道即百歲亦與草木澌滅殆盡故曰逸居無教近于禽獸今人之異于禽獸止此幾希此幾希之性與天地並垂與日月並耀四時並序鬼神並吉凶上之爲聖人次之爲賢爲君子又次之爲一鄉善士皆此物也人知吾里賢哲彬彬即一命士出而有爲孰知得于學者深哉先是永新少原余侯倡明新會于禾川諸在座者曰寧與永新兄弟之國冠帶之盟惜不得與其聞衆僉謂其邑人物淳龎山川卓詭必有明德君子應時起者乃不久而今侍御紫海龍公起公禀質清澈操行醇粹自爲令以至巡方皆以其學與士民相爲煦沫金華西泰橫渠陸君子之里士民之聞學也耳根既深未易感動咸服公無間言公之學可知已會公報　命還朝乞歸日與里父老子弟游察其樸而易入也與之語學諸父老子弟聽公教指相率捐金助公剏譚學舘于鄭溪之墅萬山崒嵂一水縈回雅稱盛地明府某力襄其成申聞當道以爲盛事咸報可又幸其子弟屬予記予謂譚學

于素所習聞之地人非溺于意念則柴于見聞其入也常難談學于鄭溪無意念見聞牿其天眞其入也常易男兒戴天履地天聰天明胲而存焉爲仁由巳于巳取之而巳先儒曰仁者以天地萬物爲巳認得爲巳何所不至諸君勉哉真知不聞道有甚于饑寒者在必聞道而後爲不虛生非愧耻則志不奮非默識則神不潛非困心衡慮則入不深學如大明處惇淳俗出爲藎臣入其鄉者如遊化國侍御之開來明德千萬世與金華西泰橫渠

六君子流風愈久愈新徵侍御之學出與處皆一致矣

重新嶽麓書院

司理陳君某署郡篆且期年士誦民悦政餘思嶽麓先賢過化地諸名公時式臨焉柰何任其頽圮而不治恐無以繼先志開來學乃捐俸及自理贖金庀材鳩工于是祠宇前後廟堂齋舍煥然一新君思此役重恐將來者委德意于草莽走使求鄒子爲記予憶庚辰辛巳間江陵在事有

詔盡毁天下書院諸凡先聖賢遺像摑而投于江者盛服先生嚬蹙言曰禍及斯道吾道非耶予語之曰子憂道之廢耶夫道先天地而不老後天地而獨存者凡覆載雨露日月星辰人物禮儀威儀周旋進退皆道也窮鄉委巷邊鄙壓脱無一息不與道游豈以一祠宇爲興廢重輕有所待而興必無所待而廢豈道之謂歟先生曰子之言道固爾爾然人之于道仁者見曰仁知者見曰知百姓則日用不知聖賢不忍其陷于不知也故多方以誘誨提撕之凡可以使之景從而觸其真心者將無不致其情如覩人之饑溺必思引而出之安全之地然後其覺世之心始遂不然天之生聖賢也覩斯世一無足以動其心而上天生之之意孤矣予拜而服其言會予癸未起家備官掖垣奏言舊毁天下書院傷道化蔑名教非所以維風淑世

上報可而嶽麓則首報可中予歸田且廿餘年常思率二三子徘徊兹地尋朱張二先生遺跡于湮訓畧一振起焉而又以世多畏途無由親覩其盛

爲歟而不知其傾頽若是倘非陳君有千古之志

卬

明詔許復竟與昔時境象何殊焉君父子兄弟世以正學爲箕裘其所佩服諸儒者深且篤矣宜是典之重光也可爲吾道慶矣予又憶當議覆時予謁大宗伯語曰天下諸名書院如嶽麓白鹿嵩陽睢陽諸勝境今幸一新然所以主張斯文不可無人愚意從近郡邑年輪學博一人典其事而禮各邑有道術者如昔周允升彪德美吳德夫諸君子

董歲挈諸弟子講肄其中春秋凡二祀則斯典可
垂之永永不然吾懼蕪苦長狐鼠夜嗥也曩朱時
不有山長側乎大宗伯曰子言良是會宗伯去不
果今豈無司教者得尸其事乎予弁以系之記來
讀予文必有留心世道而不負陳君今日之舉者
元某雖老於茲地猶若夢寐見之冀與諸君子一
下上其間振二先生之澤于無涯也是役也主張
于上則有觀察某公續至太守某公協力襄成則
有二守某公別駕某公皆以斯文爲己任者例得

並書

正學書院記

靈璧卽古虹州予門人鍾叔和氏拜是邑長予折
簡曰邑與洙泗伊邇我　聖祖龍飛地涵泳聖涯
浸灌深厚而俗固質直右儒以予淳朴古行稍一
振鐸必有聞風而興者叔和懍懍不溺于職事上
下交孚聲名暢茂稍間從諸士請捐俸及鍰金闢
館羅諸士肄業其中顏曰正學書院中祀　先師
左右爲號舍諸水滙池巽峯聳峙轉東南翔文昌

閣諸士來游來泳若身親洙泗之境而與三千七
十子游於惟盛矣雖然以正學名館得無意乎夫
正者邪之對有正則有邪今天地間何者爲邪世
儒必舉而歸之二氏二氏書具在微辭奧旨皆洞
抉性命之精柱下片言夫子猶有取焉我　聖祖
亦謂其扶翊國運助流世教非淺眇以邪目二氏
則束于教　第吾儒中千蹊萬徑有不容不辨聖
賢千言萬語無非欲人識其真心既得真心言皆
糟粕乃有取陳言而俎豆之若射者審的然雖億

則屢中入海筭沙徒自困憊萬物皆備于我物豈
外乎心豈內乎至一生辟心格物聯心與物猶二
之也間有懲逐末之弊曰致虛立本曰良知不知
所謂虛者卽未發之中卽天命之性非人力得而
與其間人力間而與其間窒而不靈矣所謂良知
者不落知識不墮生滅不著意念以知是知非求
者是生滅根也嗟嗟正學不明久矣非學不明以
意承之者之過也先民不作吾將疇歸乎昔夫子
生周末嘗宗堯舜憲章文武矣書首堯舜曰克明

峻德詩稱文王曰緝熙敬止大要以明明德于天下國家爲極致天下人有一人不明其德以爲己之德未明也其心切故其責重一生轍環學衛曹滕之墟皆此志也予少聞宋儒有天地立心生民立命語未竟其旨研磨之久叨天之靈始知天地無心以生民之命爲心天地心無所寄故不得不舉而歸之人人非此無以爲學學非聖學無以開太平中庸論中和必歸之位育而至誠盡性必以盡人物之性贊天地之化育爲極致然俯仰乾坤

今古幾人近紬繹我 聖祖御集不覺手舞足蹈卽我夫子復生舍 聖祖孰爲祖述孰爲憲章乎元以戎狄腥我中華天心鬱而弗暢賴我 聖祖皇紘再整日月重新爲生民立命卽堯舜禹湯當爲揖讓仁孝衛道之訓炳若日星真萬物並育而不相害道並行而不相悖視諸儒媛媛姝姝守一家自鳴者徑庭矣學者大人之學非一身一人能私道者天下萬世之大道非一世一家能私諸士生生斯萃斯入孝出弟謹言愼行隨其分量所及

不忍以一念一事傷天地之和臨吾明德之量實見天壤間惟此道爲最大無有對待亦惟此學爲最樂無有移易昔人云羹牆見堯卽几席見我
聖祖何難焉是謂正學姝不負鍾君造士德意予久廢田畝無所用之生平于此學不敢視爲贅疣他日策杖來聽絃歌諸士得無以正學勗我者乎用記以俟落成年月及督工人員別有記

明新書院記

禾川余侯嘉與邑人士黽勉明德吉郡諸縉紳先生知學者侯皆禮而致之丁酉春予始獲偕諸長老同盟至是日簪裾雲集歌詠盈野盛矣會罷各充然有得謂昔興文館僻而不便來學請更諸爽塏者侯乃以舊黌宮隙地新闢公館者分其一請于當道當道報曰可顏曰明新書院侯意蓋曰當茲大明盛際真儒輩出一洗俗學而我新民獲聞所未聞有不爭自濯磨以耀於光明者非夫也從茲愈明愈新浸昌浸盛上遡列聖之傳邇繼劉甘尹顏鄉先達名儒遺風處爲純儒長民出爲藎臣

彌士茲吾司牧者屬望爾新人士深意乎侯乃以書問記鄒子鄒子茫無以應侯屬之堅鄒子非不欲言吉學之難言久矣譚學寡見尠聞之地則愯然聽久之瞿然顧化譚學于吉譬之海遊者歸而詫巨海奇觀于江濱之叟叟執其河以爲常拒而不信忘其海之大也蓋嘗論先儒誘人入道偶施筏以渡迷津而宋儒曰體認天理致知格物明儒曰主靜曰致良知皆欲人由筏登岸非謂筏即岸也吾吉在宋諸儒無論我　明自新建一倡良知

傳誦十室而九叩其所謂良知不過曰知是知非而已即有深造者曰胸中炯炯是已令而詰之曰何以明何以新不過曰不昧良知是已嗚呼彼方自以爲是吾謂其非則必與吾角其不入宜也不知知是知非識而非知也炯炯不昧生而復滅也夫懸象著明孰踰二曜而萬物新故相因生者生化者化造物之明與新如是詩人欲形容之不可得但曰於穆不已不已者是何物乎諸君欲自明自新知所以明與新者又何物乎吾即欲以口語之倘未語則無聞矣吾即欲以手示之倘未示則無見矣夫理由色顯是假借也機由人發非真脩也真脩者不以有人而作不以無人而輟不以獨而隱不以顯而彰有人于此身苦凍溧望火室止足焉雖寒有濟然所止既去寒溧依然故凡有所假借於外於人者是望火室而熱非自明與新者也能知萬物皆我反身而誠身承千古之緒而不墮言識者有其人乎某且下拜心師之矣姑記以侯知者某生平困衡學無駐足自知甚斷然生平

不敢逐隊良知影譚以眯心并以眯人聊述崖畧如此諸君豈無俾元標之明且新者乎侯以學爲政即明即新即新即明身且有之復捐俸置學田若干另勒碑陰茲特載其大者侯名懋衡字持國婺源人壬辰進士

鳳池書院記

予宗兄元忠氏拜增城令過予留都衙齋譚令事曰予啻閔閔脩其職事罔敢徼名釣譽苟利于民即上罔知吾何傷不過棄簪紱歸耳寧損乃公心

乎予聞而壯之君令且五六年兩以計過予文江得聞君令狀大都如所自語君最喜談者澤宮造士及書院討多士而訓之則喜見眉宇乃繪圖而示予曰斯龜峯鋪遺址隙于學左有年而諸士苦肄業無所予乃捐俸而闢之計所費數百緡大都蠲美及鍰金而諸上司所助脩者十之一耳中顏曰鳳池書院左為敬脩軒右為尚友軒飛甍連甍巍巍峩峩每邑人士來遊來誦咸各有攸居君之所以勉邑人士可謂詳且盡矣世之為吏者大都

徼上意以為的其庸者期會簿書最下則與民角利為橐橐計如君者可謂世之循吏非耶雖然世以作士為名高者盡教之以媒青紫為後日地而君顏其堂曰作聖曰斯文千古則所以期諸人士者非詞章誦讀之末青紫溫飽之圖已也蓋曰邑人士豈無掇巍科躋膴仕其人然無異草木飄風好音過耳百世之下至有入其里不知其姓名以是知學固自有真也聖人之於民亦類也萬世之下聞其風猶使之興起是惡可弗學哉功崇惟志

緝熙惟敬君復以崇志敬脩名軒宛然示諸生以入聖之要矣諸士勉之志非激昂之謂也先儒曰今古幾人有志敬非勉強之謂也先儒曰天地之道敬而已嗟乎志與敬豈世儒以知識情識當者可比論哉弘嘉間以學為海內嚆矢者東越與增城東越曰致良知而增城曰隨處體認天理說者如兩持然不知知之與天理致之與體認同耶異耶夫外天理以為良知知必不良外良知而言天理理屬于人後之學者是皆以意窺二先生之奧

者也諸生登斯堂者有能覺天理之緒餘有湛先生其人者出于其間斯不負吾家作士之意而斯地亦與有榮矣夫元氣之布濩于天壤者何地無賢必有相續于無艾者予謹拭目以竢矣落成年月及督工人氏別有紀

同仁書院記

督學劉達可氏吉郡人也其尊人刺史公寓潛遂居潛自滇歸惟以明道為事捐俸闢館時集同志顏曰同仁且學且教屢有書文江之濵屬鄒子為

記鄒子蓋嘗與逵可同官奭鳩氏以學[illegible]場誼不可辭謹爲之記曰昔夫子設教多術矣有言孝者有言性者有言敬者其說不同獨言仁之旨不一而足後世儒者遂以夫子之學惟仁爲宗至宋儒輩出曰識仁曰體仁曰求仁皆兢兢遵洙泗遺矩而不敢悖尺寸不知夫子所謂仁者欲人自得其本心耳苟得本心侔六合通萬古千聖之心皆我之心仁不必言不得其心曰識曰體曰求未能以已合彼去仁之旨愈遠逵可其旨在斯乎以我之

仁同于人是分我所有與之不知人自有也以人之仁同于我是分人所有以與我不知我固有之也以愛之理爲同仁愛仁之一端也以萬物一體爲同仁世借一體之說而卑論儕俗者不少也然則將何說之歸夫子曰仁者人也識仁即人人即仁則海以內海以外千百世之上千百世之下無知愚無賢否無貴賤惡乎同惡乎不同其說嘗辨于易書矣易之同人曰于野亨利涉大川利君子貞于野者無然畔援空洞無涯之謂也君子者正

也故曰惟君子爲能通天下之志至同人于門于宗于郊而一曰無咎一曰吝一曰志未得則以其有域也書曰無有作好遵王之道無有作惡遵王之路無偏無黨王道蕩蕩無黨無偏王道平平無反無側王道正直非知仁者不足語此蓋必如是而後可語同仁之旨登斯堂者門耶宗耶郊耶作好作惡耶偏耶黨耶反側耶可惕然思矣楚故有嶽麓石鼓諸院有先賢之遺蹟在焉予蓋將次第訪之而及同仁謹書膚見勒之碑陰以當請事

瀧江書院記

瀧江自宋歐文忠出而顯至文山先生大顯入我明劉文介錢文肅彭王二殿撰張兼素而重光入其鄉羣山岞崿插霄一水縈抱三獅雄踞江介漁人駕舴艋入若武陵桃源不復知有人間世也者接其人皆負氣岸腹便便譚古先事如數家珍問其俗孝弟力田皆矜重閥閱故吉邑推禮教信義惟是鄉最予過而美之問今昔隆替狀乃晉諸生言曰夫爾鄉先輩名重千秋其靈倘有知乎所[illegible]

望後學者不淺今爾爾非學之不懋則振厲者無方乃進諸父老曰夫美玉不琢不成文彩諸士爲美玉者濟濟而父老任其學不督責間督責不示之的使知所宗亦惡所稱善教愚意倣古社遺意祀諸大儒其中令諸生肄業歲序祠祀其閒俾知所師承可乎諸父老曰此予夙志也遂庀材鳩工不期告成事祀日冠裳濟濟卽三代威儀不加此矣諸父老曰惟先生一言記之俾後學知所嚮往鄒子謹拜手而言曰風之不振吾等之責學之不

懋則誰之責歟夫學難言矣一變而註疏再變而制義而學愈漓語以制義外有正學彼必不吾信而今諸士之至止也入必由門門必至堂堂必入室夫學亦有門有堂有室而知其入門也宗廟之美百官之富其堂奧也曰入室則非達天德未易語此夫子三千之徒惟恐有聞知由止升堂而未入室所稱入室僅僅一顏子顏子之學一則曰如愚一則曰卓爾愚與卓爾是何物哉蓋可以心悟不可以言傳余故曰難言也余鄉前輩多尊濂洛

七閩爲矩矱近新建一倡始知糟粕前聞不知新建所謂知蓋經兵戈搶攘百折而証之今之所謂知者特其入門端倪而所云良知猶屬對封有對封則落知識落知識則有生滅有生滅則不足以言室去新建之旨亦何遠夫以擬議影響推測爲知則又不如濂洛諸儒矩矱猶不失先聖禮傳萬一是鄉故崇禮教倘有由禮卑而遡知崇知成性存存者固予所願見而諸先輩及予屬望爾等紹述之意亦不虛矣諸佐助姓氏具別碑

黟縣天中書院記

黟故新安巖邑建館以學則自韓子夢鵬李子希士汪子宗訊寔綱紀之給諫德輿祝石林至而顏之曰天中書院時爲陽月節届天中又南當午午文明象祝子意在此越數年黟人士偕汪子宗訊求予記予晉汪子語之曰祝君屬望邑人士意良殷哉言人必本之聖言道必本之天天而曰中九紘八埏悉會于極予試言天義何居汪子起曰天地之道可一言而盡曰爲物不二不二足以盡天

子曰不二者何物子試語來汪子默然乃又曰天何言哉四時行百物生生與行足以盡天子曰寒暑災祥憔悴枯槁有時不行不生者天乎汪子又不能荅子乃晉汪子曰天難言哉謂時行物生天無言可謂爲物不二天有言亦可天道非遠降監于人故曰天視自我民視天聽自我民聽能知自視自聽可知天矣而世有戴盆望天者語以盆之上有天拒不信設有語之曰去其盆見天矣有坐井窺牖以望天者語以井牖外之天拒不信設有

人語之曰出戶越井天自廣大矣嗟乎世之學子矜莊嚴哆辨博自矜一知飾一行誇一見皆戴盆坐井居牖之流有能超然常伸首出庶物者乎諸士勉之時至豐盛矣而豐蔀豐沛誰則蔽之見斗見沬去天益遠豐之不可恃如此當磽瘠之鄉無紛華靡麗蕩其心志之道也甚易新安夙以素封聞處豐豫之地雖欲不自豐不可得也語云以約失之者鮮約要也又簡也約則濯濯皜皜無以尚之之道也直反掌耳不然聚族譚道猶墮世趨以

身爲壑不知寘于叢棘允無昂首之期即天日臨之沉埋自如予雖未與諸公面嘉諸君勃然有興故以質言進亦以見天之可畏也館成于某年某月計費金若干緡效勞樂助諸鉅姓及同志別有紀

興安岑陽書院碑記

興安故爲鎮自　肅廟時始創爲邑後先蒞茲土者駢爲甌脫民苦無因浙孝豐郎侯來一振起而新之民用大悅三年議移澤宮成而復捐俸庚闢岑陽書院後枕危巒前挹翠峰平原膴膴清流瀧

瀧遠庭戶諸都講至者咸頌侯明德侯意蓋曰豫章以學鳴海宇其於道也自其天性獨奈何吾邑不得耀於光明且茲地故與鵞湖相望前哲綿邈遺響猶存夫使諸士得續先儒芳躅亦吾師帥者與有榮施焉乃屬同志惇友張子道充來請記夫侯澡躬慈心深入士民口碑具在無似頌術意無非欲予一言以開來學予閱侯會心集剗心揭形較諸從隙光覩天日者大有徑庭予即言能加於

侯哉聖門穎悟莫若子貢曰性與天道不可得而聞不可得而聞即不可得而言也夫謂性天而有離於文章則文章爲粗而性天爲精道無精粗可聞者即所不可聞者在人善悟不耳顏曰卓爾曰從之末由孟曰躍如能者從之曰卓爾曰躍如者何物曰從之從者何事諸君至止於斯必有事耶無事耶有事若無事耶宜有以自得矣昔江陵爲政諸名賢祠館芟夷殆盡元某疏而請復白鹿鵞湖石鼓天眞天中諸院頃還舊觀今月盛服先生所在賓賓學子人不以爲忌諱如疇曩者

上之賜也元某得請歸農常欲秉燭末路以報

上恩而資鈍功疎蹉跎歲月姑紀侯加意斯道如此若欲張顏樹幟別有宗趣恐成画餅他日有繼鵞湖起者始知道在無言任仁由己天假之緣請事有日亦有相視莫逆於心者乎記以俟之異日郎侯名文煥字景愚浙孝豐人文章政事世稱名儒落成助工員役另有紀

重脩陽明先生祠記

庚寅秋予赴銓曹舟過池陽望羣峯昂霄聳壑鬱鬱青青問之則九華峯予乃躡蹻而登僧來亨指山隈爲陽明先生祠導予遊予至祠前荆棘莽翳堂戸傾圮不可爲禮予賦詩寄慨屬秦令君新之令君唯唯會以遷去留金俟後來者而繼秦者爲蔡君君履其地慨然曰毋論先生勳賢彌宇宙即吾里先哲流風詎可令漸滅草莽間爲遂捐俸大加脩葺堂額門廡仍舊而祭有田田有志備矣復遣僧來亨者問記鄒子以鄒子故竊聞先生緒餘予執筆茫然者累日憶余幼從鄉先生遊言必曰先生心竊疑之而實嗜文清所爲讀書錄也者故日必有錄然於先生學未嘗置念也及戌貴竹留心格物之學語人人殊獨於先生致良知事事物物之間格其不正以歸於正之語有入因嘆曰往儒博物理於外先生約物理於內夫博約不同趨內外不相謀已久約而反求諸身者端本之學也然盤桓日久知與事相持正與不正相敵因讀先生戒愼恐懼語曰戒愼恐懼是功夫不覩不聞是

本體又曰不覩不聞是功夫戒愼恐懼是本體曰
合得本體是功夫做得功夫是本體恍然曰功夫
卽本體本體卽功夫離本體而言功夫者是妄鑿
垣墻而殖蓬蒿也然心雖自信而於所謂本體者
君猶有端倪可卽於心未有當也年華浸盛至道
無聞每一念及潸然淚落遂時時反觀自訟一旦
有契於先生所謂無善無惡心之體者遂躍如曰
先生蓋已上達天德非膚儒所能窺測然元標從
事先生之學蓋三變矣蓋嘗論先生之倡道當時

如清風披拂諸君之齊心服刑如羣鼠飲河各得
其性之所近而已有謂知必鍛練而後良者則不
慮而知之說非乎有謂必揭良能始足該括者孩
提知愛知敬之說非乎夫知愛知敬者知也能愛
能敬者卽良能也有謂必歸寂而之感者不知良
知之體無寂感無內外而分內外寂感者是二見
也有窺生機盎然日以暢愉爲得力者不知戰戰
兢兢小心翼翼未必非生機也夫此於先生之學
皆具一體然於世亦各有補予獨怪夫萬物一體
圓融無礙之說倡而學浸以僞也夫良知理一也

而分則殊體圓也而用則方先儒之一體也合天
下以成其身後儒之一體也借天下以濟其私先
儒之圓神也本之方以知後儒之圓神也流於詭
與隨藉口交道接禮之說無論宋薛齊七十五十
百鎰皆可受矣藉口委曲行道之說轍環列國栖
栖依依爲是不脫冕而行非矣藉口獵較猶可之
說和光同塵爲是先簿正祭器非矣藉口中庸之
說鄉愿德賊味道模稜皆所不討矣藉口泛愛衆
之說孔子不必瞰亡於陽貨孟子不必示黙於王

驩矣神出鬼沒朝更夕易夫豈先生之教端使之
然哉說者曰良知醒而蕩非良知蕩也贗儒蕩也
蕩非良知也或曰聖賢立教各因其時當時註疏
訓詁牿我性靈學者昧反身之學孳孳矻老而
無成先生一破俗學如洪鍾之醒羣寐其羣而趨
之也如百川之赴壑今流弊若茲司世道者宜易
其塗轍以新學者心志予曰此非予所能測也孔
孟不嘗言仁義哉流弊至於爲我兼愛則仁義亦
可廢耶聖賢言語無非欲人識其本心耳本心既

明即良知亦虛譚也而何必復爲更端曰然則先
生之教卒不明耶予曰先生所謂良知者通天地
亘古今徹晝夜一死生賢愚同共非推測影響之
知也先生以全體爲知而世儒以推測影響爲知
其去先生之教益遠矣良知本庸勿厭常而喜新
良知本淡勿弔詭以博名良知本實勿慕虛而譚
高子臣弟友慥慥皜皜即聖人復起能易先生教
哉大學曰先致其知宋儒曰進學在致知是知非
自先生倡之聖賢已先詔之矣先生之祠所至增

脩而先生之旨不明則誰之憂乎予等與有責矣
祠始議於予師大中丞鑑塘朱公予同年操江元
冲張公二公皆當時名臣贊成於下則予同年兵
憲玉峯侯君都諫文臺吳君太守滄南何君蔡君
下車未幾首先玆典可謂知所重矣是爲記

歸仁書院記

湯儀部義仍以詞賦鳴一代其子伯開銳志聖學
一日贄而謁予澹如也予語之曰尊公從盱江遊
深有契于象外之旨顧性不受覊常托跡以遊於

世世鮮有知之深者子起而紹明光大之尊公明
德有光矣伯開起而言曰不肖之不敢自隕隊也
實家大人耳提之力而不肖常惟學必聚友聚友
必有地近構一居業地後爲閣祀先聖其中前爲
堂又前爲門凡數楹顏曰歸仁諸耆碩秀彥欲商
訂疑義共式臨焉惟吾師一言語之予曰善哉子
顏歸仁之義若何曰開遠以學在明德明德在親
民曰親骨肉肝膽形神不分眞有天地變化草木
蕃氣象世之畢者相　相賊曰尋干戈以傳人而

高者固執我相物而不化夫即賢且知矣天下不
賢知者皆吾與也而何以岐爲此不肖之意也惟
先生教之予曰斯義奥且宏非一時所能竟姑與
子淺言之而子姑聽之予常受學長者長者指予
曰子心慈而性多忽忽生慢慢生傲傲必至于敗
乃德斁乃度遂爲世戮民而子不自知予拜而泣
下曰先正以傲乃謙之反予今請事于謙長者曰
孺子何易言謙也謙者若無若虛成德之稱子今
欲益之以謙必始于學學方知非知非而後能自

訟自訟而後能知仁知仁則不知人爲我我爲人常以身爲百谷王而人之歸也誰能禦之予復拜長者徵先生言不自知迷謬至此所不失心改玉以負先生者如日然今老矣其不負長者教道幾何渣滓未化天地懸隔此亦惟老而自知之請即以語子子謂何伯開曰謹受教予又進伯開曰歸仁之語自吾夫子一提而孟夫子再發之以民之歸仁猶水就下獸走壙水就下者水之性也獸走壙者獸之性也惟仁是歸者民之性也學必知性

而後能盡性盡性而後能盡人物之性贊天地之化育不知性日與甡甡者游一膜外皆秦越矣此豈脩一知矜一行者能承之子勉之哉伯開別予執手送之曰予初爲子喜今爲子危夫子以一少年毅然無前真吾道賁育予能無喜然子見有學道而立于百尺竿者乎昔有一人問道老僧老僧曰子當從百尺竿頭進步其人望百尺竿并力而升至于巔大喜曰異哉吾所見或問曰何居曰吾見吾山若培塿見長江若覆盂見人物若野馬絪縕吾身與九天之上者遊匪吾師孰道我廼須臾風起竿仆其人墜地人復問曰何見曰吾見吾山水如舊目前與遊非親則故知也吾身在平地矣雖無前者奇觀然睬軆陋狀則大相懸殊子今登高而招其望加遠得無似登百尺竿者乎願子需之時日與予言實地事此歸仁之旨也其以聞之尊公曰予兩人年相若彼此冉冉老矣木落天空棲泊何所父子閒自相師友而又集以良朋真生平奇緣切無令仁者在側笑予輩老無所歸也因

伯開請次第其語爲之記

依庸堂記

予友顧叔時歸里偕諸君子某某倡學於是闢龜山先生東林故址而構居焉堂顏曰依庸以書抵友人鄒子爲記意鄒子能悉庸義鄒子謹按庸義有二庸恒也有久而不變之義又平也有適中之義惟中斯平惟平斯常惟常斯不變凋三光包萬彙綏九有皆是物也易之恒卦剛上柔下震巽相與而取義于夫婦夫婦之道不可以不久也故曰

常夫抱隋珠和璧者終朝腹枵不如菽粟之一飽也艷山龍火藻藍縷號寒不如蘊袍之蔽體也千奇萬狀惘心駭目不如一庸之悠久也雖然庸依人乎亦人依庸乎有庸可依是二之也吾人自有生以來目視耳聽手持足行自少至壯至老死有異乎無異也無異卽庸也性也如父子夫婦朋友兄弟友恭慈信自童稚至老死有異乎無異也無異卽庸也性也聖人者順性而行者也賢人者守此性不失者也衆人者則迷此性而牿亡之者也

順性而行者不見庸之可依未嘗作而致其情也守性不失者有庸可依反身而誠者也牿之反覆者不著不察庸之體自在也夫子發憤忘食歸本下學上達下學庸之謂也或曰子思發揮中庸中有三達德九經三重諄諄詳摯一庸惡足概之曰庸斯知斯仁斯勇非庸惡足爲達庸斯通諸天下達之國家不庸惡足爲九經庸斯爲禮爲度爲文不庸惡足本諸身徵諸庶民故守約而施博者皆庸也曰依乎中庸遯世不見知而不悔今諸君子皆以邃學醇儒棲遲山林者久不可謂不遯矣悔焉亦未耶曰悔者心有所係吝悔亡者毋意必固我之謂遯之上九曰肥遯无不利無所疑也遯而曰肥又曰無所疑是不以知知不以識識不以見見其指深且遠元某束髮向道而疑情隱隱老而彌篤視無疑之域尚遠敢曰不悔諸君子自信而自知之謹攄愚衷爲記并系之銘以詒來學銘曰

闗閩之學　粹于龜山　淵源伊洛　吾道以南
近接周程　遠宗孔顏　流風既遠　隱怪是奸

旣反中庸　大道漫漫　末路如斯　孰當大觀
緊我顧公　力肩正學　洎諸君子　奕奕先覺
東林故區　罔或不懿　顏曰依庸　如水不泉
庸之一字　義苞玄邃　精金在鑛　良玉在璞
灑掃應對　卽聖卽神　知者曰知　仁者曰仁
日用不知　是曰凡民　慥慥皜皜　厥惟聖人
聖徂神伏　澆樸散淳　寥寥千古　誰識其眞
憶我夫子　發憤眞脩　下學上達　不怨不尤
蔬食飲水　曲肱忘憂　浮雲富貴　性外何求

心通萬古　教垂千秋　一心一德　卒歲優游
繼孔學者　顏氏心齋　簞瓢陋巷　其樂無涯
所立卓爾　如果初荄　欲從末由　撒手玄崖
匪言可億　匪識可猜　德由天運　絕鮮安排
亦有曾氏　號曰得宗　真積力久　默識心通
一唯之下　水盡山窮　豐蔀盡徹　旭日融融
遞相傳授　忠恕爲功　忠恕匪宅　吾性本庸
彼駭奇者　絕根務華　瞻彼名園　千葉萬葩
朝榮夕悴　觀者徒嗟　惟此常德　宜身宜家

窮居不損　大行不加　誰其直領　以障狂邪
標茲正宗　與衆共持　熙熙穆穆　坦坦怡怡
遊魚煦沫　棲鳥噪枝　何思何慮　不識不知
我無君誑　君無我疑　勿謂無奇　萬古如茲
登斯堂者　顧名思義　人生泡影　浮萍斯寄
匪鏃且礪　胡成偉器　從茲豎立　慎彼立志
始信先覺　呼醒羣寐　勿參以三　勿二以二
吾道平平　真如嘉穀　精光灼爍　明珠在櫝
放之六合　斂之一掬　敢告同儕　自求多福
一陽初動　天心乃復　景喆無謇　億萬交勗

覺軒記

余既拜是官都憲月林丘公時向公卿間呼余爲明鏡云詰其義曰照一照磨一磨公卿聞之大噱余因自省曰照者卽吾心之覺悟也磨者卽吾心之克治也仕而有學之義焉私自悔曰吾年且三十餘吾學且十餘年矣覺也果通晝夜乎克治也果終食不違乎思及此未嘗不汗流接踵又因自慶曰吾處遐荒六載功可弁而依門分念時有隙

而饑寒動心且譚笑之間媒孽者衆一日之內訛言踵至雖時常杜門而死生禍福藏於衽席其負良時者多矣茲行也天其閔吾學之未就而俾之有成乎遂因以告於公卿曰諸先生無哂丘先生良有見吾請以覺易鏡之名乎比部有司吾將以覺軒易之諸大夫不復哂雖然余居此官六月餘矣登堂暇每澄神反觀不能無繹覺之旨焉夫人有迷覺有似覺有大覺斯道嘶之雖入玄冥邇之不越眉睫邇好奇者忽庸行無當外身以求之是

迷覺也迷覺者當食而忘味也似覺者相揣以意相測以識譚之雖若近似探之實非家寶是鑿壁鄰光非無竇明終隨鄰光而生滅也大覺者如二曜麗天萬象悉涵靜而常照動而常定無動無靜乃疑於一吾願學而未之能也思　君恩之隆重念名教之隕墜爰繹其義縣之高軒冀朝夕省覽焉昔長安有鬻古鏡者精彩逼人問其故則閱千百年而始見何者深藏不久則精光不發夫吾儒之學疑聚不深則覺性不顯吾願與吾軒終身從

事可也同寅二三君子過余曰子所職者磨美簿籍已耳茲名也何居曰朗鑑高縣明燭鬚眉伊尹任天下之重不過以斯道覺斯民夫余患不覺耳余而果覺達之天下可也於吾職何有嗟乎世之剽竊口耳輒以學為迂談是猶瞽而無相無惑乎倀倀莫知所之也是為記

滁州太僕寺丞廳慎獨軒記

冏丞廳舊有慎獨軒同年友丁右武以侍御直諫左遷是官乙酉夏予以職方郎偕給諫鍾道復侍御田道徵閱兵池河予往訪右武時右武獨宿軒中覩額名拱手為右武賀曰夫人之宰割萬有者非才不達彌綸六合者非氣不充然所以有才而不為才所使有氣而不為氣所移者則學其本也以君之才氣投之艱鉅何施不究從事斯義焉是玉以琢而益潤金以鍊而愈堅予將覩君日異而歲不同矣君韙吾言而莫逆也詰予慎獨之旨余曰夫獨亦戛戛難言哉有志問學孰不曰慎獨慎獨窺其精神祖學究之常談而真知獨者未之見

也夫峩冠博帶必信必果致飭衣冠言動之間者可曰慎獨乎知道者觀之于葉繁花朝榮夕瘁是所謂本之則無如之何也夫反觀內照默坐澄心揣摩意識思慮之間者可曰慎獨乎知道者觀之萬轉流波遞興遞仆是所謂憧憧往來朋從爾思也真知獨者天地萬物而非顯見也不覩不聞而非隱微也語獨而慎在其中語慎而獨在其中鄒軻氏曰必有事焉而勿正心勿忘勿助長斯慎獨之旨也君以為然否右武曰余未敢遽以子之言

爲當然是軒故無記請書之與四方願學者就正焉予忘其固陋欣然書之必有豁然而啓予者

操存軒記

職方司管操廳故無額余扁之曰操存其命名之義同年袁子壽氏識之矣雖然其義固難言焉操則存舍則亡出入無時莫知其鄉惟心之謂與此孔子之言而孟軻氏引之以爲養心者證也然所謂操存者非有一物規規然固而執之爲己有也在識其所以存者爲何物耳維天之命於穆不已

不已者天之操存也而天固冲漠無朕爾於乎不顯文王之德之純純者文王之操存也而文王固不顯惟德爾善灋天者莫如文王詩詠之曰不顯亦臨無斁亦保善灋文王者莫如孔子觀其言曰吾道一以貫之又曰默而識之何有於我孔門之學傳得其宗者惟顏子得一善拳拳服膺正卓爾之地非所謂捧而著之心胸之間者也適世之膠膠擾擾既茫于不知所底止即有志之士徇生執有正程伯子所謂以己合彼終未有之又安能樂者安在其能操存也嗚呼弊也久矣然則道果有可操存乎曰神無方而易無體有而未嘗有也道終無可操存乎曰通晝夜之道而知體物而不可遺無而未嘗無也通於有無之間者斯知操存之義矣愚故曰操而存者是得其門而入者也不待操而自無不存者成性存存者也易曰成性存存道義之門厥旨淵矣嗟乎三軍可奪帥也匹夫不可奪志也學者必有不可奪之志而後能繹操存之旨

重脩臨汝書院增祀五賢祠記

臨汝書院故創自淳佑戊申常平使者馮公去疾祀子朱子其中已毀于火自庚申至辛巳凡兩脩元末明初兵燹之後鞠爲茂草嘉靖戊午郡守王公著禺建南湖之濱而久且圯桐城劉侯某來令是邦慨然以倡道維風爲己任請于郡太守翁公及督學蔡公觀察王公欲一新之咸報曰可侯乃筮日鳩工捐俸餼及贖鍰幾二百緡役不煩民越月告成樓祀象山草廬康齋三先生蓋仍舊三賢

祠遺意而敦請故學博李君董教事諸士來游來泳咸不勝羨墻之思已進于侯曰吾郡諸儒若象山先生學窺其大真與孟夫子相上下不可尚已草廬康齋則聞先生之風而興起者崇祀允宜顧吾郡代不乏賢以諸生睹記則有故儀部郎陳公九川初以諫南巡杖而謫既起復以詿誤戍大節冷冷始終無愧則又有故少司寇吳公悌爲名令爲名御史清風凛凛初終一心總其學陳新建高足吳自御史即薦王泰州以倡正學懿範可步二

吳仰遡陸子雖精粗淺深不同其爲火傳一而已夫司世教者譬之射然射有的祠其圃也陸先生的而巧二吳先生望的而趨陳吳二先生則又望三吳持弓審固者並諸先生一堂令後世步而步趨而趨吾道幸甚劉侯然其言復以聞于刺史及兩使君復韙侯議而祀典告成事侯乃命諸生李某來徵記予惟斯道在天下猶元氣在人身人身有一毫萎痺則不仁不仁不可以爲人諸先生吾道之元氣也作之前者愷愷嗃嗃繼之後者文質彬彬繩繩相繼侯之爲臨汝張元氣樹標的者遠矣蓋嘗論斯道本諸身必質諸鬼神無疑然無疑最難言自信其心而後能信天下人之心信天下人之心而後能信千萬世之心苟毫髮彷彿疑似未能灼然無疑即已且不自信而朔曰人一世且不可朔曰昇世今諸先生上自觀察郡邑守相及縉紳大夫下至里巷無遺議必無疑也可知雖然孟軻氏遡道統五百餘歲論見知聞知寥寥不數人蓋其慎也語云千里得一賢若比肩然臨汝幅

員不數百里上下不數百年名儒林丘大都諸先生從淡從困衡百折來蓋淡爲德基而困則德之辨者世倘有入聞吾道而悅出以紛華隕志者乎則有諸先生芳規在

明學書院五先生祠記

明學書院予友曾直卿胡　忠曾德卿劉文光王君錫所與里人茂正其德而厚其性者也久之諸君議曰不有蒸嘗則渙不萃不有先覺後胡以觀我里文山先生以隻手丹心沭浴開闢以來宇宙

此千萬世師也次則有文忠胡公銓十年嶺表文忠周公必大獨持斗杓沛縣顏公以身殉難此皆人倫標表忠節煜燁宜祀諸君曰然已又有進而言者當李唐時詞章溺人端明羅公起而力承正學匡山一席地寔爲有宋諸大儒前茅祀宜諸君議合遂擇日置木主其中計幅員不數十里更世三朝五先生如泰山喬嶽有目者望而知其昂霄聳漢信乾坤間自有至人諸瞻拜庭廡者咸咨嗟嘆息者曰不圖今日復覩我先輩精爽洋洋在前

也祠成諸君子命孝廉胡某諸生曾某劉某請記予嘗謂以文山先生雖祠遍海宇然倘在聖門豈仲由所敢爲行卽從祀孔孟亦禮之常迂儒又從而繩之則學必外忠孝而後可矧先生崎嶇波濤風浪萬死一生中於性體未嘗不呈露也難言矣如周益國獨証心宗端明之恪守殘經如胡如顏正氣猶生此其神必上爲日月星辰下爲川瀆河海豈以一祠爲重輕而諸君必以是爲重者蓋曰夫學千萬世祀從君臣父子昆弟朋友爲基若五先

生有一不盡道其間乎懸祖父像于庭者拜而必潸然泣下有不泣下者必非肖子慈孫五先生吾里祖父也貌而感感而敬敬而思夫感所以興也敬所以肅也思所以齊也不感則痿痺不敬則惰慢不齊則無儀其義何則焉此諸君子意也或曰里名賢後先班班五公恐不足以竟仰止之思曰前之哲范已得其宗後之徽猷方新未艾天地之數五位相得有合成變化而行鬼神吾敢以五先生概茲地也或又曰學在明明德諸先生大者以

忠節顯吾聞天德不可爲首於義何居曰明德如明鏡然萬象聽其自取諸先生亦偶因其所至迫而應之其心非必以忠節顯名于來茲也諸君惟究所謂德者何物明明德何以明實有諸已卽窮而抱獨以老遠而寸心無疚其死生進退時而出之渾然無跡是卽所謂無首也諸先生遭時之難以地以時以義不得不爾而後儒復求之深則所謂聖人無死地者斯言真欺人哉爲吾道害甚大予因諸君子命敬爲述其崖畧雖然諸先生精神

洋洋上下左右若或見之予懼駿奔執事者精神不足對越萬一而暇爲諸先生措一辭也

前雲南左布政

詔贈光祿卿波石徐公前給事中尚寶司卿兼

監察御史孺東徐公祠堂記

蓋信州貴溪有兩徐公其一爲滇左轄死事贈光祿卿徐公拭其一爲前給事中尚寶司卿兼監察御史徐公貞明此二公者皆人傑也光祿公少卽樞趨新建歸依泰州而學大明仕而學大行官左

轄覯土酋鑑之不臣也身先請纓冒鋒鏑死無尸褁革有魂歸奠遐方人士至今悲之少卿公幼禀水部家學爲循良名令官給事以護忠諫謫既起憂東南民力漕輓之困西北水利當興胼胝畿内外者數年而未竟飮恨卒覩民饑溺盡瘁以終海内人士至今悲之元某常待罪黔竹一日有黔州士術光祿開講時聞鳥鳴問諸生聞否諸生曰聞既鳥聲息又問諸生曰不聞光祿語曰若是是以境聞不聞也元某惕然有省如侍函丈既接少宗伯孫文恭乃公所造士口公教不忘而符卿在都門時元某得接銅梁張太保張自塞上入掌大司馬曰孺東聖賢中品予曰何曰予覩其曉夕櫛風沐雨崎嶇泥濘蓁莽中者手不停指揮口不停畫諾而露處招提古廟饑餓者爲常予每一見之輒心折淚下二公元某得之聞且見如此先是侍御安節吳公還朝請謚光祿公而元某謂符卿意欲爲國家開粒食之原其功未成其志可念宜褒恤光祿謚不報符卿公贈得 旨而未行元某常念

及信州輒以世無有心人二公淹淹泉石矣天啓我邦丹陽姜公以參知來署督學政微顯彰幽下令郡邑曰吾聞死勤事者祀勞定國者祀兩徐公一爲封疆死一爲國計死又皆皭然不淄卽不死宦績表表寰宇祀在大常奈何以桑梓匿此明禋報典非所以彰忠節樹來范乃捐家囊中金爲倡郡守某公邑令某公各捐金佐其成祠成命教官吳某請鄒子爲記鄒子曰公斯舉也蓋備救世之善物焉當光祿公誓欲滅賊時有守土臣利賊賂

洩軍機于鑑有備而光祿公遂劾符卿公閧傳御史下獄徒步護御史已偵者至問主名諸人鳥獸散獨徐公曰聖朝無殺言臣禮　上如問請以徐貞明對人臣職在封疆則死封疆志在經綸則死經綸二公誠得死所矣回首受賂鳥獸散安在哉且光祿公丕闡師傳符卿克承家學是可以作孝可以勸忠可以愧貪鄙地下過二公祠者可以興矣或曰光祿當沉幾深謀不當輕身挑敵符卿議論鑿鑿施行未竟不知使六詔雄藩至今奸宄潛消光祿一死之力今畿輔粒食如東南恨無有人繼徐公志者誰之賜哉故翩翩鴻鵠晴于燕雀蹇蹇王臣短于宵人從古然矣非我祭知其誰開萬古之眸而揭吾道之軌宗盩祭知功在斯文者不可世計矣爲迎送神二章俾歌以祀

徐公迎神曲

月有光兮鳳有翔坎坎擊鼓辰之良威武不屈楚臣卿時不我與心孔傷下與濁世掃攙搶爲國深憂計且長奠桂醑兮薁椒槳歌以迎神神稅駕雲

爲車兮風爲馬靈剡剡兮其雙下

徐公送神曲

皀在壹兮鸞嘒嘒公尸來兮燕無旣載德音兮何秩秩風鏘鏘兮鳴鞈鞞赤心咢咢貫天心用告虔兮禴唯祭金奏鄉鄉禮已備歌以送神神覭崇永流洪慶出無斁唯所駕兮駛雲龍

兵部左侍郎　誥贈南京工部尚書許敬菴

先生祠堂記

自東魯振鐸濟濟雲從至戰國而始有子輿氏提仁義以懸衡宇內說者推尊孟子功不在禹下嶧山絕響而漢而唐雖有董韓二子言大近理而若滅若明未能使吾夫子之道如日中天天開皇宋周程張朱陸楊夫子華出闡繹聖真當是時其說各不相下周之太極程伯子識仁陸子先立其大楊子發明陸子其與伊川朱張之緒稍稍分馳然由朱張而步趨者各嚴關鍵飭藩籬人無得而間之我　明功令獨揭朱子示的蓋其意若曰寧使學者有所持循不失之過無使學者馳騁高遠流

弊無窮顧朱子格物一語以隨事格物爲解未免棄內殉外之弊河東餘干確守前說至陳新會氏坐証陽春悟自然之宗天下士嚮之若赴又最後有王餘姚氏起困衡龍塲悟良知之竅大旨宗陸子而雄鋒朗暢足以發紓其藴始與朱子大相徑庭維時諸元老宿儒始聞其說而駭各著書爭之力最後有二三元夫力宗其說然其功行又足取信天下而諸所夙聞習見稍稍見詘然使皆如二三元夫功行足取信天下何說之與有顧其流至濶略躬行于是人羣而譁曰新學故如是而湖州許敬菴先生生餘姚後數十年始而從唐一菴先生學一菴躬行士也既而偕諸四方宗宿學先生于諸學且信且疑終而與王學又若分而馳先生自得不可得而窺然予嘗有云學無可見見之于行先生禔躬自少壯至白首確守先程鄖銓部晉京兆少司馬浸浸顯矣而所至以方正齟齬歸方其齟齬也天下人忌之既而復用也天下人信之今先生没也鄉之人羣思而祀之可見先生之真

而人心之同矣或有疑先生學少滯方隅不知易之道有員而神者有方而知者先生其方而知歟不必言論一一與餘姚合然餘姚學不可無先生謂先生有功餘姚從此上追關閩以遡鄒魯也故宜先生諸門人思先生功德刱祠祀先生以鄒子故嘗薦先生于朝又叨同志屬鄒子爲記鄒子謹述其崖畧如此然先生生平懿美善政悉未詳姑載其有關道術者如此落成歲月別有紀敬系之銘以諗來學銘曰

星聚奎朗　天祚皇明　代有耆儒　應時挺生
猗歟許公　岳瀆鍾靈　嶬嶬九苞　來儀于廷
筮仕水部　惟慎惟清　蔚有令聞　言司銓衡
歸依子舍　朝夕二人　權臣撼之　尼公于行
憲公五嶺　克詰戎兵　公曰往哉　豈殫遐征
鹺司冏寺　跡寄如萍　量移午曹　旋領專城
刺史督學　名實益宏　特簡京兆　人慶泰亨
而急友誼　遂謝簪纓　再起再陟　持斧八閩
吏懼民安　海徼敉寧　入領廷尉　議讞惟平

南北樞垣　耤公匪輕　脊淙望重　爲世名卿
脩謹端嚴　日朗月澄　而公高蹈　屢疏辭榮
優游林下　葆粹含貞　門盈綦履　麟振鳳鳴
卓彼新建　良知度人　如彼舍筏　以度迷津
公懲其溺　潛心于寘　吾斯未信　匪曰吾爭
言必規矩　行必準繩　上知可知　後學可承
孜孜矻矻　寧獲我心　操存匪懈　不磷不緇
世有攙戈　寧固吾閎　吾閎旣固　誰其敢攖
儒門家督　王氏忠臣　功在斯文　希蹤關閩

朝之著蔡　世之典刑　名重東山　佇膺弓旌
云胡弗造　一夕而傾　士民無祿　王國失禎
濟濟諸子　用想德音　矧祠肖貌　茗雪之濱
言采蘋藻　朝夕薦誠　公形雖徃　公澤惟新
圖書永閟　庭草時春　流風懿則　千載不泯
瑑辭銘石　以昭道真　高山仰止　來者服膺

南溪蕭氏總祠記

縣泰和三十里至武山山畔田疇膴膴雲樹蓊鬱居址繡錯十餘里是爲南溪蕭氏其宗代有元夫如少師公輔殉熙朝給諫侍御郎署郡邑諸公表著者數十人卽布衣博帶士以孝友著稱者亦纍纍讀五荆駢義二傳可鏡已語云根茂實繁夫蕭之林林總總以紱綬詩書爲郡邑甲族者豈偶然哉蕭故各有祠然各祀堯舜漢三公者而始祖大承事公則未有祠昔少師及諸君子欲祀始祖議弗克就予友希高蕭大夫官日下時語予曰予歸乎予將有事始祖祠而何以官爲是時公以雄才偉畧當路交章推轂持鉞塞外予特謂公寓言耳

不謂公明年果拂衣歸又明年春公扁舟告予曰予儌天之幸一舉念族從者如雲祠成有日矣子爲我記予未之應也秋予訪公登公祠會闔夫氏以易覡省闈諸族衆咸集耆碩青衿雍雍循循鵷予本始堂上予閱之後爲寢室明有尊也左右有列序昭穆也中卽本始堂堂五楹又東西爲長廊又前爲門顏曰南溪蕭氏總祠規模宏壯言言翼翼後枕錫嶺面挹鶴崗武姥玉華樓岡巖岩左右回環晨夕雲物爭奇獻彩葢天欲熾昌其祚故兹

地若爲之效靈也者亦奇矣予觴罷進諸長老言曰諸公知本始之義乎夫蕭之子孫蕃衍碩大大承事公固其本始矣夫相沿世數不知其幾諸公忽聚族有本始之思斯舉也則孰爲之本始乎予聞先正云有本也者有未始有本也者能知未始有本斯可以語本有始也者有未始有始也者能知未始有始斯可以言始蓋所謂未有本始也者何思何慮天然自有非作意而爲之也凡作而爲之者久必衰意而爲之者渙必散卽以倡一人且

不可況聚族乎希高氏以不容已眞心爲族之人倡族之人亦以不容已眞心爲希高氏應自承事公迄今日直一息耳諸長老曰然復進諸青衿言曰人方強壯氣息周流血脉暢洽及稍有間隔而壅閼隨之人之睦族也亦然夫爾宗之所以通其氣息暢其血脉則大夫之以也大夫出而流芳聲中外歸而廣孝思祖考仁哉大夫無負于學矣繼大夫有作者則諸君之責也夫登斯堂也須倡所謂宗人者事亡如生孝思之意儼然如在諸君倘不心大夫之心思吾身所自始者共以培其根而達其枝脫有壅閼之患卽三家市且不能理矧曰天下與國又惡所稱諸人士諸君勉矣仁天下與國自家始諸長老躍而言曰子大夫之言有當也請書之將勒之碑陰予遂退而述其語以畀大夫命其捐貲助脩及落成歲月別有紀

經德堂記

崑陽蕭公爲諸生時方假寐夢一翁白衣長髯盤空而下告以貴徵且告以居處四野曠朗松竹鬱

葱心竊喜而覺亡何以壁經中省元又踰數年令粵以軍功顯蒙
上賞將賜金購隙地闢蕪芟榛符夢中所見公益神其事乃爲屋數楹後爲寶綸樓前曰經德堂負震抱兌澄江淇塘武姥雙華縈洄聳峙居之左右者目不停披也堂成而問記同舍郎鄒子鄒子進公而語曰公家先世不治居室欲後人師其儉者而公以是名堂其有說乎公曰予家世書余獨有味於經德秉哲之旨蓋自余潦倒一經攻苦食淡

藝不售於有司貧見詘於偏讁而不敢以貧賤隕吾志焉巳仰祿爲令席未溫旋奉檄監軍崎嶇山嵐瘴霧搶攘干戈旌矛而不敢以夷狄患難二吾心焉予治斯堂蓋上不敢隱

君之賜下欲使後人世守秉哲不變之義余乃揖公語曰公所謂不變者亦知水與金乎水之赴海排龍門觸三峽汩汩滑滑澒洞無涯所經者幾千百折卒不變者水之性本下也金之在鎔或方或圓或爲尊罍或爲盤盂卒不易者金之性原剛也

夫德豈異是哉可貧可賤可患難可夷狄卒不變者德之性本一也故曰君子無入不自得德者得也非外爍我也雖然是德也散之爲萬統之惟一書曰德惟一動罔不吉知一則所謂曰知曰仁曰聖曰義曰中曰和者皆一之所流也而世之論德者吾惑焉鞬內者窒外鞬外者窒內於吾夫子所謂合內外之旨若兩持然甚至援大易直內方外之說以增其解不知先儒云以敬直內內斯不直以義方外外斯不方坤之六二曰直方大不習无不利夫由習而利者其得淺不習无不利者其得深淺者由人深者以天非知德者孰信之余與公同舍公常語及生平所經至欲涕泣而世方倚辦甚急其艱鉅之寄未涯也茲惓惓斯義吾知不至六二不習无不利之域不巳矣余聞士縉之家父初爲兒也口不飽糠籺身不蔽裋褐居跼蓬藋及其顯也而其子口厭粱肉衣厭紈綺至以雕粱爲廬舍彼豈其無所經者乎善乎書曰厥子乃弗肯堂矧肯構而韓昌黎氏訓子曰殷勤數十年始有

此屋廬夫韓氏山斗大儒豈以一居爲念者哉厥意微矣登斯堂者尚念公締造艱辛而咸有一德斯於堂構之義不虛也夫

思親軒記

西昌蕭閭夫氏顏其燕處曰思親軒過予曰道光不幸十二齡而失先石栢府君又五年而失先慈姚劉孺人蓋子先君幼授一經垂成而病遂督家政然以孝友著聞鄉里事惟府君言取衷舊令山陰祝公遴鄉有行誼者四人爲里正優以殊禮府

君與焉先府君雖棄儒而喜儒凡族子課文藝必親爲贊襄喜見顏色至子夜不休人曰得無疲乎曰此吾家箕裘不疲也族儒人人樂附君曰是夫也不于其身于其後矣臨終目道光曰孺子可教惜不覩其成已目先妣曰得兒服儒衣拜墓卽死若坒遂卒母蓋吾邑世家歿府君卒督道光學益急乃不幸又卒臨終惟瞋目曰願子爲好人吾與爾父瞑矣道光是時聞父母言泣而失聲然未知言之痛也獨抱遺經伶伶俜俜每對斯軒如吾父

母存焉嗟乎日月悠悠我思難寘願先生一言記之予進闇夫氏曰君名籍賢書尊先君亦爽然寘漠子無得過憂闇夫作而言曰夫一賢書足以報先府君進而道光心愈戚耳鄒子聞而喜曰善哉子之言也士方窮扼時則憂憂則思思則遠恒情大抵然也履富貴而不忘親者我思古得二人焉子路重茵列鼎不忘負米之情梁公式瞻白雲遙增親舍之悲此二君子者今古以爲純孝然二君子學有本原勳揭海宇非屢屢以思親顯也子路

得聞聖教爲百世師梁公反周爲唐回天浴日功烈爛然倘二公者業學無足表見卽思親庸何益乎夫子曰以思無益不如學也子不忘親乎則願愈力此學進之而事君又進之而使民不忘親卽不忘君不敢薄其民使百世之下知石栢君有子爲名儒而融忠孝爲一致是軒與由之堂狄公之雲何先後殊耶子幸圖之闇夫起而謝曰道光不敏敢不請事先生書之用永孝思

彭澤艤舟記

予癸巳五月端陽前一日至彭澤母太安人舟泊大江相去十餘里予舟泊邑城取夫會郡丞署篆他之邑簿尉相次謁予心懼母舟埜泊欲亟得夫辭簿尉不見渠不無少望去其夫見而星散走入山自卯至午予計無復之乃持尺牘呼尉至而厲詞詰之須臾夫集舟行予家童喜謂不厲詞則不懼不懼則夫不集而舟不行予退而深自慚悔呼尉至以好語慰勞之遺祥刑要覽一冊然予悔不能已先正云惟桒惟梓必恭敬止彭澤吾桒梓地

奈何以尉而遂忘恭敬心乎予學素以理性爲主茲詞暴氣麁恐不可令知者見也且不過謂尉可欺耳萬一尉有如陶彭澤其人者束帶以去予遂爲世戮人怒可輕視哉或曰聖賢處此何居曰聖賢寧從容以俟不忍以一事而戾中和記之以昭吾過不然與家童有喜心者何後先焉

池州競渡記

予癸巳四月廿日至池州使入城取夫有競龍舟者毋太安人窺而喜予取醬酒勞之去復再至毋

心乘前勞未足予再取銀勞之舟人浸浸大喜去官舫里許亡何報舟覆予瞬之人頭與波上下有抱鼓與波浮者有扳舟者各漁舟爭救得廿餘人覆者凡九人須臾起不可生矣予退而思之是予之過也夫見利而趨獲利而滿此庸人常情予以利勞之安知不動其盛滿心乎夫履盛滿而知懼者惟有道者能之彼既不能則惟有殞身而已池州守何君舊同寅出拜畱酌予愁聞江上哭泣聲別去囑何君曰宜厲禁之何君曰前舟覆而後舟躍然往彼豈以是爲死所乎明日之安慶龍舟蔽江競江心三十里而返數近予舟觀而不往蓋予恐待之有情而懼天地以無情應之也人待之無情安知天地不以有情應之乎雖然厲禁之爲民父母宜爾或曰故以是逐疫不則民艱孔棘嗟乎此俗相仍耳予之郡邑叢山複嶺多矣遂不逐疫耶此邪說宜絕之爲是

明贈承德郎南京刑部員外郎顯考雙崖公壙記

先府君自前岫遷蹉白沙在萬曆丁亥巳酉月時元標方以吏部郎請告家居庚寅夏奉
詔起原官元標以十月赴任調文選司忽奉
旨調南該部以職方請不允再以儀制請又不允奉
旨著于刑部用給事餘姚楊公文煥御史順天何公選爭之落職太保石公星言元標不當調南得嚴旨公卿愕不知所從元標懔懔天威依棲南刑者二年巳推大理丞尚寶卿光祿少卿應天府丞陝西督學俱用陪者給事寧國顏公文選言其當

重用謫外任遂以癸巳報滿歸是時例得　恩典
贈府君元標知陰邑毀者正銳恐從中梗進退維
谷遂以病請奉
旨准沿途調理再以乞休請部覆不允未得
旨元標遂堅臥家山矣戊戌季春妻江氏安人卒
越九日母太安人羅氏長逝元標昏迷中蒙
恩陞南京刑部郎中旋推太僕少卿奉
旨另擬元標遂以考滿逢陞例請得贈府君承德
郎南京刑部員外郎旦夕營營惟宅兆未卜廣延

諸善堪輿者僉謂原塋大昜而露兄弟協謀遂于
巳亥仲春壬申日丑時再改塋覩原穴窩而藏乾
亥山巽巳向仍之嗟乎先府君棄元標兄弟春秋
忽忽廿七年以府君沉脩名儒有子從大夫後府
君不得一沾祿養元標腐心雪涕常思得一當報
國竟府君志以賦性伉很不諧仕途三仕三黜府
君自幼以忠勗元標謂何不孝不忠如元標擢髮
難數雖然腐儒寸心决不以升沉易態兢兢恐負
府君庭訓或可贖不孝之愆萬一且今日得再安
府君地下者孰非國恩與
明君之賜也感今追昔系進退之悰如此

明勅贈顯妣羅氏太安人壙記

先母羅太安人以萬曆戊戌三月十七日終正寢
元標昕夕皇皇惟大事是圖偶漕坪張氏出山圖
求售予按圖蜿蜒環滙遂捐俸易之諸形家咸以
爲善元標兄弟以巳亥六月中旬丙申日奉母塋
焉山前即張氏左草溪項右朋方朱人烟鱗集鷄
犬聲相聞其鄉多龐眉古衣冠醇如也元標念邑

城去茲地百里而遙乃更徙居廿五都水田可半
日至自歲時拜掃外猶得數瞻視焉嗚呼吾母精
詩書通大義元標蒞擯九夷人情洶洶吾母氣不
可奪類偉丈夫及蒙　詔歸環堵數年憂悲挫辱毫
無芥蔕此雖素學問知義理者或未之能又性慈
見元標出語傷人輒教戒[illegible]諭之生平不忍傷一
人害一物有飢寒而來訴者周之則喜違則怒毋
氏聖善無媿古大家獨元標兄弟學行不力不能
俾母有聞耳母亡三月元標陞郎中得請

勑贈爲安人制曰蓋以菽俎而致親一日孰與國恩而致親千祀乎故遡源於荻畫必徼寵於芝函爾羅氏乃原任南京刑部廣東清吏司署員外郎事主事鄒元標之母心通圖史動守箴規育爾嗣人慈而能誨爾子以直言蒙難爾無慼而怡爾子以司諫起官爾無喜而懼惟曰其保終譽其迪吉康今茲姱節脩名其誰非令毋之敎也是用贈爾爲安人芞言華衮雖玄扃其猶賁承之蓋殊恩也夫以二十餘年所得奉吾母者徒以愚闇所至齟

齬捧讀王言潸然淚下吾毋英爽無間幽明不孝餘恨或可釋萬一云爾謹抆淚書壙內尚似名世大賢以彰毋德地在三十五都名飛鳳形壬山丙向兼亥巳

勑贈安人賢妻江氏壙記

此吾妻江安人壙也吾妻棄予在戊戌春巳亥正月冢　勑贈安人蓋殊恩云李獻吉誌妻左氏及結腸篇讀者擊節左氏相獻吉以戶部下獄及潯陽對簿時事獻吉下獄未幾即蒙

孝宗敬皇帝釋放督學憲臣與御史相阨縱不直不過罷官耳而獻吉思其妻至欲結腸又楊用脩太史夫人寄永昌詩海內聞而酸辛夫相門冢婦思夫戍非從夫于征者此二婦斯吾妻隻身偕予茹荼虫蛇草露中生死難易何如也李楊二公以雄詞高一代故兩賢妻懿芳流播宏遠予藻思不逮二公又秘不以語人負予妻矣北門大夫入而偏讁呼天自矢予妻事予如死生如貧賤如夷狄患難二十年雝穆如一毫無後言予得以一意徑

行無纖毫罣懷抱又往覩南都新鐫烈女傳誣以吾妻爲周予曰此誣妻聞而曉予曰即不誣何益予聞其言較之古截髮短衣與夫並耕藏名者何先後殊聖人而作即以吾妻繼國風亦無忝矣嗟吾妻温惠淑愼樛木之仁宜有後未年乃產三男夭年僅四旬世之悍者妬者躁戾者髮白垂垂兒孫濟濟豈天所與者在彼不在此故有所靳耶是皆不可曉予每思之輒不欲生同年羅給諫一日

曉余曰吾輩出世豈一人一事便了此生予韙其言輒不敢忘及今吾妻塟亟爲書壙中之石如此其詳具載行狀誌銘中墓在五十六都小陂飛鳳形子山午向虛左穴爲予藏骨所安人諱坤芷生嘉靖巳未六月廿六殁萬曆戊戌三月初九塟萬曆巳亥十二月十八塟之日宣揚　制詞肅將
皇命則毘陵周侯名士龍起家戊戌進士同至者署教諭事舉人楊君開泰撫州人貢士訓導施君寄廬州人縣丞唐君一恭義寧人主簿邵君璟鄞縣人典史卓君宗海莆田人

三節坊記

聖人作易曰順性命之理則無之不順可矣廼又曰易逆數何耶由巽自坎艮而至于坤坎陷也進之而戰則乾矣陰陽數窮萬形凋落造物幾于滅息又進之而坤坤以長養爲義天地生生之意始絪縕于不窮蓋造化之數以逆而極以逆而養以養而盛不逆則其翕也不弘而其發也不光且大故逆者順之徵也夫造化且不能違況于人乎予于陽羨三節母有徵焉三母者其一爲御史吳公達可母屠氏禮部主事吳君正志之祖母也其一爲封御史湯公鍾壽母王氏御史湯君兆京之祖母也其一爲封知縣陳公一經母邵氏今禮部主事陳君于庭之祖母也皎皎氷霜天日爲昭勁節同遺慶罔奕冠綏蟬聯啓後同帝命斯皇璀璨
王綸
詔旌同陽羨彈丸地耳一時幽節朋植餘芳紛映凋草木之色而閟川瀆之祥如木難拱璧駢產崑

崙之墟亦奇矣粤稽諸古有形捐而後蔑有聞者求與母匹休者未之前聞考之載籍惟列聖繫節義可繹思焉節前三爻曰不出戶庭不出門庭曰不節之嗟悔吝種種三母當日一死酬夫者以之後二爻曰安節吉而承上道曰甘節吉而往有尚聚順咸宜聖人無一凶詞侍御儀制令濟濟致身王家者以之蓋三母在險中如一葦洪濤罔知攸濟聖人不得不憂其危厲諸君子在險外如霽日融藹百卉皆春聖人不得不嘉其盛際曰上九亦

出乎險矣聖人又曰苦節不可貞嘆其道窮何耶曰此聖人嘉其盛而追憶其苦節者言也易道尚變不窮不變不變不通不通不久三母或斷髮毀形或持刃明心或頸血濺地窮矣變矣變斯通通斯久自天佑之吉無不利宜哉三母化逆爲順茹荼如飴以母道而兼父道諸君子順不忘逆徇國忘家以臣道而光子道非深于節者不及此觀風憲臣當順境中風厲母行爲天下後世芳瞻不獨徵母儀亦可勵臣節矣嗟乎吾人參天地光日月

惟此眞心耳是眞心者金石不得比堅松栢不得比固不以色奪不以聲移不以世味汩三母有目不知有色有耳不知有聲身若枯株而不知有世味默默獨全性命之精使爲偉丈夫任道履危其深造建豎不知何似吾儕覩斯坊巍峩當翼而趨俛而思曰日享百順得無有業孽深慝者隱伏其間而困窮拂逆中吾性與命安在有逆而能順順而養且盛出坎而入于坤則斯坊助流風化良不淺鮮若三母弁髦生趣安有千載一楔有無何足重輕元標寧以世間語爲母頌承諸君子遠命爲記聊爲發其大致其以覺世之具有眞心者諸公名姓及落成日月另列碑陰

問津書院記

夫聖人之道無微弗暨雖俎豆遍天下一遊憩處猶切羹墻之見人心不死夫子萬古如生也郎一問津處可見巳茲地自元宋來代有祠久而圮明雖有祠而湫隘不稱頃侍御彭公昆仲及諸生蕭繼忠等入而舉祀事四顧愀然曰此非可以妥吾

夫子之靈謀新之詘于力以告郡太守王公太守曰此司土者責遂捐俸爲倡司李許公及郡邑佐之侍御黃公吉士適在里捐重金佐之成後爲殿祀先聖中爲堂前爲門左爲祠祀諸有功茲土而右祀諸有道鄉先生至止者顏曰問津書院歲時祀罷羣諸縉紳及弟子切磋于斯甚盛舉也走使問記吉水鄒子鄒子半生泛浪墮落迷津不知凡幾而何能有所發明以復諸君子惟是思吾夫子覺時之心甚切問津之意隱而不發而長沮以夫

子爲知津亦不言夫子何以知津子路又不究長沮何以知津許夫子乃再問桀溺溺以避人避世爲言其見去長沮遠甚夫子不得不明言吾非斯人之徒誰與則直示天下以通津而億萬世不出此彀中也夫人在葢載中乾父坤母民胞物與故曰仁者人也天下寧有孑立之聖賢哉夫旣無孑立之聖賢窮而親師取友以明斯道達而濟濟師師以公此道皆吾儒分內事此彭黄諸君子之重興斯地而皆以竟吾夫子津津覺世之意也諸君

至止其思我夫子當時與子路依依棲棲不得行其志于天下一師一弟周旋不舍乃托之乎沮溺窮而無聊之情可悲也又思一片榛莽地今鬱爲文明之場縉紳結轍吾夫子精神如聚一堂可幸也又進而思夫子于時有顯教有密教顯教如問禮問官之類是也問津一語則密教矣上接精一之傳下衍一貫之緒所謂曲而中肆而隱者也往過來續越津者不知幾許獨許夫子知津其必有所指而不可以言詮意相求者可絫也聚而問問

而思思而知津涂不遠舉足便是諸君子開兹堂與之意不孤矣昔魯哀公問夫子鄙諺莫衆而迷今寡人與羣臣慮之而國愈亂何也夫子對舉國盡同季氏與之同辭是一國爲一人君雖盡問境內猶不免亂也夫問一也哀公問而愈迷夫子知而不迷莫迷於魯莫迷於天下可知知楚之津知天下之津可知長沮猶溪澗之水儘足自濼夫子如海濵以藏疾爲曠以含垢爲大以九圍共溺並識歸涯爲㲋予嘗謂長沮接輿荷蕢三人者深知

夫子一以鳳稱一以有心嘆一以知津許長沮之知夫子可知特其道不同故不相爲謀耳兹地去黄百里許二水縈廻書臺墨池顔港車坡遺蹟爛然在望先是耿恭簡公每至輒徘徊不忍去欲有所剏不果久埋荒霧中一旦濯而新之非王公及彭黄諸君子爲政誰復能識其大而開來學哉王公名某字某號回溪浙江永康人辛丑進士

正宗會館記

晋吾王公爲孝廉時力肩斯道一日偕友人之赤

壁嘆曰蘇公兩賦與山川爭雄鬬奇來遊者風流
蕭爽蕩人心目然吾儒有向上一事昔人謂吟風
弄月二三兩兩在舞雩間正當於此研究東山皓
月寧少酸儒片廗偶從左隅得地名水月灣相傳
為翛玄洞外隱中曠可數十丈湖光瀲漾山色映
睇與赤壁同即蘇子謂水落石出磴若虎豹垂
蘿百尺客不能從是也先是有結菴禮佛其中者
王公易之斤莽披榛為樓一祀濂溪周公及二程
先生葢曰濂溪楚產二程則產于黃陂者顏曰正

宗會館館始辛丑春落成丙辰夏諸君子來游來
沐絃誦洋洋盛矣王公屬鄒子記其事予惟道無
方無體從之末由未始有宗此見道語也入道者
必先定其宗如人之有祖禰子孫必曰某吾宗也
仁孝之心生焉周子特起舂陵開有宋道學淵源
二程師周子而光大之正楚宗也太極一圖或者
謂周得之彼氏辨者蜂起然予謂主靜無欲二語
即千聖不能易程子識仁定性書希聖津梁亦俟
之千聖不惑徹但為楚正宗葢直接堯舜孔孟之

宗矣學者肯從無欲主靜識仁誠敬存之之語一
凝神焉始知吾宗之所昭垂者如天如地如日如
月雖欲不為孝子慈孫以振其宗不可得矣或者
謂茲山以蘇氏顯洛蜀角立之指不無异同不知
蘇氏亦非流連光景者比葢其生平崎嶇瘴烟蠻
雨中亦洞朗豁徹超超玄著特不欲為禮法所繩
耳不知程子所謂誠敬存之之語正不須防檢不
須窮索之謂蘇氏未窺程之深而角立者亦門庭
之過也昔也角立于朝今而合併于黃雲屋相望

蘋藻薦馨風恬波澄當一笑而俯仰人代悲滄桒
之何常證人我之無着矣登斯山者何洛何蜀天
之與我本自廣大本自高明有不以身肩千萬世
之正宗哉人亦有言無形者物之大祖無音者聲
之大宗其子為光其孫為水夫光可見而不可握
水可循而不可毀即周程蘇子同此光也同此水
也吾儕與周程蘇子亦同此光也同此水也此亦
萬世之一大宗也予昔同恭簡及諸寅入　朝恭
簡曰此一行也獨則跬步為勞眾則瞬息而邈甚

矣得朋之樂也晉吾茲舉得恭簡之意黄人士其思以共衍火傳無令晉吾王公有獨復之嗟也

碑

澹臺祠碑

夫陶冶人羣淑世軌物孰有踰學哉學者覺也懵然罔覺者則以不學之故天不忍斯世斯民罔覺也常生仁人君子以肩其責仁人君子睠斯世斯民有一人不覺曰吾之責也必思範圍曲成之而後已伊尹欲以道覺世懷一夫內溝之恥彼非哆

言也其所覺者大也豫章中丞王公自下車守南昌至今官二十餘年矣所至淸風凛凛民則而象之頃自塡撫來不動聲色民在春臺玉燭中者六年一日時與諸士師弟子以所自得者誨若家人弟子然諸士師弟子就公如冬之日不忍一時不聞公謦欬公察其可與語也乃檄諸士師弟子曰豫章文獻名區開其緒者實澹臺一人祠舊祔墓側甚不稱崇先尊賢至意巡東觀察別署廢且久審邇宮墻宜祠祀澹臺其中以崇仰止于是檄郡

邑葺祠凡三楹後爲寢室主祀澹臺中爲堂前爲門廊僚以周垣言言翼翼公復慮會無貲也又爲計費年可得百餘金而歲請有道術先輩者爲政法制纖悉備具無遺諸士紳走而告曰夫公加意斯道爾爾我輩不齊心淪衷以先公盛舉者如日于是月有會四仲則舉大會會之日諸藩臬使君至郡邑大夫俱臨肅公主盟焉公至即矢言曰佐不佞不足塞諸君厚望然于此學素不敢吊奇詭出一危論駭世惑俗竊嘗觀先賢之論學曰賢賢

易色事君事親交友競競何詳摯也理即實理事即實事未嘗譚虛襲空以爲抉千古秘藏諸友處而敦實行出必效實用斯不負此會矣意夫闡明性體究晰淵微豈不纚纚聽聞然上達天德孔門自顏子下不多見焉今顏氏何衆多也且吾夫子不嘗答問仁問政問孝乎各隨其性之所近引之未嘗執一切示初學而教之躐等不然言無極足矣何以又言大極言圖書無文足矣何以云言之不盡蓋無極無文所不得言也不得言者似人之

自悟耳言甚辨諸士紳恍然如從蒙霧中覩青天之劃然朗也各欣然得所欲去退而曰二十餘年在公宇下以公能君我父我今公復以正學示我默而成之不言而信存乎德行惟公有焉同志以公澤不可諠也屬鄒子碑鄒子曰公之言眞吾道之蓍蔡也夫昔元某弱冠歌鹿鳴即逐隊入豫章會旣入仕復偕數君子爲心膂交當時聰明才辨者何啻數百家然求可師百代者數君子外無聞焉何也彼譚虛也虛不可執也譚空也空不可摶也湛湛長天虛空無象而四時行者行生者生人俱從行者生者游衍不能從虛空處厝一語吾耳目所習見習聞以爲虛靈券者惟子臣弟友慥慥皜皜爲証故能飾之昭昭不能飾之冥冥惟掩王公大人一時之耳目不能欺里閭愚夫愚婦千載之眞心匪我公其誰揭斯道之正鵠哉世所稱澹臺者卒未能得其解也曰行不由徑徑非小路之謂蓋大道甚夷而民好徑徑者如多聞多見飾一知矜一能以自誇于世之謂也澹臺學見其大

一稟性靈行天下之大道故曰不由徑世慕大道者多忽小節澹臺公事必見是不忘情民隱以削跡爲高矣惟公事乃見是不染塵情以逢迎爲驩矣廣大精微政子游所取夫子所嘉不然不託跡由徑謝絕偃室世豈無人哉此公新祠覺世之意也豫章于道雖自天性然在宋信州有鵞湖南康有鹿洞吉州有白鷺青原皆自周程朱王四夫子倡之今茲祠以公倡明于上壇坫相望居然東南鄒魯世公之澤宮亭匡阜掩映亡極矣它日火傳之盡孰非公之賜哉公名佐字　號大蒙萬曆癸未進士浙江鄞縣人

奉政大夫吏部文選郎中雲浦孟公墓碑

夫學已以內事脩之身其德乃貞脩之家與鄉其德乃信脩之天下其德乃大故曰君子以成德爲行日可見之行也不見之行不足以爲成德而世以二三之見裔詭敗行塗飾人耳目不可以欺三尺竪兒矧曰天下後世蓋余自癸未入朝心素嚴師者吾師朱鑒塘先生友則王聊城洪陽外所稱

二孟先生張宮諭賦二孟行者是已孟先生莅平人業誌其墓而雲浦先生下世久遠在中州東匆亡由常竊自恨表弟王鉉令新安拜而屬曰此我友也眞儒也護其圖書聀其後裔是念未幾而先生弟以墓表見屬此予志也先生諱化鯉字淑龍先世關中郃陽人洪武間移新安遂占籍高祖眞曾祖聰祖倫世有隱行倫生秋號雙臺隱行具盛太史誌中贈南京戶部主事母衞氏封太安人夢日如斗以嘉靖乙巳閏正月廿四日生先生于儒學東長而脩偉美髯望而知爲有道人也自幼卽知虛心下問諸長者曰此誰家子必成大儒十七補邑弟子員念人生如漚露波波一生不可爲人西川尤先生力行古道遄就學焉讀擬學小記曰濂洛眞傳具見今日遂歸而與里人敦行不怠諸督學不但奇其文冠中州卽行亦以爲濂洛衣鉢應貢第一人廷試第二人入大學同郭司馬青螺孟尚寶我疆黃宮贍愼軒莫逆最後仕而與我疆聯軫猶密庚辰成進士辛巳授南京戶部主事丁

雙臺公憂起補戶部主事管銀庫出權河西務公痛革夙弊殆盡付稅銀縣收支目不覩一錢惟與士民講
聖諭六語中藉發明正學行之日士民肖像祀江干過客題祠曰司農權稅潞河邊絕勝山陰取一錢共說槖中金百鎰何如生像祀千年丙戌奉
命賑河北散賑有方全活數百萬人猶加意于善人卽布衣委巷知學者必致禮焉將還　朝改考功主事丁衞夫人憂起補稽勳員外郎歷文選郎中公念以人報國本自素志乘可致而復走私門所學謂何孤立行一意所推轂必海內共以爲賢者所擯斥必走權門屢爲關說者中涓輒請輒尼疏起都給事張棟　上業令票旨政府封還陰陽其詞于　上前　上遂以忤旨調外任時正當大選先生星夜治文書完跨蹇驢歸兩都交章不平先生意氣自如諸方面郡邑投一刺不可得津途問選君何遄而先生已遁去矣歸而舊弟子候于黃河瀆舊盟者數百人歌聲洋洋聲振林木盛矣

初先生謁西川歸而大倡會西川曰聖學盛行于西矣乃先生謝銓事昕昔益宏以昌豈天欲以斯文柄付先生而不欲先生盡施之行事耶新建之學北地諸君子多疑而不信篤信不惑西川與茌平追先生而三然諸君子故不能不疑新建之言而不能不信先生之人父事雙臺公衛安人聚順無違兩尊人謝世公以不得視含殮爲恨朔望必搏顙二弟曰彼代吾送終視二弟即吾親也里遭荒歉啓雙臺公發廪濟人貧不能償者折券棄責

里中人以爲嚴師以爲慈父合家鄉國而徵諸行者如此蓋隱顯一致矣或以先生未得大行爲憾不知國之大事理財用人其巨者先生初試民部大挽貪墨之末流再試銓曹欲開拔茅之黄路亦足行矣不盡行者天也時予與先生同舍兩人各有肝膽咸被逐去既而趙高邑顧無錫鄒雲夢王淄川亦皆不竟其志予黨不能事人故不能用人惟不能隨時故不能有裨於時然使時知銓曹自有正路吾道自有正法能屈吾黨一時者官不可奪吾黨千秋者志則所被一時者小之乎云爾史臣至此宜何如嘆息焉嗟乎二程先生當宋盛時皆位不稱德今炳炳日星爲萬世師先生何必以位顯伊洛淵源千古如生可也兩臺薦公名績伊洛後而以專祠祀先生允宜先生没萬曆廿五年正月享年五十三配龔氏封安人男一誠邑諸生娶董氏女二一適梁允濟一適王親賢皆諸生十月十三日葬於邑東函谷之北原銘曰

眞主更絃　時際一清　藹藹吉士　言司銓衡

吉士宅心　媚于天子　孤价狷潔　恥爲權使
尼于要人　弃棄其身　日漸月累　山谷沉淪
皎皎我公　吾道冠冕　退則循循　進則蹇蹇
世事日非　言賦歸來　惟二三子　藉公以裁
一人振鐸　萬夫齊豈　河洛之間　藉公振響
偉矣我公　克紹二程　公其步趨　吾道丕明
不絡階級　不墮見解　獨握其要　先立其大
流風餘韻　百世之師　天未喪道　斯文在茲

鄒子願學集卷之五終

吉州鄒元標爾瞻父著
東越年弟周汝登編訂
同郡後學郭一鶚
龍遇奇校梓

行狀

明南京刑部尚書敬吾魏先生行狀

魏敬吾先生者非先儒之典刑哉儒者口則古昔稱先王鄉評官箴往往多訾議大都隕志於貧賤

戚心於寂莫人曰譚學不足信非譚學不足信贗儒不足信也先生孳孳講學而躬行爲務昔官中大夫歲租不能供一飽怡然自若常人砥厲初仕稍被挫折自度計無復之鮮不回面易心者先生被權臣中錮例不得復用甘守衡門不一失足公庭持已何嚴也予故曰先生儒者之典刑也先生當屬纊時呼其子士淳士清以狀托余余夙知先生不敢辭先生姓魏名時亮字 世居南昌木山里父兵相嘗爲袁州椽史守奇其才貌厚遇之

會生先生見有異稟乃嘆曰有子可教惡用供刀筆之役爲遂解職事歸而訓先生先生遂用經術顯登乙卯舉人己未進士授中書舍人選吏科給事中積至戶科都給事中陞太僕寺少卿先生嘗以兵科左給事副今大學士新安許公使朝鮮却其女樂銀幣之餽故事

詔至開讀王北面使臣西向先生與許公固爭之謂天威不違顏咫尺吾何敢以一二人忝天王命王不能奪竟南面臨之時與國中人譚學不能盡

解遺以明儒論學語錄國中人鐫布之嗣往者國中人咸稱昔時二天使廉而有禮其不辱

君命如此在掖垣疏幾成帙大都毗

主德匡國是節財用斥奸回㝡著者虜陷石州請

上面詰大臣蓋

穆廟登極來未發一語故先生以是爲請越二日

上講罷即問石州殘破狀講臣云不虞虜賊深入

上囁嚅唇吻間將有所商略而中官王本者輒從旁厲聲詆罵諸臣工欺蔽先是本陰逐言官周公

怡陸公鳳儀實欲借此恫喝臣僚
上怒本目攝之本猶語刺刺不休其黨稍朗者肘
之始息
上滋不悅而罷中外聞其事不敢發先生劾本無
人臣禮大不敬又數其不法事數條士論壯之是
時華亭與新鄭相戹舉朝俱右華亭先生亦右華
亭攻新鄭未幾新鄭再相盡逐故與已有郄者以
考功法中之先生亦在逐中人謂先生官不過四
品家無資斧何以娛朝夕而先生卜築堯峯之顛
曰吾用是老甘心焉癸未
今上親萬幾朝政一新兩京臺省交章尉薦之下
部議起先生南大理寺丞旋改左通政陞太僕光
祿二卿都察院副都御史協理院事代掌京營戎
政晉工部侍郎陞南京刑部尚書先生之副憲也
不減給事時風度疏曰救時綱領要務曰保民裕國
之謨曰法祖聖脩肆劄皆其鉅者餘悉具鈔中
上多所舉行又請
皇長子出閣講學

上大感動方命擇日竟爾中沮先生獻替稍頻同
類有不便者假詭語嘲先生先生曰余不能効力
宣猷報國家厚恩以謨謀効昇平則吾何敢後志
卒不變先生至南會當大讞力以洗寃釋滯爲巳
任亡何而病薨薨之先數曰憊甚然精神凝定口
不言外事既終形神瀟灑若屍解去說者謂先生
生平力學之驗云憶余爲給事中薦先生有器宇
溫粹問學端平恬約如處子寒素如儒生之句人
皆以爲知言既余識先生始知曩所言庶足似先
生萬一然先生之學大都以靜爲主以敬爲宗常
教學者云無感時此知常寂一敬以存之有感時
此知常照一敬以宰之便是神明其德便是戒愼
恐懼以此教人亦以此持身所至以會友講學爲
事至先生自得之深卒不能測其涯也先生生嘉
靖巳丑卒萬曆辛卯享年六十三祖某父某俱以
先生貴贈通議大夫工部左侍郎祖母某氏母某
氏贈淑人配萬氏封淑人側室何氏余氏子士淳
廕國子生聘原任吏部左侍郎王公希烈孫女士

清聘御史陳君子貞女女三長適熊維持舉人熊
琊子次許聘兵部左侍郎萬公恭子次許聘御史
涂君杰子所著大儒學粹敬吾奏議行世志伊學
顏宗會禮訓三卷藏于家先生性最孝友處家庭
族黨一本于厚里中數有忤者卒不計人皆頌先
生休度懿行甚夥不知先生潛心于道萬劫種種
一切皆性中浮靄安足爲先生頌哉元標盖嘗論
豫章縉紳往者班班不能殫述魏水洲某萬合溪
某其最著者水洲在

肅皇朝以諫顯三諫三榜遣際艮苦合溪官太常
沒十餘年不能葬今其子糊口四方又李蟠峯某
官尚書家事蕭索何先輩行之脩也先生幾水洲
之諫而無其苦同合溪之學而過其遇僉蟠峯之
顯而効其守惜天不憖遺使天未喪先生吾安窺
其所至今猶幸
天王聖明令先生再覩
天日以愧錮賢奸相於地下雖然即使先生終老
堯峯他日論世知人不以先生之遇爲加損也於

先生奚憾謹狀

誌銘

明嘉議大夫吏部右侍郎兼翰林院侍讀學
士贈禮部尚書謚文潔定宇鄧公墓誌銘

夫宇宙有至道焉匪至人弗會也嘗讀子思子曰
苟不至德至道不凝似岐道與德而二之終之曰
上天之載無聲無臭至矣至則眞凝矣夫道者蹈
也與民共由之也德者得也身所獨到心所獨契
之謂也凝則形神不分聲臭俱泯與道合眞古今

一息矣定宇鄧公葢凝道畢世者也公名以讚字
汝德學者尊爲定宇先生新建青崗里人青崗卜
居自成和公始和生瓊瓊習靜菴中夜半忽生蓮
花紅光燭天四隣驚爲火走撲之則紅蓮也始异
之卜者曰茲地其有至人挺生乎瓊生綬綬生富
隱德弗耀富生朗寧庶人奇欲覩之匿不就朗生
儼戊子擬首薦不果是爲公父以公貴封翰林編
脩晚以伯子衡州守貴贈中憲大夫公自幼簡默
內蕿常聞編脩公與人論學輒牽衣尾其後間出

語類夙儒而復勤學公憐其劬局之斗室公遂習靜斗室神情益瑩出而曰心之精神謂聖千古聖賢只此一事一貫吾夫子宗旨多聞多見引人法耳間以所得者發之制秇少年未之奇也洪溪衷公驚而語曰是見終當以學鳴天下督學敬所王公謂以聖賢心發經傳旨吾道主盟其在斯乎大奇之丁卯舉於鄉辛未舉進士第一人初江陵爲主考閱諸首卷不省而置之晚得公卷曰刊落鉛華獨存大雅業已奇公文接公儀復冷冷抑抑如

玉如金江陵神爲悚歸而伯子問相國狀公曰相國必大有爲但恐緩急弛張絃韋不佩未知所終伯子怪其語而今果驗　廷試賜一甲第三人官翰林編脩未嘗妄有交游取予茹荼忍寒童僕方啾啾敗絮中公起以殘楮當火燃指哦曰不是一番寒徹骨爭得梅花撲鼻香初服官時如此亡何覩改元新鄭逐逐將脊脊多事公過江陵時有匡拂江陵弗善也遂移禪剎以病請江陵持不下遣子就學巳聞封公病始從公請還里封公逝覲爲

舍斂服闋有終焉志丁丑強起至武林念大夫人未偕遂歸時龍溪王公寓西湖羅會稽張山陰兩翰撰約公對龍溪精舍龍溪曰何功公曰此體無止即以無止爲功又問曰信得良知不曰新建云萬死一生得來豈敢置疑惟是以知是知非爲良知竊恐學者妄認耳龍溪業心服巳而備語試公公曰天也不做地也不做聖賢也不做龍溪曰秀才家何得如此大言海內人復以公必能光明絕學而江陵奪情後横政愈甚羣望公出山言庶幾

有入巳卯一就列公竟不入遂還里朝夕依大夫人側諸縉紳罕覩其面惟昆弟友朋互相切究友以用世進者曰學不到舍我其誰終非天民書屏几曰天則不言而信神則不怒而威用世一番須令天地變化草木蕃始爲不負然其功實基于潛如龍不在能見能飛而在能潛倘乘雲霧上青天人窺一鱗一爪何以霖雨天下易之密書之徽詩之絅皆是義也客坐偶有齟齬者即省曰我未誠耶澄心半刻客竟易顏常曰我常虚而人不碍我

不啻而人自化又曰從氣上起終是乖戾從性上
發自爾中和其虛明若此居家臺省刻無虛日戊
子特疏起纂脩不赴辛卯
詔起宮允管司業事疏辭已拜南大司成公疏云
文廟之祭以元長舉其酒謂之祭酒多士之業以
師氏考其成謂之司成夫孔訓莫先禮義以昌進
之心其禮必不享士習莫尚恬退以躐等之身其
言必不從以進之心爲退之跡既前史所重僭居
爭之實蒙讓之名亦造物所深忌將使不肖以臣

爲趨滋仕路機變之巧抑俾賢者以臣爲戒掩家
庭眞切之心此豈脩曠典開賢路初指乎奉
旨不允始勉奉大夫人行至則有謂公者曰南國
士跳弗馴宜嚴公至多士洗心以聽約束常示諸
生曰吾非不欲求諸生愧我所無也亦欲非諸生
懼我所有也願以神情與生相交勉諸生瞿然顧
化曰勳戚內臣且有聞先生名過而謝罪者我輩
違先生約不得比爲人公自是益信曰嚴必律身
始律身弗嚴誰能悅之方葉父與多士游或有補

益晉南京禮部右侍郎吏部右侍郎方大計公以
天自誓即故人親知不一顧時溫三原冢卿陝餘
姚朱益都兩總憲皆海內名德同心共濟計藉出
人共稱服亡何署禮部事疏請
建儲者至再忽有三王並封之
旨公疏云天不言而信由今日明日今年來年是
也故信也自請册立以來蓋數奉
聖諭舉行矣然皆指
皇長子耳未嘗言待嫡也今驟而傳之人創而聽

之故不勝其異至以凡人之見上窺
聖衷而以爲非情也
皇上以天自處身度聲律萬萬非以虛辭示天下
但臣等竊詳
聖主立嫡之條謂有嫡立庶斯爲瀆倫非必有待
也若大典一行
主器有託
皇祖在　天實所欣鑒臣等又竊聞
中宮鍾愛　元子朝夕保護不啻已出願早正春

宮猶切於億兆臣民萬萬
皇上以厚　中宮而緩　冊立或者未諒　中宮
之心乎臣又聞古之帝王將舉大事既內决於心
矣必謀及卿士謀及庶人無所不從而後行之蓋
有見於人心不可拂也今日金封之
旨至使人心不能釋然安在其爲順天下也且信
者國之大寶帝王所以使天下精神相通指臂相
使恃有此也
皇上即位以來何令不信獨　建儲一事屢示屢

易人將謂　詔令可更法守可玩自是令一出而
疑隨之指臂不屬從此始矣時疏不知其幾獨膾
炙公語語血誠轉吏部右侍郎兼翰林院侍讀學
士公復疏云昔人所稱銓鑑謂澄汰流品綦重也
如以病人充之精神不強甄別必混所傷滋大臣
又聞昔之爲吏部者多務獎恬退斥浮競蓋以開
廉恥之心塞速化之路臣林壑病夫耳
皇上過聽在廷諸臣言再蒙召起速化莫如臣矣
不復自量與聞銓事身範不肅將使賢者以臣爲

戒不肖者以臣爲趨辱命益甚安在其用臣爲也
不得已從公請讀疏者謂茲疏默移世軸其功甚
大方計昕夕　召一覲太平之盛亡何以大夫人
謝世過哀感疾長逝先是病宿郊寺知友強之歸
僅存殘息道路是虞乃底家正衣冠坐曰奇事奇
事諸縉紳問此處見學曰不敢不勉遂端坐逝自
都門以及走卒人人無不心痗者此豈聲音笑貌
能哉守臣以聞
詔贈禮部尚書特謚文潔　賜祭葬　廕一子入

監讀書蓋殊恩云昔陸象山自幼即悟宇宙吾心
公自少即悟心之精神謂聖至終身日化月融精
密廣大高明篤實所與諸生語及楊少宰諸士載
佚稿者皆發前人未發世儒卑瑣者不足論即以
道自任妄以色相莊嚴去公之旨遠矣人覩公六
十猶慕一生傷母輒以公至仁純孝不知公不自
以爲孝也覩公半生林坳退然陋巷輒以爲廉靖
孤介不知公不知其爲介也人知公衾影無愧一
門藹藹以爲內行純備不知公歆然不自足也此

皆公竗明性中流行時而發之使公得大行所學以一性遍覆海宇者可限量哉常思漢時斯學侵晦遂以憲比顏子予每窺公深潛純粹曉夜端坐忘疲卽當時顏子明道不知何如也夫人語及天地聖賢望而震焉公曰姑舍是與龍溪皆未竟其說以予逆之卽先天不違行地無疆之謂也卽爲仁由已不由乎人之訓也天地且不違我何必法天地仁不由人我何必師聖賢此公未竟之旨也恐非汪汪千頃波者所能窺也元某性最愚不善

下辱公心眷交最深覯公輒爲心降公沒念及不自知涕之無從也嗟夫至人之生豈容易哉封公當魁而僨失之以醇德隱儒林太守公爲郡邑氷操實政老猶粹脩不怠弟諸生穆然大雅不知有兩兄貴家庭和德所醞釀者深培植者厚天之於公也篤公之於世也完世有眞心求道者公其正鵠矣公生嘉靖　年　月沒萬曆　年　月享年　十有　娶　氏封　子　娶　氏葬于　　銘曰

豫章奧區　代有名儒　傳衣紹鉢　動曰良知
影響擬議　終成管窺　惟公特起　陋彼支離
名揚于庭　當宁屬目　言戀庭闈　遽返初服
密脩靜探　惟莊惟肅　如玉在璞　如珠在匱
聖主側席　詔起東山　屢疏乞身　海宇望殷
勉酬君命　鐸振賢關　出擁臯比　入奉慈顏
言佐銓衡　言掌邦禮　惟寅惟清　世氣著洗
公孚輿論　名畱殿陛　羣推德望　師師以濟
臣也有母　疏乞柴荊　望公之起　萬有同情

遭時之否　而公不起　士悲梁萎　人歌蒿里
蕩蕩江流　誰窺涯涘　堂堂大厦　其將誰峙
猗歟我公　何忮何求　其身則隱　其神則幽
起居食息　惟道是謀　夢寐神情　與天者游
沉潛邃密　見孔于卓　繼往開來　昭明絕學
淳深粹穆　不彫不琢　一代山斗　巋然先覺
憐予孤愚　道義情眞　如輻倚轂　庶幾古人
公今往矣　淚落伶俜　每一念公　願贖百身
平康正直　光輝篤實　微言細行　皦如天日

摛辭銘公　一言匪溢　誰哉惇史　監此直筆

中憲大夫湖廣提學副使冲宇顏先生墓誌

銘

余兒時聞慈谿顏先生處伊庶人事不動聲色坐銷逆謀私計曰是所謂攬轡澄清者非耶已赴戍道辰沅郴桂間楚人稱後先督學必首先生余曰三楚其蘇湖耶過清平少宗伯孫公淮海譚間必曰予友顏公言若何余曰慈湖絕學其復興耶而冣後有掖垣小吏四明人也耳語先生里居為細

民造福利為後學樹赤幟事甚備至余曰古所謂表正鄉閭者非耶乃疏先生沉抑狀時先生投閒久與當路不通屢屢復原職致仕庚寅余再疏先生而南調命下矣嗟嗟有賢不舉言臣之責言而不用有司其責者方擬買舟武林訪先生函丈而先生圽冡嗣子望以余為先生神交知已持予友姜給諫瑞宇公狀委余銘余以先生名儒未敢執筆而司理吉郡劉公抑之則先生入室弟子每向余述先生貞脩苦節精神直逼古先哲且促余再

四予不得辭先生諱鯨字應雷別號冲宇先世本曲阜人初徙勾東再徙文溪自慶義公始慶議七傳而生封侍御養貞公母唐氏數應瑞夢而得先生先生自幼負文名試輒首諸生巳酉舉于鄉丙辰賜進士選大行人辛酉授山西道監察御史甲子推北畿督學乙丑以言事謫楚安仁尉遞遷至湖廣提學副使復左遷山東叅議陝西行太僕寺少卿致仕歸先生官大行出使襄陵　王不媚于禮先生以大義感動之　王卒以孝聞在臺中不

但著敢言聲而所條議俱報聞其大者如救民困裕國儲清漕規議海運河工時弊俱見奏牘中馮漢者京師巨猾倚定國勢為漕政梗勢張甚先生巡倉時廉得其狀朴殺之伊庶人潛謀不軌服室器用僭擬乘輿而善陰持當事者短長當事者噤不敢吐先是有上庶人不軌狀者業已奉

旨勘問而庶人結左右為腹心盡匿其狀致其父子支解之事葢岌岌矣

肅皇帝漸有聞亦頗念之會先生巡按河南辭徐

華亭華亭曰聞部內宸濠事且急誰哉王伯安乎
先生曰此與宸濠不同宸濠能以策屈羣雄羣雄
亦樂爲用伊藩雖招致人多然皆椎埋市井無賴
如狐豚輩一飽搖尾去矣可計而取也華亭曰直
指其有意乎先生曰相國能從中應言官敢愛死
以辱國華亭遂使意屬先生先生至知覲察耿公
隨卿有心計乃密謀於耿公耿公與庶人承奉王
鑾莫逆乃以秘計啊喝鑾鑾復從中應凡庶人奸
利事悉報聞而所藉爲死黨者鑾以意散之殆盡

先生旣間其胕腋離其黨與絕其偵詗乃疏熟數
其不軌狀
上得疏遂寘庶人鳳陽獄國除乃籍其貲財充軍
賦而所挾子女悉召而散之不煩血刃危禍頓消
懽聲溢達河洛間矣是時
上左右前與庶人腹心者垂涎府中裝乃以危言
激 上曰庶人貲財
上有也庶人子女
上有也今御史悉瓜分之寘

陛下何地
上幾爲動先生亦有聞不爲動賴華亭解而始定
自庶人法而諸強宗斂手聽先生指揮凡詭寄欺
隱田糧爲民間害者剪除始盡夫以數十年所欲
爬刷而不足而先生一旦處之有餘則攬轡澄清
之明驗也先生兩秉學政不規規甲乙文藝惟以
明道術正風化爲急務然在楚耶北畿久故楚士
慕先生耶北畿較深先生最喜闡揚節烈忠孝事
又最執法海忠介以直言下獄幾月不測昌言救

之沈公青霞以直言宼死塞上先生拔其子襄入
太學爲忠裔勸後其子積官至二千石在中州有
黃甲乙者父官知州廉而貧甲乙幼而不能歸櫬
者二十年先生貲以郵傳并旌甲乙考校士常德
有狂士以文置首選矣乃廉其行復黜人有告者
曰是不可爲文士地先生曰文士易得耳予終不
能以文先行有銓部欲私其父鄉賢及成國舅王
朋以賕紈法驪陵諸惡爲地方蠹先生悉執法不
少挫其強毅有執類若此以故知者服先生高然

亦以此叢忌其齟齬有由然也先生之仕蓋三黜矣初以發厰衛奸黜再以疎江陵遷三以左新鄭罷先生仕楚而忤楚相仕中州而忤中州相二相之嗛先生宜也後來者宜無所嗛于先生乃起廢之典徒捷徑終南獨使先生老死東海之濱又何耶執銓者猥云一人可廢國典不可廢公論已申其身不必用嗟嗟典可執也獨奈何有不盡執者執之正人而或濫及匪人則余不知其解矣元標雖未請事先生然從著述中讀所論孔孟顏曾及

原人原性諸語大都先生學以求仁爲宗以默坐澄心爲入門以踐履操脩爲見性而妙于愼獨極於默識先生既殫厥心矣而總于悟格物之旨盡之世儒以一事一物爲物而先生以通天下國家爲物爲格其力久故其悟深其悟深故其用周蓋嘗論慈湖師承文安人見其直截簡易不知慈湖夜半多披衣危坐一旦性體呈露直信不二後儒卒以意識卜度承之而慈湖之旨荒矣先生至雲溪館恍然有悟格物之旨實以吾身即天下國家

天下國家莫非吾身亦從困衡中入而非以意識承當之謂其與無意之旨同耶異耶世必有能知者人知先生出則所至揚芳處則閭里歌德孰知先生之學所資者深哉然余觀先生于所忽矣先生初得鄉雋報至偶聞母夫人感先生不起宴竟徒步歸血流竟踵又丁唐母憂廬墓三年夫先生純孝人也孝則百行攸基夫始進既不以榮名忽孝思終其身又肯以世氛墮忠猷先生生平大節孝固已始基之矣宜襄王聞先生言而有感也若

先生者允可爲後學鵠其俎祀于慈湖之濱也允宜子三人長子望志不凡近可嗣家學其孫曾嫁娶及先生居鄉懿行種種具諫議公狀中余謹摭先生學術幷立朝之大者著于石先生所著有易學義林春秋貫玉奏議文集若干卷行世銘曰

偉矣顏公　東魯苗裔　崛起文溪　鬱爲名世
峩峩豸冠　直躬正色　澄之不清　撓之不忒
何物淮南　敢爾爲夭　請劍上方　氛祲全消
畿甸中州　威布惠流　所去見思　所至民謳

鐸振南北　化行若馳　流風蕩義　代有餘師
妙契格物　千聖同宗　匪曰億度　力貫心通
返其初服　式開來學　處世若超　巋然先覺
未竟其用　不用斯全　彼佞倖者　眎公孰傳
學宗無意　前有慈湖　吁嗟我公　與古爲徒
勒予銘詞　過者式墳　一脉未泯　緜緜若存

奉訓大夫尚寶司少卿我疆孟先生墓誌銘

今東魯仁賢彬彬矣力承正學我疆孟公其最也公在同志依公如魚之於水公亡同志悲公如岳

之摧峯斯豈偶然者哉中州孟君叔龍與予于公最契叔龍業已狀公謂予當銘予不敢辭君諱秋字子成世居茌平學者稱爲我疆先生自幼凝重端淳讀詩書即通大意不爲訓詁所束縛里有宏山先生者夙志陽明學公贄而受學已已恩貢入太學庚午中京闈辛未成進士授昌黎令昌黎疲而殘于虜公一意和惠煦育興條編脩城堡振文教收孤獨皆德政遺意初人或誚其迂久而曰公固大儒也上下交相信慕陞大理評事公悉心平反覆聲大著會山海關部司缺人柄臣遴公往特須勑許公便宜行事公至因緣爲奸利者屏跡而先是溺其職者遂以蜚語傷公公被計當調不赴乞致仕歸公之歸也與妻孺人共駕一牛車旁觀者掩口笑曰昔鎮是者黃金滿載身名俱亨今白苦如此而不得安其位廉吏安可爲也公怡然歸陋巷簞瓢若將終焉會時政更新起刑部主事積陞尚寶司少卿卒公之在都門也一以會友興學爲事所論學諸書具予刻我疆集中其最要者謂

心非血肉之謂未發不離已發謂孔門學惟志仁不論克己謂惟了自己即是聖人皆上副先儒宗傳無論世士色取行違者不敢望公一塵即號大儒履繩蹈矩而以意念爲實得力地者敢望公涯涘矣公最留心國家事世或以儒病公使得竟公所爲世必享眞儒之效而公位不稱施知公之深人人扼腕雖然孔孟大聖大賢亦未得竟其志然其學照映宇宙孔孟固未嘗亡也人心不死公之學固自有在天之所以用公在彼不在此公生卒

年月及子嗣具孟君狀中不具載銘曰

嗟彼世儒　意念自持　生滅遁續　影響支離
於鑠先生　能自得師　天聰天明　廓然無知
身有準繩　行無瑕疵　政追上古　黎氏遐思
未竟厥志　斯文在茲　聖學有的　㫺我銘辭

明朝列大夫南京光祿寺少卿涇陽顧公墓誌銘

涇陽先生系心斯世斯道者數十年一旦長逝天不可問矣元某雖未奉促膝之懽然叢岫間魚鴈

不甚沉寥擬藉公爲歲寒盟而公遽然元某豈獨一人痛哉公子淳之涉長江持大行高公存之狀來請銘予不忍辭按狀公諱憲成字叔時學者稱爲涇陽先生顧之先自將仕郎百七公始家上舍里數傳至曾祖諱綽邑諸生綽生夔夔生南野公學以公貴贈戶部主事母錢氏封安人生四子公其仲也自幼沉毅異常兒讀韓文韓辨每至封公諱囁嚅不忍吐師以告封公封公召而語之曰昔韓公教子不諱兒奈何諱學公尊教惟謹常私書壁曰讀得孔書方是樂縱居顏巷不爲貧以自儆一日師講禘之說章公請曰夫子旣不知何以知其說者之於天下如斯也惜或人未能再發夫子之蘊矣又一日講養心章公又請曰愚以寡欲莫善於養心爲主欲爲役主強則百物退聽其聰頴多類此師驚而謝曰子俱如是觀五經註腳豈虛語哉庚午補邑諸生丙子首應天試以丁封公憂未計偕庚辰登會試高等授戶部主事朝夕與魏南樂允中劉漳浦廷蘭切砥求不愧科名覩時政

紕繆忠佞倒置輙憤不能平擬書上申相國有所匡糺後覩魏劉二君書婉而當遂附名進江陵漸有聞方以語相國未幾遂謝世不然事有不可知者在江陵病傾國走羣望禱業署名公走馬立削去後江陵卒始晉吏部孜孜人才即幽隱不遺以錢大安人壽請告者三年閉門讀易春秋二經丙戌起驗封司丁亥大計會有糺何尚書起鳴者尚書疑辛大中丞自脩陰嗾諸御史諸御史遂得降級公上書詆尚書語侵內閣甚力而屬望大[illegible]臺

省與被言者各當自反其言甚公而正通國傾服當路不悅落公職判桂陽州先是蘇槲二公及莊定山俱以謫至州人士望公來如三先生式臨之執經就業者甚衆亡何轉處州李公下親民事有閱墻者曉譬之各欣然去方以此得淬厲其心志萬一而兩臺禮公以差歸公歸丁大安人憂起泉州理壬辰大計舉公廉寡欲第一尋擢考功司公至直　三王並封議起首疏倡同官爭及與大倉往覆爭者侃侃無所回互竟得寢已趙高邑南星

司計盡黜諸要人子弟婣婭公實左右之趙忽奉旨罷公疏願與同罷不報已領銓事凡公啓事與海內意所欲用者當路色沮不欲用大倉所欲用冢卿與內閣公復尼不行久欲中公以公時望攸屬不果乘公推內閣起王山陰遂削籍歸自公歸正人披靡逐者錮者如衝風之籜無寧狝矣公歸得重病者數年至甲午始甦各有劄記沉潛粹密與讀書錄相表裏問學者日衆乃與高大行景逸闢東林集同志歲有會月有紀其所最研辨者無

善無惡心之體一語曰如是則善可不為而惡亦可橫行葢有感於世之儒名盜行者不佞閒常致書商度公曰子言救世也故自爾爾與子密證以俟异日然公之所造亦淵乎微矣嗟乎使天假公年世覯真儒之效惡可量哉葢嘗論非無談秇者自公經秇出世遂以為王瞿復起握管者却步非無啓事者自公奏副出世遂以為子瞻再生起草者屏息世非無登壇者自公東林一闢世遂以為濂洛更甦虛驕者愧恥願公一入銓曹衆方彈冠

逐之桂陽再入銓曹衆方引領錮之家山三起光祿堅臥不起而薨天耶人耶公雖不得盡其用然所與

天子宰相爭是非可否者皆

國本重計宗社遠猷即寤語寐語夢覺間惓惓不忘國家夫非實以身肩斯世斯道者所必不能謂公一日樹千百年計可矣彼抑公者蓋天以斯文之責付公公必不以彼易此鄒子於公有餘慨焉公之上書右沈司馬李司徒及銓曹諸事原不為

一人一事起念又官從大夫後與山林上書者不
同世遂有不深惟公者公常致書曰近從千磨百
練逼出眞身子來公豈可及哉公已薨數年諸君
子彬彬質有其文异世且加賴之如公弟季時國
子薛君某其人者恨不起九原而肉之以爲世儀
刓存存寥寥護其毛羽猶懼吾道不振而忍摧殘
之耶公居家孝友可追古人平居所與友人觀磨
者恂恂雍雍居然名儒軌轍爲末學計者能不熟
數公軌行而一令後世有所師承焉公生嘉靖庚

戌八月卒萬曆壬子五月享年六十三配朱氏封
安人處士某女子三與渟廩例生娶莫氏邑廩生
某女繼娶鄭氏霑益州二守某女次與淪殤次與
沐郡廩生娶唐氏翰林庶吉士某女繼娶嚴氏太
學生某女女二一適王孝廉末圖馬平令某子一
適太學生王世學行人存之公子孫男五柗楠俱
渟出柗聘劉氏南京兵部郎中某女楠未聘杓枘
柱俱沐出杓聘義與王孝廉某女枘聘琴川太學
生趙某女柱未聘孫女八嫁聘皆仕族以萬曆

年　月葬於　山　向所著有藏稿劄記大學通
考質言東林會約商語還經錄證性編来梓編十
餘稿行世銘曰

世運昌明　公揚于庭　世不我與　公投于林
有鳳九苞　噦噦其音　四方來儀　異地同心
匪曰好我　墜緒是尋　手挽江河　力破重陰
猗歟我公　如玉如金　不泯者行　洋洋者神
是耶非耶　吾道陸沉　我銘匪諛　天日監臨

明詔徵承德郎禮部主客司主事瀘瀟劉公

墓誌銘

安成自文莊公以學鳴海宇數十年所稱心行雙
清特起紹述者吾友徵君瀘瀟是已徵君予黨所
藉以鞭末路者乃溘然長逝不勝梁木之嘆仲弟
上卿泣而持狀過予曰先子生而先生薦于朝没
幸先生銘于幽先子辱知不淺其無辭元某謹拜
狀而相對爲世道悲者久之公諱元卿字調父初
號旋宇既號瀘瀟先世爲安成南溪人世系詳狀
中祖某父某任叅軍以公貴封儀部主事公自㓜

雄奇韻斂入塾諸師駴而遜謝去既負笈盡吾伍
君伍門業麟經者各有秘錄靳弗與公奮然曰豈
神授耶遂自出抒軸成一家言諸人皆驚詫以爲
異事然公非好也入郡爲青原遊輿夫語曰昔之
青原挾妓酒人歌新聲者達旦自兩鄒公子入遂
絕響公聞而惕然有省兩公子卽僉憲汝海宮洗
汝光氏時自東魯歸嘐嘐以正學倡諸里者公入
山汝海以學嘗公公喜動于心歸而陳諸宋儒語
錄堆案盈几玩而三思焉汝海退與汝光心畏者

久之時周太守鶴皐犀諸士試公盡以所學發于
論太守大奇以爲眞儒再出不獨以科名器也入
闈遂魁西江偕其師伍君及劉侍御葦仍以學相
切砥辛未業入彀主司以其策多憤激語遂置之
殿江陵聞而大怒下禮部以飭多士公歸而師事
三吾劉公倡學里中里中勃然興起甲戌不第復
以江門詩抹其引杜門不出矣而里中從遊者日
衆公于諸先輩語淺生厭深生疑乃出而謁蘭溪
徐太常黃安耿司農公于蘭溪機稍動至聞耿氏

時提生生謂易一語欣然自信曰孟氏不云乎四
端充之足保四海吾方幸泉不流也而故遏之火
不燃也而故滅之彼滅與遏者二氏之流吾所不
忍以此爲學卽以此迪人而所期復禮識仁中道
一德諸院歲有常會西鄉諸習俗得公一變堯水
諸盜得公一彌攸安兩邑爭界不輸賦者得公一
定入其疆彬彬如也太守汪公觀風形之咏歌此
足徵公學矣公雖絕仕進乎旣而強應聘出埋光
剷采冀與名賢一移世軸覩時不可爲遂飄然歸

然國子薰德者甚衆儀部疏從祀諸先大儒釐正
女直諸疏皆其鉅者然知者皆謂公具大有爲之
才使有力者盡去崖角必大有可觀惜公未竟其
用也公雖未竟其用而食公之澤者盡于邑中而
官運軍匠冊諸事利于民氓者甚鉅公性敏又諳
于典故有可裨閭閻者聞必行行必力葢嘗慨世
之學者漫無實履與世隔閡是墮名相俛首寘心
鈎深致遠是墮理窟公與衆人游春風習習人皆
可親然徐而叩之淵懿粹穆人終不可得而及夫

使世儒知品自有眞學有實用公其人矣或者謂
公學度世有餘于出世一路未必無疑不知以公
至性於性命之說豈不有聞顧不欲深語以啓世
儒𣊬深之習公豈未有聞哉公壹篤于倫一門以
內雍雍穆穆無可選之行合族剏祠輯譜皆竟先
世所未有者至于汝海汝光掖導之功心口不負
生嘉靖甲辰三月終萬曆巳酉七月享年六十六
娶某氏贈安人子某孫某葬某山某向所著有山
居草還山續草大象觀諸儒學案賢奕編六鑑舉

要國史舉凡聕語測言思問編何莫編先正義方
禮律類要明賢宗解畚江證學大學新編行世銘
曰

安成之學　祖于文莊　公其傑特　示我周行
嗟彼世儒　索之幽窅　火燃泉達　是爲公心
天地大德　曰惟生生　吾握其機　均齊治平
側身柴棘　守一爲要　捧檄而往　天子有詔
見幾而作　旋賦歸來　惟二三子　藉公以裁
不競意見　不涉末學　惟規惟矩　𡡉然先覺
流風餘韻　百世猶師　過者必式　斯文在玆

明通議大夫太常寺卿視軒陳公墓誌銘

往余甲戌聕視軒陳公青原山公脩挺沉靜稠衆
中不問一語間語卽洞中肯窾嗣予過公里遣公
田閒疋馬青衫遠睇不知爲太常公詘予語竟日
夜悉公神情內諳予飄泊南北心常儀之近予獲
歸里擬起居公而公病病未幾公沒嗟嗟闡揚先
覺流韻來玆予何敢辭公諱慶字履旋名御史螺
田公五世孫侍御傳彬彬生表是爲公祖父俱以

公宦粵西
東宮覃恩再晉封左布政使大母羅氏母劉氏僉
贈夫人公幼故貧然攻苦績學爲邑諸生時華亭
徐相國督學江西拔公首諸生延爲弟子師丁酉
舉鄉試庚戌成進士拜大行人陞南京戶科給事
中時言官毋者蟻附高者毛摯公性無倚毗卒不
以搏擊先仁厚疏安重地處餉道皆爲國家計久
遠獨操江大臣故以邊材推玩冦不撿公始一糺
之卒中公墜公守衞輝人曰是郡衙公不耐劬而

公優游豈弟爲守守亭會歲歉且蝗公賑濟有畧
郡獨不飢他郡見衞輝不飢且倣其法行之新汲
庠文廟及諸惠政具載紀德尸祝貳碑是時倭憑
陵吳越閫𨶹括爲甚浙鎮臣檄選人需全才可備
緩急者陞公浙江副使備兵温處人曰儒不習兵
而公治兵兵愈亨倭寇閩界邇龍慶貳邑時歲且
除公親冒矢石纍倭貳拾餘衆喜曰寇去諸公曰
獸攫鹿逐會有寧時乎密與諸材官計水陸險易
芻粟豈約校卒勇怯棊置星布夏倭果猝至撫臣

觀兵亦至賴公調度各軍殊死戰兵氣霆震所獲
首功戰艦奪回被虜者無筭是舉也僉謂乙卯以
來差爲東南生靈吐氣先是有蜚語戲下得倭金
若干公下令曰敢持寸金軍法從事會有自售者
公哂曰爾不愛死我敢愛金軍中聞之感泣撫臣
上功狀
上嘉公丕績
賜白金文綺超遷山東觀察使歷陞粤西左布政
公所至提綱挈紀穆如清風尋晉太常寺卿卿棚

固重臣後有官以他途儀部若屬視之公申明職
掌爭之力又脩寺誌著爲絜令侍
穆皇帝郊天賚予甚厚柄鈞衡在昕夕間公遂乞
休歸公之歸也蓋給事時所糺者親爲柄臣用前
郄脩怨嗾公歸公歸惟杜門静証僅一往青原與
郡諸先輩訂學卽予晤公之年公嘗語予曰初久
困計偕聶貞襄先生固厄之不得乞祿再躓而謁
先生曰我以先生言故困敗至此先生亦大愴送
公郊坂遲公登騎公辭不獲遂登騎先生連聲曰

履旋履旋行且爲國家大臣豈惟第又庚戌禮闈
典試爲南埜歐公洞山尹公見吾郡罔有錄者歐
公錯愕尹公曰此必一巳開卷得公衆後詢尹公
曰何知曰閱其藝必泳游鷺渚有得者衆以服尹
公朗鑑而卜公正學亦奇矣公初號西塘晚號視
軒蓋嘗反覆公初居約而卒𡑾然不涅也有素履
往之象靖冦糺慝有履虎尾愬愬之象晩迄初服
幽人貞吉中不自亂矣視履考祥其旋元吉公得
于視履者深哉近從故篋中得公與塘南王公論

學書一通曰透得性根方有下落曰若是良知作主與天地合德日月合明論夜氣也曰謂聖人通晝夜清明則可謂衆人氣有斷絶則不可公學甚淵獨公不喜咳譚以故人罔窺公際公生正德庚午五月年七十九娶峽江鎮谿彭氏再贈夫人子一銓國子生先公五年卒娶儀部郎泉崖聶公女孫應嶽國子生郎請予言襄公大事者娶廬陵廣濟令劉公則塘女塟雲龍鄉五都澤泉人形丁山癸向銘曰

桓桓太常　侍御之裔　有烈有行　鬱然名世
揚驄栢臺　端笏畱京　五世臺省　後先芳名
出汲淮陽　我志何傷　士頌菁莪　民憩甘棠
特命持憲　茂著殊勳　精鏐文綺　惟天子賜
東魯象郡　公旌公牙　風霜隨馬　甘雨隨車
晉陟上卿　望隆中朝　倦翮投林　于焉逍遙
典刑既墜　悠悠彼蒼　勒言片石　用永來芳
瞻彼新阡　雲樹蓊葱　緜緜若存　澤寧有窮

故孝廉贈承德郎工部都水清吏司主事晉贈福建右布政白谷徐公墓誌銘

故孝廉白谷徐公年未強仕卒越嘉靖丁巳以子水部貴贈工部主事又萬曆癸卯以孫中丞貴加贈福建右布政君子曰公積學砥行困公車沒一發水部爲世顯人駿發中丞爲世名臣乃知公結爲大年藏爲大業自有在天之報施明德者苑非戔戔取必目前者能測識也中丞舊令文江習鄒子悉公學術以石上銘見委元業不敢辭按狀公名袍字含章別號白谷先世衢州柯山人國初祖

玄德以人才從正授麗水尉領兵鎮金華遂遷蘭溪德至菊逸居士凡五世世以孝弟力田聞居士名某即公父生子四公其仲子性最敏十二爲邑諸生甲午登鄉薦計偕未幾卒公早年慕古文辭所排纘逼眞名家旣而悔曰彫蟲小技壯夫不爲顓顓慕尚正學當時學濂洛者矩范有章先生在不敢越步武新建說出羣喙爭鳴爲異端公幽探密証獨嗜其旨手傳習錄爲贊稱説以自廸廸人常恨不得親受業門墻稱私淑焉維時尊新建者

又高步㕕譚多遺行而公内事兩尊人志物咸備私以其躬行有得者訓子水部及猶子奉常先生朝夕娓娓水部早世今奉常爲世宿儒譚及公輒爲淚落其入者深矣年未三十例應貢吏以讓其次者趙生以生食貧故督學文貞徐公標其行爲士林鵠襄敏李公時守衢延爲弟子師襄敏不以諸生禮見凡郡邑出公門墻者多爲名士去夫禔躬者蔽一隅譚悟者眇實際以觀于公内外純白何如也公常言曰儒學不失其自然而已自然者

天天卽理也理本如是學亦如是故君子順天嗟乎卽起新建譚説有能易公隻語乎新建高足紹興有徐公曰仁所述傳習錄皆以爲新建顏閔公雖未親聆謦咳造詣見地江左以兩徐稱然曰仁不聞其後衍其學者何若而公有水部以繼其志奉常以衍公傳中丞以宏公緒濟濟名儒海宇家傳徐氏學不以誦水部奉常中丞而咸源源本本于公火傳無盡又非曰仁可比擬矣公所著有誦餘稿意求錄五經旁註洪範圖楓山實紀仁山年譜紀仁山不仕元一節猶識其大者子二長某次卽水部君孫某某中丞公聞孫端亮懿愷所至風猷卓茂它日史臣傳中丞必能爲公續儒林傳元某腐儒何能誌公萬一哉系之銘以寄仰止銘曰

天祚名閥　必開其先　慶鍾源遠　挺生名賢
名賢維何　瞻彼白谷　有斐君子　如金如玉
是言必偉　是行必卓　學通自然　德行有覺
良知默契　能自得師　影響擬議　陋彼世儒
語爻默象　規矩準繩　前輩流風　後學典刑

一傳水部　再傳奉常　桓桓中丞　世德愈光
宸音屢錫　未賁重泉　天日爲朗　昌以得全
赤溪之陰　是公玄室　下有眞儒　過者必式
公年不永　公學千秋　琢辭闡幽　我思悠悠

明雪蓬彭先生墓誌銘

聖人之道溥博淵涵大者明其傳開來學次者遵其行潔己敦龐其流風餘韻亦使頑懦者有所興發云安成自諸君子以理學倡人材輩出其形神灑灑獨得其趣則共推雪蓬彭公余初知公以余

友丑子開語余曰公昔爲邑諸生有聲已從鄒文莊公學遂謝青衫然殫寘搜奇書秘籍不惜重價售之家藏自宓軒以下幾充棟所著有華秀族譜郡志考本朝人物表庶幾博雅君子哉而大理愼所傳公語余曰君自幼卽能郤父私槖四十妻喪不更娶姪國子生柏溪卒以地塟之護其孤不遺餘力其孝友類若此者廼余讀中丞三泉周公所爲公記甚悉則謂公行不隨俗退不近名似知公最深非人所易窺也余于公不能無疑焉坐小蓬

對名山似忘世矣而好閱除目自謂汲汲否泰之際又非荷簣儔也禮仁賢慕高躅似親賢矣而避匪彝若蛇蝎又與泛愛者殊科也臨終操牘别故人諄諄講院似乎達矣然生平所獨造者不一語以傳又何秘也公之行吾不得而名公常自稱曰小徐詰之應曰大徐孺子小徐彭子識者謂公善于自况夷考其行亦頗相類余終不得而定公焉因諸君子委余銘公余取公姪孫九亮狀而銘之公諱湘字元宗行十二系出華秀彭氏爲邑著姓生正德丁卯六月初二沒丁亥二月念六享年八十二子二長采娶三舍劉氏繼上城劉氏次槩娶朱二尹東槎女繼太守王公方南孫女女一適學博劉君全峯男胥誠孫男三徹曾娶儒官劉嶧山女亂鼎聘二尹張肖柏女孫女一適大學生王材齡曾孫女二將以吉期祔塟石坪盆形邑先輩三吾劉先生性和而行潔與公相類最莫逆公沒後余赴復眞會王先生塘南朱先生一菴王比部儆所鄒太史四山咸咨嗟悼公之亡此可以槪公之

素矣銘曰

聖門脩身尚高潔降及後世騰口說偉哉彭公誠踔絕如彼寘鴻難羈紲山巖業兮水澄徹千秋藏之此人傑勒余文兮名難滅可遠望兮不可湼

明潛菴李先生墓誌銘

見羅先生倡學劍江學者景從日衆至身先師事令同志益有所慕明潛菴李君其選也余在貴竹有寄觀我堂集余披閱之與君答問語甚具余一通刺就正先生癸未余　賜環幸得識公面至與

余語連數日夜曰見理須徹原頭工夫不離日用曰程伯子後之聖人達天之學也曰人生而靜以上不容說須透此乃有歸宿曰人只是爲形氣所間克去形氣便是脩身爲本便是止至善曰心性一也形而下便是形而上曰率性之謂道順之則大逆之則人語甚夥徐盱衡語曰先學禁甚嚴余欲上正人心疏會病作不果今其責不在足下耶余領之越歲吳明府安節令茲邑余折簡寄之曰里有滅明君知之乎曰非所謂潛菴李君耶余再

四禮賓席不赴告余以邑中諸利弊業已次第舉行矣且方需之佐吾理乙酉余有攺部之命過江上問明府云君無恙余時方避客擬入都門卽請告與君結盟而共學焉君遂以病不起矣上自部使郡邑下至族黨閭巷皆咨嗟涕洟曰李君亡矣思君不得或旌其閭或扁其所常遊處或形之歌詠痛堂堂大厦而棟宇之圮也嗟痛哉君令子庭唯廷喻先後過余山齋傳君治命屬銘于余余不敢辭余乃取余同年水部徐君狀而志之君諱大

昭字汝潛號潛菴自幼有巨人志從兄右齋先生每以名儒期之旣遊庠雖有聲諸生中然心鬱鬱不樂聞吉先哲倡正學則津津向慕會越中王龍谿寓白鹿洞君裹糧從之卒業凡三年已蘭谿徐公魯源行部至君復稟學二公皆大奇君乙亥李先生歸自粵中首揭脩身爲本之學公取其諸書讀之從之遊已察先生危病中學甚篤迺齋戒稱門弟子遂謝去諸生君意雖超曠而行斤斤如也丁卯歲大祲出餘粟賑族鄰而全活者甚衆有詐

鬻田者公不較又有寄金者暴卒尋族子璧之又有殺其僕者公遣人告城隍七日竟得其人抵罪而瘞枯骨周急難無靳所著有程夫子全書儒門定脚錄事學日抄困知記畧及歲錄論學書藏于家終之先二日猶呼二子及門人講學大都不越與余前所語徐自題其贊有曰一點酸心千古事春風座下更誰傳之句題畢乃呼諸子孫羅拜正衣冠終于正寢公于生死去留間若浮雲往來大虛蓋生平力學之驗云家爲邑著姓高祖養素以

子冢宰貴累封都御史三傳爲蒿岡公卽君父以文無害爲掾曹未仕母荷塘黃氏侍御公妹公其冢嗣也配北門史氏繼娶游氏男二長廷唯邑庠生娶甘氏次廷榆邑庠生娶黎氏二子皆績學愼行克繼君志女二長歸邑前廩生黃銓子某孫男三應豹應偃應鶴孫女一俱廷唯出公生嘉靖乙未年三月初六卒萬曆乙酉年十二月十五享年五十有一銘曰

汲汲而求師也卒本于脩身皇皇而仰止也宋之

伯淳有言必偉有行必眞蓋力學之大人非止今之逸民

布衣儲山李公墓誌銘

夫布衣而能使人興起聯屬者此豈聲音笑貌所能哉予見儲山李公其人矣公豐城人也姓李初名正巳字遠希後更庭止字某別號儲山父某母某幼習舉子業不竟去而爲江淮楚浙遊大困意豁如也歸聞盱江羅公開講乃以布衣見羅公方與諸縉紳集者數十人公躡蹻至羅公命直子取水浴浴竟登堂禮公公目攝曰世間有此鐵脊梁漢子乎禮之公不去羅公側目有所入而道韻彌深矣從姑山有一僧辟穀久望見公頂有氣如虹隱隱上騰异之以語見羅李公公語僧曰幸與俱來僧曰此當以刺逢公始至所與見羅公語載刻中論者非公悟後語一日見羅公曰四書五經是脩身爲本註脚公應曰脩身爲本又是我底註脚見羅公亦爲首肯時聞公名而禮之爲朝夕依者皖則有與樸顔京兆陽美則有史太常玉池越則

有大司成陶石簣在三君子處以十餘年之久而皖與陽美會稽藉以興起從遊者甚衆多語錄另有紀蓋公學從盱江入不事粉飾絕諸意言色相神情直與千古暎證者在故以一人心而能通諸君子心通諸君子心以信多士心語曰神而明之存乎其人默而成之不言而信存乎德行公其人歟倘公而彷彿假借疑似回護卽犀諸弟子賓賓而几席秦越眉面南北者多矣楊少宰周少卿贈公詩慧眼雙開金不着剛腸一副鐵難如每對一

尊頭獨點時論千古淚雙流之句此不可觀公哉

銘曰

學匪虚譚　誰會其宗　猗歟儲山　老至心融
諸方共學　六辟四通　不落言銓　丕振宗風
跡阻心親　我思有窮　用銘玄室　以告羣公

明大學生子明甘君墓誌銘

子明名丙字子明別號琴亭太守廉平公孫封侍御若虚公仲子忝知子開介弟也先世載譜藉中與兄忝知少而失恃鞠于大母同忝知受學三吾

劉公恪尊繩檢邑方試諸儒童子明棄而趺坐青原淨室家索之歸不得大母泣曰老年望孺子青衿如望歲孺子爾爾老而失望奈何子明聞而歸試龔令嘉定人大奇其卷益子明凈定久發為文彩暎人心目實不從文章家得來為諸生督學郡邑守相器待異等偶有感憤棄而遊大學大學自祭酒司業以下大器之文潔鄧公翰撰焦公皆以為入室弟子三試棘闈俱入彀不果後知為子明卷咸大惜之子明於麟經內承家學外藉良朋所得既遂一時名流爭推轂之然君雖不遇而于三敎得其窔奧抉心嚮往凡世儒擬議色相意識揣摩者絕不一駐足曰此學究見地所見者大惟文潔弱侯及予與大京兆劉扶生知之而一時友若劉瞿父無美諸兄弟周幼清咸尊信之宅人相塘君亦不一啓齒或與之飲酒酒後耳熱始發舒其磊磈之氣已復循循如初所著有擇善篇揚扢前脩為世炯戒亦畧見一班云子明雙目神情內斂而貌樸古其于書不深嚌其胾不止名山勝境足

跡半之於世味澹無所營予嘗言曰翊我老景者子明也不謂子明以訪焦先生留都遂不起嗟乎予老矣誰復知予念友之痛也君生嘉靖某年七月卒萬曆乙卯年某月享年六十娶某氏繼娶某氏子某邑庠生娶某氏葬于某處銘曰

嗟子明非今之人蓋古之人世多遇而子明何奇也遇者如烟雲聚散誰復知之奇者文藻陸離月旦推高將與山川而並耀來茲世有知者其以予言為不欺

詔旌貞節喬母令狐氏墓誌銘
侍御喬君舊常以楚李衡文豫章稱得士予門人
蕭孝廉道光君所遴士一日持君書謁予予開書
聑曰應甲不敏竊于典記者甲不佞四世來指亡
慮數十百皆以詩書起家踵跡黌序賓薦而皆吾
高祖母令狐氏出方吾高祖雯棄母時曾祖才二
月喬不絕如綫乃再傳而吾祖輩六人又再三傳
至甲等而幾百人夫吾母之茹辛吞蘖者匪朝夕
故正嘉間以節聞兩臺及郡邑先是旌其廬優其

襍差而玆
聖天子嘉意窮簷苦節閼壅不得上聞繡衣使趙
公始以吾高母應命　上下大宗伯議議是樹棹
楔旌其門夫吾高母百年峻節完名一旦得彰徹
皎日播之國史鄉乘此非　聖恩何以有此願墓
中片石久虛願子勒一言以永吾　君賜罔極元
標拜書及大京兆趙公狀蓋不勝企悚云按母蓋
令狐偃苗裔而學士令狐綯之後耆德景雲之女
也初歸喬公雯雯家中落[redacted]母至而家稍有起色

未四年而雯逝子世卿在抱匝月耳母哭之哀欲
從地下者數矣鄉姬走而諭之曰夫此呱呱孤在
孰非幽者所寘托乎子殉逝者則棄生者不如存
生者乃所以報逝者且守孤與死節殉夫與存祀
孰輕重母始解顏而一意以立孤爲節捷關人罕
窺其面有虞母盛年以它語進者輒唾曰天一而
巳頭可斷面能再頮乎語者慚而退歲時于世卿
有憂生之嗟未幾世卿且長有室矣母稍開顏曰
吾夫有托矣又未幾而諸孫濟濟矣母抱而告先

靈曰吾夫宗衍矣又未幾而曾孫種種有以詩書
起家者矣母一意饔飱喜而可知也常召諸子孫
跪于膝下訓之曰予覩萬壽之木乎其枝足以蔽
牛馬其蔭足以棲數千人不知其初植根時風雨
標搖霜露摧剝者艮苦未亡人之植爾等亦猶是
爾等其無忘吾昔日苦可也而時培之而時灌溉
之吾老人願畢矣且未亡人豈以是博名高爲闓
者曰母之先有子貞及綯皆掌秘藏爲顯官其所
論撰內則以貽宗範者必有非人所得而前聞者

母得于庭濡者深故節不近名謂醴無源其不然哉鄒子曰地之載物稱博且厚矣坤贊其德曰安曰貞母壯年媍節眛眛晦晦卒以衍無疆之祚所謂安且貞應地無窮者非耶周書曰天輇地葢善用道者無害時有滄熱善用道者無盡母以含章爲道而諸孫從王事者葢光且大含萬物而化光母道妻道臣道得母一人植之母葢深於坤道者予乃挈涑水銘以永母之無窮生于某年某月卒于某年某月銘曰

涑之水飀風不濁淩冬不礜惟母節之濯以莫不覺涑之流塴涜無競母德之靜惟福之炳以莫不永涑之源百川匯之宜母藩鳌子孫有穀詒以莫不滋洋洋　聖謨如綸如絲山可摧水可涸茲且與日月並垂千載停軺者尚有遐思

明大中大夫雲南叅政近溪羅先生墓碑

鄒子曰予習從先生長者遊學行無足術數者不足論卽有足術數者顓顓學一先生言嘐嘐自信有告曰道無盡非一家能竟輙拒而不入病在匪虛于道有窺矣謂世之人莫能窺其藩亦不欲使世之人窺其藩病在弗廣夫天之高也無弗覆也地之廣也無弗載也執一自足者道之賊也日月之明不私一隅雨露之潤不私一物不樂與人同者善之小也葢自予接近溪羅先生則庶幾虛而忘我矣先生丁丑入賀予侍先生左右者月餘承先生教旨不能有所入迄今二十年先生已爲古人始知先生坐我春風中不覺于是悔且恨恨不得先生起九原而請質之今年先生孫懷智訪我

雲菴以墓碑見委予閱諸名碩臚列先生者甚詳更何能贅一語然夙侍函丈不敢辭先生姓羅名汝芳字惟德學者稱爲明德先生世爲南城人家世累善夢日而先生生幼方泣而樂方怒而笑心疑何以苦樂倏變怒笑異狀識者已驚其異長而學益進閱讀書錄云萬起萬滅之私亂吾久矣今當掃而廓清之遂矢心學薛氏學常坐危樓起一牖如盂狀左右置明鏡一止水一跏趺連旬求除所云萬起萬滅者然未奏廓清之效而受朋從之

害病大作前峯公投以傳習錄病已庚子入省大會布衣顔山農在焉先生舉前功問顔曰此制欲非體仁也先生復竟所謂體仁者曰知四端而擴充則火然泉達其勢莫禦先生恍然有契遂於稠人中稽首顔先生者四已而師事之癸卯舉於鄉甲辰舉會試先生曰吾學未信不可以仕遂歸而尋師問友周游四方者十年學旣通乃赴廷試癸丑

賜進士出身初仕太湖令陞刑部主事郎中出守寧國再守東昌陞雲南副使㕘政歸先生凡幾仕矣其仕也以學爲仕學也以仕爲學期會簿書雖未嘗廢而眞誠惻怛盎然春育興利也不計一世而計久遠彰訓也不事強聒因其固有以故生而懷者若嬰兒之戀慈母去而思沒而祀者若孝子之喪考妣非可強致也元某反覆窺先生于微眞令人心折神悚非近世剽談者可比擬云山農雖以學自任乎放言矢口得過縉紳不少南刑曹業置之死地矣先生以身代爲之贖而顔得生全且

顔貧眎先生家若内庫隨取隨厭顔又喜施予隨施盡又輒隨其所請先生年已耄顔怒先生跪之榻前顔批其頰不少動膠而怒解始起夫顔橫離口語學非有加于先生而終身事之不衰生之縲絏周之背財事之有禮此祖父不能必之孝子慈孫而得之先生嗟乎卽此天地可格鬼神可動矧曰其地梁夫山因楚先生鬻田往援之有諷先生者曰夫山害道宜羅于法先生曰彼以講學羅文罔予加其志不論其他夫當時以學自命者稍出

片言夫山必無死地眎先生心何如也胡宗正幼師先生矣先生聞其易有傳復不難北面宗正盎可師已耶人耶我耶物耶渾然無間誰能闕之或先生眞見天下善無一處不具天下人無一人不疑先生學博而無統大而未純者先生云大出于天機原自統博本于地命亦自純予讀斯語恍然如見先生夫不本其自統自純者爲學而以意念把捉爲統爲純嗟乎此學之所以難言矣或又疑先生學無結果不知太虛之中孰先孰後孰始孰

終彼所謂結果云者是生滅根也我且無生而又何滅我無造端而又何結果之有茫茫長夜誰其覺之予不能無思矣葢嘗論先生有目與人同不見人過則與人異口與人同樂道人善則與人異心與人同以衆人心爲心身與人同以衆人身爲身有官也而以百姓之肥瘠爲榮勿恤於家矣有學也而以衆人之立達爲學勿執於見矣其尚友也時繹時玄不廢紬究一軌于大道其論著也聖訓帝典極其闡揚一根于眞性謂先生有見乎則

與愚夫愚婦同體未嘗有見也上焉者得先生眉睫間下焉者亦欣欣化育中以養以造先生非吾黨之元氣耶夫元氣周流布濩天壤間不可得而見惟觀造物生者生化者化飛者飛潛者潛動植者動植始知元氣之功大吾黨自成者成自道者道得言者忘言得意者忘意得象者忘象不事雕鑿渾然天成始知先生之功大予不得而窺先生之學矣憶濫竽掖垣曾疏先生云惟道是慕功名富貴不入其心逢人必誨貴賤賢愚不知其類識

者以爲知言今愧不能窺先生萬一謹列大較如左先生子二人孫八人曾孫十人懷智孜孜尚友懼隕家學先生有後矣先生生正德乙亥五月没萬曆戊子九月葬二十八都曹坊祖壠之傍銘曰

神隱而費　力弘而毅　呼吸萬類　胎育元氣
早竭心思　晩順天成　何思何慮　斯道典刑
其心孔仁　其仁以身　周流海宇　物我皆春
濟濟多士　私謚明德　繼往開來　百世不忒

明先考雙崖府君改葬白沙墓碑

嗚呼惟我仁考卽世者十有五年矣不肖男元標叨中鄉試時方食貧乙亥春王正月權厝仁考始祖刺史公墓椅形右薦紳先生及堪輿家過而稱吉壤不肖男竊疑北向前嶂隔江而遥堂氣蔓衍數欲改卜會登第後卽貶亥步所窮處幾七年春雨秋霜翹首南望淚未嘗不涔涔下也癸未荷
詔還北闕羈縻南北願莫之遂丙戌夏五月以狗馬病軀叩首天閽幸返初服丁亥春始得枚卜兹地名白沙人形首乾趾巽兆源於兊亘里不知幾

許蜿蜒而東南前仁峯崒嵂若笏若筆若走馬若騰蛟聳翠昂霄俯伏几席虔粵諸水滙爲巨浸環繞襟袖自文江折而左旋似足以妥吾仁考之靈也者虛左席爲吾母百年基尊母命也嗚呼惟我仁考孝友慈祥淹貫百家粹衷可質天日石畫可籌八面竟不得一當以顯歷歷化誨諸子弟彬彬遠近施于家政祠祀攸舉夫士處崖隩潛德幽光常患表見無術不肖男以經術登甲第官禁籞不爲不遇迺以伉浪之性逢世無耷既不能奉三釜

之養又不能低徊寸祿徼一命使主爵撰制者光揚泉戶頫仰旻天潸然欲隕雖然吾仁考拭目千古世味嚼然不滓寧以外至者爲榮辱且不肖在夜郎時思一望丘隴不可得今得以衣冠松楸時酹椒漿無瞻雲極目之感孰非吾仁考之靈
皇上解網之恩哉不肖男如立身行道世必有握管元夫志吾仁考之大者無涯也敬百拜抆淚書于碑陰以竢

三孝友處士大叔東源公細叔龍橋公七哥

鯉洲君墓誌銘

三處士者吾大叔東源公細叔龍橋公七哥鯉洲君也大叔名濤字養源行八沒在甲子年元某是時幼未知我叔父之痛也長而有知先太安人每從爐頭述往時艱辛曰先大父善貧先承德與大叔成立始得有家先承德館穀虔中大叔治外先大安人治內家遂隆隆起先太安人言及泣數行下常曰得其子有成立吾心斯安大叔善譚笑爲人倜儻好謳歌一發謳坐客盡懽常與客浮白竟

宵以是得病卒細叔名濟字養亨行一幼常受學先承德爲儒不竟卒然善詩歌豪氣輒發于詩中無他腸愛憎隨口盡生平具前塋誌中七哥名楫字汝通行七十八而孤以先大夫輩植有成立七哥性最孝事母及友遺腹弟即古人不過覼予第喜動眉宇與族衆無隻語傷乙酉予官白下啓先安人曰七哥歲且不利可奈何先太安人驚曰兒期之來或無恙未幾聞七哥卒合室盡哀大叔七哥先塋黃家峽細叔塋前岫予慮爲水蟻侵乃捐

侔卜𡍬兹地嗚呼吾葢因叔兄而思吾先世孝友
郎古人不過云先大夫友愛諸弟如子然性最嚴
一出言諸弟事若神明令兄愛厥弟以正言退而
誶語矣家有纖細事兄弟必咨諏籌度今不聞問
矣妯娌有隙必自責今聽婦言矣布衣蔬食儉約
今屑越矣祖先家世事必竭盡心力今若罔聞矣
望子孫誦讀如農之望歲今勤惰弗計矣婚姻非
華閥不通今任情矣予思先世和氣薰蒸葢衍宜
有今日而子孫方且自以為能飽食五穀不知稼

穡艱難思培先人元氣者不知何心也銘叔兄葢
刺予心矣大叔子二銘曰
吾思我二叔有內美而不及施兮吾思我七哥抱
淳朴而克自持兮孝友洽于庭闈緯有古人之遺
兄偕弟父偕子叔偕姪並瘞玉于兹兮聊慰吾之
未思責子孫並獲嘉祉兮亘萬古以為期

吳解元鋌誌銘

余寓匀最後得一吳生鋌鋌幼孤鞠于伯父州守
明府二公時初從桐城歸尚未知名一日試得生
卷不覺擊節曰此黔第一士縣聞者不無過駭未
幾督學歸善李公蘇州馮公後先皆至首生且曰
士踰吳生壬午中鄉試第一人駭者始服葢生文
浸浸不作經生口吻神識時溢筆端連蹇春官不
第則懸古之過也予嘗以正學勗勉生生嗇默默
領之不吐一語最後訪予金陵始知生不弁髦予
語聖學有圖日課有紀郎夙與生語者五經手自
抄寫俱盡匀諸士多有從之遊生毅然以師道自
任而其弟鏞鐸及甥朱振祚咸信之深浸猶心師

之生不死所至未可量也記昔在金陵與予友蔣
德夫商學予與德夫不謂然生執之堅别而致書
予近悟于師旨也生性敏而潛每坐必至鷄鳴書
聲達旦常思及父母早喪淚沾沾下遂以嘔血卒
卒時囊空如洗賴同年侍御李公助之而自薦紳
知予者弁知生咸為予弁世道惜生不獨予傷心
也生生於年月日子一昌春銘曰
有鳥于此其文五色宜瑞
王國鼓翼何之俾吾求其故而不得君豈厭塵寰

之偪仄者耶

明勑封文林郎[redacted]道御史筆峯余公墓誌

銘

夫世有澤需蒼赤力扶國紀元夫則其生必有自
子於大理余公卜之大理公初仕禾川予從家園
習其品與政最眞去而爲御史在三秦以與中貴
忤中蠱幾不趄賴　上聖伸法中貴而秦人若出
水火家尸戶祝侍御以丁封侍御公憂歸用望起
綰計事晉大理丞念封公一坏未妥請得襄事而

以墓中石屬鄒子鄒子於公爲道義心膂交不敢
辭按狀公諱安字汝泰别號筆峯世婺源沱川人
冠緌蟬聯祖某父某皆以隱德聞父基任英武叅
軍學者稱爲株源先生特祀瞽宗公自幼業儒具
有至性束髮從叅軍宦遊白下一日忽念大母意
甚急束裝歸省方行而家苦盜報適與期會大母
驚成疾公左右調之愈説者謂公靈機所感云已
而就婚應山令裔齋明年大理生吳夫人以病終
于蔡店驛大理公方一歲公獨挈大理呱呱依棲

而歸遂棄儒一意穀子而督之學再娶潘母以孝
事兩尊人兩尊人薨遇生忌潸然淚下處兄弟及
猶子產甘處其下而所禦侮分鬭俱陰爲之地不
令之知人有負國稅至二百緡者聽大理言以俸
代之而諸所焚券棄責者難盡紀大理以進士起
家令禾川官侍御公所訓語皆如古名人故大理
悉稟公指而行之稱名臣云時鑛稅搔擾海內苦
中貴人在在揭竿予友人馮盱眙以隻手獨障楚
氛逮公在都左右馮君無恐袖疏以請馮君閲之

一罷鑛稅二釋諸逮臣三言西北水田可開則凡
言榷稅皆可罷纚纚甚具馮君驚而曰不意江湖
中亦有心廊廟者請得父事公疏方進而格不得
上亦奇矣意不自得乃之太和爲采眞遊遇所謂
不二和尚者授密諦歸意仙仙若有得也而不謂
以聞侍御中蠱事憂憂而忽忽不樂遂終公之終
也雖爲子也亦所以爲國也鄒子曰進新法之典
予日從手室中當著三嘆兄從旁曰弟何念之深
耶予曰此非兄所知也人之憂在小民予之憂在

士紳夫小民而有疾痛士紳可倚倘士紳而駢肩
受荼民將焉附言在耳未幾馮君出獄死大理蠱
而幾斃瑣瑣諸臣生此厲階以公洞達國體如是
惜乎不得聞于上也葢嘗念國家養士二百餘年
蒞范海宇力銷氛祲以奠疆圉固國家者吾有南
樂魏中丞秦有婺源余侍御楚有盱眙馮僉憲三
公皆爲予心友而馮則贄予者故予不幸嘆于室
幸而覩三君子光輔于朝卽吾用也公言雖不得
聞于上有子能行公言卽公用也公可無憾矣獨

念西北水田一事徐伯繼符卿言之方經紀而中
讒罷今西北有粒米如南人者未嘗不習田之當
墾可爲國家永久計但恐南人至地爲南人有耳
會天之下系籍卽爲土著何分南北畱心國家者
必不能舍此別爲籌國計它日必有思公與徐符
卿言者予誌公而并系以同事亦公疏中旨也銘
曰
峙鼎衡門抱璞席珍穀以繩武德以潤身彬乎郁
乎藪澤真人憂切江湖三事欲陳未遂叩閽正氣

弭伸趍蹝玄圃脫屣埃塵桓桓大理爲國藎臣澤
霈蒼赤節著三秦行有　特恩光賁九京
龍章赫赫奕世嶙峋

墓表

南京刑部侍郎贈尚書謚文端疎山吳公墓
表

葢嘉隆間撫有疎山吳先生者篤學嗜古一德初
終不替予自入仕路側陪縉紳末議而知先生爲
一代完人云近甲棲田間野老術先生遺狀猶令

人凜凜易名之典久而未霑大常議謚以維風闡
幽輒首先生嗟乎日月綿邈明德愈新孰使之然
彼其醇誠渾噩結于士大夫心故也吉水鄒子元
標欽先生遺風敬題先生墓曰明名臣碩儒疎山
吳先生之墓而爲之表其遺事曰先生諱悌字思
誠別號疎山其先世蜀人自蜀徙南豐又南豐徙
疎山代有潛德祖福臨父望皆以先生貴贈南大
理卿先生未生時盱江舊道經苦竹村忽折十里
而遶疎山而先生生識者已知先生爲非常人自

幼即凝重端雅長而聞鄉故大儒象山先生學得其宗寤寐不忘師事卓峯黃君復之白鹿與諸名賢切劘歸而道鄱湖舟幾覆坦然自如若有得也退而獨處疎山一覽亭凌高厲空穆然深思同儕竊哂笑如弗聞也者辛卯舉于鄉壬辰第進士拜樂安令以才調宣城令樂安政未幾得民和行之日車軛不得發宣城字民如子而上官則苦其亢有時貴故舊邑令欲樹碑誦功德當事屬意先生先生曰故無可紀述即有紀述而忘德罪坐令卒

不樹碑守墨而持衡索羨先生曰衡一也豈令有餘守則不足以邪正異視耳守默然撫臣無如先生何瞯先生上計考功氏則以夙負苦先生而邑民爭相戒無苦賢侯卒完夙負其他救荒美政未易更僕數不知者曰吳宣城傲吏也知者曰傲非凡吏竟以治行高等召入爲御史是時賄賂公行即重金不足以當貴人一盼而先生隻手謁貴人實不持一錢首請振風紀具奏議中會南畿試錄弗當

旨上怒甚謫罰有差且欲罷諸生制對先生抗疏不可逮先生于理已而怒解出先生而是科士鱗次蔚起爲王國楨者則先生力也奉命督鹺兩淮首表章孝經以端士趨而泰州布衣王心齋艮故陽明高足弟子然行危獨衆或異之先生屏騶從式其廬與語連日夜有契疏薦于朝欲倣吳臨川陳新會故事雖不行識者韙之

獻皇帝梓宮南附議者謂道出維揚須毀民居而後通維檝先生以心計民居卒不毀

先帝優詔褒之先生雖在事時時念母朱淑人不置請急歸癸卯再除按部中州風紀凜然如折強藩建歸德郡疏請祀伏羲與孔子同凡所䂓畫不爲一世計皆裕國訏謨覺世大範俗士之所迂而避不爲先生之所孳孳討行不倦者也世方亟先生而分宜爲政先生感時不可爲遂歸矣歸而泳言適軸者二十年惟與諸名德講求實學即干旄過里不得覿先生面間常步田間農夫至爭道而趨人曰此非吳柱史耶曰柱史而垢衣敝履耶曰

垢衣敝履乃吴柱史也今相傳以爲美譚分宜敗諸炙熱者鳥獸散乃起先生于家擢太常少卿晉太僕大理二卿刑部侍郎卒公爲廷尉爲司寇娓娓求生一時有疑獄株連者衆先生欲生之而沮於羣議後竟得復生比者先生遺言焉之地也諸生全者人人頂禮蓋嘗論新建學述一提西江從者如雲然于先儒家法稍異矣仕則譚任任則宗伊尹軻氏曰有伊尹志則可無伊尹志篡也分宜柄政楊容城沈會稽遭禍殊烈酷戍者纍纍不能

死不能戍惟退而明志耳不知其所任者果志伊之志否耶是時論出處正獨吾吉鄒羅二太史撫吴先生三人不仕耳世以仕爲任先生以不仕爲任任孰重焉學則譚樂聖人所謂樂者自然性體非有所加而以縱情恣慾爲樂去樂旨益遠先生須中情灑然而居鄉逡巡如處子曰學以尊德性只是敦厚崇禮其與諸稱樂者異矣間有知致力者喜譚寂夫道體非有寂感先後可言語寂遺感語靜遺動身心互持動輙成礙先生曰執游氣甦

息爲寂體與逝者如斯意天地懸隔嗟乎聖人復出有易斯言乎先生早事卓峯取證心齋觀摩鄒羅二先生靜謝世氛廿年幽探密證宜所學卓爾如是世皆知先生高不知先生學知先生學而未知先生之學所以邃且深非厓如世儒以名相自持也謂撫數百年象山先生後見道分明如先生者益囍其人矣予故備術之令異代有所考鏡焉

奉直大夫協正庶尹尚寶司少卿雪松潘公墓表

予歸山十年髮白且老懷友一念窮且益堅屈指生平交道不少一見令人捐形剖心情曠神怡則吾友去華潘公其人哉潘公與予定交在癸未秋予初入朝公且捧檄爲温州李去爲予畱而聯榻者數日既公爲侍御以言事播遷道文江相對又數日庚寅予調南比部公亦量移至相距期年莫道于心公徙尚寶久不調聞公杜門述易予欲請潘氏易玩而老焉公遒以病卒予時時思公不勝心折而公子鯤衡至以墓表請卽不請予亦有言

藏之篋笥矧公子泣血遠至予曷敢辭按狀公諱
士藻字去華學者尊爲雪松先生世爲婺源桃溪
人代有名卿曾祖鉞即森七公父澐以公貴贈尚
寶司少卿當潘氏最盛時森七公過討而徙考槃
及公生而才贈尚寶公復挈公而歸桃谿十八補
邑諸生隆慶庚午登鄉試萬曆癸未成進士授溫
州推官近時理官爲上官耳目一切逞氣談陰險
刻忌諸同僚及各屬咸謬爲恭敬而心實憚之公
盡損其觚稜自僚長以下推心置腹事無大小不

爲踔絕駭異惟期于平所上溫州政議爲地方久
遠計甚悉諸小吏有才諝者汲引之盡力而不逮
者覆愆蓋瑕以需後圖聽讞有斁倫常者痛懲之
不少假餘即犯重辟悉心求生比是時守衛公承
芳爲名二千石而諸郡丞以下政益有名咸公同
心之力兩臺及觀察使賢者習公學行不敢名公
爲屬不肖者即忌公亦不計曰吾道如是丁亥召
公爲福建道御史不三月以上脩省疏左遷粵照
磨公爲言官海宇期公與公自期待道政長遠亦

不以能言爲事疏溫厚懇至無大痛哭流涕語公
不能久立朝端此其故難言矣公初試銓曹諫臣
論云克己而後能格心正身而後能糾邪銓臣讀
公論者動色相賀及公得貶人人以公爲能踐斯
語公既遷惟玄惟默力前二語以自檢戢未嘗少
露怨誹態越四年召還積官至尚寶少卿自庚寅
冬予調南外凡曾經建白落職者坐擢輒不得
旨獨公徙吏部徙符丞徙少卿輒得
旨吾黨咸相慶曰公爲碩果衆陽之階也而一陽

復剝落天其謂何公生平居家立朝所至以學爲
事常摳趨先正羅南城耿黃安李溫陵門最後爲
文潔鄧公深知即方外有一長足當心者公必叩
首頂禮曰師曰師不敢忘計偕與焦翰撰祝給諫
爲縞帶交聞友有一善足稱者必與定交以身下
之惟恐失賢者心世學者顓顓守一先生言公遇
畸人得異傳常自信質諸鬼神無疑一段秘功謂
天人不隔纖毫信者自取具載易述中德無常師
善無常主惟公有之公立朝惟理光鏟采調護善

類爲事海宇善類人人倚公若嬰兒依戀慈母以
公慈衷厚德其凝承宜無可量年僅望七官僅五
品士林聞公訃者相向短氣若名嶽之摧巨峯而
百鳥之失靈凰也悲哉然公孝慈忠實儀于鄉邦
鴻謨佳謨照映今古天畀公寄斯文之傳者葢在
此不在彼予不復以世語悲公矣敬摭公大槩彰
之墓道令公子磨石勒辭俾過公墓者讀予文有
遐思焉公諸懿行及子嗣嫁娶具狀中者不復列
明純孝篤學封文林郎福建道監察御史簡

菴湯先生墓表

古今元夫力扶人代非獨身有之其先必有積學
蘊義之士爲之砥礪其德度而匡輔其初終其所
醖釀者久矣人知湯侍御風裁凜凜社稷所托而
重孰知其得庭訓于尊人簡菴先生者深哉侍御
巡八閩予聞其注厝以爲聶貞襄再世不謂以尊
人訃歸歸未幾以先生墓表見委夫樂道名儒遺
軌以照耀來兹元某夙志何敢辭按狀公諱鍾壽
字用道別號簡菴先生世爲全椒人以千夫長來義

興則自起宗公起宗公四子伯官中都仲世莊溟
千戶而叔德季中則仍宜興中生誼誼生恂恂三
傳諱儒者則公父也公方八齡而孤賴節母夫人
矢栢舟植公于學而爲諸生自少在諸生中卽以
莊嚴見悼邑有萬文恭王孚齋先生皆以學爲士
林祭酒公僉得師事之執經事孚齋先生最久孚
齋先生方講誦倭倅至諸城中鳥獸散公聞仍講
罷乃散其臨難不亂如此亡何又師事周都峯王
龍溪兩先生二先生皆稟新建功令者而公獨于

周先生步趨矩矱不踰周先生喜夜坐先生偕吾
友叔行侍于金山寺頂者亦如之坐久出門外覩
天地萬物莫非吾也者恍然有瑩風弄月氣象不
欲歸周先生以子舍久虛諷之歸始歸或有習王
先生學者先生曰吾以不可學王先生可不失爲
事王先生也者人益服先生之定先生學正有見
而內行純備事節母備極歡愉節母稍不愉晚年
猶請伯俞之杖節母不悅不止訓侍御君也一以
學諸先生者發揮之大段在主敬主靜分別義利

曰心如六馬不敬與靜是馭六馬無轡勒也不分別義利是巨室無藩籬也居嘗閴然一室卽侍御得雋報至人窺公何狀兀兀蒲團未嘗色喜自拜封侍御隆重矣而未嘗以輿馬喧赫里中有司罕窺其面訓侍御于官下猶力侍御在西臺語曰言官在孤立一意矢心謀國上不比天子中不比宰臣下不比僚友相傳爲名言舉世以比成風而公獨以不比勅侍御公獨何心豈所謂比之自內有孚盈缶者耶人曰湯先生學不爲危言以此訓子

亦以此訓門弟子終其身門弟子有泣慕不置者此可徵先生學矣先生于鬼神權勢毫不置念里族有疫手一一調劑之數百指有起色人謂疫無定衡者于先生不然村有寢丘者相傳多鬼祟先生暮行墜其側覘胡敬齋與鬼相倡和者不殊江陵時士苦得一青衿有勢家子竄而入邑籍諸庠士孱而訴于督學直指直指盛怒臨之曰罷之無名命諸士如欲扞文罔其請于白下以諸生無復之矣果皆中道散去獨先生與一友之金陵直指

辭色甚厲假它威恫喝之先生廷辯不屈不撓直指卒無以屈先生正議竟黜二人藉澤宮田千頃不清者且久先生出而履畝鱗然一新人謂先生有鉅才且定不知先生之學與才皆自學問中來也嗟乎世之所譏詬者惟學耳今有盛服先生明先王絕學接絡來裔世不怪則迂必至逐而擯斥誶語不遺餘力周先生萬死一生出囹圄幾何時卽出憲東魯又逐之歸王孚齋闇然里巷先生偕吾友叔行不難以身下之式其步趨擬其心神至

令二先生之學火傳無盡先生臨老謂侍御君曰與人爲善之念老而彌篤以故先生終其身獨處一室而不爲寂善蓋一鄉而不爲孤駿發侍御始以善善豫章繼以善善天下皆先生之善也彼謂學無益者是自甘于不善倘不自甘于不善舍學無明善路矣公生嘉靖戊戌卒萬曆丙午享年六十有九狀載公介潔恭誠光明淳懿不知人世有機械事然此皆公緒餘蓋公旣與性天者游一切粹美如電拂漚浮爲而不有過而卽化獨載公晚

逖于酒慕淵明康節爲善處世然淵明賦詩責子而康節子不聞其扶日轂舒世艱何如公有子爲社稷臣更復何事猶托之乎鞠蘗豈公所棘于衷者非一身一家之私難得而言公自得者誠深亦可以觀世矣鄒子謹題公墓曰明純孝篤學封侍御簡菴湯先生之墓先生蓋再拜命至御史誠自貴不以侍御貴矣過先生墓者曰此故節母子而孝而學行表表士林者必肅容而式焉鄒子蓋嘗記節母坊表貞裕墓茲復表先生墓讀者謂鄒子

有一愧辭乎子嗣嫁娶詳狀銘不具列

承德郎刑部廣東清吏司主事中岑曠先生墓表

此予友用良先生墓也偕元某舉于鄉者郡二十人僉游胡先生門者衆多求不言而信不戒以孚則用良其人哉用良先生有子世禎爲予門人持先生狀求表夫世禎即不求吾當別紀以爲士範矧其情廹予安能辭按狀公諱驥字用良學者稱爲中岑先生世居敎城爲鼎族以詩書禮樂聞邑中曾祖某祖某父札以公貴贈文林郎文林得先生㝡晚而㝡鍾愛憐先生體薄常別貯食以待先生惡其與客異命徹去人益器之二十爲邑諸生㝡爲太守滄溪黃公所禮當黃之爲守也愛公加之膝及爲督學知公宅憂怏怏厚賻而別癸酉舉于鄉舉主廉先生貧而室于火欲有所關說先生辭曰驥不肖辱鄉舉葢以孝廉進者若有所私是以廉進而以黷終某不敢舉主不悅然有竊瞯而賂君重金者至矣君辭曰某腐儒今雖室于火天

戒孔嚴不足以當君之賂請辭其人哭而去已選河南沔池敎諭先生喜而召諸士至曰今世以河東爲吾道鼻祖不知是時有月川先生故與河東頡頏濂洛者諸士生其鄉而不紹述其學吾忝士師而不以正學相廸勉類齷齪刺促取容則盩吾學吾不敢于是矢心與諸生約曰淺言卽庸行卽神化淺言先生自况也予友孟雲浦以學爲士林嚆矢一見與先生莫逆曰吾中州何幸得明師邑人益尊信而稱曰與道先生已陞與山尹與山楚

僻邑人謂邑如斗大不足以容名賢先生欣然而往我非牛刀割鷄所宜至則盡洗往者因陋就簡之弊首範士次範民又久之新學大抵先生絓潔如處子民默孚于文物儀度之外故若刃遊若美丸稱神君慈父子友李中丞克菴特薦公治行于朝陞順天理瀕行邑人蕭公儀尸祝之車軹不得發李順天又以愷慈著聲所甦別淑慝洞如觀火而歸本于恕以成美掩慝爲務君子固慕公德厚卽小人亦無所悍四載陞刑部廣東司主事方二

月以理順天時議珠寶事奉旨外謫先生之被謫也知者曰此屬民部民部視往例亦殺言臣無單詞及君君胡不辯白先生曰小臣有罪得謫爲幸人益歎爲長者歸而勸篤者紛至先生曰吾歸已晚別築一室曰吾將老焉曉夕與諸同輩譚學外無別語大都先生之學與世之敏給辨駁者較則先生如訥如愚如鈍然起諸古大儒與先生游先生誠而敬簡而靜端而無邪視官如家視隱居如明廷大儒當爲遜服故與先生處也日計不足月計有餘月計不足歲計有餘終身以爲不可及先生其人矣嗚呼世居里居官而筏視先民典刑又嘐嘐謂今人可欺過先生墓亦可以回面內熱有餘師矣予故槩著其畧以與吾黨共式焉子一人卽世禎能世家學孫某公生某年某月卒某年某月娶某氏封太孺人幽靜端莊以孝慈聞與君比德並壽懿行詳銘中不具載

屠節婦吳母貞裕墓表

貞裕者

上從繡衣使者請詔旌故贈孺人屠氏夫死能赤身矢節又訓其子侍御君爲世名儒故顏其綽楔曰貞裕人稱者不以氏而曰貞裕尊之也余讀烈女傳至割鼻截髮咬指以節殉夫世未嘗不嘆曰烈則烈矣不聞其裕後何若甚至使其夫不免爲若敖餒鬼此夫以身名者也若孺人者難矣孺人葢屠揮使爵女而適吳光祿公家嗣贈文林公駰未三年卒孺人孑然一身與杞梁妻三無所倚者何殊而孺人以夫靈爲倚以影爲天至十年而

侍御君達可始生得請公宗立爲嗣庚三十餘年煦育教植侍御竟成進士奉孺人養會稽卒完名皎節與赤日輝月相晻映而吴越間賢士大夫咸播之聲歌繼彤管世世罔極豈非難哉世或有閔轂音悽然不忍其先世顛越以蔑抱蜀者當侍御未生時孺人十年中煢煢曉夜孤燈明滅爇辛憔悴之狀忍死以待所不知何人而竟得嘉魚公仲嗣爲子夫人又有守其子蔑視箕裘蕩佚先世善物至未年落莫間闕誰語者孺人目侍御君翱翔

皇路夫世亦有覩其子顯融者不過蝇營拮据爲祿寵計侍御君又孳孳以正學著聞孫正志又爲世偉人正志子又復鵲起孺人所以事天者固純至而天所以篤孺人祚者愈隆愈熾蓋交相助也易曰恒其德貞婦人吉夫子曰婦人貞吉從一而終也惟終則吉惟吉斯裕孺人以之不然即有子立立而未必賢且貴賢且貴未必奕世雲仍若者者豈非天哉侍御嘗私告予曰吾母外家中替而絕不以銖兩私外家治家勤儉井井有條達可立

矣有齮齕者母氣稜稜不下遂息吾父子今日皆吾母甘荼茹蘗受天之鑒故達可治家一尊吾母約束有蕩而侈履盈而不知滿一不敢以范家予鬭而懼然成周盛時公卿士大夫濟濟砥礪羔羊素絲者皆本于內政之助而家道尚嚴侍御君祖文肅公綱紀人倫迄于今數世藎臣貞婦後先史冊非其植根者深耶予故琢辭表貞裕墓道俾它日紀吴世家者采焉

歐陽康節婦墓表

予門人蕭生鳴鳳篤論士也常語予內姻歐陽康母苦節狀輒爲神王一日以書介母子叅軍習謁予予肅而入其人貌恂中恬與之語竟日大悅乃手諸名公序傳求表予不敢辭按狀母蓋龍泉人處士康女適歐陽欽孔欽孔卒時母年才廿五時習才兩月欲絕嫗諷曰夫死不死在兩月孤兩月孤如生即爾夫生之年而夫所以飲恨不得盡子道者職爾是賴爾即從夫地下老者呱呱者將誰適爲命乎母聞稍觧強啖糜而謝曰母言是夫吾

身豈必一死之爲兢兢吾心死可矣早夜敝形垢容坐臥一房闥房闥外不窺左足有妁以宅語告者輒唾其面而提刀以斫有事當闢白者一女奴遞相傳女奴傯則再更終不令一童將命葢不惟絓潔其身而庭以外肅如矣奉事姑惟謹以當子訓時習法以當父而鞠育保愛則母道亦極其周悉令辰佳節未嘗不嘘吁涕洟及習既長立而顏稍解享年五十五而卒人稱完節云鄒子葢嘗論貧富之殖節者難易葢相懸焉貧則勞勞則思善

自經營饔飧外計無復之矣乃富則佚佚則思逞其臧獲未易馴也中外窺伺以爲奇貨者未易彌也而紛華綺靡洞心駭志者晨夕未易忘也此非氷心石腸從風濤中砥柱未易能也歐陽在淑以素封著習雖稍遜諸室然在宅邑亦稱上駟以匹婦而能赤身託兩月之孤以不隕家聲代夫終子道父道可以爲難矣予謹題曰明貞淑歐陽康母之墓玄堂既扃壼範猶存蘭芬可挹彤管不磨矣乃士大夫明詩書知義理委質王家有權可趨熱可炙輒不難以父母體虧辱不顧至不知節義何物過孺人墓下者當回心而壹行焉易曰恒其德貞從一而終詩曰士也罔極二三其德予表母有遐思矣

傳

太子少保禮部尚書兼翰林院學士平泉謚

文定陸公傳

夫宇宙信寥廓矣然必有棟世之儒出則正己處則繕性廼足以照八紘憲萬禩此其人洗心藏密

不事莊嚴渾渾噩噩與天游衍天命之爲人國著蔡者是純德之守也我　明則有蘭溪文懿章公懋吉安文莊羅公欽順新建文潔鄧公以讚鄧公前輩有雲間陸公四公享年陸公近百章羅二公八袠鄧公幾六旬皆以文魁天下官詞林名絓朝請身寄丘壑清風灑灑如鳳凰翔千仞不可羈縶同出一轍學術章羅步武濂洛陸鄧二公旁通宗趣非膚儒能億度元標生也晚辱鄧公莫逆鄧公往常欲得當走雲間跪納公履問道每逢人起居

公道公屢沐　恩存問走馬郊迎鶴髮朱顏端笏馬上仙仙乎色澤神王私喜公百歲未艾廼近有傳公仙逝者翹首南天不啻太山之頹而又恨東匆無從也公子大行君以傳見委夫元某擯棄于時如隔世陳人大行君索之枯稿沉冥中其亦以公生平未嘗以名位爲念元某遂忘其謭陋眞所謂識其小者若志公之大有國史在公名樹聲字與吉別號平泉松江華亭人也曾祖庭訓祖蘭父鵲號志梅俱以公貴贈尚書陸故三吳著姓以父

志梅公鞠外母林遂冒林姓公洎兄弟中丞嶨貴始復陸世有隱德以孝弟力田聞當公初生母沈夫人夢日投懷寤而生公方彌月外母抱而墜地血涔涔被額急以灰弁裂尺練覆之衆甚危謂不者且眯目廼數日灰去睜子烱然射人又能行渡危橋墮水中若有掖者得免其異如此長而時手一經爲業家諸力作者惡而奪其經命從耕公亦黽勉從耕爲蘆刺其足內自傷而猶私誦讀不輟族子偶過以課業示公公方偕衆播立從播所構

一目示族子族子驚而走頌志梅公曰吾家千里駒公奈何不自愛惜急宜縱之學志梅公猶難之會輸賦入城携公守舍鄰有王塾師者宿儒也公聞其講而悅之請于志梅公就學志梅公携之塾所着田間衣見諸學子覩其狀竊䟫笑之公不爲意志梅公請王師立試之文成王大驚而語志梅公曰吾徒寧有若兒吾亦寧能長北面若兒公幸自廣自是每出試輙屈其曹偶爲郡邑督學使者首援登庚子應天鄉試第五明年會試第一人制

策奏　御批第四抑置二甲第四選入讀中秘書當公計偕時松守王公夢人
帝廷廷下羅而拜者種種口稱公名曰善人善人守覺而異之召公李夫人父文學君詰公素李君以不苟對巳報至公魁守內守曰夫夫也幽贊神明世間行亡論矣公爲吉士之明年念志梅公心動疏歸省又三年入京故事無宅授者公見分宜無加禮謁分宜子又倨鄉衮謂公必求一言爲道地者公復不言與講敵禮而紛紛遂欲議公宅授

者矣張公文毅故庚子南畿舉主夙器公宣言曰
陸生戇與其臺省令之戇也不若令之拜部郎無
所容其戇也文毅意實不平聞者憚其戇又以公
議不合始授公編修公爲編修惟鍵關孤立一意
謝絶諸賓客一日偕詞林入壽分宜衆服吉公獨
靑衆問故公曰不知分宜目屬之又分宜宅盆菊
繽紛衆以事至爭相呈身取色笑公從後擠諸人
曰無壓倒陶彭澤聞者解頥里有館師初入舘受
分宜酒跪而飲者公怒髮上指語喃喃不休文端

高公目曰乃公性發耶肘而拉公出是時詞臣多
攻靑詞爲職業公謝不爲閣臣間持一以屬公公
曰方治家報在又掌廷試卷分宜業有宅屬矣公
故亂其卷分宜無所得止一日文端高公曰京察
迫矣吾儕與諸羣小落落將不利公曰彼如何辭
文端曰浮躁得無似之公大笑然分宜雖不悅亦
終不能有加于公同舘有爲冢宰不禮者羣訴分
宜所分宜曰公等如林維吉閉戶寡交彼橫逆者
何施公是時偉望鬱起而吳門安節袁公爲給事

有方名疏公靜正爲詞臣冠冕人以安節爲定評
公方乞省聞志梅公艱歸六年起補南國子監司
業未幾請歸關適園若將老焉辛酉晉左春坊諭
德署南翰林院篆復改北侍讀不赴乙丑起太常
卿掌祭酒事公貞教樹軌惟畧去繁瑣所著汲古
叢語及諸訓條先定志歸于愼微國學奉以爲功
令猶好奬借愛惜人才有生閲墻兄具单詞公麾
之兄請之力公曰吾不忍覩爾手足之交相劘也
遲之兄弟各悔銘公德不忘故丞華亭子肄業國

學公獨垂靑曰以其父廉吏故詵者謂公取善詳
而惇故周凡人厲夏楚張欵頥不能感人十一公
感動人多于精神眄睞中今國學稱術不置戊午
晉吏部右侍郎以病請越三年赴原職并敎習庶
吉士者再又兩疏辭時新鄭揔機務遇不如意事
輙三嘆曰平泉鴻飛軒舉吾甚愧之而內江趙文
肅猶心嚮公以爲得公老成人左足入朝
上亦爲感動壬申推公內閣者一
今上御極特簡耆碩晉公禮部尚書疏不允公始

色赴然公回首去國時二十年矣陛見畢江陵首
謁六卿于江陵多攺容事之公亦以先輩自處席
必端言必盡江陵滋不悅而所署部務絕諸請託
會和虜議增歲幣事屬儀部公曰虜欲無窮國財
有限以有限塡無窮涯壑恐不繼今識者偉之禮
闈屆期公詗知江陵欲私其子而以公能塞羣望
者勃然欲歸時有進語于公者曰今非昔相公幸
稍逶迤禮闈柄軸在曉夕間且江陵意固屬公同
事公心惡其人怒而曰廼翁二十年出山爲門墻

鈞軸地耶行矣吾家蘆蕩無恙遂浩然請歸五疏
溫旨聽公歸公條列十事曰辨宮府抑戚倖斥貂
璫皆觸時忌江陵得之心動曰誰令乃公爲此者
擬泛　旨報公無大臣禮不獨德望如公已也傾
國人覩公歸不無失望江陵走而別公公臥牀拱
而別江陵以問公繼者公舉陽羡萬公闇林公對
林卽公丁未禮闈所舉士者江陵竟用萬公歸臥
雲間者三十餘年眞若潞公司馬居里尉薦者無
虗歲倚公爲剩重公不以疏重矣三十年間始而

有弟中丞公樹德請歸侍既而子大行君彥章請
終養
上嘉其孝特與常俸士人高而榮之又從子司功
君請南侍芳晨良夕公舁籃輿出遊先之日天雨
公至必開霽說者謂公不但得人又得天公坐輿
間手神矯矯咸作天際眞人想奉
特恩加少保夫米又　賜存問者三早年艱嗣以
族弟子愷爲子更名彥璵晚而得大行君仁孝端
亮目覩孫曾詵詵備極人世福祉而公退然穆然

時寓招提時棲名園寘心木榻類苦行陀頭一號
無諍居士一號長水漁隱一號適園主人一號九
山山人一號大歇生所著有汲古叢語適園襍著
禪林餘藻淸暑筆譚陸學士題跋耄餘襍識長水
日抄病榻寱言善俗毗議公約陸氏家訓公最精
于易而又熟究諸儒先語畧凡陰陽消長卦爻吉
凶必窮至極與皇極經世相表裏汲古叢語曰潛
不必在下亦有上位當潛勿用者亢不必在上亦
有下位當亢有悔者六爻虗位位虗而理實擬而

用之存乎其人此義孔精蘊論二氏禪曰絕學玄
曰絕聖此爲巳學既聖者向建立處掃除名相非
謂未嘗學未嘗至聖也而可言絕學絕聖儒者曰
爲道日損使未嘗學也何所絕哉眞抉二氏秘藏
間論良知曰陽明感學程朱者支離故直指本體
而言學者詳於講良知而於致處則畧坐入虛譚
名理界中如禪家以無言遺言正欲掃除前人窠
臼後來人復從公無言中作窠臼足爲王學忠臣
公素無恙偶示疾遂長逝先之日所署後事字畫

遒勁大行開視之始知公死生去來眞自由者啓
手足時頭尚熱遍體柔和作黃金色里人望巨星
從田間及屋角墜者二至人之生與終豈偶然者
論曰陸公棄軒冕如遺土也世高其節處林皐儵
然也世羡其達不知公身依日月寧忍以高爲名
而興寄丘園穆穆熙熙盎兩有事焉當嘉靖及
今上初政時寧公得志日乎公默感者良深而林
居退然若谷所造者淵矣淵明田園飲酒詩曰悽
悽失羣鳥日暮猶獨飛勁風無榮木此蔭獨不衰

世皆以淵明閑淡絕物散誕自居公謂其正雅操
堅持苦心獨復處嗚呼公苦心獨復誰則知之鄒
子謂公道淵明者正自道也夫

書平泉陸公傳後

余反覆陸公行紀而知公品格自少定矣公爲諸
生食貧邑令朱公愛而周之不受傳經里中里中
兒不竟學者却其贄又不受夫窘廹中一介必嚴
奈何利達時三公能易語云觀人于微窮視其所
不取于公益信譚者曰厚德淳朿使公爲相當何

如予曰公語云爲宰相者先德量次器識次材能
宰相而斷斷休休用才皆其才也斯言也公于相
何有顧公之屢仕屢退者憤世心切不欲枉尺直
尋耳雖然孟軻氏歷聘列國以達尊自處其言曰
輔世長民莫如德德輔者如車之兩輪長者如物之
條達翼世長養之義非必都三事履鈞衡之謂也
德在廟廊廟廊爲政德在山林山林爲政不論窮
達人皆有事焉公都四海無瑕之譽者六十五年
四海人聞公名凌競者飲氷懦弱者霆奮公之翼

世長養海宇久惡在其相不相也乾之九二見龍在田曰天下文明釋者曰雖不在上位天下已被其化人臣之或見或隱者似之漸之上九曰鴻漸于逵羽可爲儀釋者曰逵雲路也鴻于磐于干漸進于此而雲飛也人臣進退高潔不累于位爲士君子矜式者似之此二爻惟公以之太守蔡公謂公常有云陽窮于巳公以巳年生巳年終似若爲今日券契予竊謂巳屬離離文明之象又屬巽巽屬東東陽氣萌生鴻之來也始于春公之年有窮

也天下被公文明羽儀之化不可窮也吾吉故祀諸名賢諸後進有及文莊文恭二公學者予告之曰君且亡論二公學回首豫章昔時廣信貴溪分宜何等時豫章人從紅紫中爭妍二先生向一丘一壑自怡念及此不容不令人搏顙下拜聞者各惕然公嘗同里得政時士論海內不得一面公聲嚮俱幽如神龍藏之九淵善乎乾之九二以見龍在田爲君德蓋德而能爲天下萬世師者即君也蓋言宰也又曰羽可爲儀不可亂也非不可亂也不能亂也拜附于末竟仰止無窮之思

刑部尚書鑑塘朱公傳

公名鴻謨字文甫別號鑑塘山東青州人祖朴隱父得正俱以公貴贈通議大夫刑部左侍郎五世單傳朴隱公憂之曰禱于神夜夢星如月落前楹而公生公幼方五歲母程夫人棄世公哭之哀識者知非凡兒十五補郡諸生爲文出入經史不作儒生語吾宗潁泉公督學東魯得公卷心固奇之夜夢虎吐明珠在庭光輝灼天不知所謂心疑必

得佳士開卷得公又姓朱大喜公初名鴻吉遂爲更定今名挈公入衙齋朝夕討論　大進已已遇超貢業心屬公公不至後問故公曰謨終不以師愛我而奪先輩榮名公益器之庚午舉鄉試第二人辛未成進士有習公素者乞銓司爲得公爲司理公至如貞女絓潔其身手稜如犬阿出匣不容追視吉郡多要臣有來干者公出其赫號示人要臣惕息然亦以此府怨忌不恤也訟者訴兩臺人人願得朱青天而質成爲白兩臺下不敢名公爲

吏而吉諸名德士咸私服曰公骨器泠泠相戒各
邑無犯約束從公陶冶者皆爲名士取高第幾遍
西江久之公亦與諸吉人相忘曰茲道義鄉也匪
吉誰容吾戇丁丑大計有同僚陰蠹公者曰公執
法過嚴而民苦公當路不無少動吉孝廉幾百人
咸聲言曰我公濂洛中人吾吉數百年僅僅見此
此而可議則吾等叩九閽爲公白寃議止卒中前
議內召授公南道御史公至方兩月會江陵不奔
喪杖諸言者于廷公得報杜門不飲食淚簌簌下

李夫人數使女輩晉食而公不御夫人從旁泣曰
親老家貧去牛衣幾何時而忘耶公推案曰無多
言死矣夫人不能難公草疏申諸言者具載疏中
婉而切和而爭語語血誠讀者一字一淚勿欺而
犯惟公有焉江陵欲逮公而中解以嚴　旨勒公
歸公得　旨跨蹇驢出石城門留都人相指嘆曰
小民無福眞御史民也歸家尋所謂朱家庄者而
隱焉手書壁曰洋水樂飢讀天下書不談天下之
事康莊擊壤生聖人世願爲聖人之氓洋水康莊

即公隱地名日與馮孝廉公子咸講斯天人闢繹
經史諸使者干旄至公門返終不得一望顏色去
七年　詔起故官不二月旋丁通議公憂歸又三
年起補河南道御史巡按江西江西故公舊遊地
士民聞公如淸獻益州重臨賢者心目爲開不肖
者神骨爲竦諸貪墨吏多解綬去公至孰尚風教
默持大體戊巳間無歲所至賴公爲生疏請蠲積
逋減窑額詞極悽楚　上特爲停寢父老謂自唐
貞襄公龍後不再見焉葢貞襄公救民兵燹後民

至今尸祝之云公還朝晉光祿少卿轉太僕少卿
會議與重臣忤即拂衣歸葢重臣與臺諫邪者比
而公與洪陽王公以公議規匡不入公遂歸明年
詔起大理少卿晉僉都御史提督操江巡撫應天
公爲操江撫應天會倭事告急諸騷皇者多屑越
帑藏爲備倭計公獨察地理要害與夫兵器朽敗
者餙之諸子弟美兵者戢之不妄支一錢曰吾安
能以未至之倭憊久安之蒼赤乎久之倭不來吳
亦不困吳賦重多倚豪右爲窟穴公精心計與諸

長吏講求畫一法初或難之而久亦稱便公居常自語使在吳十年可使家給人足而惜乎公以遷右司寇行矣公所戢諸奉兵者皆宦族力能變白爲黑謂是固無兵者不知人臣無將將則必誅小懲大戒小人之福公以一身而犯勢族公獨何心法有所必伸情有所不忍故也公既遷去即忌嫉者不能有加曰清而肅公而正海忠介後一人爾公爲少司寇爲國守法法得公平然推公爲少宰爲少司馬者至再俱不用此其故難言矣戊戌

公遂卒至不能爲斂大司馬岳峯蕭公及符卿益軒蔣公比部靜所劉公醵金始得具棺斂公貧矣世因有陰縱子弟多厚藏陽市貧博廉名者若公之貧豈至死而後見哉爲理官六年衙舍雨注地不可足公以蓋支雨以屐涉者二年不問李夫人布衣蓬首諸臧獲弊衣垢面如入華路藍縷之鄉未嘗從宦遊也按西江歸諸尉薦者多厚幣走謝望公門書亦不省諸役冀公勞始得歸廼不得公一面多典衣歸操江稱貴顯矣李夫人飲食衣服

無加平時宦愈久節愈堅公雖欲辭貧得乎公生平心儀端恪冀公爲學務勿欺大庭以及屋漏無隳容公卿以及走卒無飾辭尊濂洛闢閩矩矱如護要領斥世之新學如操戈入室恨不屏逐之曰此亂吾道者一日與元標譚輒動容相戒曰吾生平于此理校勘得深吾心不動久矣子無爲所惑元標謹頓首受教方期禀度吾師以老而公下世矣公與人處一定交終身不忘平居未嘗談人短長聞人善喜動顏色見一才推轂不容口會試常

爲趙文懿所取士文懿以國士器公文懿用公于定國本及救郭侍御密有奏記不欲以文懿顯名然文懿始信公後亦不能無疑公公沒後始有得其稿者善不近名學惟著已公其人哉馮孝廉謂公篤行似呂涇野清介似孟我疆風節似楊斛山經濟似劉忠宣馮宗伯謂公朱絃疏越可謂兩兼予竊謂公學術上尊孔孟近守濂洛蓋我明慥慥大儒如公不多屈指矣鄒元標曰世知公者以西臺一疏及公所至節惠凛凛然不知此公緒餘耳

予故畧而不論公傳厚如淵屹立如山推之不來麾之不去語云溥博淵泉而時出之所稱社稷臣醇儒公無愧矣使公得永年光日月而扶名教可勝道哉

嘉議大夫吏部左侍郎兼翰林院侍讀學士

貞復楊公傳

公名起元字貞復學者尊爲復所先生廣東歸善人也曾祖天禨號木齋父傳芬號肖齋皆以一經爲名諸生而肖齋公又從湛宗伯遊公自幼聞正

學言動舉止咸莊重不苟十五補諸生二十一而魁于鄉三十一而成進士入讀中秘書嘗念中省試之年會有詔釐正文體獨公文勃華理窟海宇既爭傳頌之而討借不偶讀書自門者若而年然于諸儒學旨枘鑿不相入忽市遇建昌黎允儒與之語胸中豁然詰曰公何所得此曰吾師近溪羅子公遂與黎聯榻者半年不忍別明年成進士偶羅先生以賀捧至遂稟學焉時江陵禁嚴凡譚名理士一槩擯斥有欲聊人者曰此道學先生公不難北面先生其勇可知言臣旋擊羅先生歸而公踰年拜編脩久而思曰吾師且老不親承謦欬將身誨我師乎因奉　冊封遷道訪羅先生從姑山房公嘗語予曰吾坐師春風師未語予未嘗問惟覩會堂上長幼畢集融融魚魚此卽唐虞太和景象予終身不能忘會有善肖像者肖先生像于室出入必奉以偕晨夕有事必稟命而行以此學化于鄉鄉從遊者衆具載黎子來學記巳之南都之鳳陽鳳陽諸人士請公登壇公語曰窮而道明惟

我孔子達而道行惟我

高祖高祖以斯道重造乾坤而乾坤沐浴于光天化日下者不知誰之功此　高祖所以爲大也取

祖訓重譯其旨舊都人不忍別公南中刱近溪先生祠諸稟學者衆獨新安爲盛公沒後予以公影響參寥近秣陵紀聞出而知公火傳無盡矣時倡道南中有浙中敬菴許公許昔守盱江方格不與近溪先生合遂不能無疑于公衆以兩先生議矛盾從中掊擊之兩先生卒不以此少貶公蓋數典

試典成均爲少宗伯爲少宰皆所至以學與人薰陶少宗伯時覩時政日非疏以學進上曰臣得之父師者如此具全集中葢公學直窺性宗一切支離影響之弊剷削無餘知道者望公之意也消不知道者以公無岸异亦終不能窺公之淺深也至于疑公者謂其徒廣而不精日用與庸衆同情不知與衆同情此公之大處世儒妄自藩籬與衆隔閡正公所深閔而欲拯援者豈足知公哉公所著有孝經識仁編證學編存笥稿仕學稿皆一稟盱江宗傳居家立朝孝友誠敬溫溫恭人惟德之隅公有爲而惜乎天不慭遺使海內覩眞儒之効則信乎斯道益孤矣元某雖與公同年然同朝兩不相值惟庚寅與公聯榻數宵 過文江聚講龍華者亦不數日然兩人脉脉心契如先生之與盱江期在無言之表者故時思公恐千載後無能貌公萬一敬爲之傳

論曰五嶺自新會開斯道之傳增城繼之及公起而不永年然由盱江而直接新會以逅遡孔孟嫡

傳者舍公誰屬昔人云南海有聖人出此心同此理同信哉或者以公尊師竊議其跡不知公之尊師非當仁不讓不能如是之勇然公非尊師也尊道也嗚呼非身有諸已誰復知在三之誼此難與庸衆人道也

大理寺左少卿健齋曾公傳

公名乾亨字于健學者稱爲健齋先生故方伯梅臺公仲子而太子少保工部尚書見臺公弟也早年方伯公見背依少保出入惟謹廿一而舉于鄉又廿年而偕元標舉進士拜合肥令以才調休寧休寧故壯縣人多以簠簋損志而公泠泠氷操洎如也會江陵興度田役下苦束濕公不疾不徐事集民甦具汪司馬經野記中癸未以最召入爲御史未匝月露章劾大司馬司馬故江陵嬖客先是安成劉御史臺自遼罷歸司馬時撫遼懼無以中江陵驩秘汚安成贓私江陵手狀示諸客曰劉生爾爾而以我餉賄何爲劉負我我卒不負劉客以潞公誦江陵公憤塡于中久故朝官多疏郎罷且

甘之疏末云近世巧宦能爲貪毒亦能爲清潔能附權奸亦能遵蕩平其爲貪毒附權奸甚秘而爲清潔遵蕩平則人罔弗聞見也者縉紳相傳爲名言是時

上親攬政有止輦風吳縣欲禁言路自公及馮給事始後言事降者罷斥者趾朩　補海州判尋陞權官未任晉職方主事三年改符丞晉光祿少卿庚寅秋北虜跳梁羽書旁午　上拊髀詔問九卿方畧僉對云互市已久人心糜玩兵馬朽鈍邊

鄒子願學集　卷之六　傳　九十九

臣故相蒙蝕非大振刷不可長恃請遴侍從中諸才望臣往觀之乃濟報曰可而公遂得大同兼山西道御史行事公拜命曰吾家世受國恩主憂臣辱主辱臣死吾敢愛三尺辱[illegible]　天子命隕家學爲遂單車按行部落所至錢穀纖細必核而材官郎大帥戢衆議不少貸所即列著爲絜令旃裒聞而相戒不敢犯境上報聞

上嘉悅陞大理丞晉大理少卿公爲少卿時偵京察冢宰餘姚孫公考功高邑趙公二公精心職事一時宵人懲汰殆盡而蠱當路旨乘機出趙已而罷公呀然曰是陰陽消長否泰相乘之機也是君子小人進退之會治亂之階也忿而疏銓臣功并語侵輔臣不報同事者聊城王公汝訓南樂魏公允貞諸曹郎閩而角起當路稍不能堪推公開府者三不報遂乞骸骨歸卒江寧旅邸公之歸也語撫按報公痊可起用而海宇日竚

賜環一疾不返忌公者獨人耶公蚤年宕蕩計偕歸而受學文恭羅公嘗自論初如萬馬犇馳久而

鄒子願學集　卷六　傳　一百

收心緝性如馬有銜不復放逸公生平沉潛渟涵初宗石蓮既而與海內諸君子交相切劘晚而信西方教曰异吾儒趨操者幾何而學欲徹性命之精此其津筏焉非深知者絕口不譚閩如也公之學即門弟子不能窺其涯涘矣然公最嚴關鍵取與廉家居及計偕皭然不滓人以孝孫待公公欣然受之以少保故待公公辭不報與人初友而嚴既入仕路皤然曰噫非吾徒乎能無情乎居嘗憂世急才根自天性與少保公雖怡怡而事有當詳

盡者反覆不厭少保改容受之蓋嘗論世學者譚
屑霏霏闒茸躬行公醇深粹穆稠衆中不輕出單
詞然自束髮至蓋棺自大廷及幽獨行有繩檢言
無瑕疵起諸先儒與公揖讓無怍顏矣元標弱冠
舉於鄉孤立一意羣小憚之甲戌公自都歸一見
爲忘年交元標小小排績擊節不置頻年聯榻並
軫千古巳附驥尾公旦夕捐形剖心即元標時露
鋒穎亦不予逆元標遭譴來凡諸相知者時時眸
去蜀公心如一曰此足扼鄒生乎予自

賜環同朝兩人俯今追昔有無窮之感一日嘆曰
子之夜郎過訃者曰待江陵罷政子得歸髮鬖鬖
白老矣世間兒女口如是燕雀安知鴻鵠從古而
然予曰髮白而老不官何如公大笑又元標以吏
部郎休沐予舍里中兒故揣摩貴人意指造語進
孰公具爲予言曰夫此誶語不問知爲讒夫也予
曰公休矣吾甘心萎絕坎壈何傷寧與細人爭衡
哉今元標斵茅深山以老瑣瑣讒人貝錦罔極嗟
乎彼將謂堅可磷也白可淄也天下萬世公論可

掩隻手能蔽天而日月可蝕也庸詎知堅白有眞
日月亙萬古如新乎且此讒人者更相投更相讎
也而惜乎世之蔽蒙也愷悌君子公其人矣公墓
且宿草少保曰子于家弟篤不可無傳謹爲撮其
大槩弁傷心謠詠見知我囍其人二大氏公自傳
子安能傳公也

論曰宣廟間吾里大理李公茂奉
特勅進退百官一夕客死朝房無以爲殮公卿助
之殮歸廖公莊廷諍西昌官大理疏易儲事撾之

殿陛血肉狼籍褁瘡赴謫皆邑名公卿也公奉
特勅飭邊政與李同幸而疏銓臣寃觸忌諱與廖
同贛英廟再辟廖不期年起爲名臣謚恭敏動載
太常公竟與李皆客死清風凜凜徒令後世頌名
儒與景行之思嗟乎豈非天哉

文臺陳公傳

先生名履祥字光庭學者稱爲文臺先生撫州郙
門人也世以文學顯父吉山公以名士久滯青衿
又得先生晚有奇徵異之十九爲諸生與諸少年

鄒子願學集卷之七

吉州鄒元標爾瞻父著
東越年弟周汝登編訂
同郡後學郭一鶚
龍遇奇校梓

祭文

告諸儒文

台甲戌聞道之日迄今七禩矣其間時與時仆或
待或失雖有不同然一念不昧不畏皇天可鑒戊
寅入夜自謂得竟昔志然間閲佛經及白沙先
生諸書知有此理苦無入處如欲入都下未躡足
未裹糧兀坐直須時耳近看王陽明先生諸書訓
物字爲事字意之所着處爲物格是格其不正以
歸于正不肖始知有着力處一日而生有一日功
課一時而學有一時功課知體不是着空此學非
靜坐可待由格不正以歸於正由無不正以底於
忘其所謂正此聖人能事標不敢不勉也惟冥冥
相之

盧溪祭濂溪先生文

標謹祭于大宋濂溪周夫子之靈而言曰洙泗既
遠聖學愈晦天啓先生獨闢草昧太極一圖無欲
有誨真鑰一起頓醒狂詩河洛並出濟濟同輩遠
遡厥功孰與之配標志道有年苦力不逮近識此
體與物無對一者爲要終身誰佩嗚呼斯道茫茫
弘之有待我今不承斯文安在一念有疚靈不我
負

奠朱鑑翁師文

元標不德今歲季春有妻之喪越九日有母之喪
肝腸碎裂不醒人間事有傳師訃音者元標謂師
神王千古當如岡如陵拒不信既得同門曾中甫
報書謂親含殮吾師果真矣元標如癡如醉無淚
可揮天何降割斯文之酷耶憶元標自癸酉蒙師
甄錄師愛若子弟見元標範我馳驅也忻然喜虛
縻時日也戚然憂是時元標初失吾父師所以愛
我勗我何異吾父也元標遠戍夜郎師以骨鯁爲
民兩舟相遭楊子之濵師解劍分攜泣數行下視

元標猶子也既奉
詔生還與師或合或離師坐我春風貽我瓊玖古人不能得之嚴父而元標得之此豈世之曰師曰弟子云者可同日語哉憶師爲吉州守時年方弱冠手采凝峻人咸以古名臣事業待之浸浸向古近裏著已人皆以聖賢品格登之乃今觀師所造有一不酬人望者乎茹氷攻蘗有寒素士不能一日堪者師甘之若飴矣不知師清風遍滿海宇者三十年一日也案無滯牘有老吏所不能决者師剸決若流矣不知師懾探丸嚚反側奠宗社磐石拯瘡痍袵席者難更僕數也盖嘗覩師有琴鶴相隨高風而不欲以節顯有撥亂反正偉畧而不欲以功名實見其是也萬人必往灼見其非也賁育難奪見人一善也愛之不啻口出滌人之危也拯之不愛髮膚陰德隱衷有人不及知者難一二數也盖師生平服膺者千古大成之學術所共趨者濂洛關閩之遺矩最惡者異端而未嘗矜其知見痛懲者新學而未敢越其尺寸方今學術靡襍士

鮮正鵠方賴師以挽囬元化而師竟飄然往耶嗚呼山崩川裂梁木其頹小子何依穀我其誰臨風抆淚聊寓哀辭元標大事稍襄當圖爲築塲之役以報師知師其鑒茲否耶嗚呼師之[illegible]乃如日在天如水行地中元標終不以師爲亡也哀哉

奠定宇鄧先生文有序

定宇鄧先生字內醇儒也予自癸未一謁而別兩八脉脉心相期許庚寅再晤投分已篤辛卯壬辰處于白下則交日深先生不以元標爲不可教盖胷肉矣拜別而南有淚浪浪既名還山辱先生期我晤言元標矢志丘園固謝不往然譚心交勗無月無音自去年元標迭遭大戚摧心拆骨音問稍疎意先生起居無恙忽近道先生病急者元標不信謂旬日前猶得先生手書端肅如生平未幾而涂光祿丁參知且報訃矣元標哀傷之後無淚可揮展轉牀簀終夜不寐盖不自知其所以然而然客有傳先生觀化時事業已齊死生幻塵世吾輩以死生爲拘拘得無爲先生悲憐乎然先生正已

物正噴薄風雲可以胎育元氣漱石枕流可以領袖善類今岩壑無光朝端失色縱不爲先生悲能不爲天下世道悲乎或曰先生少負重名白首一心乃今完璞以歸儒林侈爲盛事先生可死不知先生生前既忘名相死後何期聲稱語曰至人無巳神人無功聖人無名夫以名相觀先生則圓方之內者也盖嘗觀世間慕學者十而九不落支離則墮影響深潛沉毅靜證幽探有先生其人乎善譚者十而九不儕功利則落窮邊平心率物克孝克友有如先生其人乎竊嘗擬先生深潛純粹似顏子方正嚴肅一團和氣似二程無不可對人言似司馬君實洞見大意似陸象山早辭紱冕似錢若水家貧晏如似羅一峯五十孺慕似老萊子化行國子似陽城嗚呼先生胡可死今竟死吾悲夫世之不祚而天之不佑人國也罕生逝而國子悲鍾期死而牙絃絕吾又悲夫同心之難再也屬纊吾母大事不能走哭先奠之以短辭辭曰猗維先生式如玉式如金行不愧影寢不愧衾所

可步者恂恂孝友之行不可從者泠泠萬古之心五老兮徒高宮亭兮自深吾欲以破吾琴猗維先生采江蘺餐紫芝心潛姬籙獨玩庖羲豈韋縫可玩而知卽鬼神不得而窺白雲兮飛飛有淚兮沾衣吾其疇依先生鑒之

祭張陽和中允文

嗚呼世固有眉面千里亦有衽席越秦余託知先生也盖自不知其何因昔余羈縶黔天也親友避匿形影凋零而先生手琅玕托吾師朱先生以贈我也歷千古其並陳及余奉詔歸里先生適持節星沙之濱雖左道未獲相識也擬長安千古而爲鄰不謂羽翰差池先生遽巳返其真徒令開篋笥而擬心神嗚呼世豔公者謂公掇元魁芥上第不知公抱足以酌元斗秉大鈞世才公者謂公富著述裕經綸不知公學近宗文成而上遡乎伯淳嗚呼時非龍蛇文曜沉湮士失山斗人泣鳳麟如可贖兮何啻百身元標感念疇曩千古酸辛遥望若耶薪芻敬陳靈兮不爽監此

明穜

祭胡廬山師文

真元氣散大化絪氳天挺吾師爲世先覺蚤䎸桑翰詞場磊犖旣謝雕虫潛心正學文莊文恭歸依切磋奮翮雲霄青天鶱鸞昭代山斗曠世濂洛陳情歸養翛然一壑棲心於無全真于㒺衡齊纚纚諸儒剽剥聖闗淵詣心印獨握見者心醉聞者沃若

詔起八閩式瞻喬岳胡然一疾遽乘雙鶴夜堂帳冷真人不作深山窮谷心恫神愕元標樗櫟小材師謂可斲詔我慇懃期我恩渥頊賦歸田懼辱且數閉門内省慚歸于約師友凋殘曷勝離索嗷嗷些詞潛然淚落嗚呼英風不再玄咳猶昨溟涬不死神遊廣莫生耶亾耶德行有枯師其啓我見孔于卓

祭萬思默先生文

豫章之西代有名儒惟公傑特松栢貞姿樞趨石蓮能自得師齟齬權奸未竟厥施施雖未竟吾道所宜采芩逍遥晝謝雄奇翛然自得氣歛神頤收功于一世莫能窺抽繹圖畫遠遡庖羲剖晰玄微心印獨持期公大耋爲世蓍龜忽聞仙逝泰山其頹元標里中末學世目爲癡公與文潔左挈右提二公並徃奪我師資孤立天壤誰知予悲薦公以酒誄公以詞公實不死天日臨兹

祭袁玉蟠宫允文

天扶元化代有名儒匪無名儒而多管窺猗維先生天挺雄姿篤生湖湘能自得師直窺元始玩心庖犧收功一源陋彼支離大言小言琳瑯並垂學

成行尊德望羣推爾我論交跡阻形隨剖晰疑義迭奏塤箎我母謝世先生大慈卹死存生遺以些詞方望先生爲世蓍龜胡天不慭吾道之衰如彼瞽者倀倀莫之如彼跛者誰爲持危世道交喪中心悵而束芻難致南望神馳嗚呼身不必顯斯文在兹壽不必永萬古惟斯身有去來神無不之孰短孰長我又何悲哀素遥將我愧後時先生聞乎豈謂吾私

祭曾健齋大理文

吉運休明篤生吾兄賦性嚴凝秉氣孤清早登賢科樞趨先覺以啓以沃遂聞正學連蹇春官而博一第壯年出令政稱卓異

天子曰賢特召內臺一疏明光遥讁海隈量移樞司續奏有成羣推德望颺歴列卿邊釁忽開

帝曰汝才汝往視哉以慰我懷君感特知夙夜驅馳有知必言以酬清時歸報

一人

天顏有喜僨帥驕軍側目以視數奉

廷推而多齟齬褫然拂袖何計投杼屈指仙帆計日而還共采芝朮並隱東山胡天不憖忽爾仙遊石城眇眇丹旐悠悠憶自接交辱兄忘年譚藝論心形骸可捐君有獨往人匪深知影響擬議陋彼世儒君有忠猶其心孔亟井汲不食爲我心惻爲吏而循爲儒而醇如可贖兮何惜百身摛詞哭君顧影自憐君神何在眺彼旻天

承德郎雙崖府君鄉賢祠文

我里先覺代著斿常追德報功歲序蒸嘗言念我父夙步周行茲奉 皇恩 特褒爲郎涓吉祠祀者碩頡頏卬瞻英爽明德馨香後先賢哲濟濟一堂如玉如金爲龍爲光嗚呼士無顯晦作善則祥我父隱儒身没名章被褐懷玉有韜其藏何幽弗顯何微不光衣冠楚楚鍾鼓鏘鏘神其啓佑奕世彌昌

先承德郎雙崖府君入鄉賢祠昭告

痛惟我父實學名儒生平偃蹇有志未施仰荷

皇恩 天寵褒貤司封請 命太史摛辭名賢俎豆鄉有特祠茲奉父主敬祀于斯嗚呼善績厥躬而發于兒匪兒之能我父之貽臣未報國

君有隆施臣職有缺子心則怡有淸者酤有楚其儀千秋萬祀永言孝思

顯妣羅太安人焚黃昭告

母皆有德孰若我母慈惠溫良內外無間八十年而猶新母皆教子孰若我母教育元標百倍勤渠目覩數十年艱危悽愴浮沉宦蹤歷人世所未有

之艱辛元標已滿三年側得　恩命母戒勿往子不畏朝端耽耽之權臣元標恪遵母訓潛踪不出不謂我母仙仙乎天游而始得被此　温綸天語洋洋雖報母之志少申孰若早恩以奉吾母今吾母聞乎不聞乎俯仰蒼旻有淚沾巾嗚呼知子道之未純幸寸心之不泯母其黙佑世篤忠貞

先妻江安人焚黃昭告

維妻之德温惠慈仁偕我茹荼更僕難陳與妻同老夙志少伸中道棄予岐路伶俜妻歿一載始被

恩綸袁陽誰訴淚落沾巾幽明雖異罔非　君仁夫雖負爾萬祈鑒歆俯仰陳跡不昧者神妻神如在千載猶新

鄒子願學集卷之七終

鄒子願學集卷之八

吉州鄒元標爾瞻父著
東越年弟周汝登編訂
同郡後學郭一鶚
龍遇奇校梓

雜著

書明道先生語略後

明道先生之學盡識仁定性二篇考其時年二十四以是知聞道不論早暮有自少悟者有老而不悟者在見地徹否耳或曰先生所謂以誠敬存之

者與仁有異否曰先生有云誠誠此者也敬敬此者也非别有一個誠别有一個敬先生言之詳矣且先生所謂誠敬者非防檢非窮索而後儒以防檢窮索爲誠敬真白沙語云後儒不省事差失毫釐間嗟哉

書陽明先生語略後

予嘗讀傳習錄以先生之學在是書迺而知先生之自得不盡在是書也盖當時格物之說浸淫宇

宙先生力排其說約之於內其後末學遂以心爲內者紛紛矣與逐外者何先後間耶且當時先生隨人立教因病設方此爲中下人說法而所接引上根人則本天津證道一語盡之學者當直信無疑可也嗟乎先生當時所造就者濟濟今吾吉豪傑岳立然未有作人如先生者予於先生不無遐思

書象山先生語略後

象山先生自少即悟宇宙即吾心吾心即宇宙古

人之學先立其大此可槩見然非先生剏言也軻氏曰仁也者人也形色天性也即先生宇宙吾心之謂先生於天人更無分別而後儒以人合天惟愈欲求合而愈離矣或曰先生一生學與元初所見未見月異而歲不同何耶予曰聞見之學日積月累知其所有無忘其所能衆皆見其進也德性之學所過者化所存者神即先生未之或知也此其趣操皆殊矣或又曰先生之學人皆詆之爲禪何耶予曰此以耳食者也夫先生所誨人者孝弟忠信所謹者庸言庸行故詆先生爲禪者非但不知禪且不知儒

書慈湖先生語略後

慈湖廓然朗徹始於扇訟一提當下直見本心可謂勇往直前矣至所闡師訓以無意該之非但有功象山方且有功聖門竊嘗聞諸儒闡爲學之要有主靜者有居敬窮理者有格物者師之傳弟若手授密藏弟之受師若頓起沉痾不知大道本無一物師不得傳之弟子弟子不得受之師一無意

盡之矣彼意立我成我成而人已異人已異而議論滋無怪乎指先生爲異端而議者紛紛也

書白沙先生語略後

予自志學聞諸先達言必稱先生取先生書讀之蓋數遍矣先生論學在靜中養出端倪又曰吾學以自然爲宗予亦嘗用心于內似端倪呈露廿餘年無所得又嘗究自然爲宗之旨與先生之學似若扞格近知先生之學自得者深非言語可求也夫端倪無處無之予以端倪求之無怪乎不得其

端也道本自然予有心求自然終與自然者殊也先生語云求靜之意反覆圖之未見其可若遂行之秪益動耳又曰從前欲洗安排障先生所謂養出端倪自然爲宗者意在斯乎意在斯乎

書心齋先生語略後

或問鄒子曰泰州崛起田間不事詩書一布衣何得聞斯道卓爾予曰惟不事詩書一布衣此所以得聞斯道也蓋事詩書者理義見聞纏縛胸中有大人告之以心性之學彼曰予既以知之矣以泰

州之天靈皎皎既無聞見之桎梏又以新建明師證之宜其爲天下師也竊嘗論新建有泰州猶金谿有慈湖其兩人發揮師傳亦似不殊斯道不孤德必有隣予于茲益信或曰泰州主樂末世有猖狂自恣以爲樂體柰何予曰此非泰州之過學者之流弊也夫流弊何代無之終不可以流弊而疑其學

王夢峰先生贊

心慈而惠又確以誠寤寐先哲遵古攸行孝乎閭里行重鄉評逸民高蹈儒者章程謂公慥慥無愧斯名

書天下善士卷

予病臥白雲官舍彭生德卿持劉學使友善卷索書予觀德卿老成練達無能措一辭雖然予所謂友善者不同說者謂予爲一鄉善士斯友一鄉善士國與天下皆然若然則一鄉之不善者將置之度外耶予謂若果爲一鄉善士則一鄉之人皆善士也果爲一國善士則一國之人皆善士也果爲

天下善士則天下之人皆善士也繼之者善成之者性無賢愚無古今一而已我輩爲善亦當無賢愚無揀擇並生並育俱立俱達熙熙皞皞即有至愚不肖者在其間亦竭力引掖奬勸相率而歸于善譬之春風弘敷百草向榮所以謂之善若然則漁樵畊牧皆吾真友不必冠冕也閨閤寢室皆吾實學不必四方也成人之善有大小則所就亦有大小苟曰吾爲善士所友者止於善士不過孑然自小自度之人一膜之中秦越同胞雖謂之惡可

也奚善之有故曰大舜有大焉善與人同又曰君子莫大乎與人爲善此聖學脉絡必明乎善而後知予之非妄也嗟乎今志學者衆明善者寡德卿致意劉使君予之所朝夕未能者此而已其何以教我

書無涯公卷

崦泉周公晚年别號無涯公所著有無涯傳鄉人莫測所謂以問鄒子鄒子曰夫道渾然太虚而已虚生氣氣生形形生名人見其迹輒以爲有狥生

執有者道術爲天下裂上知之士則又求之無名無形無氣之始甚至糟粕仁義桁楊禮樂皦皦然曰無竟不知與執有者奚異又有憂世君子欲爲之調劑曰有則滯無則空求之有無之間不知所謂間者將安所在至聖經綸立本知化一無所倚若有所在是有倚也吾不知公之所謂無涯者果執無之見耶有倚耶無倚耶公昔受學羅太史文恭公膠庠擅鑄人之譽鳴琴流愷悌之聲飄然賦歸行誼純固有柴桑風致柴桑罷官後著五柳先生傳以見志余讀其詞神王千古因嘆柴桑蓋幾於道者往往爲其清節所掩然柴桑固不有一世又安有千載可不必論也公官與柴桑同無涯之況得無相類也雖然同不同無論莊生云以無涯狥有涯殆已公不以無涯狥有涯余又安能以有言狥無言哉他日與公騎夬莽之鳥窮汗漫之野相眎一笑而已

書胡黄溪扇

癸卯春予扁舟白鷺環溪胡叟同坐問曰人講學

在修德夫子首曰德之不修方才說學之不講中庸曰尊德性而道問學予聞而心喜告叟曰世儒說修德非尊德性之旨也德性曰尊高明如天一物無以尚之之謂也禹之行水也行其所無事也修德者知無修之修則尊亦大矣

書上國勝遊卷

吴孝廉光卿舉于鄉七年計偕癸卯春始擔簦從庾嶺邇章貢望武林金焦入齊魯去祉友爲之賦勝遊明珠灼爍光卿載之爲行李重鄒子告之曰

今人居房闥者望天日則目爲之暘由邑井而之郡國者則神爲之曠自郡國之天下耳目肝膽非疇曩有矣子嘗謂登東山一章孟子教人開見地法門夫學雖不滯於見却以見入今世士局局然矜飾莊嚴如井鼃夏虫不可語大道者局于見也子行矣之齊魯所見者非泰山乎子嘗偕友躋其巔與培塿無異竟其窅奥深厚終身不能盡夫斯道日用庸常無蹟絕奇異終身由之不能盡亦猶是已子究所謂不能盡而無可致力者然後爲天

游也已

逍遥樓銘有序

元標拜别子師十餘年每一念及寸心如擣師非但知我且成我年入老大始知古人在三之義非虛語白髮在堂遠遊未能回首山陰道上春風如在忽師寄逍遥記一冊元標捧而讀之喜師遂學非近世譾譾者可窺而客有在坐者曰先生以講幄舊學簡在聖衷茲寓内靡寧東倭跳梁礦使四出所在方岌岌讀先生文寄情烟霞魚鳥閒花木竹石自娛晞古人江湖憂國之義不有閒歟且古之抱膝隆中畊莘版築者乃心罔不在王室也以視先生謂何元標曰先生純孝人也聞之先生父爲東武公博學宏辭方正廉潔士竊其餘膏輒取上第爲大官公獨浮沉州邑閒以循良聞海内士縉至今高而惜之茲山故公樂適地先生居之若曰見公羮墻閒無之而非親非忘世也古人常於孝子之門求忠倘王明用汲先生不乃以見公羮墻者試其未竟萬一乎客曰知師莫若弟子子言

誠有當先生但記云陽見而冰消者然則消與不消有别歟元標曰否否若以清者而易濁是二之也譬之水凝則爲氷融則爲水水與氷消與不消寧有二哉而世儒以道心主則人心聽命不知其所聽命者有方所歟無方所歟此非深造天德者不能不溺其所聞而先生所謂無住而無不住無在而無不在恢恢乎得斯道之大門下士奉爲著龜敬系之銘銘曰

岩岩東武飛鎮山陰蜿蜒百里峭壁千尋誰其似

之翳我朱公名實相副穆如清風筮仕柴桑名振循良再刺維揚方駕趙張萬姓倚毗旋賦歸來詩書枕籍鹿鶴襄徊爰啓後人一經授受源深流遠根培枝茂伯也服官讞持平未究厥蘊克嗣家聲仲宗伯師世之羽儀結廬玆山用永孝思兀坐危樓其身則幽白雲莾互黃鳥相求煦以海日蕩以長風以逍以遙萬象皆融其融維何不卽不離如人飲水寒溫自知言寄鄒生予今而覺負笈而來予共爾學小子聞之實獲我心奉以師保天日

如臨身未能至心則嚮往獨吉南來齋心函丈師其啓我無疾于顛拜題蕪詞誓永名山

瀧江講義題辭

瀧江歐文忠公阡表地其地多山山嶔崎磊落盤亘百餘里一水從虔溯歐抵瀧三獅踞瀧頭入其境者如陟清虛玉都人文自文忠公至今鬱爲海內冠冕先母羅安人玄宅今厝漕坪與瀧伊邇予習與鄉人士遊間拈書義偶有管窺得二十八章同志諸君剞劂以傳予連遭大戚二毛蕭搔形枯神憊不知學强商學不知書浪說書醜態畢露狂謬未改先覺長者憐予醜發予覆洗心而改取日虞淵未晩也

仁文瀧江兩書院增定藍田呂氏鄉約題辭

邑故有約而間有借公道逞胸臆者予頗厭薄之年來世事漸乖奢靡相競蕩然無復先民繩檢因思子云以約失之者鮮夫約則鮮失不約則滔滔莫返寧獨鮮之云乎哉乃取古藍田約泊邑中事刻于兩書院巨細畢載與與邑人士舍其舊而新

是圖書院矜庶畢集耳目章明歲時商略舊學與約偕行庶幾稍有維繫人或重學而輕約不知道無隱顯事無精粗約卽學也程子有云明得盡查滓便渾化却與天地同體予謂玆約亦然有能實踐約語無愧衾影雖聖賢復起當與同符不卽縱譚心性若數家珎一二不爲里巷子揶揄者尠矣

仁文會約語

一先悟學以悟爲入門猶適遠者以問道爲先務適遠者苟不問道里曲折山川紆迴其不至擿埴

塞途者幾希故學必先悟然悟有不同有省悟有奮悟有透悟省悟者謂人生百年光陰轉瞬石火電光所得幾何何可不學也奮悟者思聖賢薺民原同一體蚤夜心思有爲若是而奮心生焉透悟者則神而明之實有諸己所謂不言而自得學之至也然有由言語觸發而入者有由練磨薰習而入者由言語入未必徹根由練習入則恒久不已而居安資深逢原之妙因之矣蓋嘗論省悟者如寐之得醒醒有復寐時也奮悟者如石之激火不

激則無煙也透悟者如汗之透體渾然周流無復滯礙之患矣嗟夫透悟者斯道之正宗斯人如作吾終身請事焉

一重修夫學以修爲實際今譚學者實繁有徒無論不能化誨來學即多口之譏及增是豈人心盡無良哉則素行之不足以孚故也故學必本修孔子大聖也以子臣弟友之倫爲未能必曰有所不足不敢不勉吾儕視孔子何如縱曰盡倫不邈因沿於習俗之常而真意流盎於五倫之間者實有未盡分處故修在惇倫倫不惇是室而可無棟梁也顏子大賢也聞非禮勿視聽言動之訓輒曰回雖不敏請事斯語吾儕未必敏於顏子致飭於視聽言動之間者雖有然越於禮者常多故修又在崇禮視聽言動而可非禮是室而可無籓籬也伊尹任天下之重一介必慎故放君而天下人信之以其不以爲利故也吾儕以身紹明聖直接千古之緒忽一介之義則雖有掀揭之猷其誰信之慎辭受取予之節者是修之急務也夫學人修行猶

有身未聞女子稍不有躬而可以爲節者亦□聞學人闊略修持而可以言道者嗟夫世有克修此三者雖口不齒一字目不識一丁吾固知其得斯道之大端矣

一貴證證者證吾所謂悟而修者也夫吾所謂悟者非他即吾之心也所謂修者非他亦吾之心也非刱自我也孔子曰知及之孟軻氏曰始條理者知之事也宋儒曰進學在致知非吾所謂悟乎孔子曰仁守之孟軻氏曰終條理者聖之事也宋儒

曰行所知則光大矣非吾所謂修乎夫又非判然二事也悟者即悟其所謂修者也以悟而證修則不沮於他岐之惑修者修其所謂悟者也以修而證悟則不涉於玄虛之獘而實合內外之道二之則不是矣昔王文成公曰不覩不聞是本體戒慎恐懼是工夫已又曰戒慎恐懼是本體不覩不聞是工夫斯語也修悟雙融非達天德者未易語此語學必透此而後可以言證

書太和卷

予嘗試之一念而和景星慶雲一念不和妖星厲鬼和者功德母也雖然和者人所自有非強其所本無也試觀赤子熙熙皞皞與造物游喜而不知喜怒而不加怒號而嗌不嗄和之至也居士之和晬赤子何如果復本體所自有耶亦取必於外而強自排釋耶復所自有者可以享帝可以事親達之邦家無怨強自排釋者一膜之外卒然觸之朝而焦火暮而凝冰而和之旨遠矣居士謂我然否

書同心之言別劉抑之使君

予自庚寅冬得聞抑之劉公賢恨不親其人既聞公出而奉廷對又思安得借公爲吉典刑亡何公果拜吉州李子歸卧青螺白鷺間時得炙公睟穆予與公年雖相若然觀公禔身如處子服官如老吏幽閒貞靜嘗自媿以爲不及公以治平第一銓曹數請首召備交戟之選

上深居法宮未得旨而公嘗嘆曰夫不臺省不官耶出入內外罔非王臣粉署含香盡皆時彥吾無所擇官矣當事者熟公趣操壄移水部未浹月內

召旨復下咸相顧咨嗟曰胡不爲今日地鄒子曰公品超世外而以世法觀公者淺也譚仕之義莫備于易允升大吉矣卒至于冥升夫至于消不富雖允升奚吉也素履以往似無咎矣終至于其旋元吉至其旋元吉亦豈止無咎也易曰素履之往獨行願也惟公今日以之吾人一念而冥即都三事而何厭之有一念而素升沉俯仰無之不可公行矣鄒子自期與所以期公者千百年千萬世此素心耳持是素心可以配天可以享帝可以事君

親可以對聖賢公勉哉無令素者久而淄也是謂同心之言其臭如蘭公有味愚言乎

白鷺會答問復

管窺說明明德即說齊治均平說學即說悅說克復即說歸仁說敬恕即說無怨真正復性自然民不能忘若忘畢竟復性未至此聖賢自考考人實語三說即一說第一義即第二義第二義即第一義未知然否 其一

管窺格物之說古來多端常有言如人入都門東

西南北皆有路頭可入學者做得工夫片段到知止地步實與先聖家風不殊石本可也朱本可也不必拘拘然較同說異不知然否 其二

管窺未發之中常人未必有此陽明先生有激語夜氣幾希與夫嘑蹴不受即未發之中竊謂常人穿衣喫飯時時未發之中在若無未發那得已發除已發亦無未發看未發不必過深過高常人箇箇有但常人未必覺耳 其三

管窺二氏之學功行亦細密世之儒者實受其益即欲出語著書闢彼未必心服道路各別養生家一般存而不論可也不知然否 其四

管窺不待擇而先服膺服膺何物必待存守而後擇請問以何存守若不先擇恐存守亦是入魔路去 其五

管窺端倪即此不忍人之心也擴克息養瞬存不昧此真心也善觀之後先儒者一樣無兩樣同此直達同此精密不知然否 其六

管窺反覆入身來此教學者真切語由真切而後

能識心體識心體而後能求心心體彌漫天地古今能收能放能大能小不是儒者拘拘然以一腔血肉爲心以一腔爲心如春蠶作繭爲求失放與求之義遠矣 其七

管窺調甫首尾疑體用未言人已蓋調甫從用處得力即用即體愚謂此聖人光天化日語除人與百姓別無已除安人與安百姓別無敬若拘拘然守着一腔光景爲性爲存爲敬於人漫不相涉此後儒之失也曰至愚至賤將何爲人與百姓曰一

家父子夫婦昆弟朋友一生多少在何謂無人與百姓敬字還當體貼安字安彼此相安相樂無怨無尤之義能到處相安相樂卽謂之敬切莫錯認善俗媚世爲安爲樂 其八

學在知止又在不執知止公廓爲迷眼打破意見良工苦心但愚謂善俗與超凡入聖鄉約與講學是一樣人一樣事無精粗不知然否 其九

由龔使君言入躬行路由王先生言入正學路龔使君請于本原處指點何狀王先生曰此處難言

愚竊謂使君問王先生荅本原歷歷昭然現前猶向別處覓本原不知然否 其十

管窺此章調甫以現前平鋪爲學公廓必探至元本汝光以當下爲原本王先生云真心無內外放不去收不來洞見真心矣不知鷺洲自來有此嘉話否 其十一

汝光深探有見通篇不能瞞明眼座上曰但除妄想得無作和事語乎佛氏云不斷百思想菩提作麼長汝光復我 其十二

管窺譚國家舉錯惟當舉錯者方可言不然以吾輩爲議政言生民利病惟留心民生者可言不然邑吾輩如芒刺大都會中惟實體素位而行不願乎外二語方是本分藉口一體冐認孔仁恐未穩當 其十三

管窺調甫實落能克達得去精神亦自歸一卽欲強之以悟心性彼盖知欲立欲達卽仁也强恕卽仁也忠恕卽一貫也愚竊謂果能克達更不必論心性矣能克能達處卽是心性不必深隱 其十四

管窺歸寂收攝保聚盖各因人性所近而入若調甫則用不着譬之人有用宣洩者有用保和者學何能執一但初學由此學不致放蕩 其十五

管窺告子之學實出世宗吾輩但當存而勿論孟氏守先王之道以待後之學者其言自穩當 其十六

管窺良知之說遍相口傳失真子實厭聞昔年在青原有童子歌良知詩子因曰冐認良知語濫觴子輩當濯以淸風超度之須臾童子歌古詩調甫曰良知當下卽超度矣雖戲實挈綮語茲會譚良

知語頗少予心喜嗟乎誰知不謂良知之真良知乎其十七

管窺不住即常住千古定論其十八

書白鷺會語後

白鷺勝會元標以病未能赴然神遊矣方棲闇自訟侍御公郵書壑予意甚篤且屬以會語見貽元標乃敢續管窺荅問後以當請質諸先生言爲現在會元標言爲未來會要知面不面言不言亡間也憶三十年前在青原予與調甫汝定公廓汝光

子開齋祓盟者幾千餘人而縉紳中獨王先生少曾幾何時諸耆儒凋落獨王先生如魯靈光居然狎主所執鞭弭從者猶然吾黨數子今不無踵其後者是盻望曷哉吾黨人生墮地更有何事無以茲言爲瑱而時參研之以底于成千里得一真儒若比肩也矧吾里于道自其天性倘熖熖相續侍御公功德螺鷺者盍侈且大哉

乾城紀遊引

予讀劉玉受先生乾城紀遊三十年山川雲物境象宛然在目前元其以羿械而遊覈覈然日夕莫必其命而先生乘傳奉　王命以遊苦樂雖殊致然元標賴天與憨皮袋諸棲楚處頗不爲楚而先生著作又能爲諸山川點染妙出無窮隹致元其是時爲老頭巾所歷作擔板漢先生則浸浸乎時以境證心時以心化境時而心境俱融非流連光境者壯哉遊乎西南天地流光多矣雖然元其近有言曰學問未知入處須知入處既知入處須知出處一知出處須知落處先生是紀入處具見良

工苦心而出處落處它日續紀再出必謂鄒生從夜郎王走一遭亦不辜負兩人相視而笑何如

圓塘錢氏興文會條件

錢氏祠以興文名會常走予求爲諸士約予數年未之應而諸先輩請意殷殷予愧難言然意不可負敬書數語後有聞言而知請事世必有興者即或弁髦予言亦豈無一二有當予心者乎有當予心則予言不徒矣

一文之一字㝡難言今業制舉義便以爲文不知

曰文不在玆是時無制義可作夫子曰文其必有所指矣於乎不顯文王之德之純文王之所以文在純一不已不已者果何物乎諸生叅得明始可以言文

一士患無志所以從蓬蒿中錯過鬚眉丈夫何謂無志搦管時思量作秀才一作秀才便軒然里閈宴會中人之屬必赴里中些小小氣必鬪官自待甚小如何得長進若是有志士思量我這箇身子叅天叅地如何混過一生必不肯赴宴會必不肯

圖小利必不計較小民無論科名即位極人臣浩浩坦坦無所不容又有一等自恃門第家中些小事便欲逞客氣說是扶門面不知祖宗門面所以大者是有好人好樣子若如此扶門面不過刻削元氣天理昭昭何益之有

一世有興者必是陰德自己心地好若未積陰德今日思量得志報其仇明日思量得志行其事鬼神先已奪其魄故一門之內雍雍穆穆恐人讓人必有賢子孫天來報之未積陰德未存心地縱詩

書滿腹如樹之無根必立萎矣

一今世相逢動輒訴窮一窮字不知丟却了多少豪傑先輩也是如此窮如何濟濟先輩却能耐得今人耐不得學未成文未通便欲求館不知一到館主人請得一個先生來自已好歹全然不知兩目晦盲只見退不見進故聰明少年有志之士若真正苦讀予嘗譬山僧苦行修持鬼神且來獻食何况人乎不然請試之世有一心讀書而餓死者是里黨宗族皆夷狄予當受拔舌之戒

一讀書作文自有一種竅妙書有書竅文有文竅父不能傳之子兄不能傳之弟在人自悟但從熟中出叅中悟悟中叅一日能留心一日夜留心後場如此三年無不過人之理親明師聚良朋遠匪人此特其末故以語于終焉

以上五條四條立根本後一條是枝葉根盛則枝葉必茂英俊子弟留此種在識田中自然另長一格若以我為藥言也惟命以我為狂言也亦惟命文肅公輩地下有知其必不以予言為狂矣

書刻汪子手持孝經贊

孝者學也學者覺也經者徑也路也以孝爲徑路天民先覺實不越此世有疑堯舜之道不盡于孝弟是惡知孝弟配天地凋三光亙萬古堯舜而在今日盡孝弟寧有窮時性中只有不足故夫子曰有所不足不敢不勉此是真實語或又以夫子爲謙辭此不知自性又惡知夫子知性者生生世世只有此一路再無有盡萬分之一處宜君疇三復數年矪爲之贊也嗟乎天下有一人不明此學果

狎遊忽江上逢大盜歸而遺吉山公喪身爲家梓
負重責桔据良苦邑有謝西原里中祭酒來諷先
生共學先生曰日夜持籌思酬先責未了何學爲
西原曰此正爲君竟先公事先生攝衣而之講席
聽諸君爭言喜怒未發前氣象何若君未契然意
眎昔益恬延西原爲二弟師竟其説時而寘心時
而辨論曰諸君皆未發予愈觀愈發心神物也予
安能使之未發諸君不相下去而爲詩結詩社者
數年默契生生之旨作易毂曰生生之謂易而基
鄒子願學集　卷之六　傳　百三
于土土爲萬物之原擲而就正焦弱侯太史太史
曰吾不能有加于子羅盱江先生且至子姑以似
之先生遲盱江月餘果至諸贄而謁盱江者數伯
人盱江目視先生而却其刺不納諸人爭笑曰君
未艾髮白公謂爾老而無成爾先生曰公意未可
測依依左右公每夜至必令先生歌歌罷公啓曰
子聖人耶神人耶先生曰我做得聖人公搖手去
曰未未如是者庚旬以爲常先生被衣旁皇廢寢
者連宵越旬公復至問如初先生曰師即聖即神

公曰問爾而以我對先生曰師即我公命人取席
約先生弟子籍先生又連舉所疑信者質公公喝
曰不信所疑而疑所信益大省從公之楊州公復
再訊曰何似先生曰不離戒慎恐懼公曰既契本
體何説戒慎先生曰亦着不得不戒慎公大笑曰
如是如是今吾爲吾邑既而耳屬先生曰陳君陳
君于守寧國時啓廸告戒時譏禪語今年來一尊
孔矩且知孔矩之無以尚更不必從它門乞靈子
爲我以移吾邦人士俾知吾學有歸先生曰諾巳
鄒子願學集　卷之六　傳　百四
而先生道日明從遊者幾遍南國人士貞復楊少
宰焦太史輩語先生曰盱江得先生而道衍先生
語貞復諸公曰師學得公等而尊于從游贊曰吾
輩易地各有事顧陳先生以布衣倡學江左自秦
州無兩焉貞復曰然先生所至結會將老以畢此
學予再三促先生膺辟薦始赴公車先生過文江
者至再大言小言亡不脗合近兩人有堅曉之誓
蓋不約而同者所著九經翼及各集種種不具論
其大者它懿行自有紀述先生進予尚不知其止

[一] 據《明別集叢刊》第四輯第三二冊《鄒子願學集》（黃山書社二〇一六年版）補。

也
論曰剩夫以布衣開閩傳先生以布衣衍正學今明有兩陳子然可追江門正宗者必有所歸世必有知者予獨怪盱江一見以千古相托同貞復夾轂而倡師傳貞復往使盱江澤無窮者誰之力哉

盧貞父傳

夫世以師名有挾藝見知者有以吏道進者高者世道交爵卑者情相縮結情盡而止又郡邑喜延士士翕起若流而諸以道術鳴者羔雁盈門欲多

浮慕爲名而師道虛位久矣予嘗有言曰夫人知有身而後知有學知學而後知重師匪重師也重道也非重道也誠身也嗟乎誠身者幾人哉中丞見羅李公以學爲海內祭酒前是公有邊功最鉅不幸中讒禍叵測其慕義而周旋者有朱鳴洪鳴洪死又有盧生貞父大壯是皆以死殉師卒終不替姈姈高誼薄雲霄而映日月者曾儀部舜徵曰夫使貞父不亡者予也爲作盧貞父傳

傳曰貞父姓盧名大壯西江漳墅人也後就學遂家于衡父池母饒皆能以大義黽勉其子故貞父得從大人遊無所得既而歸依中丞見羅李公慨然曰道在是矣何事多求方公被逮下詔獄有友人朱鳴洪左右先生久而死貞父憤而欲疏公冤狀數過曾儀部謀儀部曰霆震方殷非叫閽排闥時子愛其身護師即鳴洪如存之日貞父然其言依囹圄數載一日聞溫陵王山人被逮貞父往而覘山人出大者邏者幷執貞父訊問得末減遞歸貞父泣而出國門曰夫此身既知不免何惜不爲

師死乎儀部慰勞之歸會公久繫疏不得白貞父偕大倉王公奉
旨歸省弘村曰公還朝有期脫吾師厄者卒公也遂裹糧候大倉于途訴而泣泣而訴李公寃甚具不載大倉爲感動曰子愛師吾亦愛吾友所不爲爾師地者如日別去未幾大倉還朝卒出公于獄而戍七閩貞父復從公于閩公所至罔弗從也者諸弟子所不竟者有貞父在而諸弟子不得盡情公者得之貞父居多十餘年間邃探密證即家雖

頫仍不問一夕無恙卒公及諸同志咸爲感悼若
貞父者可以爲難矣曾儀部謂鳴洪先貞父十年
死若上白師寃故其死也戚貞父後鳴洪十年死
若下報友誼故其死也休然耶否耶
論曰昔明道謂能重師道者吾弟也廼正公涪州
之行從遊安在兩生周旋劍江公死生患難不少
追遊公能重師道乎亦皇自重乎世之若師若弟
子始而蟻聚旣而鳥獸散者瑣瑣何足道哉

書刻汪子手持孝經贊

孝者學也學者覺也經者徑也路也以孝爲徑路
天民先覺實不越此世有疑堯舜之道不盡于孝
弟是惡知孝弟配天地凋三光亘萬古堯舜而在
今日盡孝弟寧有窮時性中只有不足故夫子曰
有所不足不敢不勉此是真實語或又以夫子爲
謙辭此不知自性又惡知夫子知性者生生世世
只有此一路再無有盡萬分之一處宜君疇三復
數年躬爲之贊也嗟乎天下有一人不明此學果
可謂我之孝乎古人欲明明德于天下者正如此
義

〔一〕

鄒子願學集卷之八終

〔一〕本書第三二四頁僅缺該筒子頁左半頁。

鄒南皋先生願學集敘

侍御龍君來淮視鹽政因梓南皋先生願學一集且爲弁其首又徧告海內知先生者共爲之敘嗟夫願學二字豈易言哉子輿氏曰乃所願則學孔子也自孟而下漢有江

都唐有昌黎皆知願學孔子但嘗書契火燼之餘理道湮塞之日其兩人所謂孔子亦僅依稀相似耳然後世猶知有董韓者無他焉蓋其有願學之心而已矣我

國家繼伊洛大明之後雖三尺童子盡知孔子學究而立身立家立

國立天下皆與所學相反與孔子之道相庋終其身不知自絕於聖人者比比而然嗟夫是可謂願學也哉然猶未已也近世良知學脉燦然爲昭代儒宗余觀其言曰無

善無惡者心之體有善有惡者意之動知善知惡是良知爲善去惡是格物厥後門人附會之且曰善悟心是無善無惡之心意即是無善無惡之意知即是無善無惡之知物即是無善無惡之物嗟夫心

意知物吾人學孔子大法門性善一言又吾人所以心意知物大法門如此學問是以學孔子者壞孔子學也是可謂願學也哉雖然余更有說焉當時如夷如惠如尹子輿氏皆不願學而獨願孔子倘斯

世有人於此果如求仁得仁之夷果如不怨不憫之惠果如堯舜君民之尹三子者而有一焉雖不學孔子舉世當必以真學真孔子歸之矣然子輿氏不願彼而願此何也夫亦曰虞廷厥中之心法文王

未喪之斯文毫釐千里厥關甚鉅如此則孔子不如此則非孔子如此則為學不如此則不為學嗟夫願學豈易言哉獨我南皋先生真見及此故以願學名帙當世儒宗盡以願學許先生為不繆而余獨

拈此學問與先生相質証槩與海內儒宗共相質証不自知其言之荒繆云爾至夫先生之在朝在野宇內士人無問智愚無問小大無問識不識皆知有南皋先生且龍君序曰先生夷險一致龍鱗可批

權奸可忤三黜可聽流離夜郎可赴又曰有繼往開來之真事功而無朱陸同異之見有鳳鳴朝陽之真氣節而無龍門標榜之駢有吐詞為經之真文章而無風雲月露之名龍君者其真知先生者矣余申一言以蔽之曰今日之南皋氏昔日之子輿氏也他何用嘵嘵為哉

陽羨教弟史孟麟頓首拜譔